NARRATORI DELLA FENICE

Titolo originale:
Leviathan

ISBN 88-7746-635-9

Seconda ristampa: settembre 1998

PAUL AUSTER
LEVIATANO

Traduzione di Eva Kampmann

UGO GUANDA EDITORE
IN PARMA

A Don DeLillo

Ogni stato reale è corrotto

Ralph Waldo Emerson

1

Sei giorni fa un uomo è saltato in aria per sbaglio sul ciglio di una strada del Wisconsin del nord. Non ci sono testimoni, ma pare che fosse seduto sull'erba accanto alla sua macchina intento a costruire una bomba, quando questa gli è esplosa fra le mani. Secondo i referti dei medici legali che sono stati appena diramati, l'uomo è morto sul colpo. Il suo corpo si è frantumato in decine di pezzettini, e frammenti del cadavere sono stati rinvenuti fino a quindici metri dal luogo dell'esplosione. A tutt'oggi (4 luglio 1990), nessuno sembra avere la più pallida idea di chi possa essere il morto. L'FBI, che collabora con la polizia del posto e con gli agenti dell'Ente di Controllo sugli Alcolici, sui Tabacchi e sulle Armi, ha iniziato le indagini partendo dalla macchina, una Dodge azzurra di sette anni con targhe dell'Illinois, ma è subito emerso che era rubata: era stata portata via in pieno giorno da un parcheggio Joliet il 12 giugno. Lo stesso è successo quando sono passati a esaminare il contenuto del portafogli dell'uomo, che per miracolo è uscito praticamente indenne dall'esplosione. Credevano di aver trovato una profusione di indizi – patente, numero dell'Assistenza Sanitaria, carte di credito – ma una volta immessi nel computer, tutti i documenti sono risultati o falsi o rubati. Il passo successivo sarebbe dovuto essere il rilevamento delle impronte digitali, ma in questo caso non ce n'erano dal momento che le mani dell'uomo erano state completamente distrutte dalla bomba. Neanche la macchina è stata di alcun aiuto. La Dodge era ridotta a una massa di acciaio carbonizzato e plastica fusa, e per quanto si siano adoperati non sono riusciti a trovare nemmeno un'impronta. Forse avranno più fortuna con i denti, sempre che ce ne sia un numero sufficiente per le analisi, ma queste richiederanno del tempo, forse addirittura vari mesi. Senza dubbio alla fine si faranno venire qualche idea, ma finché non saranno in grado di stabilire l'identità di quella vittima straziata, hanno ben poche probabilità di riuscire a far decollare le indagini.

Per quanto mi riguarda, più tempo ci mettono e meglio è. La storia che devo raccontare è piuttosto complicata e, se non riuscirò a finirla prima che arrivino a una soluzione, le parole che mi accingo a scrivere non avranno alcun senso. Una volta svelato il segreto, si diffonderanno menzogne d'ogni genere, orribili alterazioni circoleranno nei giornali e nelle riviste, e nel giro di pochi giorni la reputazione di un uomo verrà distrutta. Non che io voglia cercare di giustificare quello che ha fatto, ma dal momento che non è più in condizioni di difendersi, il meno che io possa fare è spiegare chi era e dare la versione veritiera del perché si trovava su quella strada del Wisconsin del nord. Ecco perché dovrò sbrigarmi: per essere pronto ad affrontarli quando arriverà il momento. Se per caso il mistero rimarrà irrisolto, mi limiterò a conservare ciò che avrò scritto, e non sarà necessario far sapere niente a nessuno. Questa sarebbe senz'altro la soluzione migliore: un punto morto perfetto, non una parola, né da una parte né dall'altra. Ma non ci posso contare. Per assolvere il mio compito devo partire dal presupposto che stanno già per arrivare a lui, che prima o poi scopriranno chi era. E non soltanto quando avrò avuto il tempo di finire questo – ma in qualsiasi momento, in qualsiasi momento a partire da ora.

Il giorno dopo l'esplosione le agenzie hanno trasmesso una breve notizia dell'incidente. Sebbene fosse uno di quei trafiletti criptici di due paragrafi che finiscono seppelliti nelle pagine centrali dei giornali, mi è capitato sotto gli occhi mentre, a pranzo, sfogliavo « The New York Times ». Fatto quasi inevitabile, mi è venuto subito in mente Benjamin Sachs. Nell'articolo non c'era alcun riferimento diretto a lui eppure, allo stesso tempo, tutto sembrava combaciare. Non ci sentivamo da quasi un anno, ma durante la nostra ultima conversazione aveva detto abbastanza per convincermi che si trovava nei guai fino al collo, che si stava lanciando a capofitto in qualche oscuro, innominabile disastro. Se sono troppo vago, basti aggiungere che mi parlò anche di bombe, anzi, ne parlò incessantemente durante quella visita, e negli undici mesi seguenti mi ero portato dentro proprio una paura di questo genere: che avrebbe finito per ammazzarsi, che un giorno avrei aperto il giornale e avrei letto che il mio amico era saltato in aria. Allora non era altro che un'intuizione campata in aria, un folle salto nel vuoto, eppure, una volta che quell'idea mi era entrata in testa, non sono più riuscito a liberarmene. Poi, due giorni dopo aver visto per caso quell'articolo, una coppia di agenti dell'FBI è venuta a bussare alla mia porta. Appena mi hanno detto chi erano ho capito che avevo visto giusto. L'uomo che era saltato in aria era Sachs. Non c'erano dubbi. Sachs era morto, e ormai l'unico modo in cui avrei potuto aiutarlo era di non rivelare a nessuno la notizia della sua morte.

Probabilmente è stata una fortuna che abbia letto l'articolo proprio quel giorno, anche se al momento ricordo di aver pensato che avrei preferito non vederlo. Se non altro, mi ha dato un paio di giorni per assorbire il colpo. Quando gli uomini dell'FBI si sono presentati qui per farmi delle domande ero preparato a riceverli, e questo mi ha aiutato a non perdere il controllo. E tanto di guadagnato se gli ci son volute quarantotto ore per rintracciarmi. Pare che tra gli oggetti recuperati dal portafogli di Sachs ci fosse un foglietto con le mie iniziali e il mio numero di telefono. Ecco come sono risaliti a me; ma il caso ha voluto che il numero fosse quello di casa, a New York, mentre da dieci giorni io mi trovo con la mia famiglia nel Vermont, in una villa che abbiamo preso in affitto e dove intendiamo rimanere sino alla fine dell'estate. Dio solo sa con quante persone hanno dovuto parlare prima di scoprire che ero qui. E se *en passant* aggiungo che questa casa appartiene all'ex moglie di Sachs, è solo per dare un'idea di quanto sia decisamente ingarbugliata e complessa questa storia.

Con quei due ce l'ho messa tutta per farmi passare per scemo, per rivelare il meno possibile. No, ho detto, non avevo letto l'articolo sul giornale. E non ne sapevo niente né di bombe, né di macchine rubate o di stradine di campagna del Wisconsin. Ero uno scrittore, ho spiegato, uno che per vivere scrive romanzi, e se volevano prendere informazioni su di me, che facessero pure – ma non gli sarebbe stato di alcun aiuto nelle indagini, non avrebbero fatto altro che sprecare il loro tempo. Forse avevo ragione, mi hanno risposto, ma come mi spiegavo il foglietto trovato nel portafogli del cadavere? Non stavano cercando di accusarmi di niente, ma il fatto che il morto avesse addosso il mio numero di telefono sembrava dimostrare l'esistenza di un legame tra noi due. Questo dovevo ammetterlo, no? Sì, ho risposto, senz'altro, ma il semplice fatto che sembrasse logico non significava che era vero. Quell'uomo poteva essersi procurato il mio numero in mille modi. Avevo amici sparsi per tutto il mondo, e chiunque di loro avrebbe potuto darlo a un estraneo. E magari quell'estraneo lo aveva dato a un altro estraneo che, a sua volta, lo aveva dato a un altro estraneo ancora. Può darsi, hanno ammesso i due, ma per quale motivo una persona se ne sarebbe andata in giro con in tasca il numero di telefono di una persona che non conosceva? Perché sono uno scrittore, ho risposto io. Ah sì? mi hanno incalzato loro, e questo che c'entra? C'entra, perché i miei libri vengono pubblicati, ho risposto. La gente li legge e io non ho la più pallida idea di chi siano i miei lettori. Senza neanche saperlo, entro nella vita di persone sconosciute, e per tutto il tempo in cui tengono il libro in mano le mie parole sono per loro l'unica realtà esistente. È normale, hanno soggiunto i due, i libri fanno questo effetto. Sì, ho ammesso io, è proprio così, ma poi a volte si scopre che queste persone sono pazze. Leggono il tuo libro e a un certo punto qualcosa tocca una corda sepolta in fondo alla loro anima. All'improvviso si mettono in testa che tu gli appartieni, che sei l'unico amico che hanno al mondo. Per spiegarmi meglio ho citato diversi esempi – tutti veri, tutti presi dalla mia esperienza personale. Le lettere dissennate, le telefonate alle tre del mattino, le minacce anonime. Proprio l'anno scorso, ho continuato, ho scoperto che qualcuno si è spacciato per me – rispondeva alle lettere a nome mio, entrava nelle librerie e firmava i miei libri, aleggiando come un'ombra malefica ai margini della mia vita. I libri sono degli oggetti misteriosi, ho spiegato, e una volta che cominciano a circolare può succedere di tutto. Possono causare misfatti di ogni genere, senza che tu possa farci un accidente di niente. Nel bene e nel male, tu non hai assolutamente alcun controllo.

Non so se abbiano trovato le mie smentite convincenti oppure no. Sono propenso a pensare di no, ma anche se non hanno creduto a una sola parola di quello che ho detto, può darsi che la mia strategia mi abbia fatto guadagnare un po' di tempo. Considerato che non avevo mai parlato con un agente dell'FBI, penso di essermela cavata abbastanza bene durante il colloquio. Ero tutto calma e gentilezza, sono riuscito a trasmettere una combinazione perfetta di disponibilità e sconcerto. E questo, di per sé, per me equivale praticamente a un trionfo. In genere non sono molto bravo a ingannare la gente e, per quanti sforzi abbia fatto nel corso degli anni, mi è riuscito di rado di darla a bere a qualcuno. Se l'altro ieri mi sono fatto onore, almeno una parte del merito va agli agenti dell'FBI. Non è stato tanto quello che hanno detto quanto il loro aspetto, l'abbigliamento che si attagliava alla perfezione ai loro ruoli, confermando così fin nei minimi dettagli l'immagine che avevo da sempre degli agenti dell'FBI: gli abiti estivi leggeri, gli scarponi robusti, le camicie lava e indossa, gli occhiali da sole da pilota. Questi ultimi erano, per così dire, gli occhiali da sole d'obbligo, e conferivano alla scena un'aria artificiale, come se gli uomini che li indossavano non fossero che degli attori, due comparse ingaggiate per recitare una particina in un film a basso costo. Tutto questo aveva su di me uno strano effetto rassicurante, e adesso, ripensandoci, mi rendo conto di come quel senso di irrealtà abbia funzionato a mio vantaggio. Mi ha permesso di considerare anche me stesso un attore, e dal momento che ero diventato qualcun altro, all'improvviso mi sono sentito in diritto di ingannarli, di mentire senza il minimo rimorso.

Comunque, non erano degli stupidi. Uno era sulla quarantina mentre l'altro era molto più giovane, forse aveva appena venticinque o ventisei anni, e avevano entrambi una certa espressione negli occhi che mi ha fatto rimanere sulla difensiva per tutta la durata della loro visita. È difficile indicare con esattezza cosa avessero di tanto minaccioso quegli occhi, ma credo di avervi percepito un che di vacuo, un rifiuto a impegnarsi, quasi guardassero tutto e niente allo stesso tempo. Era uno sguardo che non lasciava trapelare quasi nulla e non riuscivo mai a sapere con sicurezza cosa stessero pensando quei due uomini. In un certo senso i loro occhi erano troppo pazienti, troppo abili a dare un'impressione di indifferenza, e tuttavia erano vigili, anzi, inesorabilmente vigili, come se fossero stati addestrati a metterti a disagio, a renderti consapevole delle tue pecche e delle tue colpe, a farti stare sulle spine. Si chiamavano Worthy e Harris, ma non ricordo quale fosse Worthy e quale Harris. Fisicamente si somigliavano in maniera inquietante, quasi fossero la versione giovane e quella più anziana della stessa persona: alti ma non troppo, ben piantati ma non troppo, capelli biondo rossicci, occhi azzurri, mani grosse e unghie di una pulizia impeccabile. È vero, sì, che il loro modo di conversare era diverso, ma non voglio dare troppa importanza alle prime impressioni. Per quel che ne so io si danno il turno, scambiandosi i ruoli ogni volta che ne hanno voglia. Nel caso della visita che mi hanno fatto due giorni fa, è stato il giovane a recitare la parte del tipo pesante. Mi ha rivolto delle domande molto rudi e dava l'impressione di prendersi troppo a cuore il suo lavoro: per esempio, sorrideva di rado e mi trattava con una cerimoniosità che a volte rasentava il sarcasmo e l'irritazione. Quello più anziano invece era più rilassato e affabile, più disposto a lasciare che la conversazione prendesse il proprio corso naturale. E proprio per questo è senz'altro più pericoloso, però devo ammettere che parlare con lui non è stato del tutto spiacevole. Quando ho cominciato a parlargli di alcune delle reazioni dissennate suscitate dal mio libro, mi sono reso conto che l'argomento gli interessava, e mi ha lasciato continuare la mia divagazione più a lungo di quanto mi sarei aspettato. Immagino che volesse tastarmi il polso, incoraggiandomi a parlare a ruota libera in modo da potersi fare un'idea di me e del mio modo di ragionare, ma quando sono arrivato alla storia dell'impostore si è addirittura offerto di aprire un'indagine per aiutarmi. Naturalmente può darsi che fosse un trucco, però ne dubito. È inutile aggiungere che ho rifiutato, ma se le circostanze fossero state diverse, probabilmente ci avrei pensato su due volte prima di respingere la sua proposta. Ormai questa storia mi tormenta da parecchio tempo e sarei immensamente felice se potessi andare a fondo alla questione.

«Non leggo molti romanzi» mi ha detto l'agente. «A quanto pare non riesco mai a trovare il tempo.»

«Già, e non è l'unico» ho risposto io.

«Però i suoi devono essere davvero belli. Se no non credo che l'avrebbero infastidita così tanto.»

«Magari mi infastidiscono perché sono brutti. Al giorno d'oggi tutti si sentono dei critici letterari. Se non ti piace un libro, minaccia l'autore. È un comportamento che ha una certa logica. Fagliela pagare al bastardo per quello che ti ha fatto.»

«Forse dovrei decidermi a leggerne uno anch'io», ha aggiunto, «tanto per capire il perché di tanto casino. Non le dispiacerebbe, spero?»

«Certo che no. Le librerie esistono proprio per questo. Perché la gente li possa leggere.»

È stato davvero un commiato strano: annotare i titoli dei miei libri per un agente dell'FBI. Ancora adesso muoio dalla voglia di sapere cosa cercava. Forse è convinto che riuscirà a trovare qualche indizio nei miei libri, o magari è stato solo un modo sottile di dirmi che tornerà, che non ha ancora finito con me. In fondo sono l'unica pista che hanno, e se partono dal presupposto che ho mentito allora non si dimenticheranno di me. E per di più non ho la più pallida idea di quello che pensano. Non credo che mi considerino un terrorista, ma lo dico soltanto perché so di non esserlo. Dal momento che non sanno niente può darsi che lavorino proprio a questa ipotesi, alla furiosa ricerca di qualcosa che mi colleghi alla bomba esplosa nel Wisconsin la settimana scorsa. E anche se le cose non stessero così, devo accettare il fatto che si occuperanno di me per molto tempo a venire. Faranno domande, scaveranno nella mia vita, scopriranno chi sono i miei amici, e prima o poi salterà fuori il nome di Sachs. In altre parole, mentre io me ne starò qui in Vermont a scrivere questa storia, loro saranno impegnati a scriverne un'altra: sarà la mia storia e, una volta che l'avranno finita, sul mio conto sapranno tanto quanto me.

Mia moglie e mia figlia sono tornate un paio di ore dopo che gli uomini dell'FBI se ne erano andati. Erano uscite la mattina presto per passare la giornata insieme ad alcuni amici e io ero contento che non fossero in casa quando si sono presentati

Harris e Worthy. Mia moglie e io ci confidiamo quasi tutto, ma in questo caso penso che sia meglio tenerla all'oscuro. Iris ha sempre voluto un gran bene a Sachs, ma per lei io vengo al primo posto, e se dovesse scoprire che per poco non mi caccio nei guai con l'FBI per causa sua, farebbe tutto il possibile per fermarmi. E in questo momento non posso correre questo rischio. Anche se riuscissi a convincerla che sto facendo la cosa giusta, mi ci vorrebbe molto tempo, ed è un lusso che non posso permettermi; devo spendere ogni minuto per il compito che mi sono assunto. Inoltre, anche se Iris dovesse cedere, non farebbe che consumarsi per la preoccupazione, e non vedo a cosa potrebbe giovare. Alla fine verrà a sapere la verità comunque; quando sarà il momento, verrà a galla tutto. Non è che voglio ingannarla, voglio semplicemente risparmiarla il più a lungo possibile. Non penso che sarà molto difficile. In fondo sono venuto qui per scrivere, e se Iris mi crede ogni giorno impegnato con le solite faccende nella mia piccola capanna, che male c'è? Penserà che sono alle prese con il mio nuovo romanzo, e quando vedrà quanto tempo ci dedico, quanti progressi faccio nelle mie lunghe giornate di lavoro, sarà contenta. Anche Iris fa parte dell'equazione e senza la sua contentezza non credo che avrei il coraggio di cominciare.

È la seconda estate che trascorriamo in questo posto. Ai vecchi tempi, quando Sachs e sua moglie venivano qui ogni anno in luglio e in agosto, a volte mi invitavano, ma le mie erano sempre visite brevi, e raramente mi fermavo per più di tre o quattro giorni. Dopo che Iris e io ci siamo sposati nove anni fa, siamo venuti a trovarli diverse volte e un'estate li abbiamo perfino aiutati a dipingere l'esterno della casa. I genitori di Fanny la comprarono negli anni della Grande Depressione, quando le fattorie come questa si potevano avere per due soldi. La proprietà comprendeva più di cento acri di terra e un laghetto privato e, sebbene diroccata, all'interno la casa era grande e ariosa e bastò solo qualche piccola miglioria per renderla abitabile. I Goodman erano insegnanti di New York e non poterono mai permettersi di fare grossi lavori di ristrutturazione dopo che l'ebbero comprata e così, per tutti questi anni la casa ha mantenuto il suo aspetto primitivo e scarno: le lettiere di ferro, la stufa panciuta della cucina, le crepe nei soffitti e nelle pareti, i pavimenti dipinti di grigio. Tuttavia in tutto questo sfacelo c'è un che di solido, e sarebbe difficile per chiunque non sentirsi a proprio agio qui. Per me, il grande fascino di questa casa è costituito dalla sua posizione isolata. È situata in cima a una piccola montagna, a quattro miglia di strada sterrata dal villaggio più vicino. L'inverno deve essere feroce su questa montagna, ma d'estate ogni cosa è verde e tutt'intorno cinguettano gli uccelli mentre i campi sono pieni di un'infinità di fiori selvatici: ieracio dei muri arancio, trifoglio rosso, angelica rosa, ranuncolo. A circa trecento metri dall'edificio principale c'è una modesta dépendance che Sachs utilizzava come studio ogni volta che veniva qui. È poco più di una capanna con tre piccole stanze, un cucinino e un bagno, e da quando, dodici o tredici anni fa è stata danneggiata dai vandali, è caduta in rovina. I tubi si sono rotti, l'energia elettrica è stata tagliata e il linoleum si sta scollando dal pavimento. Accenno a queste cose perché mi trovo qui adesso – seduto dietro a un tavolo verde al centro della stanza più grande, con una penna in mano. Per tutto il tempo in cui l'ho conosciuto, Sachs passava ogni estate a scrivere a questo stesso tavolo, ed è questa la stanza in cui l'ho visto l'ultima volta, dove ha aperto il proprio cuore con me e mi ha confidato il suo terribile segreto. Se mi concentro abbastanza sul ricordo di quella notte, riesco quasi a convincermi che sia ancora qui. È come se le sue parole aleggiassero ancora nell'aria che mi circonda, come se ancora potessi allungare una mano e toccarlo. Fu una conversazione lunga e faticosa e quando infine la chiudemmo (intorno alle cinque o le sei del mattino), Sachs mi fece promettere di non lasciar uscire il suo segreto dalle pareti di questa stanza. Disse proprio così: nulla di ciò che aveva detto doveva uscire da questa stanza. Per ora riesco a mantenere la mia promessa. Fino a quando non arriverà il momento di mostrare ciò che ho scritto qui, potrò consolarmi al pensiero che non verrò meno alla mia parola.

La prima volta che c'incontrammo nevicava. Anche se sono passati più di quindici anni da quel giorno, riesco ancora a farlo rivivere nella memoria quando voglio. Ci sono tantissime altre cose di cui ho perduto ogni traccia, ma quell'incontro con Sachs mi è rimasto impresso con la stessa chiarezza di tutti gli altri episodi della mia vita.

Era un sabato pomeriggio di febbraio o di marzo ed eravamo stati entrambi invitati a un *reading* in un locale del West Village. Non avevo mai sentito parlare di Sachs e la donna che mi contattò non aveva tempo per rispondere alle mie domande al telefono. « È un romanziere » spiegò. « Ha pubblicato il suo primo libro un paio d'anni fa. » Ricevetti la telefonata il mercoledì sera, appena tre giorni prima della data fissata per la manifestazione, e la voce della donna tradiva uno stato d'animo che rasentava il panico. Michael Palmer, il poeta che era stato invitato per la lettura del sabato, aveva appena annullato il suo viaggio a New York, e la donna mi domandò se ero disposto a sostituirlo. Per quanto fosse una richiesta un po' goffa, le risposi che avrei accettato lo stesso. All'epoca non avevo ancora pubblicato granché – sei o sette racconti in piccole riviste, una manciata tra articoli e recensioni – e la gente non dava di certo l'impressione di reclamare a gran voce il privilegio di sentirmi leggere. Perciò accettai la proposta della donna sfinita e nei due giorni che seguirono caddi a mia volta in preda al panico, perlustrando il mondo in miniatura dei miei racconti alla spasmodica ricerca di qualcosa che non mi mettesse in imbarazzo, di un frammento di scrittura abbastanza buono da poter essere dato in pasto a una stanza piena di sconosciuti. Il venerdì pomeriggio entrai in diverse librerie per procurarmi il romanzo di Sachs. Mi sembrava più che giusto sapere qualcosa sul suo lavoro prima di conoscerlo, ma il libro aveva già due anni di vita ed era ormai introvabile.

Il caso volle che il venerdì notte arrivasse una tremenda tempesta dal Midwest, e il sabato mattina la città era sepolta sotto quaranta centimetri di neve. La cosa più logica da fare sarebbe stato contattare la donna che mi aveva telefonato, ma stupidamente mi ero dimenticato di chiederle il suo numero di telefono e, poiché non si fece viva, all'una decisi di recarmi in centro il più in fretta possibile. Mi imbacuccai nel soprabito e indossai le calosce, infilai il manoscritto del mio ultimo racconto in una delle tasche del cappotto e poi m'incamminai verso Riverside Drive, diretto alla stazione della metropolitana all'angolo tra la Centosedicesima e Broadway. Il cielo aveva cominciato a schiarire ma le strade e i marciapiedi erano ancora ingombri di neve e il traffico era praticamente ridotto a zero: alcune macchine e alcuni camion erano stati abbandonati negli alti cumuli lungo il bordo del marciapiede, e di quando in quando una vettura solitaria avanzava a stento lungo la strada, slittando anziché rispondere ai comandi ogni volta che il guidatore cercava di frenare a un semaforo rosso. Normalmente questa confusione mi sarebbe piaciuta, ma quel giorno il clima era talmente aspro da impedirmi di tirare fuori il naso da sotto la sciarpa. Dall'alba in poi la temperatura aveva continuato a scendere e ormai l'aria s'era fatta pungente, con violente raffiche di vento che s'alzavano dallo Hudson, enormi buffi che mi spingevano letteralmente in avanti. Quando arrivai alla stazione della metropolitana ero mezzo assiderato, ma nonostante tutto sembrava che i treni facessero ancora servizio. Questo fatto mi sorprese e, mentre scendevo le scale e compravo il gettone, lo interpretai come un segno che il *reading* si sarebbe svolto lo stesso.

Riuscii ad arrivare a Nashe's Tavern alle due e dieci. Il locale era aperto ma appena i miei occhi si adattarono all'oscurità dell'interno mi resi conto che non c'era nessuno. Un barman in grembiule bianco stava dietro al banco e asciugava con gesti metodici dei bicchieri da liquore con uno strofinaccio rosso. Era un uomo robusto sulla quarantina e mi squadrò attentamente mentre mi avvicinavo, quasi fosse dispiaciuto perché avevo interrotto la sua solitudine.

«Non doveva esserci un *reading* tra una ventina di minuti?» gli chiesi. Nello stesso istante in cui le parole uscirono dalla mia bocca mi sentii uno sciocco per averle dette.

«È stato annullato» rispose il barman. «Con tutta la neve bagnata che è venuta giù, non avrebbe avuto senso. La poesia è una gran bella cosa, ma nessuno è disposto a congelarsi il culo per venire ad ascoltarla.»

Mi sedetti su uno degli sgabelli alti e ordinai un bourbon. Tremavo ancora per la camminata sulla neve, e volevo scaldarmi lo stomaco prima di avventurarami di nuovo fuori. Vuotai il bicchiere in due sorsi e poi ordinai il bis perché il primo mi era piaciuto molto. Arrivato a metà del secondo bourbon entrò un altro cliente. Era un giovanotto alto ed eccessivamente magro, con un viso sottile e una barba castana. Lo osservai pestare gli stivali contro il pavimento un paio di volte e battere rumorosamente le mani inguantate, il fiato grosso per effetto del freddo. Bisogna ammettere che aveva un aspetto buffo, torreggiante com'era nel suo cappotto tarlato, un berretto da baseball dei New York Knicks appollaiato in cima alla testa intorno al quale aveva avvolto una sciarpa blu scuro per proteggersi le orecchie. Sembrava uno con un terribile mal di denti, pensai, oppure un soldato russo mezzo morto di fame abbandonato nei dintorni di Stalingrado. Queste due immagini mi vennero in mente una subito dopo l'altra, la prima comica, la seconda disperata. Nonostante l'abbigliamento ridicolo, i suoi occhi avevano un che di spietato, un'intensità che soffocava ogni desiderio di ridere di lui. Forse somigliava a Ichabod Crane, ma allo stesso tempo era anche John Brown, e, una volta superato l'abbigliamento e il corpo allampanato da ala di pallacanestro, si scorgeva una persona completamente diversa: un uomo a cui non mancava niente, un uomo il cui cervello era tutto un girare di mille ingranaggi.

Si fermò sulla soglia per qualche istante a scrutare il locale vuoto, quindi si avvicinò al barman e gli rivolse più o meno la stessa domanda che avevo fatto io dieci minuti prima. Il barman ripeté più o meno la stessa risposta che aveva dato a me, ma questa volta aggiunse un cenno del pollice nella mia direzione, indicando il posto in cui ero seduto in fondo al banco di mescita. «Anche quello là è venuto per la lettura» disse. «Mi sa che siete gli unici due in tutta New York abbastanza pazzi da uscire di casa oggi.»

«Non proprio» precisò l'uomo con la sciarpa avvolta intorno alla testa. «Hai dimenticato di contare te stesso.»

«No, no» protestò il barman. «Io non conto mica, sai. Io sono obbligato a venire qui, mentre tu no. Ecco il punto. Se non mi presento perdo il posto.»

«Ma anch'io sono venuto per lavoro» disse l'altro. «Mi

hanno promesso cinquanta dollari. E adesso hanno annullato il *reading* e io per giunta ci ho rimesso il biglietto della metropolitana.»

«Be', allora le cose cambiano» ammise il barman. «Se dovevi leggere, allora non conti nemmeno tu.»

«E così rimane solo una persona in tutta la città che è uscita senza essere obbligata a farlo.»

«Se alludi a me», dissi io, intervenendo infine nella conversazione, «allora la tua lista si riduce a zero.»

L'uomo con la sciarpa avvolta intorno alla testa si voltò verso di me e sorrise. «Ah, allora questo significa che tu sei Peter Aaron, giusto?»

«Penso di sì» risposi. «E se io sono Peter Aaron, allora tu devi essere Benjamin Sachs.»

«In carne e ossa» rispose Sachs accennando una breve risata di modestia. Mi raggiunse e tese la mano destra. «Sono molto contento che tu sia venuto» disse. «Ultimamente ho letto delle cose tue e non vedevo l'ora di conoscerti.»

Ecco come ebbe inizio la nostra amicizia – seduti in quel bar deserto quindici anni fa, offrendoci da bere a vicenda finché rimanemmo tutti e due al verde. Credo che andammo avanti così per tre o quattro ore, perché ricordo chiaramente che quando infine riuscimmo vacillando nel freddo, era già calata la sera. Ora che Sachs è morto mi riesce insopportabile ripensare a come era allora, ricordare la generosità, l'umorismo e l'intelligenza che egli sprizzava da tutti i pori durante quel nostro primo incontro. Nonostante l'evidenza dei fatti, ho difficoltà a immaginare che la persona seduta insieme a me nel bar quel giorno fosse la stessa che la settimana scorsa si è ammazzata con le proprie mani. Il suo deve essere stato un viaggio lunghissimo, orribile, carico di sofferenza. Non riesco quasi a pensarci senza che mi venga voglia di piangere. In quindici anni Sachs ha viaggiato da un capo all'altro di se stesso, e una volta raggiunta l'ultima tappa credo che non sapesse più chi era. Ormai aveva coperto una distanza talmente grande che gli sarebbe stato impossibile riuscire a ricordare da dove era partito.

«Di solito riesco a tenermi aggiornato su quello che succede» disse slacciandosi la sciarpa sotto il mento e togliendosela insieme al berretto da baseball e al lungo cappotto marrone. Gettò il mucchio di panni sullo sgabello accanto e si sedette. «Fino a due settimane fa non ti avevo mai nemmeno sentito nominare. E adesso, tutto a un tratto, sembri fare capolino dappertutto. Tanto per cominciare, ho letto per caso il tuo articolo sui diari di Hugo Ball. Ottimo articoletto, ho pensato, concepito con abilità ed eleganza, un'eccellente risposta ai punti in questione. Non mi sono trovato d'accordo con tutte le tue affermazioni, ma hai dimostrato le tue idee in maniera molto convincente, e ho provato rispetto per la serietà della tua posizione. Questo tizio crede un po' troppo nell'arte, mi sono detto, ma se non altro ha le idee chiare e abbastanza cervello da ammettere la possibilità di altri punti di vista. Poi, tre o quattro giorni dopo, mi è arrivata una rivista per posta, e appena l'ho aperta, la prima cosa che mi è capitata sotto gli occhi è stato un racconto che portava la tua firma. *L'alfabeto segreto*, quello che parla dello studente che trova in continuazione messaggi scritti sui muri dei palazzi. Mi è piaciuto moltissimo. Mi è piaciuto talmente tanto che l'ho letto tre volte. Ma chi è questo Peter Aaron? mi sono chiesto, e dove se n'è stato nascosto? Quando Kathy come-si-chiama ha telefonato per dirmi che Palmer aveva dato forfait, le ho suggerito di contattare te.»

«Allora devo ringraziare te se sono stato trascinato quaggiù» dissi io, troppo frastornato dalla profusione di complimenti per farmi venire in mente qualcosa di meglio di quella fiacca risposta.

«Be', devo ammettere che non è andata come avevamo previsto.»

«Forse in fondo non è un gran male» soggiunsi. «Se non altro non dovrò starmene in piedi al buio a sentire le mie ginocchia che battono. Questo, almeno, bisogna dirlo.»

«Madre Natura che arriva in soccorso.»

«Proprio così. La Dea Fortuna che mi salva la pelle.»

«Sono contento che ti sia stato risparmiato il tormento. Non mi piacerebbe dovermene andare in giro con un simile rimorso sulla coscienza.»

«Però ti ringrazio per avermi fatto invitare. È stato importante per me, e la verità è che ti sono molto grato.»

«Non l'ho fatto per avere la tua gratitudine. Ero curioso, e prima o poi ti avrei contattato direttamente. Ma poi si è presentata questa opportunità e ho pensato che fosse una soluzione più elegante.»

«Ed eccomi qui, seduto al Polo Nord insieme all'Ammiraglio Peary in persona. Il meno che posso fare è offrirti da bere.»

«Accetto l'offerta, ma a una condizione. Che prima rispondi alla mia domanda.»

«Volentieri, a patto che tu mi dica cosa vuoi sapere. Non mi pare di averti sentito fare una domanda.»

«Sì, invece. Ti ho chiesto dove te ne sei stato nascosto. Forse mi sbaglio, ma secondo me non sei a New York da molto.»

«Prima vivevo qui, ma poi me ne sono andato. Sono tornato cinque o sei mesi fa.»

«E dove sei stato?»

«In Francia. Ci ho vissuto per quasi cinque anni.»

«Questo spiega tutto, allora. E come mai ti è venuta in mente l'idea di andare a vivere in Francia?»

«Per nessuna ragione particolare. Volevo semplicemente stabilirmi in un posto che non fosse questo.»

«Quindi non ci sei andato per studiare? E non hai nemmeno lavorato per l'UNESCO o per qualche studio legale internazionale di grido?»

«No, niente di tutto questo. Più che altro tiravo a campare.»

«La vecchia avventura dell'espatriato, allora? Giovane scrittore americano se ne va a Parigi alla scoperta della cultura e delle belle donne, per provare il piacere di starsene seduto nei caffè e fumare sigarette forti.»

«Non credo neanche che sia stato per questo. Sentivo il bisogno di cambiare aria, tutto qui. Ho scelto la Francia perché sapevo parlare il francese. Se avessi parlato il serbo-croato probabilmente sarei andato in Jugoslavia.»

«E così sei partito. Per nessun motivo particolare, come dici tu. E c'è stato qualche motivo particolare che ti ha fatto tornare?»

«La scorsa estate mi sono svegliato una mattina e mi sono detto che era ora di tornare a casa. Così. All'improvviso ho avuto la sensazione di essermi trattenuto abbastanza. Troppi anni senza baseball, immagino. Se non prendi la tua dose di doppie eliminazioni e di fuori campo, il tuo spirito rischia di inaridirsi.»

«E non hai intenzione di ripartire?»

«No, penso di no. Qualunque cosa cercassi di dimostrare andando laggiù, non ha più alcuna importanza per me.»

«Forse l'hai già dimostrata.»

«Può darsi. O magari la questione va posta in altri termini. Forse ho usato i termini sbagliati per tutto il tempo.»

«Bene» disse Sachs battendo all'improvviso la mano sul banco. «Adesso accetto volentieri da bere. Comincio a sentirmi soddisfatto, e questo stato d'animo mi mette sempre sete.»

«Che prendi?»

«Lo stesso che hai preso tu» rispose senza neanche darsi la briga di chiedermi cosa fosse. «E visto che il barman deve venire fin qui comunque, digli di versartene un altro. È d'obbligo un brindisi. In fondo, sei tornato in patria, e dobbiamo darti il bentornato in America come si deve.»

Non credo che qualcuno mi abbia mai disarmato in maniera così totale come fece Sachs quel pomeriggio. Fin dal primo momento procedette come un agente della squadra speciale, irrompendo nelle mie prigioni sotterranee e nei miei nascondigli più segreti, spalancando una porta sprangata dietro l'altra. Come venni poi a sapere, era il suo tipico modo di fare, un esempio quasi classico della maniera in cui procedeva nel mondo. Non menare il can per l'aia, non profonderti in complimenti – ma rimboccati le maniche e apri la bocca. Attaccare discorso con un perfetto estraneo, sbucare all'improvviso e fare domande che nessun altro avrebbe osato e farla franca il più delle volte per lui era uno scherzo. Si aveva l'impressione che non avesse mai imparato le regole e che, completamente privo di timidezza com'era, si aspettasse da tutti gli altri la stessa franchezza. E tuttavia le sue indagini avevano sempre un che di impersonale, come se non cercasse tanto di stabilire un contatto umano quanto di risolvere tra sé e sé qualche problema intellettuale. Ciò conferiva alle sue osservazioni una certa sfumatura astratta che ispirava fiducia e ti induceva a raccontargli cose che in alcuni casi non avevi nemmeno detto a te stesso. Non giudicava mai le sue nuove conoscenze, non trattava mai nessuno da inferiore, non faceva mai distinzioni tra le persone in base al loro ceto sociale. Un barman destava il suo interesse quanto uno scrittore, e se quel giorno non mi fossi presentato, probabilmente avrebbe trascorso due ore a chiacchierare con quello stesso uomo con cui io non mi ero degnato di scambiare neppure dieci parole. Sachs attribuiva automaticamente una grande intelligenza al suo interlocutore e così lo faceva sentire importante e pieno di dignità. Credo che fosse questo il pregio che ammiravo di più in lui, quell'abilità innata di tirare fuori il meglio dagli altri. Spesso faceva la figura del tipo strano, del tonto con la testa fra le nuvole eternamente distratto da oscuri pensieri e cure, eppure ti sorprendeva in continuazione con cento piccoli segni della sua premura. Come chiunque a questo mondo, ma forse in misura ancora maggiore, riusciva a combinare un'infinità di contraddizioni in un'unica, intatta presenza. In qualsiasi ambiente si trovasse sembrava sempre a suo agio, ma allo stesso tempo non ho mai conosciuto nessuno che fosse tanto goffo, tanto inetto dal punto di vista fisico, tanto incapace di compiere i gesti più semplici. Quel pomeriggio, dall'inizio alla fine della nostra conversazione fece cadere in continuazione il suo cappotto dallo sgabello. Deve essere successo sei o sette volte e a un certo punto, chinandosi per raccoglierlo, riuscì perfino a battere la testa contro il banco. Comunque, in seguito scoprii che Sachs era un ottimo atleta. Al liceo era stato il primo marcatore della sua squadra di pallacanestro, e in tutte le partite uno contro uno che giocammo nel corso degli anni credo di averlo battuto appena un paio di volte. Mentre era prolisso e spesso sciatto nel parlare, la sua scrittura si contraddistingueva per la grande precisione e l'economia estrema, per un vero e proprio dono per l'espressione giusta. Spesso il fatto che scrivesse mi sembrava addirittura un enigma. Era troppo presente, troppo affascinato dalle altre persone, troppo felice di mescolarsi alle folle per un'occupazione così solitaria, pensavo. Ma la solitudine non lo turbava più di tanto e lavorava sempre con una disciplina e un'alacrità straordinarie, rintanandosi a volte per settimane di fila per portare a termine un progetto. Data la sua personalità e il modo singolare in cui manteneva attivi questi suoi vari lati, Sachs non era il tipo che dava l'impressione di essere sposato. Appariva troppo instabile per la vita domestica, troppo democratico nei suoi affetti per essere capace di sostenere un rapporto profondo con un'unica persona. Ma Sachs si era sposato giovane, molto più giovane di tutti quelli che conoscevo, e tenne in vita quel matrimonio per quasi venti anni. Né Fanny sembrava il genere di moglie che ci voleva per lui. Se fossi stato messo alle strette avrei potuto immaginarlo con un tipo di donna docile, materno, una di quelle mogli che si accontentano di vivere all'ombra del marito, votate a proteggere il loro uomo-ragazzo dalle brutalità della vita pratica di tutti i giorni. Ma Fanny non era affatto così. La compagna di Sachs gli era pari in tutto e per tutto, era una donna complicata e molto intelligente con una vita indipendente, e se egli riuscì a tenersela stretta per tutti quegli anni, fu solo grazie ai suoi grandi sforzi, alla sua immensa capacità di capirla e di farle mantenere il suo equilibrio interiore. Certamente il carattere dolce di Sachs giovò al matrimonio, ma non vorrei esagerare questo aspetto. A dispetto della sua gentilezza, Sachs era capace di ragionare in maniera rigida e dogmatica, e talvolta si abbandonava a feroci accessi d'ira, a scoppi di rabbia davvero spaventosi. Questi non erano diretti tanto alle persone a cui voleva bene quanto al mondo in generale. L'ottusità del mondo lo atterriva e sotto la sua allegria e il suo umorismo talvolta si intuiva una fortissima carica di intolleranza e di disprezzo. Quasi tutto quello che scriveva era caratterizzato da un'incisività petulante e battagliera, e nel corso degli anni si guadagnò una reputazione di piantagrane. Credo che se la fosse meritata, ma in fin dei conti si trattava solo di una parte minima della sua personalità. Le difficoltà insorgono quando si cerca di costringerlo entro una qualsiasi definizione perentoria. Sachs era troppo imprevedibile per questo, troppo vivace e astuto, troppo pieno di nuove idee per fermarsi a lungo nello stesso posto. A volte trovavo la sua compagnia estenuante, ma non posso dire che fosse mai noiosa. Sachs mi ha tenuto sul chi vive per quindici anni, sfidandomi e provocandomi in continuazione, e mentre siedo qui e tento di capire chi era, quasi non riesco a immaginare la mia vita senza di lui.

«Mi hai messo in una posizione di svantaggio» gli dissi prendendo un sorso di bourbon dal mio bicchiere di nuovo pieno. «Tu hai letto praticamente ogni parola che ho scritto mentre io non ho visto nemmeno una riga di quello che hai scritto tu. Vivere in Francia aveva i suoi vantaggi, ma tra questi non c'era la possibilità di tenersi aggiornati sui nuovi libri che uscivano in America.»

«Non ti sei perso molto» rispose Sachs. «Te lo garantisco.»

«Sì, però mi sento un po' in imbarazzo lo stesso. A parte il titolo, del tuo libro non ne so assolutamente niente.»

«Ti darò una copia. Così non avrai più scuse per non leggerlo.»

«Ieri l'ho cercato in diverse librerie...»

«Lascia stare, risparmia i tuoi soldi. Ho un centinaio di copie e sono ben felice di sbarazzarmene.»

«Se non sono troppo ubriaco comincerò a leggerlo stasera.»

«Non c'è fretta. In fondo non è che un romanzo e non dovresti prenderlo troppo sul serio.»

«Io prendo sempre sul serio i romanzi. Soprattutto se a regalarmeli sono gli autori.»

«Be', l'autore in questione era molto giovane quando scrisse il libro. Forse addirittura troppo giovane. A volte gli rincresce che sia mai stato pubblicato.»

«Però avevi intenzione di leggere alcuni brani questo pomeriggio. Perciò non puoi essere convinto che sia tanto brutto.»

«Non dico che è brutto. È solo giovane, tutto qui. Troppo letterario, troppo grondante di intelligenza. Oggi non mi sognerei mai di scrivere qualcosa di simile. E se oggi mi interessa ancora, è solo per via del posto in cui l'ho scritto. Il libro in sé non ha molta importanza, ma credo di essere ancora attaccato al luogo in cui è venuto alla luce.»

« E che posto era? »

« Una prigione. Ho cominciato a scrivere questo libro in prigione. »

« Vuoi dire in una prigione vera? Con tanto di celle chiuse a chiave e sbarre? Di numeri stampinati sul petto della camicia? »

« Sì, una prigione vera. Il penitenziario federale di Danbury, nel Connecticut. Sono stato ospite di quell'albergo per diciassette mesi. »

« Oh Signore! E come ci sei finito? »

« Per un motivo semplicissimo, in realtà. Mi sono rifiutato di partire quando mi hanno chiamato alle armi. »

« Eri un obiettore di coscienza? »

« Volevo esserlo, ma hanno bocciato la mia domanda. Sono sicuro che conosci la storia. Se professi una religione che predica il pacifismo ed è contraria a tutte le guerre, allora c'è una possibilità che prendano in esame il tuo caso. Ma io non sono né quacchero né avventista del settimo giorno, e di fatto non sono contrario a tutte le guerre. Ero contrario solo a quella guerra. Ma sfortunatamente era proprio quella in cui volevano farmi combattere. »

« Ma perché la galera? Avevi altre scelte. Il Canada, la Svezia o anche la Francia. Migliaia di persone si sono rifugiate in quei paesi. »

« Perché sono un cocciuto figlio di puttana, ecco perché. Non volevo scappare. Mi sentivo in dovere di alzarmi in piedi e dire a tutti quello che pensavo. E non avrei potuto farlo se non fossi stato disposto a rischiare in prima persona. »

« E così hanno ascoltato la tua nobile dichiarazione e poi ti hanno sbattuto dentro lo stesso. »

« Già. Ma ne è valsa la pena. »

« Immagino di sì. Però quei diciassette mesi devono essere stati terribili. »

« Meno di quanto credi. Là dentro non devi preoccuparti di niente. Ti passano tre pasti al giorno, non devi fare il bucato, tutta la tua vita è programmata in precedenza. E questo ti dà una libertà difficile da immaginare. »

« Sono contento che riesci a scherzarci su. »

«Non sto scherzando. Be', forse un pochino sì. Però non ho sofferto in nessuno dei modi che probabilmente stai immaginando. Danbury non è una prigione da incubo come Attica o San Quentin. La maggior parte dei detenuti è lì per reati puliti – appropriazione indebita, frode fiscale, assegni a vuoto e roba del genere. Sono stato fortunato a essere mandato là, ma il vantaggio più grande stava nel fatto che ero preparato. Il mio processo si trascinò per mesi e, poiché sapevo fin dall'inizio che avrei perso, ebbi tutto il tempo di adattarmi all'idea della prigione. Non ero uno di quei rompiscatole immusoniti che passano il tempo a contare i giorni depennando un altro riquadro dal calendario ogni sera prima di andare a letto. Appena misi piede nella cella mi dissi: ecco, ci siamo, da questo momento dovrai vivere qui, vecchio mio. I confini del mio mondo si erano ristretti, ma ero ancora vivo, e finché sarei riuscito a respirare e a scoreggiare e a usare il cervello, che importanza aveva dov'ero?»

«Strano.»

«No, non era strano. È come la vecchia storiella di Henny Youngman. Il marito torna a casa, entra in soggiorno e vede un sigaro acceso nel portacenere. Chiede alla moglie cosa sta succedendo, ma lei fa finta di non sapere niente. Ancora sospettoso, il marito comincia a perlustrare tutta la casa. Arrivato in camera da letto apre il proprio armadio e ci trova uno sconosciuto. 'Che ci fa nel mio armadio?' chiede il marito. 'Non lo so' balbetta lo sconosciuto, tutto tremante e sudato. 'Ognuno di noi deve pur stare da qualche parte.'»

«E va bene, ho capito dove vuoi arrivare. Però insieme a te dentro a quell'armadio dovevano esserci dei brutti ceffi. Non deve essere stato sempre piacevole.»

«Sì, ammetto di essermela vista brutta qualche volta. Però imparai a destreggiarmi molto bene. Quel periodo è stato l'unico della mia vita in cui il mio aspetto strano si è rivelato utile. Nessuno sapeva cosa pensare di me, e dopo un po' riuscii a convincere la maggior parte degli altri detenuti che ero pazzo. Non hai idea di come la gente ti lasci completamente in pace se ti crede fuori di testa. Appena i tuoi occhi assumono quella certa espressione, sei immunizzato contro i guai.»

«E tutto questo perché volevi difendere i tuoi principii.»

«Non è stata poi così dura. Se non altro ho sempre saputo perché ero lì. Non dovevo torturarmi di rimorsi.»

«In confronto a te io sono stato fortunato. Mi hanno riformato per via dell'asma e non ho mai più dovuto pensarci.»

«E così, tu sei andato in Francia e io in galera. Siamo entrambi andati da qualche parte, e siamo entrambi tornati. E, a quel che mi risulta, adesso ci troviamo nello stesso posto.»

«Anche questo è un modo di considerare la faccenda.»

«È l'unico. Abbiamo usato metodi diversi ma abbiamo raggiunto lo stesso identico risultato.»

Ordinammo un altro giro. E questo portò a un altro, e poi a un altro, e poi a un altro ancora. Tra un giro e l'altro il barman ci offriva un paio di drink a spese della ditta, un gesto gentile che ripagavamo prontamente invitandolo a versarsene uno per sé. Poi il locale cominciò a riempirsi di clienti e noi andammo a sederci nell'angolo più appartato. Non ricordo tutti gli argomenti di cui parlammo, ma ricordo l'inizio di quella conversazione in maniera molto più chiara della fine. Nell'ultima mezz'ora, o negli ultimi tre quarti d'ora che passammo lì, avevo talmente tanto bourbon in corpo da vederci letteralmente doppio. Non mi era mai successo prima, e non avevo la più pallida idea di come riuscire a rimettere a fuoco il mondo. Ogni volta che guardavo Sachs ne vedevo due. Battere le palpebre non serviva a niente, e se scuotevo la testa riuscivo solo a farmi venire le vertigini. Sachs si era trasformato in un uomo con due teste e due bocche, e quando infine mi alzai per andare via, ricordo che mi afferrò con le sue quattro braccia proprio quando ero sul punto di cadere. Probabilmente fu una fortuna che quel pomeriggio di Sachs ce ne fossero così tanti. Ormai ero praticamente un peso morto, e non credo che un uomo solo ce l'avrebbe fatta a portarmi.

Io posso parlare soltanto di quello che so, delle cose che ho visto con i miei occhi e sentito con le mie orecchie. Fatta eccezione per Fanny, probabilmente ero la persona più vicina a Sachs in assoluto, ma ciò non fa di me un esperto nei dettagli della sua vita. Quando lo conobbi era già vicino ai trenta, e nessuno di noi due si diffuse a lungo sul proprio passato. La sua infanzia per me costituisce in gran parte un mistero, e tranne qualche osservazione casuale che ha fatto nell'arco degli anni a proposito dei genitori e delle sorelle, non so praticamente nulla sulla sua famiglia. Se le circostanze fossero diverse, adesso cercherei di parlare con alcune di queste persone, mi sforzerei di colmare il maggior numero di buchi possibile. Ma non sono in condizioni di dare la caccia agli insegnanti delle elementari e agli amici di liceo di Sachs, di fissare colloqui con i cugini, i compagni di università e gli uomini che erano in prigione insieme a lui. Me ne manca il tempo e, costretto come sono a lavorare in fretta, posso fare affidamento soltanto sui miei ricordi. Con ciò non voglio dire che bisognerebbe mettere in dubbio questi ricordi, che le cose che so sul conto di Sachs siano in qualche modo false o contaminate, però ci tengo a non presentare questo libro come qualcosa che non è. Non è in alcun modo definitivo. Non è né una biografia né un ritratto psicologico esauriente, e anche se durante gli anni della nostra amicizia Sachs mi ha fatto molte confidenze, non pretendo di avere altro che una conoscenza incompleta della sua personalità. Voglio raccontare la verità sul suo conto, fissare questi ricordi con quanta più sincerità possibile, ma non posso escludere la possibilità che mi sbagli, che la verità sia molto diversa da come la immagino.

Nacque il sei agosto del 1945. Ricordo la data perché ci teneva sempre moltissimo a farla sapere, e spesso nelle conversazioni parlava di sé come del «primo bimbo di Hiroshima d'America», del «figlio della bomba originale», del «primo bianco a emettere i primi vagiti nell'era nucleare.» Soleva sostenere che il dottore lo aveva fatto nascere nel preciso istante in cui *Fat Man* fu sganciato dai visceri di *Enola Gay*, ma questa mi è sempre sembrata un'esagerazione. L'unica volta in cui la incontrai, la madre di Sachs non fu in grado di ricordare l'ora del parto (aveva avuto quattro figli, spiegò, e nella sua mente le loro nascite si confondevano), ma se non altro confermò la data, aggiungendo che ricordava chiaramente che le dissero di Hiroshima *dopo* la nascita del figlio. E se il resto è invenzione di Sachs, non è altro che un innocente tocco di mitologia da parte sua. Era bravissimo a trasformare i fatti in metafore, e dal momento che aveva sempre a disposizione una gran quantità di fatti, era capace di bombardarti con una riserva inesauribile di strane connessioni storiche, abbinando le persone e le circostanze più disparate. Una volta, per esempio, mi disse che durante la prima visita negli Stati Uniti di Peter Kropotkin, avvenuta nell'ultimo decennio dello scorso secolo, la vedova del presidente della Confederazione sudista Jefferson Davis chiese un incontro con il famoso principe anarchico. E questo era un fatto già abbastanza bizzarro, commentò Sachs, ma poi, pochi minuti dopo l'arrivo di Kropotkin alla casa della signora Davis, chi altri avrebbe potuto presentarsi se non Booker T. Washington? Washington annunciò che cercava il signore che aveva accompagnato Kropotkin (un amico comune), e quando la signora Davis apprese che era nell'ingresso, gli mandò a dire di entrare e di unirsi alla compagnia. Quindi, per la mezz'ora successiva questo improbabile terzetto se ne stette seduto a bere il tè e a fare conversazione: il nobile russo che cercava di abbattere tutte le forme di governo organizzato, l'ex-schiavo divenuto scrittore ed educatore e la moglie dell'uomo che aveva trascinato l'America nella sua guerra più cruenta in difesa dell'istituzione della schiavitù. Soltanto Sachs poteva essere a conoscenza di un fatto del genere. Soltanto Sachs poteva informarti che all'epoca in cui, all'inizio del secolo, l'attrice cinematografica Louise Brooks cresceva in una cittadina del Kansas, la sua compagna di giochi della porta accanto era Vivian Vance, nientemeno che la donna che poi divenne la protagonista di *I Love Lucy*. Era emozionato per aver scoperto che i due volti della femminilità americana, la vamp e la sciattona, la libidinosa tutta sesso e la massaia trasandata venivano dallo stesso luogo, dalla stessa strada polverosa nel cuore dell'America. Sachs amava queste ironie, le immense follie e contraddizioni della storia, l'incessante capovolgersi degli eventi. Rimpinzandosi di quei fatti, era capace di interpretare il mondo come se fosse un'opera dell'immaginazione e trasformava avvenimenti documentati in simboli letterari, in tropi che indicavano qualche oscuro, complesso disegno incastonato nella realtà. Non riuscivo mai a sapere con certezza quanto prendesse sul serio questo gioco, ma lo faceva spesso, e a volte sembrava quasi incapace di fermarsi. Anche la storia della sua nascita faceva parte di questa coazione. Da un lato era una sorta di umorismo macabro, ma era anche un tentativo di definire la sua identità, un modo di coinvolgere se stesso negli orrori della sua epoca. Sachs parlava spesso della bomba. Per lui era una realtà fondamentale del mondo, una demarcazione ultima dello spirito che a suo vedere ci distingueva da tutte le altre generazioni della storia. Una volta acquisito il potere di distruggere noi stessi, il concetto stesso di vita umana era stato alterato; perfino l'aria che respiravamo era contaminata dal fetore della morte. Sachs non fu di certo il primo a farsi venire in mente questa idea, ma considerato quello che gli è successo nove giorni fa, la sua ossessione ha un che di soprannaturale, quasi fosse una sorta di bisticcio mortale, una parola scompaginata che ha messo radici dentro di lui e ha cominciato a proliferare sfuggendo al suo controllo.

Suo padre era un ebreo dell'Europa dell'Est, sua madre una cattolica irlandese. Al pari della maggior parte delle famiglie americane, era stata la sventura a spingerli qui (la carestia di patate del quinto decennio dell'Ottocento e i pogrom del nono), ma a parte questi dettagli rudimentali non possiedo alcuna informazione sugli antenati di Sachs. Amava dire che era stato un poeta a spingere la famiglia della madre a Boston, ma si trattava soltanto di un riferimento a Sir Walter Raleigh, che aveva introdotto la patata in Irlanda e perciò era responsabile della moria verificatasi tre secoli dopo. Quanto alla famiglia del padre, una volta mi disse che era stata la morte di Dio a farla venire a New York. Si trattava di un'altra delle sue allusioni enigmatiche le quali, finché non riuscivi a individuare la logica da filastrocca che le governava, sembravano completamente prive di senso. Quello che voleva dire era che i pogrom erano iniziati dopo l'assassinio dello zar Alessandro II, che Alessandro era stato ucciso dai nichilisti russi e che i nichilisti erano tali perché non credevano nell'esistenza di Dio. In fondo era un'equazione semplice, ma rimaneva incomprensibile finché i passaggi intermedi non venivano ricollocati nella sequenza. Era un po' come se qualcuno ti venisse a dire che il regno era stato perduto per mancanza di un chiodo. Se conoscevi la poesia, capivi. Se non la conoscevi, no.

Quando e dove si erano conosciuti i suoi genitori, cosa facevano da giovani, come avevano reagito le rispettive famiglie alla prospettiva di un matrimonio misto, a che punto si erano trasferiti nel Connecticut, tutto questo esula dal campo degli argomenti di cui sono in grado di parlare. A quel che mi risulta Sachs ricevette un'educazione laica. Era allo stesso tempo ebreo e cattolico, e ciò vale a dire che non era né l'uno né l'altro. Non ricordo che abbia mai detto di aver frequentato una scuola religiosa, e per quel che ne so non fu né cresimato né ricevette il bar mitzvah. Il fatto che fosse circonciso non era altro che un dettaglio clinico. Tuttavia, in diverse occasioni accennò a una crisi religiosa insorta verso i sedici anni, ma evidentemente si era spenta da sé piuttosto in fretta. La sua conoscenza della Bibbia (sia dell'Antico che del Nuovo Testamento) mi ha sempre riempito di meraviglia, e forse aveva cominciato a leggerla allora, durante quel periodo di tormento interiore. Più che gli argomenti spirituali a Sachs interessavano la politica e la storia, tuttavia la sua politica era permeata di qualcosa che io chiamerei religiosità, come se l'impegno non fosse semplicemente un modo di affrontare i problemi del momento, ma anche un mezzo di salvezza personale. Secondo me questo è un punto importante. Le idee politiche di Sachs non rientravano mai in nessuna delle categorie convenzionali. Diffidava dei sistemi e delle ideologie, e benché fosse in grado di parlarne con notevole discernimento e finezza, per lui l'azione politica si riduceva a una questione di coscienza. E fu proprio questo il motivo che nel 1968 lo spinse a scegliere la prigione. Non perché fosse convinto di poter concludere qualcosa là dentro, bensì perché sapeva che non sarebbe riuscito a sopportarsi se non lo avesse fatto. Se dovessi riassumere l'atteggiamento che aveva nei riguardi delle sue stesse convinzioni, inizierei accennando ai trascendentalisti del diciannovesimo secolo. Il suo modello era Thoreau, e senza l'esempio di *Civil Disobedience*, non credo che avrebbe fatto la fine che ha fatto. E qui non alludo più soltanto alla prigione, ma a tutto un atteggiamento nei riguardi della vita, un atteggiamento improntato a una spietata vigilanza interiore. Una volta, quando il discorso cadde su 'Walden', Sachs mi confessò che portava la barba « perché ce l'aveva Henry David » – e questa cosa mi fece improvvisamente capire quanto la sua ammirazione fosse profonda. Adesso, mentre scrivo queste parole, mi rendo conto che sono vissuti lo stesso numero di anni. Thoreau morì a quarantaquattro anni e Sachs lo avrebbe superato soltanto il mese prossimo. Non credo che questa coincidenza significhi qualcosa, ma è uno di quei fatti che Sachs amava tanto, un piccolo dettaglio da notare per la cronaca.

Suo padre lavorava come amministratore di un ospedale a Norwalk e, a quanto riesco a dedurre, la famiglia non era né ricca né particolarmente squattrinata. Prima erano nate due femmine, poi era arrivato Ben e infine una terza femmina: tutti e quattro erano nati nell'arco di sei o sette anni. A quanto pare Sachs era più legato alla madre che al padre (lei è ancora viva, lui no), ma non mi è mai parso di percepire l'esistenza di grandi conflitti tra padre e figlio. Per esemplificare quanto era stupido da piccolo, una volta Sachs mi raccontò che si era arrabbiato moltissimo quando aveva appreso che il padre non aveva combattuto nella Seconda guerra mondiale. Alla luce delle posizioni che Sachs prese in seguito, quella reazione appare quasi comica, ma chi può dire quanto fu grande la sua delusione allora? Tutti i suoi amici si vantavano delle imprese eroiche che i padri avevano compiuto da soldati, e lui li invidiava per i trofei di battaglia che tiravano fuori quando giocavano alla guerra sui prati delle case di periferia: gli elmetti e le cartucciere, le fondine e le borracce, le piastrine di riconoscimento, i berretti, le medaglie. Ma non seppi mai perché il padre non aveva fatto il servizio militare. D'altro canto, però, Sachs parlava sempre con orgoglio dell'impegno politico socialista del padre negli anni Trenta, che a quanto pare abbracciava l'organizzazione sindacale o qualche altra attività legata al movimento dei lavoratori. Se Sachs gravitava più verso la madre che verso il padre, credo che fosse perché avevano personalità molto simili: erano entrambi loquaci e schietti, entrambi dotati di uno straordinario talento di far parlare gli altri di se stessi. Secondo Fanny (che mi ha parlato di queste cose tanto quanto Ben), il padre di Sachs era più taciturno ed evasivo della madre, più chiuso e meno incline a rivelare i suoi pensieri. Tuttavia dovevano essere uniti da un legame molto forte. La prova più certa che mi viene in mente risale a un episodio che una volta mi raccontò Fanny. Poco tempo dopo l'arresto di Ben un giornalista locale si presentò a casa del suocero per intervistarlo sul processo. Il giornalista contava chiaramente di scrivere un pezzo sul conflitto tra due generazioni (un argomento di grande interesse a quei tempi), ma non appena il signor Sachs subodorò le sue intenzioni, quell'uomo solitamente sottomesso e taciturno batté il pugno sul bracciolo della poltrona, fissò il giornalista diritto negli occhi e disse: «Ben è un ragazzo straordinario. Gli abbiamo sempre insegnato a difendere le cose in cui crede, e sarei pazzo se non fossi fiero di quello che sta facendo. Se ci fossero più giovani come mio figlio, questo paese sarebbe di gran lunga migliore».

Non ho mai conosciuto suo padre, ma ricordo benissimo una Festa del Ringraziamento che trascorsi a casa della madre. La mia visita risale a poche settimane dopo l'elezione a presidente di Ronald Reagan, e cioè al novembre del 1980 – quasi dieci anni fa, ormai. Stavo attraversando un brutto periodo. Il mio primo matrimonio era naufragato due anni prima e avrei incontrato Iris soltanto alla fine di febbraio, di lì a tre mesi abbondanti. Allora mio figlio David aveva poco più di tre anni e sua madre e io avevamo stabilito di comune accordo che avrebbe passato il giorno festivo con me, ma i progetti che avevo fatto erano falliti all'ultimo momento. Le alternative si prospettavano alquanto squallide: o andare in qualche ristorante oppure mangiare tacchino surgelato nel mio piccolo appartamento di Brooklyn. Proprio quando cominciavo a cedere all'autocommiserazione (probabilmente mancavano appena due o tre giorni), Fanny salvò la situazione invitandoci dalla madre di Ben in Connecticut. Ci sarebbero stati tutti i nipoti, mi disse, e David si sarebbe senz'altro divertito.

In seguito la signora Sachs si è trasferita in una casa di riposo, ma all'epoca viveva ancora nella casa di New Canaan dove Ben era cresciuto insieme alle sorelle. Era un edificio grande nelle immediate vicinanze della città e aveva l'aria di essere stato costruito nella seconda metà dell'Ottocento: era uno di quel labirinti vittoriani con il tetto a due spioventi e tanto di dispense, scale di servizio e strani, angusti corridoi al primo piano. L'interno era buio e il soggiorno era stipato di pile di libri, giornali e riviste. Allora la signora Sachs doveva avere tra i sessantacinque e i settanta anni, ma non aveva affatto l'aria da vecchia né tantomeno da nonna. Aveva lavorato per molti anni come assistente sociale nel quartiere povero di Bridgeport, e non era difficile capire che aveva fatto bene il suo lavoro: era una donna schietta, con tante opinioni e un senso dell'umorismo impetuoso e paradossale. Si mostrava divertita da molte cose e non indulgeva né ai sentimentalismi né alla collera, ma ogni volta che il discorso cadeva sulla politica (come capitò diverse volte quel giorno), rivelava una lingua tagliente e maliziosa. Alcune delle sue osservazioni erano decisamente sconce, e a un certo punto, quando definì i complici condannati di Nixon « il genere di uomini che si rimboccano le mutande prima di coricarsi per la notte », una delle figlie mi lanciò un'occhiata imbarazzata, quasi per scusarsi del suo comportamento indegno di una signora. Non aveva alcun motivo di preoccuparsi. Infatti, quel giorno presi in grandissima simpatia la signora Sachs. Era una matriarca sovversiva che si divertiva ancora a prendere a schiaffi il mondo, e sembrava pronta a ridere di se stessa come di chiunque altro – figli e nipoti compresi. Poco dopo il mio arrivo mi confessò di essere una pessima cuoca, ragion per cui aveva delegato la responsabilità della cena alle figlie. Ma, soggiunse (e a questo punto si avvicinò e mi sussurrò in un orecchio), neanche le tre ragazze se la cavavano troppo bene in cucina. In fondo, disse, era stata lei a insegnargli tutto quello che sapevano, e se la maestra era una zuccona distratta, cosa ci si poteva aspettare dalle sue discepole?

Il pranzo fu, sì, terribile, ma non avemmo quasi il tempo di farci caso. Quel giorno, con tanta gente in casa e il baccano costante di cinque bambini al di sotto dei dieci anni, le nostre bocche erano più prese dai discorsi che dal cibo. La famiglia di Sachs era alquanto rumorosa. Le sorelle e i rispettivi mariti erano arrivati in aereo da diverse parti del paese, e dal momento che quasi tutti non si vedevano da parecchio tempo, ben presto la conversazione conviviale si trasformò in un cicaleccio disordinato in cui tutti parlavano contemporaneamente. In qualsiasi momento quattro o cinque dialoghi distinti si svolgevano da un capo all'altro del tavolo, ma poiché i commensali non parlavano necessariamente con i propri vicini, questi dialoghi s'intrecciavano in continuazione gli uni con gli altri, causando bruschi cambiamenti negli accoppiamenti degli interlocutori, di modo che tutti sembravano partecipare allo stesso tempo a tutte le conversazioni, chiacchierando simultaneamente a ruota libera della propria vita e origliando gli altri. Si aggiunga a questo le frequenti interruzioni dei bambini, l'andirivieni delle varie portate, la mescita del vino, i piatti caduti, i bicchieri rovesciati e i condimenti versati, e la cena cominciò a somigliare alla messinscena improvvisata di un elaborato spettacolo di varietà.

Era una famiglia solida, pensai, un gruppo di individui dispettosi e ribelli che si volevano bene ma non si aggrappavano alla vita che avevano condiviso in passato. Vidi con piacere che tra loro non c'era quasi malanimo, che affioravano pochissimi vecchi risentimenti e rivalità, ma allo stesso tempo non c'era molta intimità, non sembravano uniti come lo sono i membri delle famiglie più riuscite. So che Sachs voleva bene alle sorelle, ma solo in un modo automatico e piuttosto distaccato, e non credo che da adulto sia stato mai particolarmente legato a nessuna di loro. Forse c'entrava il fatto che fosse l'unico figlio maschio, e durante tutto quel lungo pomeriggio e la sera che seguì ogni volta che mi capitava sotto gli occhi era impegnato a parlare o con la madre o con Fanny, e secondo me mostrò più interesse per mio figlio David che per i suoi nipoti. Con ciò non credo di voler dimostrare qualcosa. Le osservazioni non obiettive come questa sono soggette a una quantità di errori e di equivoci, ma il fatto è che Sachs si comportava come una sorta di gufo nella sua stessa famiglia, una figura che se ne stava leggermente in disparte rispetto agli altri. Con ciò non voglio dire che li evitava, ma in certi momenti intuii che si sentiva a disagio, quasi fosse seccato di dover essere lì.

Standο alle poche informazioni che ho al riguardo, sembra

che la sua infanzia sia stata tutt'altro che straordinaria. A scuola non era particolarmente bravo, e se mai si distinse in qualche modo fu solo per il suo primato negli scherzi. A quanto pare non aveva alcun timore dell'autorità e, ad ascoltare i suoi racconti, passò tutto il periodo dai sei anni ai dodici in un fermento ininterrotto di sabotaggio creativo. Era lui a escogitare gli scherzi, a fissare i cartelli 'Prendetemi a Calci' sulla schiena dell'insegnante, ad accendere le castagnole nei bidoni dell'immondizia della mensa. In quegli anni trascorse centinaia di ore in castigo nell'ufficio del preside, ma le punizioni erano un prezzo trascurabile da pagare in cambio della soddisfazione che quei trionfi gli procuravano. Gli altri ragazzi lo rispettavano per il suo coraggio e la sua inventiva, ed era forse questo il principale motivo ispiratore che lo induceva a correre siffatti rischi. Ho visto alcune foto di Sachs bambino, e non c'è alcun dubbio che fosse un brutto anatroccolo, un vero e proprio mostriciattolo: un assemblaggio di stuzzicadenti con due grandi orecchie, denti da coniglio e una risatina sciocca e sbilenca. Il rischio di canzonature doveva essere enorme; sicuramente era un bersaglio mobile per ogni sorta di scherzi e di frecciate crudeli. Se riuscì a sottrarsi a quel destino fu perché obbligò se stesso a essere un pochino più sfrenato di tutti gli altri. Deve essere stato un ruolo alquanto ingrato, ma ce la mise tutta per riuscire a padroneggiarlo, e dopo un po' si aggiudicò il dominio incontrastato del territorio.

Un apparecchio gli raddrizzò i denti, il suo corpo si riempì e a poco a poco i suoi arti impararono a obbedirgli. Quando entrò nell'adolescenza Sachs cominciò a somigliare all'uomo che sarebbe diventato in seguito. Nello sport la sua altezza gli fu di aiuto e quando, a tredici o quattordici anni, cominciò a giocare a pallacanestro, divenne una promessa nel giro di pochissimo tempo. I tiri mancini e gli atteggiamenti da ribelle andarono esaurendosi, e sebbene al liceo il suo rendimento scolastico fosse tutt'altro che eccezionale (si descrisse sempre come uno studente svogliato, poco interessato a ottenere buoni voti), leggeva moltissimo e cominciava già a considerarsi un futuro scrittore. Per sua stessa ammissione, le prime cose che scrisse erano penose – «esami di coscienza romantico-assurdi» le definì una volta, degli orrendi raccontini e poesie che custodiva gelosamente senza farli vedere a nessuno. Ma non si diede per vinto e, in segno della sua crescente serietà, a diciassette anni si comprò una pipa. A suo vedere questa era il distintivo di ogni vero scrittore e durante l'ultimo anno di liceo passò tutte le sere seduto alla scrivania, la penna in una mano, la pipa nell'altra, a riempire la sua stanza di fumo.

Queste storie me le raccontò direttamente Sachs. Mi aiutarono a farmi un'idea più chiara di com'era prima che lo incontrassi, ma adesso, mentre ripeto i suoi commenti, mi rendo conto che potevano essere inventati di sana pianta. Sminuire i propri meriti era un tratto importante della sua personalità e spesso eleggeva se stesso a bersaglio delle sue battute. Soprattutto quando parlava del passato gli piaceva descriversi nei termini meno lusinghieri. Appariva sempre nei panni del ragazzino ignorante, dello sciocco ampolloso, del monello, dello zotico pasticcione. Forse voleva che lo vedessi così, o forse provava qualche perverso piacere a prendermi in giro. Infatti ci vuole una buona dose di sicurezza per prendersi gioco di se stessi, e raramente una persona dotata di una siffatta sicurezza è uno scioco o un pasticcione.

C'è un'unica storia risalente a quegli anni lontani di cui mi sento sicurissimo. La sentii verso la fine di quella mia visita in Connecticut del 1980 e, visto che me la raccontarono sia sua madre che lui, rientra in una categoria diversa dalle altre. Di per sé questo aneddoto è meno drammatico di altri che Sachs mi ha raccontato, ma riconsiderandolo adesso, alla luce di tutta la sua vita, risalta in modo particolare – quasi fosse l'annuncio di un tema, la presentazione iniziale di una frase musicale che avrebbe continuato a perseguitarlo fino ai suoi ultimi istanti sulla terra.

Una volta sparecchiata la tavola, a quelli che non avevano aiutato a preparare la cena fu assegnato il compito di rigovernare la cucina. Eravamo soltanto in quattro: Sachs e sua madre, Fanny e io. C'era da lavorare parecchio: tutti i ripiani erano in disordine e stipati di pile di stoviglie, e mentre ci davamo il turno a pulire, lavare, sciacquare e asciugare, chiacchierammo del più e del meno, vagando senza meta da un argomento all'altro. Dopo un po' ci ritrovammo a parlare del Giorno del Ringraziamento e di qui a discutere di altre festività americane, e questo argomento, a sua volta, ci portò a fare qualche osservazione casuale sui simboli nazionali. Qualcuno nominò la Statua della Libertà e allora, quasi che quel ricordo fosse riaffiorato nelle menti di entrambi nello stesso momento, Sachs e sua madre cominciarono a rievocare una gita a Bedloes Island che avevano fatto agli inizi degli anni Cinquanta. Fanny non aveva mai sentito quella storia e perciò lei e io, in piedi con gli strofinacci in mano, diventammo gli spettatori, mentre gli altri due recitavano il loro piccolo numero.

« Ricordi quel giorno, Benjy? » esordì la signora Sachs.

« Certo che lo ricordo » rispose il figlio. « Fu uno dei momenti decisivi della mia infanzia. »

« Eri proprio un ometto piccino piccino, allora. Avevi appena sei o sette anni. »

« Era l'estate in cui compii sei anni. Millenovecentocinquantuno. »

« Io ne avevo qualcuno di più, però non avevo mai visitato la Statua della Libertà. Pensai che fosse ora, e così un giorno ti caricai in macchina e ce ne andammo a New York. Non ricordo dove fossero le ragazze quella mattina, ma sono sicurissima che eravamo noi due soli. »

« Noi due soli, sì. E la signora come-si-chiama-stein e i suoi due figli. Ci incontrammo con loro sull'isola. »

« Doris Saperstein, la mia vecchia amica del Bronx. Aveva due maschietti all'incirca della tua età. Dei discoli di sette cotte, proprio una coppia di indiani selvaggi. »

« Erano due ragazzini normalissimi. Furono loro la causa di tutta la discussione. »

« Quale discussione? »

« Ah, sicché questa parte della storia l'hai dimenticata? »

« No, ricordo soltanto quello che accadde dopo. Cancellò tutto il resto. »

« Mi facesti mettere quegli orribili calzoncini e i calzettoni bianchi. Quando dovevamo andare da qualche parte mi vestivi sempre di tutto punto, e io lo odiavo. Con quei vestiti addosso mi sentivo una femminuccia, un Piccolo Lord in pompa magna. Era già un problema con le uscite in famiglia, ma il pensiero di presentarmi così ai figli della signora Saperstein mi riusciva insopportabile. Ero sicuro che loro sarebbero venuti in maglietta, tuta e scarpe da tennis, e non sapevo come avrei potuto guardarli in faccia.»

«Però vestito così sembravi un angioletto» disse sua madre.

«Può anche darsi, ma io non volevo sembrare un angioletto. Volevo sembrare un normalissimo bambino americano. T'implorai di farmi indossare qualcos'altro, ma tu eri irremovibile. 'Visitare la Statua della Libertà non è come giocare sul prato di casa' dicesti. 'È il simbolo del nostro paese, e dobbiamo mostrarle il dovuto rispetto.' Anche se allora ero piccolo, colsi lo stesso l'ironia della situazione. Eccoci là, che ci accingevamo a rendere omaggio al concetto della libertà mentre io ero in catene. Vivevo in una dittatura assoluta, e fin dove arrivavano i miei ricordi i miei diritti erano sempre stati calpestati. Cercai di spiegarti degli altri bambini, ma tu ti rifiutavi di darmi retta. Sciocchezze, dicesti, anche loro indosseranno i vestiti buoni. Eri maledettamente sicura di te, e così alla fine mi feci coraggio e ti proposi un patto. E va bene, dissi, oggi mi vestirò come vuoi tu. Ma se gli altri bambini si presenteranno in tuta e scarpe da tennis, allora è l'ultima volta che mi obblighi a farlo. Da allora in poi mi darai il permesso di vestirmi come mi pare.»

«E io accettai? Mi sono abbassata a scendere a patti con un ragazzino di sei anni?»

«Lo facesti solo per assecondarmi. L'idea che potessi perdere la scommessa non ti sfiorò nemmeno. Ma ecco che la signora Saperstein e i suoi due figli arrivarono alla Statua della Libertà, e i ragazzini erano vestiti esattamente come avevo predetto. E così divenni signore del mio guardaroba. Fu la prima grande vittoria della mia vita. Mi sentivo come se fossi sceso in campo a favore della democrazia, come se mi fossi sollevato in nome degli oppressi di tutto il mondo.»

«Adesso capisco perché hai un debole per i jeans» intervenne Fanny. «Scopristi il principio del libero arbitrio e decidesti all'istante di vestirti male per il resto della tua vita.»

« Proprio così » disse Sachs. « Mi conquistai il diritto di essere uno straccione, e da allora ho sempre tenuto alta la bandiera. »

« E poi », riprese la signora Sachs, impaziente di continuare il racconto, « cominciammo a salire. »

« Le scale a chiocciola » soggiunse il figlio. « Doris e io mandammo i ragazzi avanti, e cominciammo a salire le scale con calma, tenendoci al corrimano. Arrivammo fin su nella corona e ci fermammo a guardare il porto per qualche istante; fin lì era andato tutto più o meno bene. Io credevo che la visita fosse finita, che saremmo tornati giù per poi andare a prendere un gelato da qualche parte. Ma allora si poteva ancora raggiungere la torcia, e per farlo bisognava salire delle altre scale – proprio dentro il braccio di Miss Virago. I bambini volevano andarci a tutti i costi. Non facevano che gridare e frignare dicendo che volevano assolutamente vedere tutto, e così Doris e io ci demmo per vinte. Scoprimmo che quelle scale non avevano il corrimano come le altre. Erano la serie di pioli di ferro più stretta e contorta che avessi mai visto, un palo dei pompieri bitorzoluto, e quando guardavi giù in fondo al braccio avevi la sensazione di trovarti a trecento miglia di altezza. Tutt'intorno era il nulla assoluto, il grande vuoto del cielo. I ragazzi sgattaiolarono su nella torcia da soli, ma quando arrivai a tre quarti di strada mi resi conto che non ce l'avrei fatta. Mi ero sempre considerata un tipo abbastanza in gamba. Non ero una di quelle isteriche che si mettevano a urlare alla vista di un topo. Ero una donna forte con i piedi per terra e avevo messo il naso fuori di casa più di una volta, ma quel giorno su quelle scale mi sentii venir meno, mi vennero i sudori freddi, mi venne da vomitare. A quel punto neanche Doris era più in forma smagliante, e così ci sedemmo su un gradino, nella speranza di riuscire a calmarci. Andò un po' meglio, non molto, però, e perfino con la schiena ben piantata contro un sostegno solido avevo ancora la sensazione di stare lì lì per cadere, che da un momento all'altro sarei piombata a capofitto verso il fondo. Era il peggior attacco di panico che avessi mai avuto in vita mia. Ero completamente sottosopra. Avevo il cuore in gola, la testa nelle mani, lo stomaco nei piedi. Al pensiero di

Benjamin mi spaventai tanto che cominciai a gridargli di scendere. Era terribile. La mia voce riecheggiava da un capo all'altro della Statua della Libertà come le grida di qualche anima in pena. Infine i ragazzi scesero dalla torcia e poi ci avviammo giù per le scale tutti insieme, accovacciati, un gradino per volta. Doris e io cercammo di trasformare quella discesa in un gioco per i ragazzi, facendo finta che quello fosse il modo più divertente di tornare giù. Ma nulla sarebbe riuscito a farmi alzare di nuovo in piedi su quelle scale. Piuttosto mi sarei lanciata nel vuoto. Avremo impiegato mezz'ora per arrivare in fondo, e alla fine ero ridotta a un rottame, una massa di carne inerte. Quella notte Benjy e io ci fermammo dai Saperstein al Grand Concourse, e da allora in poi ho avuto una paura terribile dei posti alti. Preferirei morire piuttosto che mettere piede su un aereo, e una volta superato il quarto o il quinto piano di un palazzo mi sento diventare tutta molle dentro. Incredibile, non è vero? E pensare che cominciò tutto quel giorno, quando Benjamin era piccolo e s'arrampicò dentro la torcia della Statua della Libertà.»

«Fu la mia prima lezione di teoria politica» disse Sachs scostando gli occhi dalla madre per guardare Fanny e me. «Imparai che la libertà può essere pericolosa. Se non stai in guardia può ucciderti.»

Non voglio esagerare l'importanza di questa storia ma allo stesso tempo non penso che debba essere tralasciata di sana pianta. Di per sé non fu altro che un episodio banale, un frammento di tradizioni familiari e la signora Sachs lo raccontò con una sufficiente dose di umorismo e di autoironia da fugare le sue implicazioni a dir poco spaventose. Appena finì il suo racconto scoppiammo tutti a ridere e poi il discorso cadde su un altro argomento. Se non fosse stato per il romanzo di Sachs (lo stesso libro con cui si avventurò sotto la neve il giorno del nostro *reading* mancato del 1975) forse me ne sarei completamente dimenticato. Ma dal momento che quel libro è pieno di riferimenti alla Statua della Libertà è difficile ignorare la possibilità dell'esistenza di un nesso – quasi che l'esperienza della sua infanzia, quando aveva assistito alla crisi di panico della madre, in qualche modo costituisse l'essenza di ciò che scrisse venti anni dopo, ormai adulto. Quella sera, durante il viaggio di ritorno in macchina, glielo domandai, ma Sachs si limitò a rispondermi con una risata. Disse che non si ricordava nemmeno quella parte della storia. Poi, liquidando l'argomento una volta per tutte, si lanciò in una diatriba comica contro i tranelli della psicanalisi. Alla fin fine, niente di tutto questo ha importanza. Il solo fatto che Sachs abbia negato l'esistenza di un nesso non significa che non ci fosse. Nessuno può dire cosa dà origine a un libro, tantomeno la persona che lo scrive. I libri nascono dall'ignoranza, e se continuano a vivere dopo essere stati scritti, lo fanno solo nella misura in cui sfuggono alla comprensione.

Il nuovo colosso è l'unico romanzo che Sachs abbia pubblicato. È stato anche la prima cosa sua che ho letto, e non c'è dubbio che ebbe un ruolo determinante nel far decollare la nostra amicizia. Una cosa era trovare simpatico Sachs come persona, ma quando mi resi conto che anche la sua opera suscitava la mia ammirazione, divenni molto più ansioso di conoscerlo, molto più disposto a vederlo e a parlare ancora con lui. Questo fatto lo pose subito su un altro livello rispetto a tutte le altre persone che avevo conosciuto dopo il mio ritorno in America. Come scoprii, Sachs era qualcosa di più di un potenziale compagno di bevute, qualcosa di più di un ennesimo conoscente. Quindici anni fa, un'ora dopo aver aperto il libro di Sachs, capii che potevamo diventare amici.

Ho appena trascorso la mattinata a risfogliarlo (qui nella capanna ce ne sono diverse copie) e ho appurato con stupore che il mio giudizio è rimasto praticamente identico. Non credo di avere granché da aggiungere. Il libro continua a esistere, è disponibile nelle librerie e nelle biblioteche, e chiunque abbia voglia di leggerlo può farlo senza alcuna difficoltà. Un paio di mesi dopo il nostro primo incontro uscì in edizione economica, e da allora è stato ristampato regolarmente, conducendo una vita tranquilla ma sana ai margini della letteratura recente: un folle guazzabuglio di libro che ha mantenuto il suo posticino sullo scaffale. La prima volta che lo lessi, tuttavia, lo affrontai con freddezza. Dopo quello che mi aveva raccontato Sachs nel bar credevo che avesse scritto un romanzo d'esordio convenzionale, uno di quei tentativi appena velati di romanzare la storia della propria vita. Non avevo intenzione di usare questo fatto a suo discapito, ma lui mi aveva parlato con tanto disprezzo del libro che sentivo di dovermi preparare a una delusione. Quel giorno nel locale mi firmò una copia, ma l'unica cosa che notai allora fu che era voluminoso, che superava le quattrocento pagine. Iniziai a leggerlo l'indomani pomeriggio, spaparacchiato nel letto dopo aver bevuto sei caffè nel tentativo di vincere i postumi della sbornia. Come mi aveva avvisato Sachs, era un libro giovanile, ma non sotto gli aspetti che mi aspettavo. *Il nuovo colosso* non aveva niente a che fare con gli anni Sessanta né con il Vietnam o il movimento contro la guerra, non aveva niente a che fare con i diciassette mesi che aveva passato in prigione. Che mi fossi aspettato tutto questo era dovuto a un difetto di immaginazione da parte mia. L'idea della prigione era talmente terribile per me che non riuscivo a immaginare che qualcuno che ci era stato potesse fare a meno di scriverne.

Come ogni lettore ben sa, *Il nuovo colosso* è un romanzo storico, un libro minuziosamente documentato ambientato in America tra il 1876 e il 1890 e basato su fatti reali, verificabili. I personaggi sono perlopiù persone realmente vissute in quel periodo, e perfino quando sono immaginari, più che invenzioni sono dei prestiti, figure rubate dalle pagine di altri romanzi. Per il resto, tutti gli avvenimenti sono reali, reali nel senso che rispettano la storiografia, e nei punti in cui questa appare poco chiara, non c'è alcun tentativo di intervenire sulle leggi della probabilità. Tutto acquista un'aria estremamente plausibile, realistica, banale addirittura, grazie all'accuratezza delle descrizioni. E tuttavia Sachs coglie in continuazione il lettore alla sprovvista, mescolando tra loro talmente tanti generi e stili per raccontare la sua storia, che il libro acquista le sembianze di un flipper, di un congegno favoloso con luci intermittenti e mille effetti sonori diversi. Di capitolo in capitolo salta dalla tradizionale narrazione in terza persona a passi di diari e lettere in prima, da tavole cronologiche a piccoli aneddoti, da articoli di giornale a saggi, a dialoghi teatrali. È uno spettacolo turbinante, uno sprint da maratona dalla prima all'ultima riga e, qualsiasi cosa si pensi del libro nel suo insieme, è impossibile non provare rispetto per l'energia dell'autore, per il coraggio delle sue ambizioni.

Tra i personaggi che appaiono nel romanzo ci sono Emma Lazarus, Toro Seduto, Ralph Waldo Emerson, Joseph Pulitzer, Buffalo Bill, Auguste Bartholdi, Catherine Weldon, Rose Hawthorne (la figlia di Nathaniel), Ellery Channing, Walt Whitman e William Tecumseh Sherman. Ma c'è anche Raskalnikov (arrivato dritto dritto dall'epilogo di *Delitto e castigo* – rilasciato dalla prigione e appena immigrato negli Stati Uniti, dove il suo nome viene anglicizzato in Ruskin), Huckleberry Finn (un vagabondo di mezza età) e Ismaele di *Moby Dick* (che ha una particina come barman a New York). *Il nuovo colosso* inizia nell'anno del centenario dell'America e procede avanzando tra i principali avvenimenti dei successivi quindici anni: la sconfitta del generale Custer a Little Bighorn, la costruzione della Statua della Libertà, lo sciopero generale del 1877, l'esodo degli ebrei russi verso l'America nel 1881, l'invenzione del telefono, le rivolte di Haymarket a Chicago, la diffusione della religione della Danza degli Spettri tra i Sioux, il massacro di Wounded Knee. Ma sono riportati anche avvenimenti secondari e alla fine sono proprio questi a conferire una struttura al libro, l'elemento che lo trasforma in qualcosa di più di un semplice puzzle di fatti storici. Il capitolo d'apertura è un esempio calzante. Emma Lazarus si reca a Concord, nel Massachusetts, per trascorrere un periodo ospite di casa Emerson. Durante il suo soggiorno viene presentata a Ellery Channing, il quale l'accompagna in una gita a Walden Pond e le parla della sua amicizia con Thoreau (morto ormai da quattordici anni). I due sono attratti l'uno dall'altra e diventano amici, dando luogo a un'altra di quelle strane giustapposizioni che tanto piacevano a Sachs: il canuto abitante della Nuova Inghilterra e la giovane poetessa ebrea dei quartieri alti di New York. Durante il loro ultimo incontro Channing le porge un regalo e le dice di aprirlo soltanto una volta salita sul treno che la riporterà a casa. Quando Emma scarta il pacchetto trova una copia del libro di Channing su Thoreau insieme a una delle reliquie che il vecchio è andato raccogliendo dopo la morte dell'amico: la bussola tascabile di Thoreau. È un momento bellissimo, trattato con grande sensibilità da Sachs, che imprime nella mente del lettore un'immagine importante destinata a ricorrere in molte fogge diverse per tutto il libro. Anche se non viene espresso con molte parole, il messaggio non potrebbe essere più chiaro. L'America ha smarrito la strada. Thoreau era l'unico in grado di leggerci la bussola e ora che se ne è andato non abbiamo più alcuna speranza di ritrovare noi stessi.

C'è la strana storia di Catherine Weldon, la signora borghese di Brooklyn che se ne va all'Ovest dove diventa una delle mogli di Toro Seduto. C'è una descrizione farsesca del giro degli Stati Uniti del granduca russo Alexis – a caccia di bufali insieme a Buffalo Bill, mentre naviga giù per il Mississippi in compagnia del generale George Armstrong Custer e sua moglie. C'è il Generale Sherman, il cui secondo nome è un omaggio a un guerriero indiano, il quale nel 1876 (appena un mese dopo l'ultima sconfitta di Custer) riceve l'ordine « di assumere il controllo militare di tutte le riserve in terra Sioux e di trattare gli indiani come prigionieri di guerra » e poi, di lì a un anno, viene incaricato dal Comitato Americano per la Statua della Libertà « di decidere se la statua debba essere collocata sull'isola di Governor oppure su quella di Bedloe ». C'è Emma Lazarus che muore di cancro all'età di trentasette anni, curata dalla sua amica Rose Hawthorne – la quale subisce un cambiamento talmente radicale dopo quest'esperienza da convertirsi al cattolicesimo, entrare nell'ordine di San Domenico con il nome di sorella Alphonsa e consacrare i suoi rimanenti trenta anni di vita alla cura dei malati terminali. Nel libro ci sono decine di episodi come questo. Sono tutti veri, tutti fondati sulla realtà, e tuttavia Sachs li abbina in maniera tale da farli diventare sempre più fantastici, quasi descrivesse un incubo o un'allucinazione. Via via che va avanti, il libro assume un carattere sempre più instabile – pieno di associazioni e partenze imprevedibili, contrassegnato da cambiamenti di tono sempre più rapidi – finché si arriva a un punto in cui si ha la sensazione che tutto quanto cominci a levitare, a sollevarsi lentamente da terra come un gigantesco pallone-sonda. Arrivati all'ultimo capitolo, ormai si è saliti talmente in alto che ci si rende conto di non poter riscendere senza precipitare, senza schiantarsi.

Comunque, il libro presenta senz'altro delle pecche. Benché Sachs ce la metta tutta per mascherarle, a volte il romanzo appare troppo costruito, troppo meccanico nell'orchestrazione degli avvenimenti e solo di rado qualcuno dei personaggi diventa veramente vivo. A metà della mia prima lettura, ricordo di aver detto a me stesso che Sachs era più un pensatore che un artista, e spesso la sua pesantezza mi irritava: il modo in cui cercava di inculcare le sue opinioni nella testa del lettore, manipolando i personaggi in maniera che sottolineassero le sue idee anziché lasciare che fossero loro a creare l'intreccio. Tuttavia, anche se non aveva scritto di sé, capii che per lui quel libro doveva essere profondamente personale. L'emozione dominante era la rabbia, una rabbia distillata, lacerante, che emergeva quasi in ogni pagina: rabbia contro l'America, rabbia per l'ipocrisia politica, rabbia come arma per distruggere i miti nazionali. Ma dato che all'epoca c'era ancora la guerra del Vietnam e Sachs era finito in carcere a causa di quella guerra, non era difficile capire da dove gli venisse la rabbia. Conferiva al libro un tono stridente, polemico, ma credo anche che fosse questo il segreto della sua forza, il motore che spingeva innanzi il libro e ti faceva venir voglia di continuare a leggerlo. Sachs aveva appena ventitré anni quando cominciò a scrivere *Il nuovo colosso* e lavorò al progetto per cinque anni, scrivendo sette o otto stesure. La versione pubblicata era di quattrocentosessanta pagine e il martedì sera, quando andai a dormire, le avevo lette tutte. Tutte le riserve che potevo avere erano state ridotte al minimo dalla mia ammirazione per quello che aveva realizzato. Quando il mercoledì pomeriggio tornai a casa dal lavoro mi misi subito a scrivergli una lettera. Gli dissi che aveva scritto un grande romanzo e che in qualsiasi momento avesse voluto dividere una bottiglia di bourbon con me sarei stato onorato di fargli compagnia, bicchiere dopo bicchiere.

Da allora in poi cominciammo a vederci con regolarità. Sachs non aveva un lavoro e questo fatto lo rendeva più disponibile della maggior parte delle persone che conoscevo, più flessibile nel suo tran tran. A New York la vita sociale tende a essere molto rigida. Una semplice cena può comportare settimane di preparativi, e capita che due amici per la pelle non si sentano per mesi di fila. Con Sachs, invece, gli incontri improvvisati erano la regola. Lavorava quando ne aveva voglia (per lo più la sera tardi) e per il resto del tempo girovagava liberamente, bighellonando per le strade della città come un *flâneur* del diciannovesimo secolo, seguendo il proprio naso dovunque. Passeggiava, visitava musei e gallerie d'arte, andava al cinema in pieno giorno, leggeva un libro seduto su una panchina di qualche parco. A differenza di tanti altri non era schiavo dell'orologio e di conseguenza non aveva mai la sensazione di perdere tempo. Ciò non significa che non fosse produttivo, ma il muro che separava il lavoro dall'inattività si era sbriciolato al punto che egli quasi non si accorgeva della sua esistenza. Questo fatto, credo, lo aiutava come scrittore, dal momento che le idee migliori sembravano venirgli quando non era seduto alla scrivania. Perciò, in questo senso, per lui tutto rientrava sotto la voce lavoro. Mangiare era lavoro, vedere una partita di pallacanestro era lavoro, star seduto con un amico in un bar a mezzanotte era lavoro. Nonostante le apparenze non c'era praticamente un momento in cui non lavorasse.

Le mie giornate erano di gran lunga meno flessibili delle sue. L'estate precedente ero tornato da Parigi con nove dollari in tasca e, piuttosto che chiedere un prestito a mio padre (che probabilmente non me lo avrebbe concesso comunque), avevo accettato il primo lavoro che mi si era presentato. All'epoca in cui conobbi Sachs lavoravo per un mercante di libri rari nella Upper East Side, per lo più seduto nel retrobottega a redigere cataloghi e a sbrigare la corrispondenza. Arrivavo tutte le mattine alle nove e andavo via all'una. Di pomeriggio facevo traduzioni a casa: ero alle prese con una storia della Cina di un giornalista francese che in passato era stato di stanza a Pechino – un libro abborracciato, mal scritto, che esigeva più sforzi di quanti ne meritasse. Speravo di poter lasciare il mio lavoro presso il mercante di libri e cominciare a guadagnarmi da vivere come traduttore, ma la riuscita del mio progetto non era ancora sicura. Nel frattempo scrivevo anche racconti e di quando in quando qualche recensione, e tra una cosa e l'altra dormivo pochissimo. Tuttavia, vedevo Sachs più spesso di quanto non sembri possibile adesso, considerate le circostanze. Un particolare vantaggioso era che avevamo scoperto di abitare nello stesso quartiere e la distanza che separava i nostri appartamenti era facilmente percorribile a piedi. Questo fatto portò a frequenti incontri notturni nei bar lungo Broadway e poi, una volta scoperta una comune passione per lo sport, anche nei pomeriggi dei week-end, dal momento che in quei locali erano sempre sintonizzati sulle partite di baseball e nessuno di noi due possedeva un televisore. Fin quasi dall'inizio cominciai a vedere Sachs in media due volte alla settimana, molto più spesso di quanto non vedessi tutti gli altri.

Non molto tempo dopo l'inizio di questi incontri mi presentò a sua moglie. All'epoca Fanny frequentava il corso di specializzazione presso il dipartimento di storia dell'arte della Columbia, insegnava alle matricole e intanto ultimava la sua tesi sulla paesistica americana dell'Ottocento. Aveva conosciuto Sachs all'Università del Wisconsin dieci anni prima: si erano letteralmente scontrati durante un raduno per la pace organizzato al campus. Quando, nella primavera del 1967, Sachs era stato arrestato, erano già sposati da quasi un anno. Durante il periodo del processo avevano abitato a casa dei genitori di Ben a New Canaan, e una volta che era stata pronunciata la sentenza e Ben era stato rinchiuso in prigione (agli inizi del 1968), Fanny era tornata a vivere a Brooklyn nell'appartamento dei propri genitori. A un certo punto aveva fatto domanda al corso di perfezionamento della Columbia ed era stata ammessa con una borsa di studio – che comprendeva la frequenza gratuita, un'indennità mensile di svariate migliaia di dollari e l'incarico di insegnare in un paio di corsi. Aveva trascorso il resto di quell'estate lavorando come impiegata supplente a Manhattan, aveva trovato un appartamentino sulla Centododicesima Ovest alla fine di agosto e poi, a settembre, aveva cominciato a frequentare le lezioni, prendendo ogni domenica il treno fino a Danbury per andare a trovare Ben. Riferisco queste cose adesso perché quell'anno la incontrai per caso diverse volte – senza avere la più pallida idea di chi fosse. Allora studiavo ancora alla Columbia e vivevo in un appartamento ad appena cinque isolati dal suo, sulla Centosettima Ovest. Il caso aveva voluto che due dei miei migliori amici abitassero nel suo palazzo, e in diverse occasioni mi accadde di incontrarla nell'ascensore oppure giù nell'atrio. Inoltre, mi capitava di vederla camminare per Broadway, di trovarla in fila davanti a me nella rivendita di tabacchi a prezzi scontati, di scorgerla al campus mentre entrava in qualche edificio. In primavera ci ritrovammo addirittura nella stesso corso, una seguitissima serie di lezioni di storia dell'estetica tenuta da un professore del dipartimento di filosofia. La notai in tutti questi posti diversi perché mi piaceva, ma non trovavo mai il coraggio di rivolgerle la parola. La sua eleganza aveva un che di minaccioso, una sorta di corazza che sembrava scoraggiare gli estranei a fare approcci. La colpa, credo, era in parte della fede che portava alla mano sinistra, ma, anche se non fosse stata sposata, non penso che la situazione sarebbe stata diversa. Tuttavia, cercai deliberatamente di sedermi dietro di lei durante il corso di filosofia, tanto per poter passare un'ora ogni settimana a osservarla di sottecchi. Un paio di volte uscendo dall'aula ci sorridemmo ma io ero troppo timido per azzardare il passo successivo. Quando, infine, nel '75, Sachs me la presentò, ci riconoscemmo subito. Fu un'esperienza sconvolgente e mi ci vollero diversi minuti per riuscire a ritrovare la calma. Un mistero del passato era stato all'improvviso risolto. Sachs era il marito assente della donna che avevo osservato con tanta attenzione sei o sette anni prima. Se fossi rimasto ad abitare in quel quartiere quasi sicuramente lo avrei visto dopo la sua scarcerazione. Ma mi laureai in giugno e Sachs arrivò a New York soltanto in agosto. Allora io avevo già lasciato il mio appartamento ed ero in procinto di partire per l'Europa.

Non c'è dubbio che formassero una strana coppia. Sotto quasi tutti gli aspetti che mi vengono in mente, Ben e Fanny sembravano vivere in due mondi che si escludevano a vicenda. Ben era tutto braccia e gambe, un sistema osseo fatto di angoli acuti e sporgenze, mentre Fanny era bassa e tonda, con un viso levigato e la pelle olivastra. Ben era rubizzo al confronto, e aveva i capelli crespi e arruffati e una carnagione che si scottava con facilità. Lui occupava molto spazio, sembrava sempre in movimento e cambiava espressione ogni cinque o sei secondi, mentre Fanny era posata, sedentaria, felina nel suo modo di abitare il proprio corpo. Per me non era tanto bella quanto esotica, benché questa sia forse una parola troppo forte per esprimere quello che intendo. Magnetismo, forse, si avvicina di più all'espressione che cerco, una certa aria di autosufficienza che ti spingeva a osservarla, anche quando se ne stava seduta senza fare niente. Non era spiritosa come sapeva esserlo Ben, non era sveglia, non le scappavano mai le parole di bocca. Eppure sono sempre stato convinto che fosse lei la più eloquente dei due, la più intelligente, quella con le facoltà analitiche più sviluppate. La mente di Ben era tutta intuizione. Era audace ma non particolarmente sottile, una mente che amava il rischio, fare salti nel buio, costruire nessi improbabili. Fanny, invece, era minuziosa e imparziale, aveva una pazienza infinita e non era incline a dare giudizi affrettati o a fare osservazioni infondate. Lei era una studiosa e lui era un saccentone; lei era una sfinge e lui una piaga aperta; lei era un'aristocratica e lui un plebeo. Stare in loro compagnia era come essere testimoni dell'unione tra una pantera e un canguro. Fanny, sempre vestita in maniera impeccabile, elegantissima, camminava al fianco di un uomo più alto di lei di quasi trenta centimetri, un ragazzino troppo cresciuto con indosso un paio di Converse All-Stars nere, jeans e una felpa grigia con cappuccio. All'apparenza sembrava una scena assurda. Vedendoli insieme la prima reazione era quella di pensare che fossero due estranei.

Ma questa era solo l'apparenza. Al di sotto della sua apparente goffaggine, Sachs possedeva una capacità straordinaria di capire le donne. Non solo Fanny, ma praticamente tutte quelle che incontrava, e sono spesso rimasto sorpreso dall'estrema naturalezza con cui erano attratte da lui. Forse c'entrava in parte il fatto che era cresciuto insieme a tre sorelle, come se l'intimità appresa durante l'infanzia lo avesse permeato di qualche conoscenza occulta, di quell'accesso ai segreti femminili che gli altri uomini passano l'intera vita a cercare di scoprire. Fanny aveva i suoi momenti difficili e non credo che sia mai stata una persona con cui fosse facile convivere. Spesso la sua calma esteriore copriva uno stato di agitazione interiore e in diverse occasioni ho visto con i miei stessi occhi come era capace di cadere rapidamente in preda a umori oscuri, depressivi, sopraffatta da qualche angoscia indefinita che d'improvviso la spingeva sulla soglia del pianto. In quei momenti Sachs la proteggeva trattandola con una tenerezza e una discrezione spesso molto commoventi, e credo che Fanny avesse imparato a dipendere da lui per questo, a rendersi conto che nessuno riusciva a capirla quanto lui. Il più delle volte questa compassione veniva espressa in maniera indiretta, in una lingua incomprensibile per gli estranei. La prima volta che andai a casa loro, per esempio, a tavola il discorso cadde sui figli – se averli o meno, e se sì quando era il momento giusto, tutti i cambiamenti che causavano, e così via. Ricordo di aver difeso energicamente l'idea di averli. Sachs, invece, si cimentò in una lunghissima sbrodolata per spiegare perché non era d'accordo. Gli argomenti a cui ricorse erano molto ordinari (il mondo è troppo brutto, siamo in troppi, bisognerebbe sacrificare troppa libertà), ma li espresse con una veemenza e una convinzione tali da convincermi che parlasse anche a nome di Fanny e che entrambi fossero decisamente contrari a diventare genitori. Anni dopo scoprii che era vero l'esatto contrario. Avevano cercato disperatamente di avere un figlio ma Fanny non riusciva a rimanere incinta. Dopo numerosi tentativi si erano rivolti ai medici, avevano provato con le medicine contro la sterilità e tutti i tipi immaginabili di erbe officinali, ma invano. Appena qualche giorno prima di quella cena del '75 avevano ricevuto la risposta definitiva: i loro sforzi non avrebbero mai avuto alcun esito. Per Fanny era stato un colpo tremendo. Come mi confessò in seguito, era il suo dolore più grande, una perdita per cui avrebbe continuato a soffrire per tutta la vita. Per evitarle di dover parlare di queste cose davanti a me quella sera Sachs aveva preparato una mistura di bugie spontanee, un paiolo pieno di fumo e di aria fritta che oscurasse l'argomento a tavola. Io afferrai solo una minima parte di ciò che disse veramente, ma fu perché pensavo che le sue osservazioni fossero rivolte a me. Come venni invece a sapere in seguito, per tutto il tempo non aveva fatto altro che parlare a Fanny. Le aveva detto che non era necessario che gli desse un figlio per assicurarsi che lui continuasse ad amarla.

Frequentavo Ben più spesso di Fanny, e quando mi capitava di vederla era sempre in sua presenza; a poco a poco, però, riuscimmo a intrecciare un'amicizia indipendente. Per certi versi la mia vecchia infatuazione faceva apparire questa intimità inevitabile, ma allo stesso tempo s'innalzava a mo' di barriera tra di noi, tanto che mi ci vollero diversi mesi per riuscire a guardarla senza sentirmi in imbarazzo. Fanny era un'antica fantasia, il fantasma di un desiderio segreto sepolto nel mio passato, e ora che si era inaspettatamente materializzata in un nuovo ruolo – come una donna in carne e ossa, come la moglie del mio amico – ammetto che fui colto alla sprovvista. Perciò quando la vidi per la prima volta finii col dire delle stupidaggini, e i miei spropositi non fecero altro che aumentare il mio senso di colpa e la mia confusione. Una delle prime sere che trascorsi a casa loro arrivai addirittura a dirle che non avevo sentito nemmeno una parola di tutto il corso che avevamo frequentato insieme. « Ogni settimana passavo tutta l'ora a fissarti » dissi. « In fondo la pratica è più importante della teoria, e allora mi sono detto: perché sprecare il mio tempo ad ascoltare delle lezioni sull'estetica quando il Bello è seduto proprio qui, davanti a me? »

Era, credo, un tentativo di scusarmi per il mio comportamento passato, ma si risolse in una catastrofe. Non bisognerebbe mai dire, in nessuna circostanza, delle cose del genere, tantomeno con un tono di voce frivolo. Infatti caricano un fardello terribile sulla persona a cui sono rivolte, e non possono assolutamente portare a nulla di buono. Nello stesso istante in cui pronunciai quelle parole mi accorsi che Fanny era sbigottita dalla mia franchezza. « Sì », disse, sforzandosi di accennare un sorriso, « ricordo quel corso. Era proprio una noia mortale. »

« Gli uomini sono dei mostri » continuai, incapace di fermarmi. « Hanno l'argento vivo addosso, e la testa imbottita di porcherie. Soprattutto quando sono giovani. »

« No, non di porcherie » precisò Fanny. « Ma di ormoni. »

« Sì, anche di quelli. Ma a volte è difficile distinguere una cosa dall'altra. »

«Tu avevi sempre un'espressione sincera» disse lei. «Ricordo d'aver pensato che dovevi essere una persona serissima. Il tipo di giovanotto che o si sarebbe ucciso oppure avrebbe cambiato il mondo.»

«Finora non ho fatto né l'una né l'altra cosa. Probabilmente significa che ho rinunciato alle mie vecchie ambizioni.»

«Ed è un bene. Non devi rimanere impastoiato nel passato. Non ne vale la pena, la vita è troppo interessante.»

Alla sua maniera criptica, Fanny mi stava cavando d'impaccio, e allo stesso tempo mi metteva in guardia. Purché mi fossi comportato bene non mi avrebbe rinfacciato i miei peccati passati. Mi faceva sentire sotto processo, ma aveva tutti i motivi per essere diffidente del nuovo amico di suo marito e non la biasimo per avermi tenuto a distanza. Via via che ci conoscemmo meglio l'imbarazzo cominciò a scemare. Tra le altre cose scoprimmo di essere nati lo stesso giorno e, benché nessuno di noi due sapesse che farsene dell'astrologia, questa coincidenza contribuì a stabilire un legame. Il fatto che Fanny avesse un anno più di me mi dava l'occasione di trattarla con deferenza scherzosa ogni volta che l'argomento saltava fuori, un frizzo permanente, questo, che riusciva sempre a strapparle una risata. Dal momento che non era una persona facile al riso interpretai questa sua reazione come un segno a mio favore. Cosa ancora più importante, c'era il suo lavoro, e le discussioni che intavolai con lei sulla prima pittura americana mi instillarono una passione duratura per artisti come Ryder, Church, Blakelock e Cole che praticamente non conoscevo prima di incontrarla. Discusse la tesi alla Columbia nell'autunno del '75 (una delle prime monografie su Albert Pinkham Ryder mai pubblicate), e fu poi assunta come vice conservatore di arte americana al Brooklyn Museum, dove lavora tuttora. Adesso, mentre scrivo queste parole (11 luglio), Fanny non immagina ancora cosa è successo a Ben. Il mese scorso è partita per l'Europa e il suo rientro è previsto soltanto dopo la Festa del Lavoro. Probabilmente riuscirei a rintracciarla, ma non vedo a cosa gioverebbe. Ormai non potrebbe fare un accidente di niente per lui, e a meno che l'FBI non risolva il caso prima del suo ritorno, forse è meglio se non ne parlo con nessuno. In un primo momento ho pensato che fosse mio dovere telefonarle, ma ora che ho avuto il tempo di rimuginarci sopra, ho deciso di non rovinarle la vacanza. Ne ha già passate fin troppe, e il telefono non è davvero il mezzo giusto per darle una notizia del genere. Resisterò fino al suo ritorno e poi la farò mettere seduta e le dirò a quattr'occhi quello che so.

Adesso, ricordando i primi tempi della nostra amicizia, ciò che più mi è rimasto impresso è la grande ammirazione che nutrivo per entrambi, sia separatamente che come coppia. Il libro di Sachs mi aveva colpito profondamente, e oltre a provare simpatia per lui come persona, mi sentivo lusingato per l'interesse che mostrava per il mio lavoro. Aveva appena due anni più di me, eppure, al confronto delle cose che aveva fatto fino ad allora, io mi sentivo un principiante bell'e buono. Le recensioni di *Il nuovo colosso* mi erano sfuggite ma a detta di tutti aveva sollevato un bel parapiglia. Alcuni critici lo avevano stroncato – per motivi politici, soprattutto, condannandolo per quello che definivano il suo sfacciato 'antiamericanismo' – altri, invece, erano andati in estasi e lo avevano definito il più promettente giovane romanziere apparso negli ultimi anni. Sul fronte commerciale non era successo granché (le vendite furono modeste, e dovettero passare due anni prima che fosse pubblicata un'edizione economica), ma il nome di Sachs era stato introdotto sulla scena letteraria. Tutto ciò farebbe pensare che si sentisse gratificato ma, come notai ben presto, nelle faccende come questa Sachs sapeva essere incurante fino all'esasperazione. A differenza di altri scrittori parlava raramente di sé, e la mia impressione era che non avesse praticamente alcun interesse a cimentarsi in quella che viene definita la 'carriera letteraria'. Non aveva spirito competitivo, non si preoccupava della sua fama, non si insuperbiva per il suo talento. Ed era proprio questo uno dei lati del suo carattere che mi attirava di più: la purezza delle sue ambizioni, l'assoluta semplicità con cui affrontava il suo lavoro. Talvolta lo rendeva testardo e intrattabile, ma gli dava anche il coraggio di fare esattamente quello che voleva. Dopo il successo del suo primo romanzo ne aveva subito cominciato un altro ma, dopo aver scritto le prime cento pagine, aveva strappato il manoscritto e lo aveva bruciato. Inventare storie era una mistificazione, aveva detto, e di punto in bianco aveva deciso di abbandonare la narrativa. Questo accadde verso la fine del '73 o l'inizio del '74, all'incirca un anno prima che lo incontrassi. Da allora aveva cominciato a scrivere saggi, ogni genere di saggi e di articoli su una varietà infinita di argomenti: politica, letteratura, sport, storia, cultura popolare, cucina, di tutto quello che gli saltava in mente quella data settimana o quel dato giorno. I suoi scritti erano molto richiesti e perciò non aveva mai problemi a trovare qualche rivista disposta a pubblicarli, ma il suo modo di procedere era un po' indiscriminato. Scriveva con uguale fervore per periodici a diffusione nazionale e per oscure riviste letterarie, quasi senza notare che alcune testate pagavano grosse cifre per i suoi articoli mentre altre non pagavano assolutamente niente. Aveva rifiutato di prendere un agente, convinto che se lo avesse fatto il suo lavoro sarebbe stato contaminato, e così guadagnava molto di meno di quanto avrebbe potuto. Discussi con lui su questo argomento per molti anni, ma fu soltanto agli inizi degli anni Ottanta che finalmente cedette e asssunse una persona che contrattasse in vece sua.

Mi ha sempre sbalordito la velocità con cui lavorava, la sua capacità di sfornare articoli sotto la pressione delle scadenze, di riuscire a rendere tanto senza tradire il minimo segno di stanchezza. Per Sachs era una cosa da nulla scrivere dieci o dodici cartelle tutte d'un fiato, iniziare e finire un pezzo senza mai alzarsi da davanti alla macchina da scrivere. Per lui il lavoro era come una gara di atletica, una corsa di resistenza tra il suo corpo e la sua mente, ma poiché riusciva a lanciarsi sui suoi pensieri con una concentrazione estrema, a pensare con una totale unanimità di proposito, le parole sembravano essere sempre lì a sua disposizione, quasi avesse trovato un passaggio segreto che dalla testa portava diritto alle punte delle sue dita. « Scrivere per dollari », chiamava talvolta questa attività, ma era soltanto perché non poteva fare a meno di prendersi gioco di se stesso. Le cose che scriveva secondo me erano sempre più che buone e il più delle volte brillanti. Più lo conoscevo e più la sua prolificità mi sgomentava. Io sono sempre stato uno sgobbone, una persona che s'angoscia e s'affanna su ogni frase e perfino nelle mie giornate migliori riesco a malapena ad avanzare a passi di lumaca, strisciando sul ventre come un uomo che si sia perduto nel deserto. Per me la più piccola parola è circondata da acri e acri di silenzio, e perfino quando riesco a fissare quella parola sulla pagina mi sembra della stessa natura di un miraggio, un granello di dubbio che scintilla nella sabbia. Per me la lingua non è mai stata accessibile come lo era per Sachs. Io mi sento separato dai miei stessi pensieri, intrappolato in una terra di nessuno tra il sentimento e la sua espressione, e per quanto mi sforzi, di rado riesco a pronunciare più di un balbettio confuso. Sachs non ha mai avuto di queste difficoltà. Per lui le parole e gli oggetti armonizzavano mentre per me si separano senza posa, volando via in cento direzioni diverse. Io passo la maggior parte del tempo a raccogliere i pezzi e a rincollarli, Sachs, invece, non ha mai dovuto procedere vacillando in questo modo, setacciando bidoni della spazzatura e secchi dell'immondizia mentre si chiedeva se per caso non avesse appaiato i pezzi sbagliati. Le sue incertezze erano di un ordine diverso ma, per quanto la vita si facesse difficile sotto altri aspetti, le parole non costituirono mai un problema per lui. Per lui l'atto della scrittura era straordinariamente privo di sofferenza e quando lavorava bene riusciva a mettere le parole sulla pagina con la stessa velocità con cui le avrebbe pronunciate. Il suo era uno strano talento, e poiché Sachs stesso se ne rendeva a malapena conto, sembrava vivere in uno stato di perfetta innocenza. Quasi come un bambino, mi capitava di pensare, come un bambino prodigio che giocasse con i suoi giocattoli.

2

La fase iniziale della nostra amicizia durò all'incirca un anno e mezzo. Poi, a qualche mese di distanza l'uno dall'altro, lasciammo entrambi la Upper West Side ed ebbe inizio un nuovo capitolo. Fanny e Ben furono i primi ad andarsene: si trasferirono in un appartamento nella zona di Park Slope, a Brooklyn. Era più spazioso e comodo della camera ammobiliata nei pressi della Columbia che Fanny aveva preso ai tempi in cui era studentessa, e si trovava a pochi passi dal museo dove lavorava. Era l'autunno del '76. Nel periodo di tempo che passò tra il momento in cui trovarono l'appartamento e il giorno del loro trasloco, Delia, mia moglie, scoprì di essere incinta. Quasi subito cominciammo anche noi a fare progetti di cambiare casa. Il nostro appartamento sulla Riverside Drive era troppo piccolo per accogliere un bambino e, poiché il nostro rapporto già cominciava a vacillare, eravamo dell'idea che avremmo avuto più probabilità di recuperarlo se ci fossimo trasferiti definitivamente fuori città. A quell'epoca io traducevo libri a tempo pieno e per quanto riguardava il mio lavoro potevamo abitare in qualsiasi posto.

Devo ammettere che in questo momento non ho nessuna voglia di parlare del mio primo matrimonio. Tuttavia, non vedo come potrei saltare a piè pari quest'argomento, visto che s'intreccia con la storia di Sachs. Una cosa porta all'altra e, che mi piaccia o no, anch'io, come tutti gli altri, ho avuto la mia parte in quello che è successo. Se non fosse stato per la rottura del mio matrimonio con Delia Bond, non avrei mai incontrato Maria Turner, e se non avessi conosciuto Maria Turner non avrei mai sentito parlare di Lillian Stern, e se non avessi sentito parlare di Lillian Stern, non sarei seduto qui a scrivere questo libro. Ognuno di noi è legato in un modo o nell'altro alla morte di Sachs, e non mi sarà possibile raccontare la sua storia senza raccontare allo stesso tempo ciascuna delle nostre storie. Ogni cosa è collegata a tutto il resto, ogni storia si sovrappone a tutte le altre. Per quanto mi faccia orrore dirlo, adesso mi rendo conto di essere stato io a farci incontrare tutti. E anche per quanto riguarda lo stesso Sachs, sono io il punto da cui tutto comincia.

La successione degli avvenimenti è la seguente: feci la corte a Delia a intervalli per otto anni (1967-1974), la convinsi a sposarmi (1975), ci trasferimmo in campagna (marzo 1977), nacque nostro figlio David (giugno 1977), ci separammo (novembre 1978). Durante i diciotto mesi che trascorsi fuori New York, rimasi in stretto contatto con Sachs, però ci vedevamo meno spesso di prima. Cartoline e lettere presero il posto delle chiacchierate a notte fonda nei bar, e per forza di cose i nostri rapporti erano più circoscritti e formali. Di quando in quando Fanny e Ben ci raggiungevano in campagna per il week-end, e un'estate Delia e io li andammo a trovare per un breve periodo nella loro casa in Vermont, ma queste rimpatriate erano prive dell'anarchia e dell'improvvisazione dei nostri incontri passati. Tuttavia, l'amicizia non sembrava soffrirne. Di quando in quando dovevo recarmi a New York per lavoro: per consegnare manoscritti, firmare contratti, ritirare del nuovo lavoro, discutere un progetto con i redattori. Questo capitava due o tre volte al mese, e ogni volta pernottavo da Fanny e Ben a Brooklyn. La stabilità del loro matrimonio aveva su di me un effetto calmante e se in quel periodo fui in grado di mantenere qualche parvenza di equilibrio mentale credo di doverlo almeno in parte a loro. Però tornare da Delia l'indomani mattina era spesso difficile. Lo spettacolo della felicità domestica cui avevo appena assistito mi faceva capire quanto avessi pasticciato con la mia vita. Cominciai ad aver paura di ripiombare nel mio tumulto personale, nelle fitte boscaglie di confusione che si erano innalzate tutt'intorno a me.

Non ho intenzione di fare ipotesi sui motivi che ci portarono allo sfacelo. Negli ultimi due anni della nostra unione i soldi scarseggiavano sempre, ma non voglio addurre questo fatto come una causa diretta. Un matrimonio felice è capace di resistere a tutte le pressioni esterne possibili, mentre uno infelice cade a pezzi. Nel nostro caso, l'incubo iniziò appena poche ore dopo aver lasciato la città, e quale che fosse il fragile filo che ci aveva tenuti insieme fino ad allora fu disfatto una volta per tutte.

Poiché non avevamo soldi, il nostro progetto iniziale era stato molto prudente: avremmo preso in affitto una casa da qualche parte per vedere se eravamo tagliati per la vita di campagna. In caso affermativo ci saremmo fermati, altrimenti alla scadenza del contratto d'affitto avremmo fatto ritorno a New York. Ma poi intervenne il padre di Delia offrendosi di prestarci i diecimila dollari dell'anticipo per l'acquisto di una casa. Dal momento che all'epoca si poteva comprare una casa in campagna per appena trenta o quarantamila dollari, quella somma valeva molto più di adesso. Fu un gesto generoso da parte del signor Bond, ma finì per rovinarci intrappolandoci in una situazione che nessuno di noi due era preparato ad affrontare. Dopo aver cercato per un paio di mesi trovammo una casa a buon mercato nella contea di Dutchess; era una vecchia casa un po' diroccata con tantissimo spazio all'interno e dei bellissimi cespugli di lillà nel giardino. Il giorno dopo il trasloco una feroce tempesta s'abbatté sulla città. Un fulmine colpì il ramo di un albero vicino alla casa, il ramo s'incendiò e il fuoco si estese a un cavo elettrico che era posato sull'albero, e così rimanemmo senza corrente. In quello stesso istante la pompa del pozzo nero si spense e in meno di un'ora la cantina si allagò. Passai la maggior parte della notte con le ginocchia immerse nell'acqua piovana fredda ad aggottare con dei secchi a lume di torcia. Quando, nel pomeriggio, arrivò l'elettricista per riparare il danno, ci disse che tutto l'impianto elettrico era da rifare. I lavori ci costarono diverse centinaia di dollari e quando il mese successivo si guastò la fossa biologica, far togliere la puzza di merda dal prato dietro casa ci costò altri mille dollari e passa. Non potevamo permetterci tutte quelle riparazioni e l'assalto al nostro bilancio ci precipitò in una vertigine di apprensione. Io accelerai il ritmo delle traduzioni accettando tutti i lavori che mi venivano proposti, e a metà primavera abbandonai definitivamente il romanzo a cui avevo lavorato negli ultimi tre anni. All'epoca Delia aveva il pancione, ma continuava a darci dentro con il suo lavoro (come redattrice free-lance), e la settimana prima di entrare in travaglio sedeva ancora alla scrivania dalla mattina alla sera alle prese con la revisione di un manoscritto di oltre novecento cartelle.

Dopo la nascita di David la situazione non fece che peggiorare. I soldi diventarono la mia unica, opprimente ossessione, e nell'anno che seguì vissi in uno stato di panico incessante. Poiché Delia non era più in grado di contribuire molto sotto l'aspetto lavorativo, le nostre entrate calarono proprio quando le spese cominciarono a salire. Io prendevo sul serio le responsabilità della paternità e il pensiero di non essere in grado di provvedere a mia moglie e a mio figlio mi riempiva di vergogna. Una volta che un editore tardava a pagarmi un lavoro che avevo consegnato, presi la macchina, andai a New York e irruppi nel suo ufficio minacciandolo di violenza fisica se non mi avesse compilato un assegno su due piedi. A un certo punto lo afferrai addirittura per la collottola e lo spinsi contro il muro. Era un comportamento del tutto inaccettabile per me, un tradimento di tutto quello in cui credevo. Non avevo picchiato nessuno da quando ero piccolo, e se nell'ufficio di quell'uomo permisi ai miei sentimenti di venirmi meno, non è che una riprova di quanto fossi sconvolto. Scrivevo quanti più articoli possibili, accettavo tutte le traduzioni che mi venivano offerte, ma non era abbastanza. Dando per scontato che il mio romanzo era bell'e morto, che i miei sogni di diventare scrittore erano finiti, cominciai a cercare un posto fisso. Ma era un brutto periodo, e in campagna le opportunità scarseggiavano. Perfino la piccola università locale, che aveva messo un annuncio sul giornale per trovare qualcuno che tenesse dei corsi di composizione a un'intera truppa di matricole alla misera paga di ottomila dollari l'anno, ricevette più di trecento domande. Non avendo alcuna esperienza di insegnamento fui respinto senza neanche un colloquio. In seguito cercai di entrare nelle redazioni di diverse riviste con cui avevo collaborato, pensando che se fosse stato necessario avrei potuto fare il pendolare, ma i direttori si limitarono a ridere di me e a prendere le mie lettere per uno scherzo. Non è un lavoro adatto a uno scrittore, mi risposero, sprecheresti solo il tuo tempo. Ma non ero più uno scrittore, ero un uomo che stava per annegare. Ero un uomo allo stremo delle forze.

Delia e io eravamo entrambi sfiniti e con il passar del tempo i nostri litigi divennero automatici, un riflesso che nessuno dei due riusciva più a controllare. Lei borbottava e io tenevo il broncio; lei dava in escandescenze e io rimuginavo; per giorni di fila non trovavamo il coraggio di parlarci. Ormai David sembrava l'unica cosa in grado di darci piacere e parlavamo di lui come se non esistessero altri argomenti, attenti a non varcare i confini di quella zona neutra. Appena lo facevamo, i cecchini si riappostavano nelle loro trincee con un balzo dando inizio a un tiro incrociato, e la guerra di logoramento ricominciava daccapo. Pareva trascinarsi all'infinito, un conflitto sottile senza un obiettivo definito, combattuto a colpi di silenzi, equivoci e sguardi sconcertati e offesi. A dispetto di tutto questo, non credo che nessuno di noi due fosse diposto ad arrendersi. Ci eravamo entrambi preparati per i tempi lunghi e l'idea di cedere non ci era mai nemmeno passata per la testa.

Questa situazione cambiò all'improvviso nell'autunno del '78. Una sera, mentre eravamo in soggiorno con David, Delia mi chiese di andarle a prenderle gli occhiali in un cassetto del suo studio che si trovava al piano superiore, e quando entrai nella stanza vidi il suo diario aperto sulla scrivania. Delia aveva tenuto un diario fin dall'età di tredici o quattordici anni, e ormai contava decine di volumi, un taccuino dopo l'altro pieni della saga in corso della sua vita interiore. Mi aveva spesso letto qualche brano, ma fino a quella sera non avevo mai neanche lontanamente osato guardarlo senza il suo permesso. Tuttavia, trovandomi là, fui colto da un bisogno incontrollabile di leggere quelle pagine. Ripensandoci, capisco che questo significava che la nostra unione era già finita, che la mia voglia di tradire la sua fiducia dimostrava che avevo abbandonato ogni speranza per il nostro matrimonio, ma allora non me ne rendevo conto. In quel momento l'unica cosa che provavo era curiosità. Quelle pagine stavano lì, aperte sulla scrivania, e Delia mi aveva appena chiesto di andare in quella stanza. Doveva aver pensato che le avrei viste. In questo caso era quasi come se mi invitasse a leggere quello che aveva scritto. A ogni modo questa fu la giustificazione che mi diedi quella sera, e neanche adesso sono tanto sicuro che avessi torto. Sarebbe stato proprio da lei agire in maniera indiretta, provocare una crisi di cui non avrebbe mai dovuto assumersi la colpa. Era una cosa in cui eccelleva: prendere la situazione nelle proprie mani, perfino mentre convinceva se stessa di averle pulite.

E così abbassai lo sguardo sul diario aperto e, una volta oltrepassata quella soglia, non riuscii più a tornare indietro. Vidi che ero l'argomento dell'annotazione di quel giorno, e quello che trovai fu un minuzioso elenco di lagnanze e reclami, un piccolo, meschino documento stilato nel linguaggio proprio di un rapporto di laboratorio. Delia aveva incluso tutto, dal mio modo di vestire al cibo che mangiavo alla mia incorreggibile mancanza di comprensione umana. Ero morboso ed egocentrico, frivolo e dominante, vendicativo e pigro e pazzo. Se anche tutte quelle accuse fossero state vere, il ritratto che aveva fatto di me era talmente ingeneroso, talmente meschino nel tono che non riuscii nemmeno ad arrabbiarmi. Mi sentivo triste, svuotato, stordito. Quando arrivai all'ultimo paragrafo, la conclusione di Delia era già chiara di per sé, un'affermazione che non aveva più bisogno di essere espressa. « Non ho mai amato Peter » scriveva. « È stato un errore credere che ci sarei riuscita. La nostra vita insieme è un inganno e più andremo avanti così e più rischieremo di distruggerci a vicenda. Non avremmo mai dovuto sposarci. Mi sono lasciata convincere da Peter, e da quel momento in poi l'ho pagata. Non lo amavo allora e non lo amo adesso. Anche se rimanessi in eterno con Peter, non lo amerei mai. »

Era tutto così brusco, così definitivo che mi sentivo quasi sollevato. Quando si viene a sapere di essere disprezzati fino a questo punto cade qualsiasi scusa per cedere all'autocommiserazione. Non potevo più avere dubbi su come stavano le cose e per quanto scosso potessi essere in quei primi istanti, sapevo di essermi scavato la fossa con le mie mani. Avevo gettato via undici anni della mia vita per inseguire una fantasia. Tutta la mia giovinezza era stata sacrificata per un'illusione e tuttavia, anziché crollare e addolorarmi per quello che avevo appena perduto, mi sentii stranamente rinvigorito, liberato dalla franchezza e dalla brutalità delle parole di Delia. Ora tutto questo mi sembra inspiegabile. Ma di fatto non ebbi un momento di esitazione. Scesi con gli occhiali di Delia, le dissi che avevo letto il diario e il giorno dopo me ne andai. Rimase sbalordita dalla mia risolutezza, credo, ma dato che ci eravamo sempre fraintesi probabilmente c'era da aspettarselo. Per quel che mi riguardava, non c'era più niente da dire. L'azione era già stata compiuta e non c'era posto per i ripensamenti.

Fanny mi aiutò a trovare un appartamento in subaffitto nella parte bassa di Manhattan e a Natale tornai a vivere a New York. Un suo amico pittore era in procinto di partire per l'Italia dove si sarebbe fermato per un anno e lei lo aveva convinto ad affittarmi la stanza degli ospiti per appena cinquanta dollari al mese – la cifra massima che mi potevo permettere. La camera era situata dalla parte opposta dell'ingresso rispetto al loft (che era occupato da altri inquilini) e fino al mio arrivo era stata utilizzata come una sorta di enorme sgabuzzino. Vi era riposto ogni genere di cianfrusaglie e relitti: biciclette rotte, quadri abbandonati, una vecchia lavatrice, barattoli di trementina vuoti, giornali, riviste e innumerevoli frammenti di fili di rame. Ammassai questi oggetti da una parte: così mi rimaneva appena l'altra metà della stanza per vivere, ma dopo un breve periodo di aggiustamento si rivelò sufficiente. Quell'anno le mie uniche masserizie consistevano in un materasso, un tavolino, due sedie, un fornello, una quantità minima di utensili da cucina e un unico cartone di libri. La mia era una sopravvivenza ai minimi termini, assurda, ma la verità è che in quella stanza ero felice. Come disse Sachs la prima volta che venne a trovarmi, era un tempio dell'interiorità, una stanza in cui l'unica attività possibile era la meditazione. C'era un lavandino e un gabinetto ma senza vasca da bagno, e il pavimento di legno era in uno stato tale che mi riempivo i piedi di schegge ogni volta che camminavo scalzo. Tuttavia, in quella stanza ripresi a lavorare al mio romanzo e a poco a poco la mia fortuna cambiò. Un mese dopo essermi trasferito in quella casa vinsi una borsa di studio di diecimila dollari. Avevo spedito la domanda talmente tanto tempo prima che mi ero completamente dimenticato di quella possibilità. Poi, appena due settimane dopo, vinsi una seconda borsa di studio di settemila dollari, a cui avevo fatto domanda durante lo stesso periodo di disperata frenesia. D'un tratto, nella mia vita i miracoli erano diventati all'ordine del giorno. Dopo aver dato la metà dei soldi a Delia mi rimaneva ancora abbastanza da potermi permettere di vivere in condizioni di relativa magnificenza. Ogni settimana andavo in campagna per trascorrere un giorno o due con David, e mi fermavo a dormire a casa dei vicini che abitavano in fondo alla strada. Questo accomodamento durò per circa nove mesi e quando nel settembre successivo Delia e io vendemmo la casa, lei si trasferì in un appartamento a South Brooklyn, e così io potevo vedere David per periodi più lunghi. A quell'epoca avevamo entrambi assunto un avvocato e le pratiche del divorzio erano state avviate.

Fanny e Ben si interessavano attivamente alla mia nuova carriera di uomo solo. Nella misura in cui parlavo a qualcuno dei miei progetti, loro erano i miei confidenti, le persone che tenevo informate dei miei movimenti. Erano entrambi rimasti sconvolti dalla mia rottura con Delia, ma più Ben di Fanny, credo, anche se era lei a preoccuparsi di più per David e a concentrarsi su quell'aspetto del problema una volta capito che Delia e io non avevamo alcuna possibilità di tornare insieme. D'altro canto Sachs le tentò tutte per convincermi a fare un ultimo tentativo. Continuò per diverse settimane, ma quando tornai a vivere in città e mi organizzai la mia nuova vita, smise di insistere sull'argomento. Delia e io non ci eravamo mai mostrati in disaccordo in pubblico e la nostra separazione fu un vero e proprio colpo per la maggior parte delle nostre conoscenze, soprattutto per gli amici intimi come Sachs. Tuttavia, sembrava che Fanny avesse avuto sempre dei sospetti. Quando diedi la notizia la prima notte che passavo senza Delia, alla fine del mio racconto Fanny fece una pausa e poi disse: « È difficile da mandar giù, Peter, ma forse dopo tutto è meglio così. Penso che col passar del tempo sarai molto più felice ».

Quell'anno organizzarono un mucchio di cene e mi invitarono quasi a tutte. Fanny e Ben conoscevano una quantità incredibile di persone e, chi prima chi dopo, sembrava che mezza New York fosse finita seduta intorno al grande tavolo ovale della loro sala da pranzo. Artisti, scrittori, professori, critici, editori, galleristi – calavano tutti a Brooklyn e si rimpinzavano col cibo di Fanny, bevendo e chiacchierando fino a notte fonda. Sachs era sempre il maestro delle cerimonie, un folle esuberante che teneva in vita il brusio della conversazione con frizzi tempestivi e osservazioni provocatorie, e col passar del tempo finii per contare su quelle cene come la mia fonte principale di divertimento. I miei amici badavano a me e facevano tutto il possibile per mostrare al mondo che ero tornato in circolazione. Non parlarono mai esplicitamente di trovarmi moglie, ma durante quelle serate in casa loro si presentavano abbastanza donne nubili da farmi capire che avevano a cuore il mio bene.

All'inizio del '79, circa tre o quattro mesi dopo il mio ritorno a New York, conobbi una persona che ha avuto un ruolo importante nella morte di Sachs. All'epoca Maria Turner aveva ventisette o ventotto anni: era una ragazza alta, composta, dai capelli biondi cortissimi e un viso scarno e ossuto. Era tutt'altro che bella, ma i suoi occhi grigi avevano un'intensità che mi attraeva, e mi piaceva il modo in cui si muoveva nei vestiti, con una sorta di grazia compita, sensuale, una riservatezza che a tratti si smascherava in piccoli guizzi di erotica incuranza – per esempio, lasciando che la gonna le salisse su per le cosce mentre accavallava e ridistendeva le gambe, o il modo in cui mi toccava la mano ogni volta che le accendevo una sigaretta. Non che le piacesse stuzzicare o cercasse esplicitamente di provocare. Mi diede l'impressione di essere una brava ragazza borghese che era riuscita a padroneggiare le regole del comportamento sociale, ma allo stesso tempo era come se non ci credesse più, come se custodisse un segreto che avrebbe o non avrebbe voluto confidarti, a seconda dell'umore del momento.

Viveva in un loft a Duane Street, non lontano da Varick Street, dove abitavo io, e quella sera dopo la cena tornammo insieme a Manhattan con una macchina del servizio navetta di Brooklyn. Fu l'inizio di ciò che poi sfociò in un'alleanza sessuale durata quasi due anni. Uso quest'espressione a mo' di definizione esatta, clinica, ma questo non significa che la nostra relazione fosse esclusivamente fisica, che non avevamo alcun interesse l'uno per l'altra all'infuori dei piaceri che provavamo a letto. Tuttavia, quello che c'era tra noi era privo di orpelli romantici e di illusioni sentimentali, e la natura della nostra intesa non cambiò in maniera rilevante dopo quella prima notte. Maria non era desiderosa di quei generi di affetti che la maggior parte della gente sembra volere, e l'amore in senso tradizionale era un concetto estraneo per lei, una passione che esulava dalla sfera delle sue capacità. Dato il mio stato interiore di allora ero perfettamente disposto ad accettare le condizioni che mi imponeva. Non pretendevamo nulla l'una dall'altro, ci vedevamo in maniera discontinua e conducevamo vite rigorosamente indipendenti. E tuttavia eravamo legati da un affetto solido, da un'intimità che non ero mai riuscito a raggiungere con nessun'altra. Comunque, ci misi un po' a capire. All'inizio mi faceva un po' paura, forse la trovavo addirittura perversa (cosa, questa, che conferì una punta di eccitazione ai nostri primi approcci), ma col passar del tempo capii che era semplicemente eccentrica, un'originale che viveva seguendo una complessa serie di bizzarri rituali personali. Per lei ogni esperienza era regolata secondo un sistema, era un'avventura compiuta che generava i propri rischi e le proprie limitazioni, e ogni suo progetto rientrava in una categoria diversa, separato da tutti gli altri. Quanto a me, appartenevo alla categoria del sesso. Quella prima notte mi nominò suo compagno di letto e quella fu la funzione che continuai a svolgere fino all'ultimo. Nell'universo delle coazioni di Maria io non ero che un rituale tra tanti, ma il ruolo che aveva scelto per me mi piaceva e non ebbi mai alcun motivo di lagnarmi.

Maria era un'artista, ma la sua attività non aveva nulla a che vedere con la creazione di oggetti comunemente definiti artistici. Secondo alcuni era una fotografa, secondo altri una concettualista, mentre altri ancora la consideravano una scrittrice, ma nessuna di queste definizioni era esatta, e alla fin fine non credo che si presti a essere etichettata in alcuna maniera. Il suo modo di lavorare era troppo folle, troppo stravagante, troppo personale per poter essere associato a qualsiasi mezzo espressivo o disciplina. Le venivano in mente delle idee, lavorava a dei progetti, e venivano fuori dei risultati concreti che potevano essere esibiti nelle gallerie, ma quest'attività non nasceva tanto dal desiderio di fare arte quanto da quello di assecondare le sue ossessioni, di vivere la sua vita esattamente come voleva. Vivere veniva sempre al primo posto, e diversi dei suoi progetti più lunghi li realizzava in gran segreto senza mai mostrarli a nessuno.

Fin dall'età di quattordici anni aveva messo da parte tutti i regali di compleanno che le avevano fatto – e li teneva, ancora incartati, diligentemente allineati in ordine di anno su degli scaffali. Da quando era diventata adulta, a ogni compleanno organizzava una cena in proprio onore, invitando sempre lo stesso numero di ospiti degli anni che compiva. Certe settimane seguiva quella che chiamava 'la dieta cromatica', in cui ogni giorno doveva mangiare esclusivamente cibi di un unico colore. Lunedì, arancione: carote, melone, gamberetti lessi. Martedì, rosso: pomodori, cachi, bistecca alla tartara. Mercoledì, bianco: passera di mare, patate, formaggio tipo 'cottage'. Giovedì, verde: cetrioli, broccoli, spinaci – e così via, fino all'ultimo pasto della domenica. Altre volte faceva divisioni analoghe basate sulle lettere dell'alfabeto. Giornate intere sarebbero trascorse all'insegna della *b*, della *c* o della *w* e poi, con la stessa repentinità con cui l'aveva iniziato, abbandonava il gioco per passare a qualcos'altro. Probabilmente non erano che capricci, minuscole sperimentazioni con il concetto di classificazione e di abitudine, ma questo genere di giochi poteva benissimo andare avanti per diversi anni. Come, per esempio, il progetto a lungo termine di vestire il Signor L., uno sconosciuto che aveva incontrato una volta a una festa. Secondo Maria era uno degli uomini più belli che avesse mai visto in vita sua, ma vestiva in modo penoso, e così, senza annunciare le sue intenzioni a nessuno, si era assunta il compito di migliorare il suo guardaroba. Ogni anno a Natale gli mandava un regalo anonimo – una cravatta, un pullover, una camicia elegante – e poiché il Signor L. frequentava grosso modo le sue stesse cerchie, di tanto in tanto lo incontrava per caso e notava con piacere gli evidenti cambiamenti nel suo modo di vestire. Infatti, il Signor L. indossava sempre i capi di abbigliamento che Maria gli mandava. In quelle occasioni era capace addirittura di avvicinarsi a lui per fargli i complimenti sul vestiario, ma senza andare oltre, e l'uomo non aveva mai capito che era lei a mandargli quei regali di Natale.

Era cresciuta a Holyoke, nel Massachusetts, figlia unica di un coppia che aveva divorziato quando lei aveva sei anni. Nel '70, dopo essersi diplomata, era andata a vivere a New York con l'idea di frequentare l'accademia di belle arti e diventare pittrice, ma dopo il primo semestre perdette l'interesse e si ritirò. Comprò un furgone Dodge usato e partì per un giro del continente americano, fermandosi esattamente due settimane in ogni stato, e facendo lavori saltuari ogni volta che era possibile – come cameriera, come stagionale nelle fattorie, come operaia, guadagnando appena i soldi sufficienti per spostarsi da un luogo all'altro. Fu il primo dei suoi folli progetti compulsivi, e in un certo senso spicca come la più straordinaria delle sue imprese: un atto completamente insensato e arbitrario a cui dedicò quasi due anni della sua vita. La sua unica ambizione era di trascorrere quindici giorni in ogni stato e per il resto era libera di fare quello che voleva. Con calma e tenacia, senza mai lasciarsi sfiorare dall'assurdità del suo compito, Maria lo portò avanti sino alla fine. Quando partì aveva appena diciannove anni e, benché fosse una ragazzina completamente sola, riuscì a provvedere a se stessa e a evitare grosse sciagure, vivendo il genere di avventura che i maschi della sua età si limitano a sognare. Durante quel viaggio a un certo punto un collega di lavoro le regalò una vecchia macchina fotografica da trentacinque millimetri e, senza nessuna preparazione o esperienza, cominciò a scattare fotografie. Qualche mese dopo, quando incontrò suo padre a Chicago, gli disse di aver finalmente trovato un'attività che le piaceva. Gli mostrò alcune delle sue fotografie e lui, confidando in quei primi tentativi, le propose un patto. Le disse che se avesse continuato a fotografare le avrebbe coperto le spese finché sarebbe stata in grado di mantenersi da sola. Non importava quanto tempo ci avrebbe messo, però non doveva mollare. Questa, almeno, è la storia che mi ha raccontato lei, e non ho mai avuto motivo di dubitarne. Per tutta la durata della nostra relazione, il primo di ogni mese sul conto di Maria compariva un deposito di mille dollari, trasferito direttamente per via telegrafica da una banca di Chicago.

Maria tornò a New York, vendette il furgone e andò ad abitare in un loft in Duane Street, uno stanzone vuoto situato sopra una rivendita all'ingrosso di caseari. I primi mesi si sentì sola e disorientata. Non aveva amici né una vita degna di questo nome, e la città le appariva minacciosa ed estranea, come se non ci fosse mai stata prima. Senza un motivo cosciente cominciò a seguire degli estranei per la strada, scegliendo qualcuno a caso quando usciva al mattino e lasciando che quella scelta determinasse i suoi movimenti per il resto della giornata. Quest'abitudine divenne un metodo per trovare nuove idee, per riempire quel vuoto che sembrava averla ingoiata. Infine cominciò a portare con sé la macchina fotografica e a scattare foto delle persone che seguiva. Quando la sera tornava a casa annotava i luoghi dove era stata e quello che aveva fatto, utilizzando gli itinerari degli sconosciuti per fare congetture sulle loro vite e, in alcuni casi, per redigere brevi biografie immaginarie. Fu più o meno in questo modo casuale che Maria iniziò la sua carriera artistica. Seguirono altri lavori, tutti guidati dallo stesso spirito investigativo, dalla stessa passione per il rischio. Il suo soggetto era l'occhio, il dramma dello spiare e dell'essere spiati, e i suoi interventi rivelavano le stesse caratteristiche che erano presenti in lei: un'attenzione meticolosa per i dettagli, una fede nelle strutture arbitrarie, una pazienza ai limiti della sopportazione. Per una delle sue opere assunse un investigatore privato per farsi seguire per la città. Per diversi giorni l'uomo le scattò delle fotografie mentre faceva i suoi giri, annotando i suoi movimenti in un piccolo taccuino, senza tralasciare nulla, neanche gli episodi più banali e transitori: l'attraversamento di una strada, l'acquisto di un giornale, una sosta per prendere un caffè. Era un esercizio assolutamente artificiale e tuttavia Maria trovava eccitante che qualcuno s'interessasse tanto attivamente a lei. Gesti microscopici si caricavano di nuovi significati, la routine più noiosa si caricava di insolite emozioni. Dopo qualche ora si affezionò talmente tanto all'investigatore che quasi dimenticò che lo pagava. Quando, alla fine della settimana, questi le consegnò il rapporto e lei esaminò le fotografie di se stessa e lesse le minuziose cronologie dei propri movimenti, ebbe la sensazione di essere diventata un'estranea, quasi fosse stata trasformata in una persona immaginaria.

Per il suo progetto successivo, Maria prese un lavoro temporaneo come cameriera di piano in un grande albergo del centro. Lo scopo era quello di raccogliere informazioni sugli ospiti, ma non in modo invadente o compromettente. In realtà li evitava di proposito, limitandosi a ciò che riusciva ad apprendere dagli oggetti sparsi per le stanze. Scattò ancora fotografie; inventò ancora storie di vita da attribuire a quelle persone basandosi sulle tracce che aveva a disposizione. La sua era un'archeologia del presente, per così dire, un tentativo di riscostruire l'essenza di qualcosa partendo esclusivamente da frammenti minimi: la matrice di un biglietto, una calza strappata, una macchia di sangue sul colletto di una camicia. Qualche tempo dopo, un uomo cercò di rimorchiare Maria per strada. Trovandolo tutt'altro che affascinante lei lo respinse. Quella stessa sera, per mera coincidenza, lo incontrò all'inaugurazione di una galleria a SoHo. Si parlarono di nuovo, e questa volta Maria venne a sapere che l'indomani mattina l'uomo sarebbe partito per New Orleans insieme alla sua ragazza. Maria decise che ci sarebbe andata anche lei e che lo avrebbe seguito con la macchina fotografica per tutta la durata del soggiorno. Non aveva assolutamente alcun interesse per quell'uomo e l'ultima cosa che cercava era un'avventura erotica. Aveva intenzione di rimanere nascosta, di resistere a qualsiasi tentazione di contattarlo, di esplorare il suo comportamento esteriore senza sforzarsi di interpretare quello che avrebbe visto. L'indomani mattina salì su un aereo a La Guardia e raggiunse New Orleans, scese in un albergo e comprò una parrucca nera. Per tre giorni s'informò presso decine di alberghi nel tentativo di rintracciare l'uomo. Infine lo trovò e per il resto della settimana lo seguì come un'ombra, scattando centinaia di fotografie per documentare ogni suo spostamento. Tenne anche un diario e quando fu ora di tornare a New

York, prese un volo prima di lui – in modo da poterlo aspettare all'aeroporto e scattargli un'ultima serie di foto mentre scendeva dall'aereo. Per Maria fu un'esperienza complessa e sconvolgente che la lasciò con la sensazione di aver abbandonato la propria vita per una sorta di inesistenza, come se avesse scattato foto a cose che non esistevano. La macchina fotografica non era più uno strumento che registrava presenze, bensì un modo di far scomparire il mondo, una tecnica per incontrare l'invisibile. Con un bisogno disperato di fermare il meccanismo che aveva innescato, pochi giorni dopo il suo ritorno a New York Maria si lanciò in un nuovo progetto. Un pomeriggio, mentre passava a piedi per Times Square con la macchina fotografica, si mise a chiacchierare con il portiere di un locale con spogliarello. Faceva caldo e Maria indossava un paio di calzoncini e una maglietta, una tenuta insolitamente succinta per lei, ma quel giorno era uscita con l'intento di farsi notare. Voleva affermare la realtà del suo corpo, far voltare le teste, per provare a se stessa che ancora esisteva agli occhi degli altri. Maria era ben fatta, aveva le gambe lunghe e un bel seno, e i fischi e le battute sconce che si sentì rivolgere quel giorno l'aiutarono a tirarsi su. Il portiere le disse che era carina e non aveva nulla da invidiare alle ragazze che lavoravano nel locale e, a un certo punto della conversazione, Maria si sentì all'improvviso offrire un lavoro. Una delle ballerine si era data malata, le spiegò l'uomo, e se era disposta a sostituirla l'avrebbe presentata al capo, così magari si sarebbero messi d'accordo. Senza quasi rifletterci un attimo, Maria accettò. Fu così che nacque la sua opera successiva, che poi divenne nota con il titolo di *La dama nuda*. Maria chiese a un amico di venire nel locale quella sera per scattarle delle foto mentre si esibiva – non che avesse intenzione di mostrarle a qualcuno, voleva semplicemente tenerle per sé, per soddisfare la sua curiosità di vedersi in quella situazione. Stava deliberatamente trasformando se stessa in un oggetto, in un'anonima figura del desiderio, e per lei era importantissimo riuscire a capire l'esatta natura di quell'oggetto. Lo fece solo quell'unica volta, lavorando a turni di venti minuti dalle otto di sera alle due del mattino, ma non si tirò indietro, e per tutto il tempo in cui fu in scena, appollaiata dietro al banco con le luci stroboscopiche colorate che rimbalzavano sulla sua pelle nuda, ballò fino allo sfinimento. Con indosso un puntino di strass e un paio di tacchi di cinque centimetri, scosse il suo corpo al ritmo assordante del rock and roll osservando gli uomini che la fissavano. Dimenò il culo verso di loro, si passò la lingua sulle labbra, ammiccò seducente mentre le allungavano le banconote e la incitavano a continuare. Come con tutte le cose in cui si cimentava, Maria se la cavava bene. Una volta cominciato non c'era praticamente verso di farla smettere.

A quel che mi risulta, le è capitato di passare il segno soltanto una volta. Fu nella primavera del '76, e in quell'occasione i risultati finali dei suoi calcoli sbagliati si rivelarono catastrofici. Almeno due persone ci rimisero la vita, e anche se passarono degli anni prima che succedesse, il nesso tra il passato e il presente è inesorabile. Maria era l'anello di congiunzione tra Sachs e Lillian Stern, e se non fosse stato per il vizio di Maria di cercare sempre guai d'ogni tipo, Lillian Stern non avrebbe mai assunto alcuna importanza. Dopo che Maria si presentò all'appartamento di Sachs nel '79, divenne possibile un incontro tra quest'ultimo e Lillian Stern. Ci vollero diversi altri imprevisti inverosimili prima che quella possibilità si realizzasse, ma ognuno di essi può essere ricondotto direttamente a Maria. Molto tempo prima che qualcuno di noi la conoscesse, una mattina uscì per comprare della pellicola per la macchina fotografica, vide una piccola rubrica nera in terra e la raccolse. Fu questo l'avvenimento che diede inizio a tutta la sventurata storia. Maria aprì la rubrica, ed ecco apparire il diavolo, un flagello di violenza, disordine e morte.

Era una di quelle piccole rubriche dozzinali prodotte dalla Schaeffer Eaton Company, alta all'incirca quindici centimetri e larga dieci, con una copertina morbida di similpelle, la rilegatura a spirale e scalette lungo il margine per ogni lettera dell'alfabeto. Era un oggetto consumato, e conteneva più di duecento nomi, indirizzi e numeri telefonici. Il fatto che molti degli indirizzi erano stati cancellati e riscritti, insieme alla grande varietà di strumenti di scrittura utilizzati praticamente su ogni pagina (biro blu, pennarelli neri, matite verdi), facevano pensare che il proprietario l'avesse da parecchio tempo. La prima idea che le venne in mente fu di restituirla, ma come capita spesso con gli effetti personali, il proprietario aveva dimenticato di scrivere il proprio nome nella rubrica. Maria guardò in tutti i posti logici – l'interno della copertina, la prima pagina, il retro – ma non trovò nessun nome. Non sapendo cos'altro fare, infilò la rubrica in borsa e se la portò a casa.

Credo che la maggior parte delle persone se ne sarebbe dimenticata, ma Maria non era il tipo che rifuggiva le occasioni inattese, che ignorava i suggerimenti del caso. Quella sera, quando andò a letto, aveva già messo a punto un piano per il suo progetto successivo. Sarebbe stata un'opera elaborata, molto più difficile e complessa di tutto quello che aveva realizzato fino ad allora, ma la sua portata la gettò in uno stato di profonda eccitazione. Era quasi sicura che la rubrica appartenesse a un uomo. La scrittura aveva un aspetto maschile; c'erano più nomi di uomini che di donne; la rubrica era lacera, come se fosse stata trattata con rudezza. In uno di quegli improvvisi, ridicoli sprazzi di cui siamo tutti vittime, Maria immaginò di essere destinata a innamorarsi del proprietario della rubrica. Fu solo per un secondo o due, ma in quel lasso di tempo lo immaginò come l'uomo dei suoi sogni: bello, intelligente, affettuoso, migliore di tutti quelli che aveva amato fino ad allora. La visione svanì, ma ormai era troppo tardi. Per lei quella rubrica era stata trasformata in un oggetto magico, in una miniera di oscure passioni e di desideri inespressi. Il caso gliela aveva fatta trovare, ma ora che era sua la considerava uno strumento del destino.

Quella prima sera studiò l'elenco ma non trovò nessun nome familiare. Era convinta che fosse l'inizio perfetto. Sarebbe partita alla cieca, senza sapere assolutamente nulla, e a una a una avrebbe parlato con tutte le persone elencate nella rubrica. Scoprendo chi erano avrebbe cominciato ad apprendere qualcosa sul conto dell'uomo che l'aveva perduta. Sarebbe stato un ritratto *in absentia*, un contorno tracciato intorno a uno spazio vuoto, e a poco a poco dallo sfondo sarebbe emersa una figura, ricostruita pezzo per pezzo da tutto ciò che non era. Sperava che così alla fine lo avrebbe rintracciato, ma anche se non ci fosse riuscita, lo sforzo in sé sarebbe stato il premio. Quando avrebbe visto quelle persone, aveva intenzione di incoraggiarle ad aprirsi con lei, a raccontarle storie di incantesimi e di libidine e di innamoramenti, a confidarle i più profondi segreti. Era fermamente convinta che avrebbe dovuto occuparsi dei colloqui per mesi, forse addirittura per anni. Ci sarebbero state migliaia di fotografie da scattare, centinaia di dichiarazioni da annotare, un intero universo da esplorare. O almeno così pensava. Di fatto, però, il progetto deragliò dopo appena un giorno.

Con un'unica eccezione, ogni persona nella rubrica era riportata per il cognome. Sotto la *L*, però, figurava una certa Lilli. Maria dedusse che doveva essere il nome di battesimo di una donna. Se era così, allora quest'unica deviazione dallo stile generale della lista poteva essere importante, il segno di una particolare intimità. E se Lilli fosse stata la ragazza dell'uomo che aveva smarrito la rubrica? O sua sorella, o addirittura sua madre? Anziché esaminare i nomi in ordine alfabetico come si era riproposta all'inizio, Maria decise di andare diritta alla *L*, e di far subito visita alla misteriosa Lilli. Se il suo presentimento era giusto, forse da un momento all'altro si sarebbe trovata nelle condizioni di sapere chi era l'uomo.

Non poteva contattare Lilli direttamente. Troppe cose dipendevano da quell'incontro e aveva paura di sciupare la sua occasione affrontandolo impreparata. Prima di parlarle doveva capire che tipo di donna era, vedere che aspetto aveva, seguirla per un po' e scoprire le sue abitudini. La prima mattina si recò dalle parti della Ottantesima Est, per individuare l'appartamento di Lilli. Entrò nell'atrio della palazzina per controllare i citofoni e le cassette della posta e proprio allora, mentre si accingeva a studiare la lista dei nomi sul muro, una donna uscì dall'ascensore e aprì la porta interna. Maria si voltò per guardarla ma non fece in tempo a distinguere il suo viso che sentì la donna chiamarla per nome. «Maria?» disse. Pronunciò la parola come una domanda, e un istante dopo Maria si rese conto di avere davanti Lillian Stren, la sua vecchia amica dei tempi del Massachusetts. «Non ci posso credere» soggiunse Lillian. «Sei proprio tu, vero?»

Non si vedevano da più di cinque anni. Dopo che Maria era partita per il suo strano viaggio in giro per l'America, si erano perse di vista, ma fino a quel momento erano state molto intime, e la loro amicizia risaliva fino agli anni dell'infanzia. Alle superiori erano state praticamente inseparabili, due ragazze eccentriche che attraversavano insieme a fatica l'adolescenza, escogitando piani per fuggire dalla vita di provincia. Maria era la ragazza seria, l'intellettuale taciturna, quella che aveva difficoltà a fare amicizia, mentre Lillian era la ragazza chiacchierata, quella selvaggia che andava a letto con questo e con quello, si drogava e marinava la scuola. Nonostante ciò erano alleate indivisibili, e per quanto fossero diverse erano molte di più le cose che le univano di quelle che le allontanavano. Una volta Maria mi confessò che Lillian era stata un modello importante per lei, e doveva esclusivamente a quella amicizia se aveva imparato a essere se stessa. Ma a quanto sembra l'influenza era reciproca. Fu Maria a convincere Lillian ad andare a vivere a New York dopo la scuola superiore, e per i primi mesi avevano diviso un minuscolo appartamento pieno di scarafaggi nella Lower East Side. Mentre Maria frequentava lezioni di arte, Lillian studiava recitazione e lavorava come cameriera. Nel frattempo si mise con un batterista di rock and roll di nome Tom, e all'epoca in cui Maria lasciò New York a bordo del suo furgone si era ormai piantato nell'appartamento. Durante i due anni del suo viaggio Maria scrisse varie cartoline a Lillian, ma dal momento che non aveva un recapito quest'ultima non poteva risponderle. Una volta tornata in città, fece tutto il possibile per ritrovare l'amica, ma nel vecchio appartamento abitava qualcun altro e il suo nome non compariva sull'elenco telefonico. Provò a chiamare i genitori di Lillian a Holyoke ma questi evidentemente si erano trasferiti in un'altra città, e all'improvviso si ritrovò senza più risorse. Quando quel giorno s'imbatté in Lillian nell'atrio aveva abbandonato ogni speranza di rivederla.

Fu un incontro straordinario per tutte e due. Maria mi ha raccontato che si misero a gridare, poi si abbracciarono e infine scoppiarono a piangere. Quando furono di nuovo in grado di parlare presero l'ascensore e salirono nell'appartamento di

Lillian dove passarono il resto della giornata. Avevano tante cose da raccontarsi, mi disse Maria, e le storie sgorgarono a precipizio dalle loro bocche. Pranzarono e poi cenarono e quando Maria tornò a casa e s'infilò nel letto erano quasi le tre del mattino.

In quegli anni a Lillian erano capitate delle cose strane, cose che Maria non avrebbe mai creduto possibili. La conoscenza che ne ho io è solo di seconda mano, ma dopo aver parlato con Sachs la scorsa estate mi sono convinto che quello che mi ha raccontato Maria era fondamentalmente esatto. Per quanto possa essersi sbagliata riguardo a qualche particolare di second'ordine (ma questo vale anche per Sachs), alla fine dei conti non ha alcuna importanza. Anche se non c'è sempre da fidarsi di Lillian, anche se la sua tendenza a esagerare è veramente pronunciata come mi hanno detto, i fatti fondamentali sono fuori discussione. All'epoca di quell'incontro casuale con Maria, avvenuto nel '76, Lillian si manteneva da tre anni facendo la prostituta. Riceveva i suoi clienti nell'appartamento sulla Ottantasettesima Est, e lavorava completamente da sola – una puttana part-time con un'attività fiorente e indipendente. E fin qui non ci sono dubbi. Ciò che invece non è ancora stato chiarito sono le circostanze esatte in cui cominciò. Pare che in qualche modo ci entrasse Tom, il suo ragazzo, ma non si sa bene fino a che punto la responsabilità sia da attribuire a lui. In entrambe le versioni della storia, Lillian ha detto che aveva un grosso problema di droga, una dipendenza dall'eroina per la quale alla fine fu buttato fuori dal suo complesso. Secondo la storia che raccontò a Maria, Lillian continuò a essere disperatamente innamorata di lui. Fu lei stessa ad avere quell'idea, offrendosi spontaneamente di andare a letto con altri uomini per procurargli i soldi. Così scoprì che era un sistema rapido e indolore, e finché fosse riuscita ad accontentare il suo spacciatore sapeva che Tom non l'avrebbe mai lasciata. A quel punto della sua vita, spiegò, era disposta a tutto pur di tenerselo, anche a costo di farsi anche lei. Undici anni dopo raccontò a Sachs una storia completamente diversa. Era stato Tom a convincerla a farlo, gli disse, e poiché aveva paura di lui dal momento che aveva minacciato di ucciderla se non lo avesse assecondato, non aveva avuto altra scelta che cedere. In questa seconda versione, era Tom che le combinava gli appuntamenti, facendo letteralmente da protettore alla propria ragazza per coprire le spese della dipendenza. Tutto sommato, non credo che abbia importanza sapere quale versione era vera. Erano entrambe ugualmente sordide e conducevano allo stesso risultato. Dopo sei o sette mesi Tom si dileguò. Nella versione di Maria, scappò con un'altra; in quella di Sachs, morì per un'overdose. Per un motivo o per l'altro, Lillian si ritrovò di nuovo sola. Per un motivo o per l'altro, continuò ad andare a letto con gli uomini per pagare le bollette. La cosa che sbalordiva Maria era l'estrema naturalezza con cui Lillian ne parlava – senza vergogna né imbarazzo. Non era che un lavoro come un altro, le diceva, e alle brutte, era stramaledettamente meglio che mescere liquori o servire ai tavoli. Tanto, dovunque andassi, gli uomini avrebbero continuato a sbavarti dietro, e non potevi farci niente. Era molto più sensato farsi pagare che cercare di respingerli con la forza – e inoltre, qualche scopata extra non aveva mai fatto male a nessuno. Semmai, Lillian era fiera di come se l'era cavata bene. Riceveva i clienti solo tre giorni alla settimana, aveva soldi in banca e abitava in un bell'appartamento in un buon quartiere. Due anni prima aveva ripreso a frequentare la scuola di recitazione. Sentiva che stava facendo progressi e nelle ultime settimane aveva cominciato a fare provini per alcune parti, perlopiù in piccoli teatri del centro. Entro poco tempo le sarebbe capitata l'occasione buona, diceva. Una volta accumulati altri dieci o quindicimila dollari, aveva intenzione di chiudere la sua attività e di recitare a tempo pieno. In fondo, aveva appena ventiquattro anni e tutta la vita davanti a sé.

Quel giorno Maria si era portata dietro la macchina fotografica e scattò diverse foto di Lillian durante le ore che trascorsero insieme. Quando, tre anni dopo, mi raccontò questa storia, mentre chiacchieravamo sparse quelle foto davanti a me. Saranno state trenta o quaranta fotografie in bianco e nero a grandezza naturale che ritraevano Lillian da molte angolazioni e distanze diverse – alcune in posa, altre no. Quei ritratti furono il mio unico incontro in assoluto con Lillian Stern. Sono passati più di dieci anni da quel giorno, ma non ho mai dimenticato il momento in cui guardai quelle foto, tanto forte, tanto duraturo fu l'effetto che mi fecero.

« È bella, vero? » disse Maria.

« Sì, bellissima » risposi io.

« Quando ci incontrammo stava andando a fare la spesa dal droghiere. Vedi quello che indossa. Una felpa, jeans, un paio di vecchie scarpe da tennis. Era vestita per una di quelle puntate di cinque minuti al negozio all'angolo. Niente trucco, niente gioielli, niente costumi di scena. Ed è bella lo stesso. Da mozzare il fiato. »

« È perché è scura » dissi, cercando una spiegazione. « Le donne scure non hanno bisogno di molto trucco. Guarda quanto sono tondi i suoi occhi. Le ciglia lunghe li mettono in risalto. E non bisogna dimenticare che ha anche una bella ossatura. L'ossatura è veramente importante. »

« Non è solo questo, Peter. Lillian possiede un certo non so che, una qualità interiore che affiora sempre. Non so come definirla. Allegria, grazia, vitalità. La fa sembrare più viva delle altre persone. Una volta che ha catturato la tua attenzione, non riesci quasi più a toglierle gli occhi di dosso. »

« Dà l'impressione di sentirsi a suo agio davanti alla macchina fotografica. »

« Lillian si sente sempre a suo agio. È completamente rilassata nella sua pelle. »

Diedi una scorsa alle altre fotografie e arrivai a una serie che mostrava Lillian in piedi davanti a un armadio aperto, in vari stadi di nudità. In una si stava togliendo i jeans; in un'altra, la felpa; in un'altra ancora indossava soltanto un paio di minuscole mutandine bianche e una canottiera bianca senza maniche; in quella successiva le mutandine erano sparite e in quella dopo ancora era sparita anche la canottiera. Seguirono diversi nudi. Nel primo stava di fronte all'obiettivo, la testa inclinata all'indietro, la bocca ridente, i piccoli seni quasi appiattiti contro il torace, i capezzoli eretti stagliati sopra l'orizzonte; il bacino era teso in avanti e si stringeva l'interno delle cosce con le mani, la zazzera di peli pubici scuri incorniciata dal candore delle dita piegate. Nel secondo era girata dall'altra parte, di culo, e con il fianco spinto da una parte guardava l'obiettivo da sopra la spalla opposta, sempre ridendo, nella classica posa da pin-up. Si vedeva chiaramente che si divertiva, che era contenta di avere l'occasione di mettersi in mostra.

«È roba un po' spinta» commentai. «Non sapevo che facessi foto osé.»

«Ci stavamo preparando per andare a cena fuori e Lillian decise di cambiarsi. La seguii in camera da letto in modo da poter continuare a chiacchierare. Avevo la macchina fotografica in mano e quando cominciò a spogliarsi scattai qualche altra foto. È stato un caso. Non avevo in mente di farlo finché non l'ho vista spogliarsi.»

«E lei non ha avuto obiezioni?»

«Ha l'aria di avere obiezioni, eh?»

«Ti sei eccitata?»

«È naturale. Non sono mica di legno, sai.»

«E poi che è successo, siete andate a letto insieme?»

«Oh, no, sono troppo santarellina per queste cose.»

«Non sto cercando di estorcerti una confessione. La tua amica mi sembra davvero irresistibile. Tanto per le donne quanto per gli uomini, direi.»

«Ammetto che mi sono eccitata. Se Lillian avesse fatto qualche avance, forse sarebbe successo qualcosa. Non sono mai andata a letto con una donna, ma quel giorno con lei, forse lo avrei fatto. A ogni modo, l'idea mi sfiorò, ed è stata l'unica volta in vita mia che mi sono sentita così. Ma Lillian stava solo scherzando davanti all'obiettivo, e non si è mai spinta oltre lo spogliarello. È stato tutto un gioco e tutte e due abbiamo riso dall'inizio alla fine.»

«Riuscisti a mostrarle la rubrica?»

«Sì, alla fine. Mi pare che fu dopo tornate dal ristorante. Lillian la esaminò a lungo, ma non mi seppe dire con esattezza a chi apparteneva. Doveva essere di un suo cliente, questo era sicuro. Lilli era il nome che usava per lavoro, ma oltre a questo non fu in grado di dirmi niente.»

«Però così il numero dei possibili proprietari si restringeva.»

«Sì, ma poteva anche essere qualcuno con cui non si era intrattenuta. Un cliente potenziale, per esempio. Magari uno dei clienti soddisfatti di Lillian aveva passato il suo nome a qualcun altro. A un amico, a un collega di lavoro, chissà. Era questo il modo in cui Lillian trovava nuovi clienti, per passaparola. Certo, l'uomo aveva annotato il suo nome nella rubrica, ma questo non significava che l'avesse già chiamata. E magari non lo aveva fatto neanche quello che glielo aveva dato. La fama delle prostitute circola così – i loro nomi si propagano in cerchi concentrici, bizzarre reti di informazioni. Certi uomini si accontentano di portare un paio di nomi annotati nel loro libriccino nero. Come riferimento per il futuro, per così dire. Nel caso che la moglie li lasci, o per improvvisi attacchi di fregola o di frustrazione. »

« O per quando capitano di passaggio in città. »

« Esatto. »

« Però intanto avevi trovato un primo indizio. Finché non è saltata fuori Lillian, il proprietario della rubrica poteva essere chiunque. Se non altro, a quel punto avevi qualche speranza. »

« Immagino di sì. Ma le cose presero un'altra piega. Appena cominciai a parlare con Lillian, tutto il progetto cambiò. »

« Vuoi dire che non era disposta a darti la lista dei suoi clienti? »

« No, nient'affatto. Se gliel'avessi chiesta me l'avrebbe data. »

« E allora, che accadde? »

« Non so bene come andò, ma più parlavamo e più il nostro piano andò assumendo una forma definita. Non fu un'idea mia o sua. Era semplicemente là che aleggiava nell'aria, una cosa che già pareva esistere. C'entrava parecchio il fatto che ci eravamo incontrate per caso, credo. Era tutto così meraviglioso e inatteso, eravamo, per così dire, fuori di noi. Devi cercare di capire quanto eravamo unite in passato. Confidenti, sorelle, amiche per la pelle. Ci volevamo un gran bene e io credevo di conoscere Lillian come conoscevo me stessa. E poi, invece, cosa succede? Dopo cinque anni scopro che la mia migliore amica è diventata una puttana. La notizia mi colse in contropiede. Ci rimasi malissimo, quasi fossi stata tradita. Ma allo stesso tempo – ed è a questo punto che la faccenda comincia a ingarbugliarsi – mi resi anche conto che la invidiavo. Lillian non era cambiata. Era la stessa ragazzina eccezionale di sempre. Pazza, sempre pronta a combinarne qualcuna e a regalare emozioni. Non si considerava né una sgualdrina né una donna perduta, aveva la coscienza pulita. Fu proprio questo il fatto che mi colpì tanto: la sua assoluta libertà interiore, il modo in cui viveva seguendo le proprie regole e se ne fregava di quello che pensavano gli altri. All'epoca io avevo già fatto delle cose molto trasgressive, come il progetto di New Orleans, quello della *Dama nuda*: ogni volta mi spingevo un pochino più in là, saggiando i limiti delle mie capacità. Ma vicino a Lillian mi sentivo una bibliotecaria zitella, una vergine patetica con ben poche esperienze. Pensai tra me: 'Se può farlo lei, perché non dovrei riuscirci io?' »

« Stai scherzando? »

« Aspetta, lasciami finire. Non era così semplice. Quando raccontai a Lillian della rubrica e le dissi che avevo intenzione di parlare con quelle persone, lei la trovò un'idea fantastica, la cosa più geniale di cui avesse mai sentito parlare. Voleva aiutarmi. Voleva andare in giro a parlare con le persone riportate nella rubrica, proprio come me. Ricordati che era un'attrice, e l'idea di far finta di essere me la riempiva di entusiasmo. Era veramente ispirata. »

« E così vi siete scambiate i ruoli. E questo che stai cercando di dirmi? Lillian ti convinse a fare cambio con lei. »

« Nessuno convinse nessuno a fare niente. Decidemmo insieme. »

« Però... »

« Però niente. Abbiamo agito in assoluta parità dall'inizio alla fine. E per di più la vita di Lillian ne uscì cambiata. S'innamorò di uno degli uomini riportati nella rubrica e finì per sposarlo. »

« La faccenda si fa sempre più strana. »

« Sì, lo ammetto, era strana. Lillian uscì con una delle mie macchine fotografiche e la rubrica, e la quinta o sesta persona che andò a trovare era l'uomo che poi divenne suo marito. Ero sicura che in quella rubrica ci fosse racchiusa una storia – ma era la storia di Lillian, non la mia. »

«E lo hai visto con i tuoi occhi quell'uomo? Non si era inventata tutto?»

«Ho fatto da testimone alle loro nozze, al Municipio. A quel che mi risulta, Lillian non gli ha mai detto come si guadagnava da vivere, e del resto, per quale motivo avrebbe dovuto saperlo? Adesso vivono a Berkeley, in California. Lui insegna all'università, è un tipo simpaticissimo.»

«E a te come andò?»

«Non molto bene. Anzi, malissimo. Il giorno in cui uscì con la mia macchina fotografica di riserva, Lillian aveva un appuntamento con uno dei suoi clienti abituali. Quando quella mattina l'uomo chiamò per confermare, lei gli spiegò che sua madre era malata e che doveva andare fuori città. Aveva chiesto a un'amica di sostituirla e se lui non aveva niente in contrario a incontrarsi con un'altra per quell'unica volta, gli assicurava che non se ne sarebbe pentito. Non ricordo le sue parole esatte, ma il senso era questo. Mi fece un'enorme pubblicità e dopo un po' di blandizie l'uomo accettò. Ed eccomi lì, seduta da sola nell'appartamento di Lillian ad aspettare che squillasse il campanello e a prepararmi a scopare con un uomo che non avevo mai visto prima. Si chiamava Jerome, ed era un ometto tarchiato sulla quarantina con le nocche pelose e i denti gialli. Faceva il commesso viaggiatore di qualche cosa. Di liquori all'ingrosso, mi pare, ma avrebbe potuto benissimo essere di matite o di computer. Sarebbe stato lo stesso. Suonò il campanello alle tre in punto, e nell'istante stesso in cui entrò nell'appartamento mi resi conto che non ce l'avrei fatta. Se fosse stato almeno un pochino attraente forse sarei riuscita a farmi coraggio, ma con un uomo con il fascino di Jerome era assolutamente impossibile. Aveva fretta e guardava in continuazione l'orologio, impaziente di cominciare, per poter finire e andare via. Non sapendo che altro fare, io stetti al gioco sforzandomi di farmi venire in mente qualcosa mentre entravamo in camera da letto e ci spogliavamo. Una cosa era stata ballare in topless in un bar, ma trovarmi di fronte a quel commesso viaggiatore grasso e peloso era una cosa troppo intima, non riuscivo nemmeno a guardarlo negli occhi. Avevo nascosto la macchina fotografica in bagno e pensai che se volevo scattare delle foto di quel fiasco dovevo agire immediatamente. Perciò mi scusai e corsi in bagno, lasciando la porta accostata. Aprii entrambi i rubinetti del lavabo, tirai fuori la macchina fotografica carica e cominciai a scattare foto della camera da letto. L'angolazione era perfetta. Riuscivo a vedere Jerome spaparacchiato sul letto. Guardava il soffitto e si gingillava l'uccello con la mano nel tentativo di procurarsi un'erezione. Era una scena disgustosa ma per certi versi anche comica, ed ero contenta di averla fissata sulla pellicola. Credo che ebbi il tempo di scattare dieci, dodici foto, ma quando arrivai alla sesta o alla settima, all'improvviso Jerome balzò su dal letto, corse verso il bagno e spalancò la porta prima che avessi il tempo di chiuderla. Quando mi vide con la macchina fotografica in mano perse la testa. La perse davvero, uscì completamente dai gangheri. Si mise a urlare e mi accusò di avergli scattato quelle foto in modo da poterlo ricattare e rovinare la sua famiglia, e prima ancora che me ne rendessi conto mi strappò la maccina fotografica di mano e la fracassò contro la vasca da bagno. Cercai di scappare ma non arrivai alla porta che mi afferrò per il braccio e cominciò a prendermi a pugni. Era un incubo. Due sconosciuti nudi che si davano botte da orbi in un bagno rivestito di piastrelle rosa. Mentre mi colpiva bofonchiava e gridava, urlava a squarciagola, e infine mi mollò un pugno che mi mise fuori combattimento. Che tu ci creda o no, mi fratturò la mascella. E non è finita. Avevo anche un polso rotto, un paio di costole incrinate e contusioni su tutto il corpo. Rimasi dieci giorni in ospedale e poi mi bloccarono la mascella con dei fili metallici per sei settimane. Il piccolo Jerome mi aveva ridotto in polpette. Mi aveva fatto uscire l'anima a suon di calci.»

Quando, nel '79, conobbi Maria a casa di Sachs, non andava a letto con un uomo da quasi tre anni. Le ci era voluto tutto quel tempo per riprendersi dallo shock delle percosse, e più che una scelta la castità era una necessità, l'unica cura possibile. Oltre all'umiliazione fisica, l'episodio di Jerome le aveva inflitto una sconfitta spirituale. Per la prima volta nella sua vita Maria era stata castigata. Aveva oltrepassato i confini del proprio essere, e la brutalità di quell'esperienza aveva alterato il suo modo di percepire se stessa. Fino ad allora si era immaginata capace di tutto: di qualsiasi avventura, di qualsiasi trasgressione, di qualsiasi sfida. Si era sentita più forte degli altri, immune dalle devastazioni e dai fallimenti che affliggono il resto dell'umanità. Dopo lo scambio di identità con Lillian, si rese conto di quanto si era ingannata. Scoprì di essere debole, una persona accerchiata dalle proprie paure e dalle proprie limitazioni interiori, mortale e confusa come tutte le altre.

Impiegò tre anni a riparare il danno (nella misura in cui ci riuscì), e quando quella sera le nostre strade si incrociarono a casa di Sachs, era più o meno pronta per uscire dal suo guscio. Se offrì il suo corpo a me, fu soltanto perché capitai nel momento giusto. Maria ha sempre riso di quest'interpretazione, insistendo col dire che ero l'unico uomo che avrebbe mai puntato, ma sarei pazzo a credere che fu perché possedevo qualche virtù soprannaturale. Ero semplicemente un uomo tra tanti uomini passabili, e se corrispondevo a ciò che lei cercava in quel preciso momento, tanto meglio per me. Fu lei a stabilire le regole della nostra amicizia, e io mi sforzai di rispettarle, complice compiacente dei suoi capricci e delle sue pressanti pretese. Su richiesta di Maria, promisi che non avremmo mai passato due notti di fila insieme. Promisi che non le avrei mai parlato di nessun'altra donna. Promisi che non le avrei mai chiesto di presentarmi a nessuno dei suoi amici. Promisi di comportarmi come se la nostra relazione fosse un segreto, un dramma clandestino che doveva rimanere ignoto al resto del mondo. Nessuna di queste restrizioni m'infastidiva. Indossavo i vestiti che voleva Maria, l'assecondavo nella sua voglia di darmi appuntamenti in posti strani (chioschetti dei gettoni della metropolitana, sale scommesse, toilette di ristoranti), dividevo con lei i suoi pasti coordinati per colore. Per Maria tutto era un gioco, una richiesta incessante di invenzioni, e nessun'idea era troppo bizzarra per non provarla almeno una volta. Facemmo l'amore con i vestiti addosso e senza, con la luce accesa e spenta, all'aperto e al chiuso, sul suo letto e sotto. Ci travestimmo con toghe, costumi da cavernicoli e prendemmo in affitto dei frac. Fingemmo di non conoscerci, di essere sposati. Giocammo al dottore e all'infermiera, alla cameriera e al cliente, al professore e alla studentessa. Era tutto molto infantile, immagino, ma Maria prendeva queste avventure sul serio – non come distrazioni, bensì come esperimenti, studi sulla natura mutevole dell'Io. Se non fosse stata tanto convinta non credo che avrei potuto continuare a stare insieme a lei. In quel periodo mi vedevo con altre donne, ma Maria era l'unica che aveva importanza per me, l'unica che ancora oggi fa parte della mia vita.

Finalmente nel settembre di quell'anno (1979), qualcuno comprò la nostra casa nella Contea di Dutchess, e Delia e David tornarono a vivere a New York, sistemandosi in un appartamento di un palazzo di arenaria nella zona di Cobble Hill di Brooklyn. Questo fatto migliorò e peggiorò allo stesso tempo le cose per me. Avevo la possibilità di vedere mio figlio più spesso, ma ciò significava anche contatti più frequenti con la mia futura ex-moglie. All'epoca le pratiche del divorzio erano a buon punto, ma Delia cominciò ad avere dei dubbi e in quegli ultimi mesi prima che gli incartamenti completassero il loro iter, tentò in maniera vaga e incerta di farmi tornare. Se non fosse stato per David sarei riuscito a resistere alla sua campagna senza difficoltà. Ma era chiaro che il bambino soffriva per la mia assenza e io mi ritenevo responsabile dei suoi brutti sogni, dei suoi attacchi di asma, delle sue lacrime. Il senso di colpa è un persuasore efficacissimo, e ogni volta che ci vedevamo Delia toccava istintivamente tutti i tasti giusti. Un giorno, per esempio, dopo che un suo conoscente era stato a cena da lei, mi raccontò che David era salito in braccio all'ospite e gli aveva chiesto se sarebbe diventato il suo nuovo papà. Delia non aveva intenzione di rinfacciarmi questo episodio, voleva solo rendermi partecipe della sua preoccupazione, ma ogni volta che sentivo una di queste storie sprofondavo un pochino di più nelle sabbie mobili del mio rimorso. Non desideravo tornare a vivere con Delia, ma mi domandavo se non era il caso di rassegnarmi a farlo, se dopo tutto non ero destinato a essere sposato con lei. Davo più importanza al benessere di David che al mio, e tuttavia per quasi un anno me l'ero spassata come un imbecille con Maria Turner e le altre, ignorando qualsiasi pensiero che riguardasse il futuro. Era difficile giustificare quella vita davanti a me stesso. La felicità non era l'unica cosa che contava, mi dicevo. Quando si diventava genitori c'erano dei doveri a cui non ci si poteva sottrarre, obblighi che andavano assolti a qualunque costo.

Fu Fanny a salvarmi da quella che sarebbe stata una decisione terribile. Adesso, alla luce di ciò che accadde dopo, posso dirlo, ma allora avevo le idee completamente confuse. Quando mi scadde il contratto di subaffitto di Varick Street, affittai un appartamento a Brooklyn, ad appena sei o sette isolati da casa di Delia. Non era nelle mie intenzioni andare ad abitare così vicino a lei ma i prezzi di Manhattan erano troppo alti per me, e, quando cominciai a cercare dall'altra parte del fiume, per qualche strano motivo ogni appartamento che mi veniva mostrato si trovava nel suo quartiere. Alla fine ne presi uno squallido di un intero piano a Caroll Gardens, ma l'affitto era accessibile e la camera da letto era abbastanza grande per due letti, uno per me e uno per David. Cominciò a stare due o tre notti alla settimana da me, ma questa abitudine, pur essendo di per sé un cambiamento positivo, mi mise in una posizione precaria nei confronti di Delia. Mi ero lasciato scivolare di nuovo nella sua orbita e sentivo che la mia fermezza cominciava a vacillare. Per una sfortunata coincidenza, all'epoca del mio trasloco Maria aveva lasciato la città per un paio di mesi e anche Sachs era partito – era andato in California per lavorare a una sceneggiatura di *Il nuovo colosso*. Un produttore indipendente aveva acquistato i diritti cinematografici del suo romanzo e Sachs era stato ingaggiato per scrivere il copione insieme a uno sceneggiatore professionista che abitava a Hollywood. Ritornerò su questa storia più avanti, per il momento basti sapere che ero solo e in difficoltà a New York, senza i miei soliti compagni. Ancora una volta tutto il mio futuro veniva messo in discussione e avevo bisogno di qualcuno con cui parlare, di sentire me stesso meditare ad alta voce.

Una sera Fanny mi chiamò al mio nuovo appartamento e mi invitò a cena. Io credevo che si trattasse di una delle solite feste, con altri cinque o sei ospiti, ma quando la sera seguente mi presentai da lei, scoprii di essere l'unico invitato. Rimasi sorpreso. In tutti gli anni che ci eravamo conosciuti, Fanny e io non avevamo mai passato del tempo insieme da soli. Ben era sempre stato presente e, a eccezione dei momenti fortuiti in cui si assentava dalla stanza o doveva rispondere al telefono, non avevamo quasi mai parlato senza che un'altra persona ascoltasse i nostri discorsi. Io mi ero talmente abituato a questa sistemazione che non mi davo più la briga di metterla in discussione. Per me Fanny era sempre stata una figura remota e idealizzata, e mi sembrava giusto che i nostri rapporti fossero indiretti, perpetuamente mediati da altri. Nonostante l'affetto che col tempo era nato tra noi, stare con lei mi faceva ancora sentire un po' a disagio. La mia timidezza tendeva a rendermi piuttosto stravagante, e spesso mi facevo in quattro per farla ridere, raccontavo barzellette penose e recitavo bisticci atroci traducendo la mia ritrosia in battute superficiali e puerili. Questo mio atteggiamento mi dava fastidio visto che non mi comportavo mai così con gli altri. Non sono un tipo gioviale, e mi rendevo conto di darle un'impressione falsa di me. Però fu soltanto quella sera che capii perché mi ero sempre nascosto. Certi pensieri sono troppo pericolosi e bisogna fare in modo di tenersene alla larga.

Ricordo la camicetta di seta bianca che indossava quella sera e le perle bianche che cingevano il suo collo bruno. Credo che si accorse dell'imbarazzo che il suo invito mi aveva causato, ma non lo diede a vedere e si comportò come se fosse normalissimo per due amici cenare così. Probabilmente lo era, ma non dal mio punto di vista, non con la storia di sotterfugi che c'era tra noi. Le domandai se c'era qualcosa di particolare di cui volesse parlarmi. No, rispose, aveva semplicmente voglia di vedermi. Da quando Ben era partito aveva lavorato sodo, e la mattina prima, svegliandosi, si era resa improvvisamente conto di sentire la mia mancanza. Tutto qui. Sentiva la mia mancanza e voleva sapere come stavo.

Cominciammo con un drink in soggiorno, e per i primi minuti parlammo soprattutto di Ben. Io accennai a un lettera che mi aveva scritto la settimana prima e poi Fanny mi parlò di una telefonata che le aveva fatto quello stesso giorno. Secondo lei il film non si sarebbe mai fatto, disse, ma Ben era pagato bene per il copione e questo non guastava di certo. La casa nel

Vermont aveva bisogno di un tetto nuovo e forse sarebbero riusciti a iniziare i lavori prima che quello vecchio fosse crollato. Forse dopo parlammo del Vermont, oppure del suo lavoro al museo, non ricordo. Quando ci sedemmo a tavola eravamo in qualche modo passati al mio libro. Dissi a Fanny che continuavo a fare progressi, ma meno di prima, dal momento che adesso diversi giorni della settimana erano dedicati interamente a David. Vivevamo come una coppia di vecchi scapoli, raccontai, girando per casa in pantofole, fumando la pipa alla sera, parlando di filosofia sopra un bicchiere di brandy mentre contemplavamo i tizzoni del caminetto.

«Un po' come Sherlock Holmes e Watson» fu il commento di Fanny.

«Pian piano ci arriveremo. Ultimamente la defecazione suscita animate discussioni, ma non appena il mio collega avrà smesso il pannolino sono sicuro che affronteremo altri argomenti.»

«Potrebbe andare peggio.»

«Certo. Mi sono lamentato, forse?»

«Gli hai presentato qualcuna delle tue amiche?»

«Maria, per esempio?»

«Per esempio.»

«Ci ho pensato, ma a quanto pare non è mai il momento buono. Forse è perché non voglio. Ho paura che si confonda le idee.»

«E Delia? Frequenta altri uomini?»

«Credo di sì, ma non si sbottona molto in merito alla sua vita privata.»

«Tanto meglio, immagino.»

«Non saprei. Stando alle apparenze, adesso sembra molto contenta che sia venuto ad abitare dalle sue parti.»

«Oh, mio Dio! Non la starai incoraggiando, spero.»

«Non lo so. A quanto pare non ho intenzione di risposarmi con un'altra.»

«David non è una ragione abbastanza valida, Peter. Se adesso tornassi da Delia, cominceresti a odiarti per averlo fatto. Ti trasformeresti in un vecchio amareggiato.»

«Forse lo sono già.»

«Sciocchezze.»
«Mi sforzo di non esserlo, ma diventa sempre più difficile guardare al macello che ho combinato senza sentirmi uno stupido.»
«Ti senti responsabile, tutto qui. E questo fatto ti tira in due direzioni opposte.»
«Ogni volta che me ne vado, mi dico che avrei dovuto rimanere. Ogni volta che rimango, mi dico che avrei dovuto andare via.»
«Si chiama ambivalenza.»
«È una delle definizioni possibili. Se è questo il termine che preferisci usare, te lo concedo.»
«O, come una volta disse mia nonna a mia madre: 'Tuo padre sarebbe un uomo meraviglioso, se solo fosse diverso'.»
«Ah!»
«Già. Ah! Un'intera epopea di dolore e sofferenza ridotta a un'unica frase.»
«Il matrimonio inteso come palude, come una pratica dell'arte di illudersi lunga tutta una vita.»
«È solo che non hai ancora incontrato la persona giusta, Peter. Devi darti più tempo.»
«Mi stai dicendo che non so cos'è il vero amore. E che quando lo saprò, cambierò idea. È carino da parte tua pensarlo, ma se non dovesse succedere mai? Se le mie carte non lo dicono?»
«Lo dicono, te lo assicuro.»
«E come fai a essere così certa?»
Fanny si fermò un momento, posò coltello e forchetta, quindi si sporse sopra il tavolo e mi afferrò la mano. «Tu mi ami, vero?»
«Certo che ti amo» risposi.
«Tu mi hai sempre amato, non è vero? Dal primo momento che mi hai messo gli occhi addosso. È vero o no? Mi hai amato per tutti questi anni e mi ami ancora adesso.»
Ritrassi la mano e abbassai lo sguardo sul tavolo, sopraffatto dall'imbarazzo. «Cos'è?» domandai. «Una confessione forzata?»
«No, sto solo cercando di dimostrarti che hai sposato la donna sbagliata.»

« Tu sei sposata con un altro, te ne sei dimenticata? Ho sempre pensato che questo fatto ti escludesse dalla lista delle candidate. »

« Non ti sto dicendo che avresti dovuto sposare me. Però non avresti dovuto sposare la persona che hai sposato. »

« Fanny, stai parlando per enigmi. »

« Sono stata chiarissima, invece. È solo che tu non vuoi capire quello che ti sto dicendo. »

« No, il tuo discorso non fila. Ti concedo che sposare Delia è stato un errore. Ma il fatto che ami te non dimostra che posso amare un'altra. E se tu fossi l'unica donna che riuscirò mai ad amare? Sto solo facendo un'ipotesi, naturalmente, ma si tratta di una questione importantissima. Se è vero, allora il tuo discorso non ha senso. »

« Le cose non funzionano così, Peter. »

« È così che funzionano per te e Ben. Perché fare di te stessa un'eccezione? »

« Non lo sto facendo. »

« E questo che significherebbe? »

« Devo proprio imboccarti parola per parola? »

« Perdonami, ma comincio a sentirmi un po' confuso. Se non fossi sicuro che sto parlando con te, giurerei che ci stai provando. »

« Vuoi forse dire che protesteresti? »

« Cristo, Fanny! Sei la moglie del mio migliore amico! »

« Ben non c'entra. Questa è una cosa che riguarda soltanto noi due. »

« No, invece. Riguarda anche lui, eccome. »

« E cosa credi che stia facendo Ben giù in California? »

« Sta scrivendo il copione del film. »

« Sì, sta scrivendo un copione. E si scopa anche una ragazza di nome Cynthia. »

« Non ti credo. »

« E allora perché non lo chiami e te lo fai dire? Chiediglielo. Ti dirà la verità. Tu digli soltanto: 'Fanny mi ha raccontato che ti scopi una ragazza di nome Cynthia. Cos'è questa storia, vecchio mio?' Sarà sincero con te, ne sono sicura. »

« Secondo me è meglio chiudere qui questo discorso. »

« E poi chiedigli delle altre che ci sono state prima di Cynthia. Di Grace, per esempio. E di Nora, e di Martine, e di Val. Sono i primi nomi che mi vengono in mente, ma se mi dai un minuto riuscirò a ricordarne qualcun altro. Il tuo amico è un appassionato di fiche, Peter. Questo non lo sapevi, vero? »

« Non parlare così. È disgustoso. »

« Ti sto soltanto dicendo i fatti. Ben non me lo nasconde mica. Sai, ha il mio permesso. Può fare quello che vuole. E io posso fare altrettanto. »

« E allora perché continuare a essere marito e moglie? Se tutto questo è vero, non avete alcun motivo per stare insieme. »

« Ci amiamo, ecco il motivo. »

« Stando a quello che mi dici, sembra di no. »

« E invece sì. Ci siamo messi d'accordo così. Se non dessi a Ben la sua libertà non riuscirei mai a tenermelo. »

« E così lui se la spassa mentre tu te ne stai a casa, ad aspettare il ritorno del marito prodigo. Non mi sembra un accordo giusto. »

« Lo è, invece. È giusto perché io lo accetto, perché mi sta bene. Anche se mi è capitato solo poco volte di approfittare della mia libertà, ce l'ho sempre, mi appartiene comunque. È un diritto che posso esercitare quando voglio. »

« Come adesso. »

« Ci siamo, Peter. Finalmente avrai quello che hai sempre desiderato. E non devi sentirti come se tradissi Ben. Quello che ci succede stasera riguarda solo noi due. »

« Questo lo hai già detto. »

« Forse adesso riesci a capire un po' meglio. Non lasciarti prendere dall'agitazione. Se mi vuoi, sono tua. »

« Così. »

« Sì, così. »

La sua intraprendenza mi intimidiva, mi riusciva incomprensibile. Se non fossi stato tanto sconvolto, probabilmente mi sarei alzato da tavola e me ne sarei andato. Invece, rimasi seduto e non dissi una parola. Certo che volevo andare a letto con lei. Lo aveva sempre saputo, e ora che ero stato smascherato, ora che aveva trasformato il mio segreto in una proposta rude e volgare, non sapevo quasi più chi fosse. Fanny era diventata un'altra. Ben era diventato un altro. Nell'arco di un'unica, breve conversazione, tutte le certezze che avevo sul mondo erano crollate.

Fanny mi afferrò di nuovo la mano e anziché cercare di dissuaderla reagii con un fiacco sorriso d'imbarazzo. Deve averlo interpretato come una resa perché un momento dopo si alzò dalla sedia, fece il giro del tavolo e mi raggiunse. Io le tesi le braccia e senza dire una parola si sedette sulle mie ginocchia, piantò le anche contro le mie cosce e mi afferrò il viso con le mani. Ci baciammo. Con le bocche aperte, le lingue che si contorcevano, sbavandoci il mento a vicenda, cominciammo a baciarci come una coppia di adolescenti sul sedile posteriore di una macchina.

Andammo avanti in questo modo per le tre settimane seguenti. Quasi all'improvviso Fanny tornò a essere riconoscibile ai miei occhi, un punto di calma familiare ed enigmatico. Naturalmente non era più la stessa, ma gli atteggiamenti che mi avevano lasciato di stucco la prima sera sparirono e l'aggressività di quel momento non si ripeté più. Cominciai a dimenticarmene completamente e mi abituai al nostro nuovo rapporto, al crescente impeto di desiderio. Ben era ancora fuori città e, a eccezione di quando David stava da me, passavo ogni notte a casa sua, dormendo nel suo letto e facendo l'amore con sua moglie. Davo per scontato che avrei sposato Fanny. Anche se questo significava distruggere la mia amicizia con Sachs, ero prontissimo a farlo. Per il momento, però, tenevo questa consapevolezza per me. La forza dei miei sentimenti mi faceva ancora troppa paura e non volevo opprimere Fanny parlando anzitempo. In ogni caso, era così che giustificavo il mio silenzio, ma la verità era che Fanny si mostrava poco disposta a parlare di qualsiasi cosa che non riguardasse l'oggi, la logistica dell'incontro successivo. Il nostro modo di fare l'amore era muto e intenso, un deliquio negli abissi dell'immobilità. Fanny era tutta languore e docilità e io m'innamorai della levigatezza della sua pelle, del modo in cui chiudeva gli occhi ogni volta che sgusciavo dietro di lei e le baciavo la nuca. Nelle prime due settimane non chiedevo altro. Mi bastava toccarla e vivevo per i gorgoglii appena percettibili che salivano dalla sua gola, per sentire la sua schiena inarcarsi lentamente contro le mie palme.

Immaginai Fanny nei panni della matrigna di David. Immaginai noi due che mettevamo su casa in un altro quartiere e ci abitavamo sino alla fine dei nostri giorni. Immaginai tempeste, scene drammatiche, violenti scontri verbali con Sachs prima di poter cominciare a realizzare questo progetto. Forse saremmo addirittura venuti alle mani, pensavo. Mi sentivo pronto a tutto e neanche il pensiero che mi stavo mettendo in guardia contro il mio amico riuscì a turbarmi. Insistevo con Fanny per parlare di lui, desideroso com'ero di sentire le sue lamentele per potermi giustificare con me stesso. Se fossi riuscito a dimostrare che era stato un pessimo marito, allora il mio progetto di portargli via Fanny avrebbe assunto il peso e la santità di uno scopo morale. Non l'avrei più rubata ma salvata e la mia coscienza sarebbe rimasta pulita. Quello che la mia ingenuità mi impediva di capire era che l'ostilità può anche essere una dimensione dell'amore. Fanny soffriva per il comportamento sessuale di Ben; le sue scappatelle e i suoi peccatucci erano per lei fonte di una sofferenza continua, ma una volta che cominciò ad apririsi con me in proposito, l'amarezza che mi aspettavo di sentire non andò mai al di là di una sorta di mite rimprovero. La possibilità di confidarsi con me sembrava alleviare un po' la pressione che aveva dentro, e ora che aveva peccato anche lei, forse era in grado di perdonarlo per i peccati che aveva commesso contro di lei. Questa era, per così dire, l'economia della giustizia, il qui pro quo che trasforma la vittima in aguzzino, il gesto che pone in equilibrio i piatti della bilancia. Col tempo Fanny mi raccontò molte cose sul conto di Ben, ma non mi fornì mai gli argomenti che cercavo. Semmai le sue confidenze ebbero l'effetto opposto. Una notte, per esempio, ci mettemmo a parlare del periodo in cui era stato in prigione e scoprii che quei diciassette mesi erano stati molto più terribili per lui di quanto non avesse mai voluto ammettere con me. Non credo che Fanny cercasse specificamente di difenderlo, ma quando venni a sapere dei soprusi che aveva subito (pestaggi gratuiti, vessazioni continue e minacce, un probabile episodio di violenza carnale), mi riuscì difficile nutrire qualsiasi forma di risentimento nei suoi riguardi. Visto con gli occhi di Fanny Sachs era una persona molto più complicata e tormentata di quella che credevo di conoscere. Oltre all'estroverso esuberante e dotato che era diventato mio amico, era anche un uomo che si nascondeva dagli altri, oppresso da segreti che non aveva mai condiviso con nessuno. Io cercavo una scusa per diventargli ostile, ma dalla prima all'ultima settimana che passai con Fanny mi sentii vicino a lui come sempre. Fatto strano, questo non interferiva minimamente con ciò che provavo per lei. Amarla era semplice, anche se tutto ciò che circondava quell'amore era carico di ambiguità. In fondo era stata lei a buttarsi al mio collo eppure, più la tenevo stretta e meno sicuro ero di cosa avessi tra le braccia.

La nostra relazione coincise esattamente con l'assenza di Ben. Un paio di giorni prima della data prevista per il suo rientro, finalmente sollevai la questione di cosa avremmo fatto quando Ben sarebbe tornato a New York. Fanny propose di andare avanti come prima, vedendoci ogni volta che ne avevamo voglia. Le risposi che non era possibile, che se voleva continuare avrebbe dovuto rompere con Ben e venire a vivere con me. Non c'era posto per le finzioni, le dissi. Dovevamo informarlo dell'accaduto, sistemare le cose il più in fretta possibile e poi cominciare a pensare a sposarci. Non mi passò mai per la mente che Fanny non fosse d'accordo, ma questo prova soltanto quanto ero ignaro, quanto avessi frainteso le sue intenzioni fin dall'inizio. Non voleva lasciare Ben, mi spiegò. Non ci aveva mai nemmeno pensato. Per quanto mi amasse non era pronta a fare un passo del genere.

Finimmo per impegolarci in una conversazione tormentosa che si protrasse per diverse ore, un vortice di argomenti tortuosi con cui non approdammo a nulla. Piangemmo molto tutti e due, implorandoci a vicenda di essere ragionevoli, di cedere, di considerare la situazione da una prospettiva diversa, ma non funzionò. Forse non avrebbe mai potuto funzionare, ma allora mi sembrò la peggiore conversazione della mia vita, un momento di assoluta disfatta. Fanny non voleva lasciare Ben e io non volevo stare con lei se non lo faceva. Io volevo o tutto o niente, continuavo a dirle. L'amavo troppo per accontentarmi di averla solo in parte. Per me, qualsiasi cosa che fosse meno di tutto sarebbe stato niente, un dolore che non sarei mai riuscito a sopportare. Così ebbi il mio dolore e il mio niente, e la nostra relazione finì con la conversazione di quella sera. Nei mesi che seguirono non ci fu quasi un momento in cui non me ne pentii, in cui non mi accorai per la mia testardaggine, ma non avrei mai avuto la possibilità di annullare la perentorietà delle mie parole.

Perfino adesso non riesco a capire il comportamento di Fanny. Immagino che si potrebbe liquidare l'intera faccenda dicendo che si era semplicemente divertita con una breve tresca mentre il marito era fuori città. Ma se l'unico scopo era stato quello di andare a letto con qualcuno, il fatto che avesse scelto me era assurdo. Data la mia amicizia con Ben, ero l'ultima persona che sarebbe andata a cercare. Naturalmente può darsi che abbia voluto vendicarsi appigliandosi a me come a un modo di pareggiare i conti con Ben, ma alla lunga non credo che questa sia una spiegazione abbastanza profonda. Presuppone un genere di cinismo che Fanny non ha mai posseduto veramente, e poi troppe domande rimangono senza risposta. Può anche darsi che fosse convinta di sapere il fatto suo e che poi abbia cominciato a perdersi d'animo. Un caso classico di strizza, per così dire, ma allora come si spiega il fatto che non ha mai esitato, che non ha mai tradito il minimo segno di pentimento o di indecisione? Fino all'ultimo non mi è mai nemmeno passato per la mente che avesse dei dubbi nei miei riguardi. Se la nostra relazione finì tanto all'improvviso fu perché lei se lo aspettava, perché aveva sempre saputo che sarebbe andata così. Questo sembra un argomento perfettamente plausibile. L'unico problema è che contraddice tutto ciò che disse e fece durante le tre settimane in cui siamo stati insieme. Alla fine quello che prima sembrava un ragionamento chiarificatore si riduce a un'altra insidia. Nello stesso istante in cui lo accetti, l'indovinello ricomincia daccapo.

Comunque, per me non fu un insuccesso totale. A dispetto del modo in cui andò a finire, l'episodio ebbe diversi risvolti positivi e adesso, quando ci ripenso, lo considero un frangente critico della mia storia privata. In primo luogo, rinunciai all'idea di tentare di salvare il mio matrimonio. Innamorandomi di Fanny avevo capito quanto sarebbe stato futile e seppellii quelle idee una volta per tutte. Non c'è alcun dubbio che la causa diretta di questo mio ripensamento fu Fanny. Se non fosse stato per lei non avrei mai incontrato Iris, e da quel momento la mia vita avrebbe preso una direzione completamente diversa. Una direzione peggiore, ne sono convinto; una direzione che mi avrebbe spinto verso quell'amarezza da cui Fanny mi aveva messo in guardia la prima notte che passammo insieme. Innamorandomi di Iris realizzai la profezia che lei mi aveva fatto quella stessa notte – ma prima di poter credere a quella profezia, dovevo innamorarmi di Fanny. Era questo che aveva voluto dimostrarmi? Era questo il motivo che si celava dietro alla nostra folle relazione? Anche il solo suggerirlo sembra assurdo, eppure concorda con i fatti più di qualsiasi altra spiegazione. Quello che sto cercando di dire è che Fanny si gettò tra le mie braccia per salvarmi da me stesso, che agì così per impedirmi di tornare da Delia. È mai possibile una cosa simile? È mai possibile che una persona si prodighi fino a questo punto per un'altra? Se sì, allora il comportamento di Fanny diventa addirittura eccezionale, un puro e lampante gesto di abnegazione. Di tutte le interpretazioni che ho considerato nel corso degli anni questa è quella che prefersico. Ciò non significa che è vero, ma poiché potrebbe esserlo, mi piace pensare che lo sia. Dopo undici anni è l'unica risposta che abbia ancora un senso.

Mi proponevo di evitare di vedere Sachs al suo rientro a New York. Non avevo idea se Fanny gli avrebbe raccontato quello che avevamo fatto, ma anche se fosse stata zitta, la prospettiva di dover tacere a mia volta mi riusciva intollerabile. I nostri rapporti erano sempre stati troppo sinceri e leali per un comportamento del genere e non avevo nessuna voglia di cominciare a raccontargli frottole. Immaginavo che sarebbe riuscito a leggermi nel pensiero comunque, e se per caso Fanny gli avesse raccontato quello che avevamo combinato, mi sarei esposto a ogni sorta di sventure. In un modo o nell'altro, non ero pronto per vederlo. Se sapeva, comportarmi come se fosse all'oscuro di tutto sarebbe stato un insulto. E se invece non sapeva, ogni attimo che avrei passato con lui sarebbe stato una tortura.

Lavoravo al mio romanzo, mi occupavo di David, aspettavo che Maria tornasse in città. In circostanze normali Sachs mi avrebbe telefonato nel giro di due o tre giorni. Capitava di rado che lasciassimo passare periodi più lunghi senza sentirci e, ora che era tornato dalla sua avventura hollywoodiana, davo per certo che si sarebbe fatto vivo con me. Ma passarono tre giorni, poi altri tre giorni, e a poco a poco mi resi conto che Fanny gli aveva rivelato il segreto. Era l'unica spiegazione possibile. Arrivai alla conclusione che la nostra amicizia era finita e che non lo avrei mai più rivisto. Proprio quando cominciavo a rassegnarmi a quest'idea (il settimo o l'ottavo giorno) squillò il telefono, ed ecco all'altro capo Sachs, in gran forma a giudicare dalla voce, che raccontava barzellette con lo stesso entusiasmo di sempre. Cercai di tener testa alla sua allegria ma ero stato colto troppo alla sprovvista per cavarmela bene. Mi tremava la voce e come aprivo bocca dicevo la cosa sbagliata. Quando mi invitò a cena per quella stessa sera inventai una scusa e gli dissi che lo avrei richiamato l'indomani per organizzare qualcos'altro. Ma non gli telefonai. Un giorno o due dopo mi richiamò lui, sempre su di giri, come se tra di noi non fosse successo niente. Feci del mio meglio per schivarlo, ma stavolta non era disposto ad accettare un rifiuto. Mi propose di pranzare fuori quel giorno stesso e prima che riuscissi a trovare una scusa per sottrarmi mi sentii accettare il suo invito. Dovevamo vederci meno di due ore dopo al Costello's Restaurant, un ristorantino in Court Street a pochi isolati da casa mia. Se non mi fossi presentato all'appuntamento sarebbe venuto a bussare alla mia porta. Non ero stato abbastanza svelto, e ora dovevo subire le conseguenze.

Quando arrivai Sachs era già lì, seduto in un separé in fondo al locale. Teneva il « New York Times » aperto sul tavolo di formica davanti a sé e sembrava assorto nella lettura mentre fumava una sigaretta lasciando cadere con fare distratto la cenere sul pavimento dopo ogni boccata. Erano i primi anni Ottanta, i tempi della crisi degli ostaggi in Iran, delle atrocità dei Khmer Rossi in Cambogia, della guerra in Afghanistan. I capelli di Sachs si erano schiariti al sole della California e il suo viso abbronzato era cosparso di efelidi. Aveva un bell'aspetto, pensai, più riposato dell'ultima volta che lo avevo visto. Mentre mi dirigevo verso il tavolo mi chiesi di quanto sarei riuscito ad avvicinarmi prima che si accorgesse della mia presenza. Prima succedeva e peggio sarebbe andata la nostra conversazione, mi dissi. Se avesse alzato lo sguardo voleva dire che era nervoso – rivelando così che Fanny gli aveva già parlato. Se invece avesse tenuto il naso affondato nel giornale, il suo atteggiamento avrebbe tradito uno stato di calma, che a sua volta poteva significare che Fanny non gli aveva detto niente. Ero convinto che ogni passo che avrei fatto nel ristorante affollato sarebbe stato un segno in mio favore, un frammento di prova che era ancora ignaro, che ancora non sapeva che lo avevo tradito. Di fatto arrivai fino al separé senza che mi rivolgesse un solo sguardo.

« Gran bella abbronzatura, Mister Hollywood » gli dissi.

Mentre prendevo posto sulla panca di fronte a lui, Sachs alzò la testa di soprassalto, mi fissò con uno sguardo vacuo per qualche istante e infine sorrise. Era come se non si aspettasse di vedermi, come se fossi improvvisamente apparso per caso nel separé. Era una reazione esagerata, pensai, e nel breve silenzio che precedette la sua risposta mi resi conto che aveva soltanto finto di essere distratto. Per lui il giornale non era che un pretesto. Per tutto il tempo in cui mi aveva aspettato si era limitato a voltare le pagine, scorrendo le parole alla cieca senza darsi la briga di leggerle.

« Anche tu hai hai un bell'aspetto » rispose Sachs. « Il freddo deve farti bene. »

« Non mi dispiace. Dopo aver passato lo scorso inverno in campagna, qui mi sembra di stare ai tropici. »

« E cosa hai combinato mentre io ero laggiù a massacrare il mio libro? »

« Ho massacrato il mio » risposi. « Ogni giorno aggiungo qualche paragrafo alla catastrofe. »

« Devi essere a buon punto, ormai. »

« Undici capitoli su tredici. Immagino che significhi che la fine è vicina. »

« Hai idea di quando sarà finito? »

« Veramente no. Fra tre o quattro mesi, forse. Ma potrebbero essere anche dodici. Oppure due. Diventa sempre più difficile fare previsioni. »

« Spero che me lo farai leggere quando lo avrai finito. »

« Certo. Sarai la prima persona a cui lo darò. »

A quel punto arrivò la cameriera per prendere le ordinazioni. O almeno così ricordo: un'interruzione precoce, una breve pausa nel fluire della nostra chiacchierata. Da quando mi ero trasferito in quel quartiere pranzavo da Costello's circa due volte alla settimana e la cameriera mi conosceva di vista. Era grassissima e cordiale e girava sculettando tra i tavoli con indosso una divisa verde chiaro e una matita gialla sempre infilata tra i capelli grigi e crespi. Non se ne serviva mai per scrivere e ne usava invece un'altra che custodiva nella tasca del grembiule, però le piaceva averla a portata di mano caso mai fosse capitata qualche emergenza. In questo momento non mi viene in mente il suo nome; a ogni modo soleva chiamarmi « caro » e fermarsi a chiacchierare con me ogni volta che capitavo lì – mai di nulla in particolare, ma sempre in modo da farmi sentire ben accetto. Anche quel giorno, nonostante la presenza di Sachs, ci concedemmo uno dei nostri tipici, lunghissimi cicalecci. L'argomento della conversazione non ha alcuna importanza, ne accenno soltanto per dare un'idea dell'umore di Sachs di quel giorno. Non solo non parlò con la cameriera (fatto molto insolito per lui), ma appena questa si allontanò con le ordinazioni, riprese la conversazione esattamente dal punto in cui ci eravamo fermati, come se non fossimo mai stati interrotti. Fu soltanto allora che cominciai a capire quanto doveva essere agitato. E poi, quando fummo serviti, non credo che mangiò più di due o tre bocconi. Fumava e beveva caffè, e spegneva le sigarette nei piattini pieni.

« Quel che conta è il lavoro » disse chiudendo il giornale e buttandolo sulla panca accanto a sé. « Voglio che tu lo sappia. »

« Temo di non seguirti » risposi, rendendomi conto che lo seguivo fin troppo bene.

« Ti sto dicendo di non preoccuparti, tutto qui. »

« Preoccuparmi? E perché mai dovrei? »

« Per l'appunto » rispose Sachs, rivolgendomi un sorriso affettuoso e oltremodo raggiante. Per un secondo o due assunse un'aria quasi beata.

« Ma ti conosco da abbastanza tempo per essere praticamente sicuro che invece lo farai. »

« Mi sfugge qualcosa oppure oggi abbiamo deciso di parlare per indovinelli? »

« Va tutto bene, Peter. È questa l'unica cosa che sto cercando di farti capire. Fanny mi ha detto tutto e non voglio che tu te ne vada in giro oppresso dai sensi di colpa. »

« Ti ha detto cosa? » La mia domanda era ridicola, ma ero troppo sbalordito dalla sua compostezza per riuscire a dire altro.

« Quello che è successo mentre non c'ero. Il colpo di fulmine. Le scopate folli. Tutta la porca storia. »

« Capisco. Non ti ha lasciato molto all'immaginazione. »

« No, praticamente non un accidente di niente. »

« E adesso che succede? È arrivato il momento in cui mi porgi il tuo biglietto da visita e mi dici di chiamare i miei padrini? Naturalmente dovremo incontrarci all'alba. In qualche posto bello, in un posto che costituisca uno sfondo adatto. Il passaggio pedonale del ponte di Brooklyn, per esempio, o forse il monumento alla Guerra Civile nella Grand Army Plaza. Ci vuole qualcosa di maestoso. Un posto dove il cielo ci faccia apparire minuscoli, dove il sole possa brillare sulle nostre pistole alzate. Tu che dici, Ben? È così che vuoi risolvere la questione? O preferisci farla finita subito? All'americana. Fai il giro del tavolo, mi dai un pugno sul naso e poi esci dal locale. A me vanno bene entrambe le soluzioni. Ti lascio la scelta. »

« C'è anche una terza possibilità. »

« Ah, la terza via » dissi io, tutto rabbia e facezia. « Non mi ero reso conto che abbiamo a disposizione tante scelte. »

« E invece è così. Sono più di quante ne possiamo contare. Quella che ho in mente io è molto semplice. Aspettiamo che ci servano, mangiamo, poi paghiamo il conto e andiamo via. »

« Non va bene. Non c'è forza drammatica, non c'è confronto. Dobbiamo tirar fuori tutto a viva forza. Se facciamo marcia indietro adesso non mi sentirò soddisfatto. »

« Non abbiamo alcun motivo per litigare adesso, Peter. »

« Sì, invece. Abbiamo tutti i motivi del mondo. Ho chiesto a tua moglie di sposarmi. E se questo non è un motivo sufficiente per litigare, allora nessuno di noi due merita di vivere con lei. »

« Se vuoi toglierti il peso dallo stomaco, fa' pure. Sono dispostissimo a starti ad ascoltare. Ma se non vuoi, nessuno ti obbliga a parlarne. »

« Non è possibile infischiarsene tanto della propria vita. La tua indifferenza è quasi criminale. »

« Non sono indifferente. È solo che prima o poi doveva succedere. Non sono uno stupido, dopo tutto. So quello che provi per Fanny. E lo hai sempre provato. Ti si legge in viso ogni volta che sei vicino a lei. »

« È stata Fanny a fare il primo passo. Se non lo avesse voluto non sarebbe mai successo niente. »

« Non sto dando la colpa a te. Al tuo posto mi sarei comportato allo stesso modo. »

« Questo però non significa che sia giusto. »

« Non è una questione di giusto o sbagliato. Così va il mondo. Noi uomini siamo tutti prigionieri dei nostri uccelli e non ci possiamo fare un bel niente. A volte cerchiamo di resistere, ma è sempre una battaglia persa. »

« È una confessione, oppure stai cercando di dirmi che sei innocente? »

« Innocente di che? »

« Delle cose che mi ha raccontato Fanny. Le sbandate. Le attività parascolastiche. »

« Ti ha parlato di questo? »

« In lungo e in largo. Fino a intontirmi. Mi ha ragguagliato con nomi, date, descrizioni delle vittime, tutti i particolari. Mi ha fatto effetto. Da quel momento l'idea che mi ero fatto di te è stata completamente stravolta. »

« Secondo me tu non sei disposto a credere a ogni parola che ti si dice. »

« Stai forse dicendo che Fanny è una bugiarda? »

« No, assolutamente. È solo che a volte il suo senso della realtà vacilla. »

« Mi sembra la stessa identica cosa. Solo che tu lo dici in maniera diversa. »

« No, sto cercando di dirti che Fanny non ha colpa di quello che pensa. Si è fissata che le sono infedele e non basterebbero tutte le parole del mondo per dissuaderla. »

« Vorresti dire che non è vero? »

« Ho fatto i miei sbagli, ma non tanti come crede lei. Considerato che stiamo insieme da tantissimo tempo non è un brutto bilancio. Fanny e io abbiamo avuto i nostri alti e bassi ma non c'è stato mai un momento in cui mi sia pentito di averla sposata. »

« E allora da dove prende i nomi di tutte quelle donne? »

« Le racconto delle balle. Fa parte del nostro gioco. Io invento storie sulle mie conquiste immaginarie e Fanny sta ad ascoltare. La eccitano. Tutto sommato, le parole hanno un grande potere. Per alcune donne sono il miglior afrodisiaco in assoluto. Ormai dovresti conoscere Fanny abbastanza bene da saperlo. Le piacciono i turpiloqui. E più sono incisivi e più si eccita. »

« Non è esattamente l'impressione che ho avuto io. Ogni volta che Fanny mi ha parlato di te era serissima. Non ha mai accennato a 'conquiste immaginarie'. Per lei erano tutte più che reali. »

« È perché è gelosa, e una parte di lei vuole a tutti costi credere al peggio. È successo tante volte ormai. In qualsiasi momento Fanny è capace di attribuirmi una relazione travolgente con qualcun'altra. Va avanti così da anni, e la lista delle donne con cui sono andato a letto s'allunga sempre di più. Dopo un po' ho imparato che era inutile negare. Non facevo che aumentare i suoi sospetti e così, anziché dirle la verità le racconto quello che vuole sentire. Mento per farla contenta. »

« Non la chiamerei la via della felicità. »

« Però serve a tenerci uniti. Non chiedermi come, ma quando comincio a raccontarle quelle storie, tra di noi tutto torna chiaro. Tu credevi che avessi smesso di scrivere opere di fantasia, e invece continuo a farlo. Adesso il mio pubblico si è ridotto a una sola persona ma è l'unica che conti veramente. »

«E tu ti aspetti che ti creda?»

«Non pensare che mi stia divertendo. Non è facile parlarne. Ma ritengo che tu abbia il diritto di sapere, e sto facendo del mio meglio.»

«E Valerie Maas? Vorresti dirmi che neanche con lei c'è mai stato niente?»

«È un nome che saltava fuori spesso. È una redattrice di una delle riviste con cui ho collaborato. Un paio di anni fa abbiamo pranzato insieme parecchie volte. Solo per motivi di lavoro. Discutevamo dei miei articoli, parlavamo di progetti futuri e cose del genere. Alla fine Fanny si mise in testa che Val e io avevamo una relazione. Non posso negare che mi piaceva. In circostanze diverse forse avrei commesso una sciocchezza. E credo che Fanny intuì tutto questo. Probabilmente feci il nome di Val in casa una volta di troppo, oppure lodai troppo le sue doti di redattrice. Ma la verità è che a Val non interessano gli uomini. Vive con un'altra donna da cinque o sei anni e anche se ci avessi provato non avrei mai concluso niente.»

«E non lo hai detto a Fanny?»

«Sarebbe stato perfettamente inutile. Una volta che si è ficcata in testa una cosa non c'è niente che riuscirebbe a farle cambiare idea.»

«La ritrai come una persona estremamente volubile. Ma Fanny non è così. È forte, è una delle persone meno illuse che abbia mai conosciuto.»

«È vero. Sotto molti aspetti ha forza da vendere. Ma ha anche sofferto molto e gli ultimi anni l'hanno segnata. Non è sempre stata così, sai. Fino a quattro o cinque anni fa non sapeva nemmeno cosa fosse la gelosia.»

«Io l'ho conosciuta proprio cinque anni fa. Voglio dire ufficialmente.»

«È stato anche allora che il dottore le ha detto che non poteva avere figli. Da quel momento è cambiata. Da un paio di anni è in cura da uno psicoterapeuta, ma secondo me non le ha giovato molto. Si sente indesiderabile. È convinta che nessun uomo l'amerà mai. Ecco perché mi attribuisce delle relazioni con altre donne. Pensa di avermi defraudato. Pensa che la sto punendo perché mi ha deluso. Una volta che hai cominciato ad accanirti contro te stesso è difficile non pensare che anche tutti gli altri ce l'abbiano con te.»

«Non lo ha mai dato a vedere.»

«Fa parte del problema. Fanny non parla abbastanza. Si tiene tutto dentro e quando finalmente si sfoga lo fa sempre in maniera obliqua. E questo non fa che peggiorare la situazione. Per la metà del tempo soffre senza rendersene conto.»

«Fino al mese scorso ho sempre creduto che il vostro fosse un matrimonio perfetto.»

«Non si conosce mai bene nessuno. Io pensavo la stessa cosa del tuo matrimonio e guarda cosa è capitato a te e a Delia. Abbiamo già tante difficoltà a raccapezzarci di quello che succede a noi stessi. E quando si tratta degli altri non ci capiamo un accidenti.»

«Ma Fanny sa che io l'amo. Devo averglielo detto mille volte e sono sicuro che mi crede. Non riesco a immaginare che non sia così.»

«Infatti, ti crede. Ed è per questo che secondo me ciò che è successo è stato un bene. L'hai aiutata, Peter. Hai fatto più tu per lei di chiunque altro.»

«Sicché adesso mi ringrazi per essere andato a letto con tua moglie?»

«E perché no? Grazie a te, forse Fanny ricomincerà a credere in se stessa.»

«Basta chiamare il Dottor Aggiustatutto, eh? Ripara matrimoni incrinati, guarisce le anime ferite, salva le coppie in pericolo. Non è necessario chiedere un appuntamento, visite a domicilio ventiquattro ore su ventiquattro. Chiamate immediatamente il nostro numero verde. Il Dottor Aggiustatutto. Ti dà il suo cuore senza chiedere nulla in cambio.»

«Capisco il tuo risentimento. Deve essere un momentaccio per te, ma se ti può aiutare, sappi che Fanny ti considera l'uomo migliore che sia mai esistito sulla faccia della terra. Ti ama. Non smetterà mai di amarti.»

«Questo però non le impedisce di voler continuare a essere tua moglie.»

«La nostra storia dura da troppo tempo, Peter. Ne abbiamo passate talmente tante insieme che ci siamo dentro con tutte le nostre vite.»

«E in tutto questo quale sarebbe il mio posto?»

«Quello di sempre. Quello di mio amico. Di amico di Fanny. Della persona a cui vogliamo più bene in asssoluto.»

«E così ricomincia tutto daccapo.»

«Sì, se tu lo vuoi. Sarà come se non fosse cambiato niente, sempre che tu riesca a sopportarlo.»

D'un tratto fui sul punto di scoppiare a piangere. «Bada a non rovinare tutto» dissi. «È l'unica cosa che ho da dirti. Vedi di prenderti buona cura di lei. Me lo devi promettere. Se non mantieni la tua parola credo che ti ucciderò. Ti scoverò e ti strangolerò con le mie stesse mani.»

Abbassai lo sguardo e fissai il mio piatto, sforzandomi di mantenere il controllo. Quando infine lo risollevai mi accorsi che Sachs mi stava fissando. I suoi occhi erano cupi, atteggiati a un'espressione afflitta. Prima che riuscissi ad alzarmi per andarmene tese la mano destra e la tenne a mezz'aria aspettando che l'afferrassi. «Te lo prometto» mi rispose, stringendo forte la mia mano e serrando sempre di più la stretta. «Ti do la mia parola.»

Dopo quel pranzo non sapevo più cosa pensare. Fanny mi aveva detto una cosa e Sachs un'altra, e non appena avessi accettato una storia avrei dovuto respingere l'altra. Non c'erano alternative. Mi avevano presentato due versioni della verità, due realtà separate e distinte, e per quanto mi fossi sforzato non sarei mai riuscito a farle collimare. Io mi rendevo conto di questo, ma allo stesso tempo sapevo anche che entrambe le storie mi avevano convinto. Nel pantano di dolore e confusione in cui rimasi invischiato nei mesi che seguirono, esitai a fare una scelta. Non credo che fosse tanto una questione di sentirsi diviso negli affetti (sebbene forse c'entrasse anche questo) quanto di avere la certezza che sia Fanny che Ben mi avevano detto la verità. La verità così come la vedevano loro, forse, ma pur sempre la verità. Nessuno dei due aveva avuto intenzione di ingannarmi; nessuno dei due aveva mentito di proposito. In altre parole, non c'era una verità universale. Né per loro né per nessun altro. Nessuno era da incolpare o da difendere, e l'unica reazione ragionevole era la compassione. Li avevo ammirati entrambi per troppi anni per non sentirmi deluso da quello che avevo appreso, ma non erano stati loro gli unici a deludermi. Ero deluso di me stesso, ero deluso del mondo. Perfino i più forti erano deboli, mi dissi, perfino i più coraggiosi avevano paura, perfino i più saggi erano ignoranti.

Per me era impossibile continuare a respingere Sachs. Era stato così schietto durante la conversazione al ristorante, aveva detto con tanta chiarezza di volere che la nostra amicizia continuasse che non sarei riuscito a voltargli le spalle. Ma aveva sbagliato a pensare che tra noi non sarebbe cambiato niente. Tutto era cambiato e, ci piacesse o no, la nostra amicizia aveva perduto l'innocenza. A causa di Fanny eravamo entrati l'uno nella vita dell'altro, avevamo entrambi lasciato un segno nella storia interiore dell'altro, e ciò che prima era stato puro e semplice tra di noi ora diventava infinitamente confuso e complesso. A poco a poco cominciammo ad adattarci a questa nuova situazione, ma con Fanny era diverso. Stavo alla larga da lei, mi vedevo sempre con Sachs da solo e dicevo sempre di no quando mi invitava a casa loro. Avevo accettato il fatto che il posto di Fanny era accanto a Ben, ma questo non significava che fossi pronto a vederla. Lei capiva la mia riluttanza, credo, e benché continuasse a mandarmi i suoi saluti tramite Sachs, non insistette mai per farmi fare qualcosa che non volevo. Mi richiamò soltanto a novembre, sei o sette mesi dopo, per invitarmi a pranzo per la Festa del Ringraziamento a casa della madre di Ben in Connecticut. Avevo passato i sei mesi precedenti a convincermi che noi due non avremmo mai avuto speranze, che, anche se avesse lasciato Ben per andare a vivere con me, non avrebbe funzionato. Naturalmente non era che una mia fantasticheria, e non potrei mai sapere cosa sarebbe successo, neanche lontanamente. Comunque questa convinzione mi aiutò a passare quei mesi senza perdere la testa, e quando improvvisamente risentii la voce di Fanny al telefono, immaginai che fosse arrivato il momento di mettermi alla prova in una situazione reale. Così presi la macchina e insieme a David feci una gita in Connecticut, e passai un'intera giornata in compagnia di Fanny. Non fu certo il giorno più felice della mia vita, ma riuscii a sopravvivere. Vecchie ferite si riaprirono, sanguinai un poco, ma quella notte, quando rientrai in casa con David addormentato in braccio, scoprii di essere ancora più o meno tutto d'un pezzo.

Non voglio dare a intendere che mi curai da solo. Quando tornò a New York Maria mi aiutò moltissimo a non lasciarmi andare, e io mi tuffai nelle nostre fughe segrete con la stessa passione di prima. Né era l'unica. Quando Maria non era disponibile trovavo altre donne che mi distraessero dal mio cuore infranto. C'erano una ballerina di nome Dawn, una scrittrice di nome Laura, una studentessa di medicina di nome Dorothy. Chi in un momento chi in un altro, ognuna di queste donne occupava un posto particolare nei miei affetti. Ogni volta che mi fermavo a riflettere sul mio comportamento concludevo che non ero tagliato per il matrimonio, che i miei sogni di mettere su casa insieme a Fanny erano stati privi di fondamento fin dall'inizio. Non ero una persona monogama, mi dicevo. Ero troppo attratto dal mistero dei primi incontri, troppo infatuato della magia della seduzione, troppo bramoso dell'eccitazione di nuovi corpi, e a lungo andare diventavo inaffidabile. A ogni modo, questa era la logica che usavo con me stesso, e funzionava come un'efficace cortina fumogena tra la mia testa e il mio cuore, tra il mio bassoventre e la mia intelligenza. La verità, infatti, era che non sapevo quello che facevo. Avevo perso il controllo e scopavo per la stessa ragione per cui altri uomini bevono: per affogare i dispiaceri, per stordire i sensi, per annullarmi. Divenni un *homo erectus*, un fallo pagano impazzito. Ben presto mi ritrovai impegolato contemporaneamente in diverse relazioni e mi destreggiavo tra le mie ragazze come un acrobata impazzito, saltando da un letto all'altro con la stessa frequenza con cui la luna cambia forma. Dal momento che questa frenesia mi teneva occupato immagino che fosse una medicina efficace. Ma la mia vita era quella di un pazzo e probabilmente ci sarei rimasto se non mi fossi fermato in tempo.

Il sesso, comunque, non era l'unica mia occupazione. Lavoravo bene e finalmente il mio libro volgeva alla fine. A dispetto di tutti i disastri in cui mi cacciai, riuscii a superarli col lavoro, a continuare ad andare avanti senza rallentare il ritmo. La mia scrivania era diventata un tempio e finché rimanevo là seduto sforzandomi di trovare la parola successiva, niente riusciva più a toccarmi: né Fanny, né Sachs, né tantomeno me stesso. Da quando avevo cominciato a scrivere, per la prima volta in tanti anni mi sentivo come se avessi preso fuoco. Non ero in grado di stabilire se il libro era bello oppure brutto, ma questo non sembrava più avere importanza. Avevo smesso di farmi domande. Stavo facendo il mio dovere e lo facevo nell'unico modo che mi era possibile. Tutto il resto veniva di conseguenza. Più che cominciare a credere in me stesso albergavo una sublime indifferenza. Ero diventato interscambiabile con il mio lavoro e ormai ero arrivato ad accettarlo alle sue condizioni, capendo che nulla avrebbe potuto togliermi la voglia di farlo. Questa era l'epifania decisiva, l'illuminazione in cui il dubbio si dissolveva a poco a poco. Anche se la mia vita fosse andata in pezzi, avrei sempre avuto un motivo per vivere.

Terminai *Luna* a metà aprile, due mesi dopo la mia chiacchierata con Sachs nel ristorante. Mantenni la mia parola e gli diedi il manoscritto, e quattro giorni dopo mi telefonò per dirmi che aveva finito di leggerlo. A essere più esatti si mise a urlare al telefono coprendomi di elogi talmente bizzarri che io, all'altro capo, mi sentii arrossire. Non avevo osato sognare una reazione simile. Mi sollevò il morale in maniera tale che riuscii a non dare peso alle delusioni che seguirono, e perfino mentre il libro faceva il giro delle case editrici di New York collezionando un rifiuto dietro l'altro, non lasciai che queste vicende influenzassero il mio lavoro. L'incoraggiamento di Sachs fu importantissimo. Non si stancava di assicurarmi che non dovevo preoccuparmi di nulla, che alla fine tutto si sarebbe sistemato e nonostante l'evidenza continuavo a credergli. Cominciai a scrivere un secondo romanzo. Quando infine *Luna* fu accettato (dopo sette mesi e sedici rifiuti), ero già a buon punto col mio nuovo progetto. Era verso la fine di novembre, appena due giorni prima che Fanny mi invitasse a passare il giorno del Ringraziamento in Connecticut. Senza dubbio questo fatto contribuì a farmi accettare l'invito. Le dissi di sì perché avevo appena saputo la notizia riguardo al mio libro. Il successo mi faceva sentire invulnerabile e sapevo che quello era il momento migliore per affrontare Fanny.

Poi conobbi Iris e la follia di quei due anni cessò all'improvviso. Accadde il 23 febbraio dell'81: tre mesi dopo il giorno del Ringraziamento, un anno dopo che Fanny e io avevamo troncato la nostra relazione, sei anni dopo l'inizio della mia amicizia con Sachs. Mi sembra allo stesso tempo strano e naturale che fu Maria Turner a rendere possibile quell'incontro. E tuttavia, l'episodio non aveva niente a che vedere con l'intenzionalità, niente a che vedere con un desiderio cosciente di mettere in moto le cose. Comunque, le cose si misero in moto, e se non fosse stato per il fatto che la sera del ventitré febbraio fu inaugurata la seconda mostra di Maria in una piccola galleria di Wooster Street, sono sicuro che Iris e io non ci saremmo mai conosciuti. Sarebbero passati decenni prima che ci fossimo di nuovo trovati nella stessa stanza e allora l'opportunità sarebbe stata perduta. In realtà non fu Maria a farci conoscere, ma il nostro incontro ebbe luogo per così dire sotto il suo influsso, e per questo mi sento in debito con lei. Non con Maria come donna in carne e ossa, forse, ma con Maria come lo spirito sovrano del caso, come la dea dell'imprevedibile.

Poiché continuavamo a tenere segreta la nostra relazione, era escluso che potessi farle da cavaliere quella sera. Mi presentai alla galleria come un invitato qualsiasi, mi congratulai con Maria con un rapido bacio e poi mi fermai in mezzo alla folla con un bicchiere di plastica in mano a sorseggiare del vino bianco scadente e a scrutare il locale alla ricerca di qualche viso familiare. Non vidi nessuno di mia conoscenza. A un certo punto Maria guardò nella mia direzione e mi fece l'occhiolino, ma a parte un breve sorriso di risposta, rispettai la mia parte del patto ed evitai ogni contatto con lei. Meno di cinque minuti dopo qualcuno mi si avvicinò da dietro e mi diede un colpetto sulla spalla. Era un signore di nome John Johnston, un conoscente occasionale che non vedevo da parecchi anni. Iris stava accanto a lui e dopo avermi salutato l'uomo ci presentò. Dal suo aspetto dedussi che fosse una modella – un errore che molte persone fanno ancora quando la vedono per la prima volta. Allora Iris aveva appena ventiquattro anni, era un'abbagliante presenza bionda alta un metro e ottanta, e aveva un viso squisitamente scandinavo con gli occhi azzurri più profondi e più allegri che siano mai esistiti sulla faccia della terra. Come avrei potuto immaginare che era iscritta al corso di specializzazione in letteratura inglese della Columbia University? Come avrei potuto sapere che aveva letto più libri di me e si accingeva a scrivere una tesi di seicento pagine sulle opere di Charles Dickens?

Convinto che fosse un'amica intima di Johnston, le strinsi educatamente la mano e feci del mio meglio per non fissarla. L'ultima volta che l'avevo visto, Johnston era sposato con un'altra, ma immaginai che avesse divorziato e non gli feci domande in proposito. In realtà, però, Johnston e Iris si conoscevano appena. Conversammo tutti e tre per qualche minuto e poi all'improvviso Johnston si voltò e attaccò discorso con qualcun altro lasciandomi da solo con Iris. Fu soltanto allora che cominciai a sospettare che la loro conoscenza fosse molto casuale. Fatto strano, tirai fuori il portafogli e le mostrai alcune istantanee di David, vantandomi del mio figlioletto come se fosse un personaggio pubblico famoso. A sentire Iris rievocare quella sera adesso, fu in quel momento che si rese conto di essersi innamorata di me, che capì che ero l'uomo che avrebbe sposato. Io ci misi un po' più di tempo per capire quello che provavo per lei, ma solo qualche ora. Continuammo la conversazione a cena in un ristorante vicino e poi ancora in un altro locale dove andammo a bere qualcosa. Saranno state le undici passate quando finimmo. Io le fermai un taxi per strada ma prima di aprire la portiera per farla salire allungai un braccio e l'afferrai, stringendola a me e baciandola profondamente in bocca. Fu uno dei gesti più impetuosi che abbia mai fatto, un momento di folle, sfrenata passione. Il taxi ripartì mentre Iris e io rimanemmo fermi in mezzo alla strada avvinghiati l'uno nelle braccia dell'altra. Era come se fossimo le prime due persone a essersi mai baciate, come se quella notte avessimo inventato l'arte del bacio. L'indomani mattina Iris era diventata il mio lieto fine, il miracolo che mi era piovuto addosso quando meno me lo aspettavo. Ci prendemmo d'assalto a vicenda, e da allora per me niente è più stato uguale a prima.

In giugno Sachs mi fece da testimone alle nozze. La cerimonia fu seguita da una cena, e a metà circa Sachs si alzò da tavola per proporre un brindisi. Fu molto breve e proprio perché parlò pochissimo sono in grado di riportare ogni singola parola. « Tolgo queste parole di bocca a William Tecumseh Sherman » esordì. « Spero che il generale non me ne voglia, ma lui ci è arrivato prima di me e non mi viene in mente un modo migliore per esprimere quello che voglio dire. » Poi, voltandosi verso di me, Sachs levò il bicchiere e disse: « Grant fu al mio fianco quando ero pazzo. Io fui al suo fianco quando era ubriaco e ora staremo l'uno al fianco dell'altro per sempre. »

3

Ebbe inizio l'era di Ronald Reagan. Sachs continuò a fare quello che aveva sempre fatto, ma nel nuovo ordine americano degli anni Ottanta la sua posizione divenne sempre più marginale. Non che non avesse un pubblico, ma questo andava sempre più rimpicciolendo e le riviste che pubblicavano i suoi scritti si facevano via via più oscure. Quasi impercettibilmente Sachs finì per essere considerato un atavismo, una nota stonata rispetto allo spirito dei tempi. Il mondo che lo circondava era cambiato e nell'imperante clima di egoismo e di intolleranza, di americanismo stupido e tronfio, le sue opinioni apparivano stranemente dure e moralistiche. Ancora più del fatto che la destra era in ascesa dappertutto, gli dava fastidio il crollo di qualsiasi forma efficace di opposizione. Il Partito Democratico era franato, la Sinistra praticamente sparita, la stampa muta. D'improvviso l'altra parte si era appropriata di tutte le argomentazioni e alzare la voce contro di essa veniva considerato maleducazione. Sachs continuò a fare il rompiscatole, a difendere senza mezzi termini quello in cui aveva sempre creduto, ma un numero sempre più piccolo di persone si dava la briga di ascoltarlo. Lui faceva finta di infischiarsene, ma io intuivo che la battaglia lo stava consumando, che anche se cercava di consolarsi con il fatto di essere dalla parte del giusto stava a poco a poco perdendo la fiducia in se stesso.

Se fosse stato realizzato, forse il film gli avrebbe cambiato la vita. Ma la previsione di Fanny si rivelò esatta e alla fine, dopo sei, sette mesi di revisioni, rinegoziazioni e tira e molla, il produttore accantonò il progetto. È difficile stabilire l'esatta portata della delusione di Sachs. All'apparenza ostentava un atteggiamento scherzoso nei confronti di tutta la faccenda, raccontava barzellette e aneddoti su Hollywood ridendosela delle grosse somme di denaro che aveva guadagnato. Forse bluffava e forse no, ma sono convinto che una parte di lui aveva attribuito molta importanza alla possibilità di vedere il suo libro trasformato in un film. A differenza di certi scrittori, Sachs non ce l'aveva affatto con la cultura popolare e non si era mai sentito in conflitto per quanto riguardava il progetto. Non si trattava di compromettersi, bensì di un'occasione di raggiungere un vasto numero di persone, e quando gli fecero la proposta non esitò un momento. Anche se non lo disse mai esplicitamente, avevo la sensazione che la telefonata da Hollywood avesse lusingato la sua vanità, stordendolo con una breve, inebriante folata di potere. Era una reazione perfettamente normale, ma Sachs non era mai indulgente con se stesso, e può darsi che in seguito si sia pentito di quegli eccessivi sogni di gloria e di successo. Ciò gli avrebbe reso più difficile parlare di quello che pensava veramente una volta fallito il progetto. Aveva guardato a Hollywood come a un modo per sfuggire alla crisi incombente che sentiva crescere dentro di sé, e quando capì di non avere scampo penso che soffrì molto di più di quanto non abbia mai ammesso.

Ma queste non sono che congetture. A quel che riuscii a dedurre, il comportamento di Sachs non subì nessun cambiamento brusco o radicale. Il suo programma di lavoro continuò a essere una folle accozzaglia di impegni disumani e scadenze, e una volta che si fu lasciato alle spalle l'avventura hollywoodiana riprese a scrivere con la stessa prolificità di sempre, se non maggiore. Continuava a sfornare articoli, saggi e recensioni a un ritmo sconcertante, e penso che si sarebbe potuto dire che lungi dall'aver perduto il comando stesse di fatto tirando diritto a tutto gas. Se metto in dubbio questo ritratto ottimistico di Sachs in quegli anni è solo perché so cosa accadde dopo. Nel suo intimo si verificarono dei cambiamenti immensi e, mentre è abbastanza facile individuare il momento esatto in cui cominciarono a manifestarsi, – azzerando alla sera del suo incidente e dando tutta la colpa a quel bizzarro avvenimento – non credo più che questa spiegazione sia sufficiente. È possibile cambiare dall'oggi al domani? Può un uomo addormentarsi con una personalità e risvegliarsi con un'altra? Forse, però non ci scommetterei volentieri. Con questo non voglio negare la gravità dell'incidente, però quando una persona vede la morte in faccia può reagire in mille modi diversi. Il fatto che Sachs abbia avuto proprio quella reazione secondo me non significa che avesse la possibilità di scegliere. Al contrario, la considero un riflesso del suo stato d'animo di prima dell'incidente. In altre parole, anche se all'epoca Sachs dava l'impressione di stare più o meno bene, anche se nei mesi e negli anni che precedettero quella sera era solo vagamente consapevole della propria angoscia, sono convinto che fosse a pezzi. Non ho alcuna prova a sostegno di quest'affermazione – se non quella del senno di poi. Praticamente chiunque si sarebbe considerato fortunato a essere scampato a una disavventura come quella che Sachs ebbe quella sera e poi non ci avrebbe più pensato. Sachs, invece, non reagì così, e il fatto che non lo fece – o, più esattamente, il fatto che non poteva farlo – sembra indicare che più che cambiarlo l'incidente rese visibile ciò che prima era nascosto. Se mi sbaglio su questo punto, allora finora ho scritto un sacco di sciocchezze, un mucchio di riflessioni prive d'importanza. Può darsi che quella notte la vita di Ben si sia davvero spaccata in due, scindendosi nettamente in un prima e in un dopo – e in questo caso tutto quello che appartiene al prima può benissimo essere cancellato. Però se è andata così vorrebbe dire che il comportamento umano non ha senso. Vorrebbe dire che non sarà mai possibile capire niente di niente.

Non vidi l'incidente con i miei occhi, però mi trovavo sul posto la sera in cui avvenne. Saremo stati in quaranta o cinquanta a quella festa, una massa di persone stipate entro gli angusti confini di un appartamentino di Brooklyn Heights, che sudavano, bevevano e facevano un gran casino nella calda serata estiva. L'incidente accadde intorno alle dieci, ma a quell'ora la maggior parte di noi era salita sul tetto per guardare i fuochi d'artificio. In realtà solo due persone videro Sachs cadere: Maria Turner, che era in piedi accanto a lui sulla scala antincendio, e una certa Agnes Darwin, la quale, cadendo addosso a Maria da dietro, gli fece inavvertitamente perdere l'equilibrio.

Non c'è dubbio che Sachs avrebbe potuto morire sul colpo e, dal momento che si trovava a quattro piani di altezza, sembra quasi un miracolo che non sia andata così. Se non fosse stato per la corda da bucato che attutì la sua caduta a circa un metro e mezzo da terra, non se la sarebbe mai cavata senza qualche lesione permanente: una frattura alla spina dorsale, un trauma cranico, una qualsiasi di un'infinita serie di disgrazie. Invece la corda cedette sotto il peso del suo corpo e anziché cadere a testa in giù sul nudo cemento, atterrò su un morbido groviglio di tappetini da bagno, coperte e asciugamani. Anche se fu comunque molto violento, l'impatto fu di gran lunga meno forte di quello che avrebbe potuto essere. Sachs non solo sopravvisse, ma uscì dall'incidente relativamente illeso: qualche costola incrinata, una lieve commozione cerebrale, una spalla fratturata, un po' di brutti bernoccoli e lividi. Immagino che questo esito dovrebbe essere consolante, ma alla fin fine i danni veri non riguardavano il suo corpo. Questo è il dato con cui, nonostante tutti miei sforzi, non riesco ancora a venire a patti, il mistero che sto ancora cercando di risolvere. Il suo corpo guarì, ma da allora in poi non fu più lo stesso. Nella manciata di secondi che precedette l'urto contro il terreno, fu come se Sachs perdesse tutto quanto. Tutta la sua vita si frantumò a mezz'aria e da quel momento fino alla sua morte, avvenuta quattro anni dopo, non la ricompose più.

Era il quattro luglio dell'86, il centenario della Statua della Libertà. Iris era partita per un viaggio di sei settimane in Cina con le sue tre sorelle (una delle quali viveva a Taipei), David si trovava nella contea di Bucks per partecipare a un campo scuola di quindici giorni, e io mi ero chiuso in casa senza vedere nessuno per lavorare a un nuovo libro. Di norma in quel periodo Sachs si sarebbe trovato nel Vermont, ma il « Village Voice » gli aveva chiesto di scrivere sui festeggiamenti e così aveva rimandato la partenza a dopo la consegna dell'articolo. Tre anni prima aveva finalmente ceduto al mio consiglio e si era procurato un agente letterario (Patricia Clegg, che era anche la mia agente), ed era proprio Patricia che dava la festa quella sera. Poiché Brooklyn era il posto ideale da cui guardare i fuochi, Ben e Fanny avevano accettato l'invito di Patricia.

Ero stato invitato anch'io, ma non avevo intenzione di andare. Ero troppo immerso nel lavoro per aver voglia di uscire di casa, ma quando quel pomeriggio Fanny mi telefonò dicendomi che Ben ci sarebbe andato, cambiai idea. Non li vedevo da quasi un mese e, dal momento che eravamo tutti sul punto di disperderci per l'estate, pensai che sarebbe stata la mia ultima occasione di parlare con loro prima dell'autunno.

Ma andò a finire che quasi non scambiai una parola con Ben. Quando arrivai la festa era al culmine e tre minuti dopo esserci salutati fummo spinti ai due angoli opposti della stanza. Per puro caso mi ritrovai pigiato contro Fanny e nel giro di pochissimo tempo fummo talmente assorbiti nella conversazione che perdemmo di vista Ben. C'era anche Maria Turner, ma nella calca non la vidi. Fu solo dopo l'incidente che venni a sapere che era venuta alla festa – e che si trovava sulla scala antincendio insieme a Sachs prima che cadesse – ma in quel momento c'era una tale confusione (ospiti che urlavano, sirene, ambulanze, infermieri che correvano) che non mi resi conto della sua presenza. Nelle ore che precedettero quel momento mi divertii molto di più di quanto mi ero aspettato. Non tanto per via della festa quanto per l'occasione di poter stare con Fanny, per il piacere di parlare di nuovo con lei, di sapere che eravamo ancora amici a dispetto di tutti gli anni e di tutte le sventure che avevamo alle spalle. A dire la verità, quella sera ero in vena di sentimentalismi, in preda a pensieri stranamente sdolcinati, e ricordo d'aver fissato il viso di Fanny e di essermi reso conto – tutto d'un tratto, come per la prima volta – che non eravamo più giovani, che le nostre vite ci stavano sfuggendo. Forse era colpa dell'alcol che avevo bevuto, ma quel pensiero mi colpì con tutta la forza di una rivelazione. Stavamo tutti invecchiando e l'unica cosa su cui potevamo ancora contare era l'affetto degli altri. Fanny e Ben, Iris e David: questa era la mia famiglia. Queste erano le persone che amavo e mi portavo dentro le loro anime.

Salimmo sul tetto insieme agli altri e, a dispetto della mia iniziale riluttanza, ero contento di non aver perso i fuochi d'artificio. Le esplosioni avevano trasformato New York in una città spettrale, in una metropoli cinta d'assedio, e io assaporai la nuda e cruda confusione di quello spettacolo: il rumore incessante, le corolle dirompenti di luce, i colori che si spandevano attraverso immensi dirigibili di fumo. La Statua della Libertà si stagliava nel porto alla nostra sinistra, incandescente nella sua gloria illuminata a giorno, e di quando in quando avevo la sensazione che gli edifici di Manhattan fossero sul punto di sradicarsi, di alzarsi da terra per non tornare mai più. Fanny e io eravamo seduti un po' indietro rispetto agli altri, i talloni ben piantati per tenerci in equilibrio contro il tetto in pendenza, spalla contro spalla, e parlavamo del più e del meno. Di ricordi, delle lettere che Iris aveva scritto dalla Cina, di David, dell'articolo di Ben, del museo. Non voglio dare troppo peso a questa coincidenza, ma appena pochi istanti prima che Ben precipitasse, il discorso cadde sul racconto che aveva fatto insieme alla madre della loro visita alla Statua della Libertà nel '51. Date le circostanze era naturale che quella storia fosse venuta fuori, ma fu terribile lo stesso perché, non appena scoppiammo entrambi a ridere all'idea di precipitare all'interno della Statua della Libertà, Ben cadde giù dalla scala antincendio. Un attimo dopo Maria e Agnes si misero a urlare sotto di noi. Fu come se il suono della parola *caduta* avesse provocato una caduta vera, e anche se non c'era alcuna connessione tra i due avvenimenti, ogni volta che ci ripenso mi vengono ancora i conati di vomito. Sento ancora gli urli delle due donne e vedo ancora l'espressione di Fanny quando sentimmo gridare il nome di Ben, la paura che invase i suoi occhi mentre le luci colorate delle esplosioni continuavano a rimbalzare contro la sua pelle.

Ben fu portato al Long Island College Hospital, ancora privo di conoscenza. Con tutto che si svegliò un'ora dopo lo tennero in osservazione per quasi due settimane e gli fecero una serie di esami al cervello per stabilire con esattezza la vastità della lesione. Penso che lo avrebbero dimesso prima, ma per i primi dieci giorni Sachs non disse una parola, non pronunciò neanche una sillaba a nessuno – né a Fanny, né a me, né a Maria Turner (che andava a trovarlo ogni pomeriggio), né ai dottori o alle infermiere. L'esuberante, loquace Sachs era ammutolito, e sembrava logico dedurre che avesse perduto l'uso della parola, che il contraccolpo gli avesse provocato una grave lesione interna alla testa.

Per Fanny fu un periodo d'inferno. Prese le ferie e passò tutti i giorni al capezzale di Ben, ma lui non le mostrava alcuna reazione, spesso quando arrivava chiudeva gli occhi e fingeva di dormire, oppure rispondeva ai suoi sorrisi con sguardi vacui, dando l'impressione di non ricevere alcun conforto dalla sua presenza. Tutto ciò le rendeva quasi intollerabile una situazione già di per sé difficile, e non credo d'averla mai vista tanto preoccupata, tanto sconvolta, tanto vicina all'infelicità assoluta come allora. E l'abitudine che Maria prese di presentarsi in continuazione non migliorava di certo le cose. Fanny attribuiva ogni sorta di motivi a quelle visite, ma in realtà erano infondati. Maria conosceva a malapena Ben, ed erano trascorsi molti anni dal loro ultimo incontro. Sette, per la precisione – non si vedevano dalla cena a Brooklyn a cui Maria e io ci eravamo conosciuti. La presenza di Maria alla festa in onore della Statua della Libertà non c'entrava nulla con il fatto che conoscesse Ben o Fanny o me. Il caso aveva voluto che Agnes Darwin, una editrice che stava preparando un libro sul suo lavoro, fosse amica di Patricia Clegg, ed era stata lei a portarla alla festa quella sera. Vedere Ben cadere era stata un'esperienza terribile per Maria e andava a trovarlo all'ospedale perché era in ansia, era preoccupata, perché se non lo avesse fatto si sarebbe sentita in colpa. A differenza di Fanny io lo sapevo, e vedendo la sua sofferenza ogni volta che incrociava Maria (consapevole del fatto che sospettava il peggio, che si era convinta che Maria e Ben avevano una relazione segreta), un giorno le invitai tutte e due a pranzo nel self-service dell'ospedale per mettere le cose in chiaro.

Secondo il racconto di Maria, aveva chiacchierato un po' con Ben in cucina. Lui era vivace e pieno di fascino, e l'aveva intrattenuta piacevolmente con arcani aneddoti sulla Statua della Libertà. Quando erano cominciati i fuochi d'artificio le aveva proposto di scavalcare la finestra della cucina per guardarli dalla scala antincendio anziché salire sul tetto. Non le sembrava che avesse bevuto troppo, però a un certo punto era balzato in piedi all'improvviso, aveva scavalcato il parapetto e si era seduto sul bordo della ringhiera di ferro spenzolando le gambe nell'oscurità. Lei si era spaventata, spiegò, e si era immediatamente protesa in avanti e lo aveva cinto con le braccia da dietro, afferrandogli il busto per impedirgli di cadere. Aveva cercato di convincerlo a scendere, ma lui per tutta risposta era scoppiato a ridere e le aveva detto di non preoccuparsi. Proprio in quel momento Agnes Darwin era entrata in cucina e dalla finestra aperta aveva visto Maria e Ben. Erano voltati di spalle, e con tutto il rumore e la confusione che c'era fuori non si erano minimamente accorti della sua presenza. Agnes, che era una donna paffuta e allegra e aveva già bevuto più del dovuto, si era messa in testa di uscire e di raggiungerli sulla scala antincendio. Tenendo un bicchiere di vino in una mano aveva manovrato il suo florido corpo attraverso la finestra, ma al momento di scendere sulla piattaforma il tacco della sua scarpa sinistra era rimasto incastrato tra due stecche di ferro e lei, nel tentativo di ritrovare l'equilibrio, aveva improvvisamente barcollato in avanti. C'era pochissimo spazio e dopo neanche un passo era finita addosso a Maria da dietro, cadendo di peso diritta contro la schiena dell'amica. Spaventata dall'urto Maria aveva aperto d'istinto le braccia e non appena aveva perduto la presa, Sachs era precipitato giù dall'altra parte della ringhiera. Così, disse Maria, senza preavviso. Agnes aveva urtato lei, lei aveva urtato Sachs e un istante dopo quest'ultimo piombava a capofitto nella notte.

Quando venne a sapere che i suoi sospetti erano infondati Fanny fu sollevata, ma allo stesso tempo nulla era stato chiarito del tutto. Perché, in primo luogo, Sachs si era arrampicato sulla ringhiera? Aveva sempre avuto paura dei luoghi alti, e quel gesto sembrava l'ultima cosa che avrebbe fatto in quelle circostanze. E se prima dell'incidente tutto andava bene tra loro due, perché adesso le si era rivoltato contro? Perché rifuggiva da lei ogni volta che la vedeva entrare nella stanza? Era successo qualcosa, qualcosa che andava al di là delle ferite fisiche causate dall'incidente, e finché Sachs non fosse stato in grado di parlare, o finché non avesse deciso di parlare, Fanny sarebbe rimasta all'oscuro.

Soltanto dopo quasi un mese Sachs mi raccontò la sua versione dei fatti. Era tornato a casa, era ancora convalescente ma non più costretto a letto; andai a trovarlo un pomeriggio mentre Fanny era al lavoro. Era una giornata afosa di inizio agosto. Ricordo che bevemmo un paio di birre nel soggiorno guardando una partita di pallacanestro in televisione con l'audio al minimo, e adesso, ogni volta che ripenso a quella conversazione, vedo i giocatori silenziosi muoversi impettiti sul piccolo schermo tremolante in una processione di movimenti vagamente osservati, un contrappunto assurdo alle sofferte confidenze che il mio amico mi rovesciava addosso.

All'inizio, mi raccontò, si era reso solo vagamente conto di chi fosse Maria Turner. Vedendola alla festa l'aveva riconosciuta, ma non riusciva a ricordare dove si erano visti prima. Non dimentico mai un viso, le aveva detto, ma ho difficoltà ad associare un nome al tuo. Elusiva come sempre, Maria si era limitata a sorridere e a rispondergli che probabilmente dopo un po' se ne sarebbe ricordato. Sono stata a casa tua una volta, aveva soggiunto a mo' di suggerimento, ma non aveva voluto rivelare altro. Sachs aveva capito che stava giocando con lui, ma il suo modo di fare gli piaceva. Era attratto dal suo sorriso divertito e ironico e non aveva niente in contrario a lasciarsi coinvolgere in un piccolo gioco del gatto e del topo. Era chiaro che lei possedeva lo spirito per farlo, e questo era già di per sé interessante, già qualcosa che valesse la pena di ricercare.

Se gli avesse detto come si chiamava, raccontò Sachs, probabilmente non si sarebbe comportato così. Sapeva che io avevo avuto una storia con lei prima d'incontrare Iris e che Fanny ancora la sentiva, dal momento che di quando in quando gli parlava del suo lavoro. Ma la sera della cena di sette anni prima c'era stata un po' di confusione e Sachs non aveva capito bene quale delle ragazze era Maria Turner. A tavola c'erano tre o quattro giovani artiste e, poiché le vedeva tutte per la prima volta, Sachs fece l'erorre abbastanza comune di confondere i nomi e i visi, attribuendo il nome sbagliato a ciascun viso. Nella sua mente Maria Turner era una donna bassa con lunghi capelli castani e ogni volta che gliel'avevo nominata lui si era raffigurato quell'immagine.

Avevano portato i drink in cucina, che era un po' meno affollata del soggiorno, e si erano seduti su un calorifero davanti alla finestra aperta, grati per la leggera brezza che spirava contro le loro schiene. Al contrario di Maria che aveva sostenuto che era sobrio, Sachs mi disse che era già bell'e ubriaco. Gli girava la testa e nonostante continuasse a dire a se stesso di smettere, nell'ora che seguì ingollò almeno tre bourbon. La loro conversazione si era trasformata in uno di quei folli, ellittici dialoghi che nascono tra due persone che flirtano a una festa, una serie di indovinelli, *non sequitur* e scaltre stoccate, veri e propri virtuosismi nell'arte di mantenersi in vantaggio sull'altro. Il trucco sta nel riuscire a non dire niente di sé nel modo più elegante e tortuoso possibile, a far ridere l'altra persona, a essere destri. Sia Sachs che Maria se la cavavano bene in questo genere di giochetti ed erano riusciti a portarlo avanti nonostante i tre bourbon e un paio di bicchieri di vino.

Dato il gran caldo che faceva e la sua riluttanza iniziale ad andare alla festa (convinta com'era che sarebbe stata noiosa), Maria aveva indossato la tenuta più succinta del suo guardaroba: un aderentissimo body color cremisi senza maniche corredato da una vertiginosa scollatura in alto e da una minuscola minigonna nera in basso, gambe nude, tacchi a spillo, un anello a ogni dito e un braccialetto a entrambi i polsi. Era una mise esagerata, provocante, ma si confaceva al suo umore, e se non altro le garantiva che non si sarebbe confusa tra la folla. Come Sachs mi raccontò quel pomeriggio davanti al televisore muto, negli ultimi cinque anni si era comportato al meglio. Per tutto quel tempo non aveva neanche guardato un'altra donna e aveva riconquistato la fiducia di Fanny. Riuscire a salvare il loro matrimonio era stato duro; avevano dovuto compiere enormi sforzi entrambi per un periodo lungo e difficile, e lui aveva giurato di non mettere più a repentaglio la sua unione con Fanny. E ora invece eccolo là a quella festa, seduto sul calorifero accanto a Maria, pigiato contro il corpo di una donna mezza nuda con un paio di gambe splendide e seducenti – già quasi senza più controllo, con troppo alcol in circolo. A poco a poco Sachs si era sentito divorare da un bisogno quasi irrefrenabile di toccare quelle gambe, di far scorrere la mano sulla levigatezza di quella pelle. Tanto per peggiorare le cose, Maria aveva messo un profumo costoso e fatale (Sachs aveva sempre avuto un debole per i profumi), e continuare la loro conversazione mordace e beffarda era l'unica cosa che potesse fare per cercare di non commettere un grave e umiliante sbaglio. Per fortuna le sue inibizioni avevano avuto la meglio sui suoi desideri, ma questo non gli aveva impedito di immaginare ciò che sarebbe successo se avessero perso. Aveva visto le punte delle proprie dita posarsi leggere su una zona appena sopra il ginocchio sinistro di Maria; aveva visto la propria mano avventurarsi su tra le regioni seriche della sua coscia interna (i piccoli spicchi di pelle che rimanevano ancora nascosti dalla gonna) e poi, dopo averle lasciate errare per diversi secondi, le aveva sentite scivolare sotto l'orlo degli slip dentro l'eden delle natiche e del pube denso e fremente. Era una rappresentazione mentale oscena, ma una volta partito il proiettore che stava dentro la sua testa, Sachs non riusciva più a spegnerlo. E il fatto che Maria avesse tutta l'aria di sapere esattamente cosa stava pensando gli era stato tutt'altro che d'aiuto. Se avesse fatto un'espressione offesa, forse l'incantesimo si sarebbe spezzato, ma evidentemente a Maria piaceva essere l'oggetto di siffatti pensieri lascivi, e dalle occhiate che gli aveva lanciato ogni volta che lui la guardava, Sachs aveva cominciato a sospettare che lo stesse istigando in silenzio, che lo stesse sfidando a darsi da fare e ad assecondare i propri desideri. Conoscendo Maria, dissi, potrei elencare un'infinità di oscuri motivi per spiegare il suo comportamento. Poteva, per esempio, essere legato a uno dei suoi progetti di lavoro, oppure si stava divertendo perché sapeva qualcosa che Sachs ignorava, oppure, e questo era un motivo più perverso, aveva deciso di punirlo perché non aveva ricordato il suo nome. (In seguito, quando ebbi occasione di parlarle in privato della faccenda, Maria mi confessò che in effetti era vera quest'ultima spiegazione.) Allora, però, Sachs non se ne era assolutamente reso conto. L'unica certezza che poteva avere era ciò che provava, ed era una cosa semplicissima: desiderava una donna strana e attraente e per questo motivo disprezzava se stesso.

«Non vedo di cosa tu ti debba vergognare» gli dissi. «In fondo, sei una creatura umana e Maria sa essere molto seducente quando vuole. Ma dal momento che non è successo nulla non vedo cosa tu abbia da rimproverarti.»

«Il fatto è che più che essere tentato» rispose Sachs adagio, scegliendo con cura le parole, «ero io a tentare lei. Vedi, non dovevo più fare questo genere di cose. Avevo giurato a me stesso che avevo chiuso, e invece ci sono ricascato un'altra volta.»

«Stai confondendo i pensieri con le azioni» dissi io. «C'è una differenza abissale tra il fare una cosa e il limitarsi a pensarla. La vita sarebbe impossibile se non facessimo questa distinzione.»

«Non era a questo che mi riferivo. Il punto è che volevo fare una cosa che appena un momento prima non sapevo di voler fare. Non era tanto una questione di essere infedele o meno a Fanny, quanto di conoscere me stesso. Sono rimasto sgomento quando ho scoperto di essere capace di ingannare me stesso fino a questo punto. Se mi fossi fermato subito non sarebbe stato tanto grave, invece ho continuato a flirtare con Maria anche dopo aver capito dove volevo arrivare.»

«Però non l'hai toccata. E alla fine è questa l'unica cosa che conta.»

«No, non l'ho toccata. Però ho fatto in modo che fosse lei a toccarmi. Per quanto mi riguarda è ancora peggio. Sono stato disonesto con me stesso. Ho osservato la legge alla lettera come un bravo piccolo boy scout, ma ne ho tradito all'estremo lo spirito. Ecco perché sono caduto dalla scala antincendio. In realtà non è stato un incidente, Peter. L'ho provocato io. Mi sono comportato da vigliacco e ho dovuto pagare.»

«Mi stai dicendo che sei saltato giù?»

«No, non è così semplice. Ho corso uno stupido rischio, tutto qui. Ho compiuto un gesto imperdonabile perché mi vergognavo troppo di dover ammettere con me stesso che volevo toccare la gamba di Maria Turner. Secondo me un uomo che arriva a ingannare se stesso fino a questo punto si merita quel che di peggio gli può capitare.»

Fu per questo motivo che la portò fuori sulla scala antincendio. Era un sistema per uscire dalla scena imbarazzante che s'era venuta a creare in cucina, ma anche la prima mossa di un piano complicato, di uno stratagemma che gli avrebbe permesso di strofinarsi addosso al corpo di Maria Turner e di salvare allo stesso tempo l'onore. Era questo che a ripensarci lo irritava tanto: non il desiderio in sé quanto la negazione di quel desiderio come ambiguo mezzo per realizzarlo. Fuori c'era un gran caos, raccontò. Folle festanti, le esplosioni dei fuochi d'artificio, un chiasso frenetico gli rimbombava nelle orecchie. Erano rimasti in piedi sulla piattaforma per qualche istante a guardare una scarica di razzi illuminare il cielo, e poi Sachs aveva messo in atto la prima parte del suo piano. Dal momento che aveva sempre avuto paura in situazioni come quella, la sua risolutezza fu davvero straordinaria. Era avanzato verso il bordo della piattaforma e aveva scavalcato la ringhiera con la gamba destra, quindi aveva ritrovato per un istante l'equilibrio afferrando la barra con entrambe le mani e poi aveva scavalcato anche con la sinistra. Mentre oscillava leggermente avanti e indietro per correggere l'equilibrio aveva sentito Maria trasalire dietro di sé. Consapevole che era convinta che stesse per saltare, Sachs l'aveva prontamente rassicurata dicendo che voleva solo trovare un punto da cui si vedeva meglio. Per fortuna Maria non si era accontentata di quella risposta. Lo aveva implorato di scendere e, al suo rifiuto, aveva fatto esattamente quello che Sachs sperava, esattamente quello per cui aveva escogitato i suoi sconsiderati stratagemmi. Era balzata in avanti e gli aveva cinto il petto con le braccia. Tutto qui: un piccolissimo gesto di sollecitudine mascherato da un abbraccio appassionato in piena regola. Se da una parte non aveva provocato la reazione estatica che si aspettava (aveva troppa paura per dedicargli tutta la propria attenzione), dall'altra non lo aveva neanche deluso del tutto. Riusciva a sentire il calore del suo respiro contro il collo, i suoi seni premuti contro la spina dorsale, il suo profumo. Era stato il più breve degli istanti, il più piccolo dei piccoli, effimeri, piaceri, ma mentre le braccia esili e nude di Maria si erano strette intorno a lui, aveva provato qualcosa che somigliava alla felicità – un brivido microscopico, un impeto di fugace beatitudine. Evidentemente il suo gioco era riuscito. Non gli restava che scendere dalla ringhiera e la sua farsa si sarebbe risolta in un successo. Il suo piano era di lasciarsi cadere all'indietro e appoggiarsi a Maria, usando il suo corpo come sostegno per scendere sulla piattaforma (e prolungando così il contatto fino all'ultimo), ma quando aveva cominciato a spostare il peso del proprio corpo per eseguire questa operazione, Agnes Darwin era rimasta incastrata per il tacco della scarpa ed era caduta addosso a Maria da dietro. Sachs aveva allentato la stretta intorno alla ringhiera e quando Maria lo aveva urtato all'improvviso dandogli una violenta spinta in avanti, le sue dita si erano aperte e le sue mani avevano perso la presa intorno alla barra. Il suo baricentro si era spostato verso l'alto, e lui si era sentito catapultare fuori dall'edificio per poi, un istante dopo, ritrovarsi completamente circondato dall'aria.

« Non devo averci messo molto a cadere » disse. « Forse un secondo o due, tre al massimo. Ma ricordo chiaramente di aver avuto più di un pensiero in quell'attimo. Prima è arrivato l'orrore, il momento della consapevolezza, l'istante in cui ho capito che stavo cadendo. Si potrebbe pensare che questo fosse tutto, che non avrei avuto il tempo di pensare ad altro. Ma l'orrore non è durato. No, non è vero, l'orrore rimase, ma al suo interno prese forma un altro pensiero, qualcosa di più forte del puro orrore. È difficile dargli un nome. Forse una sensazione di assoluta certezza. Un immenso, schiacciante impeto di convinzione, un saggio di qualche verità ultima. All'inizio mi resi conto che stavo precipitando e poi di essere morto. Non voglio dire che avevo la sensazione di essere sul punto di morire, ma di essere già morto. Ero un uomo morto che precipitava attraverso l'aria e, per quanto ancora tecnicamente vivo, ero morto, morto né più né meno di qualcuno che sia stato tumulato nella tomba. Non so in che altro modo spiegarlo. Mentre ancora cadevo, avevo già superato il momento dell'urto contro il terreno, l'impatto, l'istante in cui mi sarei sfracellato. Mi ero trasformato in un cadavere e quando urtai contro la corda del bucato e atterrai sugli asciugamani e sulle coperte, non c'ero più. Avevo abbandonato il mio corpo e per una frazione di secondo mi vidi addirittura sparire. »

Avevo delle domande da fargli, ma non lo interruppi. Sachs

aveva difficoltà a raccontare quella storia, parlava in una trance di esitazioni e di silenzi imbarazzati e temevo che una parola improvvisa da parte mia potesse portarlo fuori strada. In tutta sincerità, non riuscivo a capire cosa stesse cercando di dire. La caduta era stata senz'altro un'esperienza spaventosa, ma i grandi sforzi che faceva per descrivere i piccoli eventi che l'avevano preceduta mi confondevano. L'episodio di Maria mi sembrava futile, di nessuna importanza reale, una banale commedia di costume di cui non valeva la pena parlare. Secondo i ragionamenti di Sachs, invece, c'era un legame diretto. Una cosa aveva causato l'altra, e questo significava che non considerava tanto la caduta un incidente o una circostanza sfortunata, quanto una forma grottesca di castigo. Volevo dirgli che si sbagliava, che era troppo duro con se stesso – ma non lo feci. Rimasi seduto ad ascoltarlo mentre continuava ad analizzare il proprio comportamento. Cercava di presentarmi un resoconto accuratissimo, cavillando con la pazienza di un teologo medioevale, sforzandosi di descrivere ogni sfumatura dell'innocua schermaglia che aveva avuto con Maria sulla scala antincendio. Era infinitamente sottile, infinitamente elaborato e complesso, e dopo un po' cominciai a capire che quel dramma lillipuziano aveva assunto per lui le stesse proporzioni della caduta. Ormai le due cose coincidevano. Un rapido, ridicolo abbraccio era diventato l'equivalente morale della morte. Se Sachs non l'avesse preso tanto sul serio, mi avrebbe fatto un effetto comico. Purtroppo non mi venne in mente di ridere. Cercavo di essere comprensivo, di ascoltarlo sino in fondo e approvare quel che aveva da dire nei suoi termini. Ripensandoci adesso, credo che lo avrei aiutato di più se gli avessi detto quello che pensavo. Avrei dovuto ridergli in faccia. Avrei dovuto dirgli che era pazzo e farlo smettere. Se mai c'è stato un momento in cui ho tradito Sachs come amico è stato quel pomeriggio di quattro anni fa. Avevo l'opportunità di aiutarlo e me la sono lasciata sfuggire tra le dita.

Mi disse che non aveva mai deciso deliberatamente di non parlare. Era successo e basta, e anche col perdurare del suo silenzio si era vergognato di far preoccupare tante persone. La causa non era attribuibile a una lesione cerebrale o a uno stato di shock, né si erano mai manifestati i segni di qualche impedimento fisico. Capiva tutto quello che gli dicevano e nel suo intimo sapeva di essere in grado di esprimersi su qualsiasi argomento. Il momento decisivo era stato all'inizio quando, aprendo gli occhi, aveva visto una sconosciuta fissarlo diritto in viso – un'infermiera, come era venuto poi a sapere. L'aveva sentita annunciare a qualcuno che Rip Van Winkle si era finalmente svegliato – o forse quelle parole erano rivolte a lui, non sapeva dirlo con certezza. Avrebbe voluto risponderle qualcosa, ma la sua mente era già in tumulto, turbinava contemporaneamente in tutte le direzioni e, mentre i dolori alle ossa si facevano sentire all'improvviso, aveva deciso che era troppo debole in quel momento per risponderle e aveva lasciato passare l'occasione. Era la prima volta che Sachs si comportava così. Intanto l'infermiera aveva continuato a parlargli a ruota libera ed era stata raggiunta da un dottore e da un'altra infermiera: accalcati intorno al letto, i tre lo avevano incitato a dire come si sentiva, ma Sachs era rimasto assorto nei propri pensieri come se non ci fossero, felice di essersi liberato dal peso di dover rispondere. Era convinto che fosse un episodio sporadico, ma la stessa cosa si ripeté una, due, tre volte di fila. Ogni volta che qualcuno gli diceva qualcosa, Sachs cadeva in preda alla stessa strana coazione che lo obbligava a stare zitto. Col passar dei giorni il suo silenzio si era fatto ancora più tenace, ed egli si comportava come se fosse una questione d'onore, una sfida segreta a mantenere la parola che aveva dato a se stesso. Ascoltava le parole che gli altri gli dicevano, soppesando attentamente ogni frase appena veniva captata dalle sue orecchie, ma poi, invece di aggiungere qualcosa di suo, si girava dall'altra parte oppure chiudeva gli occhi, oppure, ancora, fissava di rimando il suo interlocutore come se riuscisse a leggergli dentro. Sachs si rendeva conto che il suo comportamento era estremamente infantile e irritante ma questo non lo aiutava a smettere. Non gli importava niente né dei medici né delle infermiere, e non sentiva nessuna grande responsabilità nei confronti di Maria, o miei, o di chiunque altro dei suoi amici. Per quanto riguardava Fanny, invece, era diverso, e in vari momenti fu sul punto di fare marcia indietro per causa sua. Se non altro, ogni volta che veniva a trovarlo uno sprazzo di pentimento lo invadeva. Si rendeva conto di quanto era crudele nei suoi confronti e questa consapevolezza lo riempiva di un senso di indegnità, di un ripugnante sapore di colpa. A volte, mentre era disteso lì nel letto a guerreggiare con la sua coscienza, aveva fatto un debole tentativo di sorriderle, e in una o due occasioni era riuscito perfino a muovere le labbra e a emettere dal fondo della gola qualche impercettibile gorgoglio per convincerla che stava facendo del proprio meglio, che prima o poi dalla sua bocca avrebbero cominciato a uscire delle vere parole. Si odiava per queste finzioni, ma dentro il suo silenzio stavano accadendo troppe cose, e non riusciva a trovare la volontà per infrangerlo.

Contrariamente a quello che pensavano i medici, Sachs ricordava ogni particolare dell'incidente. Gli bastava pensare per tutta la notte a un momento qualsiasi di quella sera per farla rivivere in tutta la sua disgustosa immediatezza: la festa, Maria Turner, la scala antincendio, i primi istanti della caduta, la certezza della morte, la corda del bucato, il cemento. Nessuno di questi particolari era vago, nessun frammento era meno vivido degli altri. Tutto l'avvenimento si stagliava in un eccesso di chiarezza, una schiacciante valanga rievocatrice. Un evento straordinario aveva avuto luogo, e prima che perdesse vigore nel suo intimo, Sachs aveva bisogno di dedicargli tutta la sua attenzione, senza riserve. Di qui il suo silenzio. Più che un rifiuto era un sistema, un modo di aggrapparsi all'orrore di quella notte per tutto il tempo necessario per dargli un senso. Rimanere in silenzio significava chiudersi in contemplazione, rivivere all'infinito gli attimi della caduta, quasi potesse fermarsi a mezz'aria per il resto dell'eternità – per sempre sospeso ad appena cinque centimetri da terra, per sempre in attesa dell'apocalisse dell'ultimo momento.

Non aveva alcuna intenzione di perdonare se stesso, mi disse. La sua colpevolezza era scontata, e meno tempo ci perdeva sopra e meglio era. «In qualsiasi altro momento della mia vita», disse, «probabilmente avrei cercato una scusa. In fondo, gli incidenti sono una realtà. A ogni ora di ogni giorno, le persone muoiono quando meno se lo aspettano. Muoiono carbonizzate negli incendi, annegano nei laghi, mandano le loro macchine a sbattere contro altre macchine, precipitano dalle finestre. Leggiamo sul giornale di fatti come questi ogni mattina, e saremmo degli sciocchi se non ci rendessimo conto che la nostra vita potrebbe finire con la stessa repentinità e futilità di quella di uno qualsiasi di quei poveri disgraziati. Ma il fatto è che il mio incidente non è stato provocato dalla sfortuna. Io non ero una semplice vittima, ma un complice, ho avuto una parte attiva in tutto quello che mi è successo, e questo non posso ignorarlo, devo assumermi delle responsabilità per il ruolo che ho avuto. Secondo te tutto questo ha un senso, oppure sto dicendo un mucchio di sciocchezze? Non sto dicendo che flirtare con Maria Turner fosse un crimine. È stata una storia squallida, una piccola, meschina bravata, ma niente di più, accidenti! Può anche darsi che mi sia sentito una merda perché l'ho desiderata, ma se si fosse trattato solo di quel pizzicore alle gonadi, a quest'ora me ne sarei completamente dimenticato. Quello che voglio dire è che secondo me il sesso non c'entra quasi per niente con ciò che è successo quella sera. Questa è una delle cose che ho capito in ospedale, in tutti quei giorni passati a letto senza parlare. Se avessi deciso seriamente di dare la caccia a Maria Turner, allora perché ho rasentato il ridicolo per indurla con l'inganno a toccarmi? È chiaro come il sole che avevo a disposizione altri metodi molto meno pericolosi, cento strategie più efficaci per raggiungere lo stesso risultato. Ma su quella scala antincendio mi sono trasformato in uno scavezzacollo, ho addirittura rischiato di morire. Per che cosa, poi? Per una fugace stretta al buio, per niente di niente. Ripensando a quella scena nel letto d'ospedale finalmente ho capito che tutto era diverso da come lo avevo immaginato. Avevo interpretato l'avvenimento a rovescio, lo avevo guardato capovolto. Lo scopo dei miei capricci non era quello di fare in modo che Maria Turner mi abbracciasse, bensì di rischiare la vita. Lei non era che un pretesto, uno strumento per farmi salire sulla ringhiera, una mano che mi guidasse sull'orlo del disastro. Mi sono chiesto: perché l'ho fatto? Perché ero così impaziente di correre quel rischio? Mi sarò posto questa domanda seicento volte al giorno, e ogni volta che me la ponevo dentro di me si spalancava una tremenda voragine e subito dopo ricominciavo a cadere, precipitando a capofitto nell'oscurità. Non voglio esagerare con le tinte drammatiche, ma i giorni che ho passato in ospedale sono stati i peggiori della mia vita. Lì ho capito che mi ero messo nelle condizioni di cadere, e che lo avevo fatto di proposito. Ecco, questa era la mia scoperta, la conclusione inoppugnabile emersa dal mio silenzio. Ho capito che non volevo vivere. Per motivi che non riesco ancora a penetrare, quella sera mi sono arrampicato sulla ringhiera con l'intenzione di ammazzarmi.»

«Eri ubriaco» gli dissi. «Non sapevi quello che facevi.»

«Ero ubriaco, sì, ma sapevo perfettamente quello che facevo. Solo che non sapevo di saperlo.»

«Non sono che arzigogoli. Pure sofisticherie.»

«Non sapevo di sapere, e l'alcol mi ha dato il coraggio per agire. Mi ha aiutato a fare quello che non sapevo di voler fare.»

«Mi hai detto che sei caduto perché avevi troppa paura di toccare la gamba di Maria. E adesso cambi la storia e mi vieni a dire che sei caduto di proposito. Non puoi affermare entrambe le cose. Devi scegliere.»

«No, sono vere entrambe. La prima è la causa della seconda, e non si possono separare. Non sto affermando di aver capito cosa è successo, ti sto solo dicendo come è andata, ciò che so per certo. Quella sera ero pronto a farla finita. Ho ancora quella sensazione nelle ossa, e portarmela dentro mi spaventa da morire.»

«In ognuno di noi c'è una parte che desidera morire» aggiunsi, «un piccolo calderone di carica autodistruttiva che non cessa un istante di bollire sotto la superficie. Per qualche ragione, quella sera i fuochi erano troppo forti per te e si è scatenata la follia. Ma il fatto che sia successo una volta non significa che debba succedere di nuovo.»

«Può darsi. Ma questo non cancella il fatto che è successo, ed è successo per un motivo. Se posso lasciarmi cogliere di sorpresa a quel modo, allora, per forza di cose, vuol dire che c'è qualcosa di fondamentalmente sbagliato in me. Vuol dire che non credo più nella mia vita.»

« Se non ci credessi, non avresti ricominciato a parlare. Devi essere arrivato a una qualche decisione. A quel punto devi aver sistemato la questione tra te e te. »

« Non è andata proprio così. Tu sei entrato nella stanza insieme a David, e lui si è avvicinato al mio letto e mi ha sorriso. All'improvviso, senza accorgermene, l'ho salutato. È stato molto semplice. Era così carino. Tutto abbronzato e pieno di salute dopo il soggiorno nel campo scuola, era l'immagine perfetta di un bambino di nove anni. Quando si è avvicinato al mio letto e mi ha sorriso, non mi ha nemmeno sfiorato l'idea di non rivolgergli la parola. »

« Avevi le lacrime agli occhi. Io ho pensato che significassero che avevi risolto una questione tra te e te, che stavi tornando tra noi. »

« Significavano che mi ero reso conto di aver toccato il fondo. Significavano che avevo capito che dovevo cambiare la mia vita. »

« Cambiare la propria vita è diverso da volervi por fine. »

« Voglio por fine alla vita che ho condotto finora. Voglio che cambi tutto. E se non ci riesco mi ritroverò in un mare di guai. Tutta la mia vita è stata uno spreco, uno stupido scherzo, una squallida filza di piccoli fallimenti. La settimana prossima compirò quarantun anni e se non prendo la situazione in mano adesso, finirò per annegare. Affonderò come un sasso fino al fondo del mondo. »

« Hai solo bisogno di ricominciare a lavorare. Appena riprenderai a scrivere, ti ricorderai chi sei. »

« L'idea di scrivere mi disgusta. Non me ne frega più niente. »

« Non è la prima volta che parli così. »

« Può darsi. Ma stavolta dico sul serio. Non voglio passare il resto della mia vita a infilare fogli di carta bianca in una macchina da scrivere. Voglio alzarmi dalla scrivania e fare qualcosa. Non è più tempo di essere un'ombra. Adesso devo affrontare il mondo reale e fare qualcosa. »

« Per esempio? »

« E che cazzo ne so? » rispose Sachs. Le sue parole rimasero sospese nell'aria per diversi secondi e poi, di punto in bianco, un sorriso gli illuminò il volto. Era la prima volta in diverse settimane che lo vedevo sorridere, e per quel fugace istante sembrò quasi tornato il vecchio Sachs di sempre. « Quando lo saprò » riprese, « ti scriverò una lettera. »

Lasciai l'appartamento di Sachs convinto che ce l'avrebbe fatta a superare la crisi. Magari non subito, ma mi riusciva difficile immaginare che col tempo la sua situazione non sarebbe tornata normale. Aveva troppa capacità di recupero, mi dissi, era troppo intelligente e forte per lasciarsi distruggere dall'incidente. È possibile che non abbia saputo capire fino a che punto la sua sicurezza era stata scossa, ma sono propenso a credere di no. Vedevo quanto era tormentato, vedevo l'angoscia dei suoi dubbi e delle sue recriminazioni, ma malgrado le cose odiose che aveva detto di sé quel pomeriggio, mi aveva anche sorriso, e io interpretai quel fugace scoppio di ironia come un segnale di speranza, come una prova che Sachs aveva la fibra necessaria per riprendersi completamente.

Comunque, passarono settimane, e poi mesi, e la situazione rimase tale e quale. In realtà recuperò gran parte del suo equilibrio a livello di rapporti sociali, e col passar del tempo la sua sofferenza si fece meno evidente (non rimuginava più quando era in compagnia, aveva un'aria molto meno assente), ma era solo perché parlava meno di sé. Non era lo stesso silenzio dell'ospedale, ma l'effetto era simile. Ora parlava, apriva la bocca e usava le parole al momento opportuno, ma non accennava mai a ciò che lo preoccupava veramente, né all'incidente né ai suoi strascichi, e a poco a poco intuii che aveva cacciato la sua sofferenza sottoterra, seppellendola in un posto dove nessuno poteva vederla. Se fosse stato lo stesso per tutto il resto, forse questo suo comportamento non mi avrebbe preoccupato tanto. Avrei potuto abituarmi a quel Sachs più calmo e più sommesso, ma i segni esteriori erano troppo scoraggianti e non riuscivo a liberarmi dalla sensazione che fossero i sintomi di un disagio più vasto. Respingeva gli incarichi che le riviste gli proponevano, non faceva il minimo sforzo per ripristinare i suoi contatti di lavoro, sembrava aver perso completamente la voglia di rimettersi seduto davanti alla macchina da scrivere.

Tutto questo lo aveva già detto quando era tornato dall'ospedale ma io non gli avevo creduto. Ora che stava mantenendo la parola cominciavo ad aver paura. Da quando lo conoscevo la sua vita aveva ruotato intorno al lavoro, e vederlo all'improvviso senza quel lavoro era come vedere un uomo senza vita. Andava alla deriva, galleggiando in un mare di giorni tutti uguali e, a quel che riuscivo a capire, gli era indifferente farcela o meno a tornare a riva.

A un certo punto tra Natale e l'inizio del nuovo anno, Sachs si tolse la barba e si tagliò i capelli in modo che fossero di lunghezza normale. Fu un cambiamento drastico che lo faceva sembrare un'altra persona. Dava l'impressione di essere in qualche modo rimpicciolito, di essere ringiovanito e invecchiato allo stesso tempo, e mi ci volle più di un mese per cominciare ad abituarmi, per non spaventarmi più ogni volta che entrava in una stanza. Non che lo preferissi in una maniera o nell'altra, ma deploravo il cambiamento in sé, qualsiasi cambiamento in quanto tale. Quando gli chiesi perché lo aveva fatto, la sua prima reazione fu una scrollata di spalle di disimpegno. Poi, dopo una breve pausa, rendendosi conto che mi aspettavo una risposta più esauriente, borbottò che si era stancato di tutti i fastidi. Era passato alla manutenzione ridotta, disse, all'approccio semplificato nei riguardi dell'igiene personale. Inoltre, voleva dare il suo contributo al capitalismo. Radendosi tre o quattro volte alla settimana, avrebbe sostenuto le fabbriche di lamette contribuendo così al bene dell'economia americana, alla salute a alla prosperità di tutti.

Era una storia che non stava in piedi, ma dopo quell'unica volta l'argomento non fu più ripreso. Era chiaro che Sachs non voleva parlarne, e io non insistetti per avere ulteriori spiegazioni. Tuttavia questo non significa che per lui non fosse importante. Un uomo è libero di scegliere il proprio aspetto esteriore, ma nel caso di Sachs mi sembrava un gesto particolarmente violento e aggressivo, quasi una forma di automutilazione. Nella caduta aveva riportato una grave ferita alla parte sinistra del viso e della testa e i medici avevano ricucito diverse zone intorno alla tempia e alla mandibola. Con la barba e i capelli lunghi le cicatrici non si vedevano. Una volta tagliati i capelli, invece, erano diventate visibili, e le tacche e gli sfregi senza più coperture saltavano agli occhi di tutti. A meno che non lo abbia frainteso in maniera madornale, credo che sia questo il motivo per cui Sachs cambiò aspetto. Voleva mettere in mostra le sue ferite, per annunciare al mondo che da allora in poi quelle cicatrici erano il suo attributo, per essere in grado di guardarsi allo specchio ogni mattina e ricordare quello che gli era successo. Le cicatrici erano un amuleto contro l'oblio, un segno che nulla sarebbe mai andato perduto.

Un giorno di metà febbraio andai a pranzo fuori a Manhattan insieme alla mia editrice. Il ristorante era situato dalle parti della Ventesima Est, e dopo m'incamminai lungo la Eight Avenue verso la Trentaquattresima Strada, da dove avevo intenzione di prendere la metropolitana per tornare a Brooklyn. A cinque o sei isolati dalla mia meta scorsi Sachs dall'altra parte della strada. Ammetto di non essere orgoglioso di ciò che feci dopo, ma in quel momento mi sembrò del tutto sensato. Ero curioso di sapere cosa facesse durante quelle sue passeggiate, avevo un bisogno disperato di informazioni su come occupava le sue giornate e così, invece di chiamarlo, rimasi indietro e mi nascosi. Era un pomeriggio freddo, il cielo era grigio e una minaccia di neve aleggiava nell'aria cruda. Per le due ore successive lo seguii per le strade, pedinando il mio amico lungo i canyon di New York. Adesso, mentre ne scrivo, sembra molto peggio di quanto non fosse in realtà, almeno in termini di ciò che credevo di fare. Non avevo alcuna intenzione di spiarlo, nessun desiderio di scoprire dei segreti. Cercavo qualche indizio promettente, un barlume di ottimismo che mitigasse la mia preoccupazione. Dissi a me stesso: mi sorprenderà; farà qualcosa o andrà da qualche parte dandomi la dimostrazione che sta benissimo. Ma passarono due ore e non accadde nulla. Sachs vagò per le strade come un'anima smarrita, camminando a casaccio tra Times Square e il Greenwich Village con lo stesso passo lento e contemplativo, mai affrettato, senza mai dare l'impressione di far caso a dove si trovava. Faceva l'elemosina ai mendicanti. Si fermava ad accendersi una sigaretta ogni dieci o dodici isolati. Sfogliò dei libri in una libreria per diversi minuti, e a un certo punto tolse uno dei miei libri dallo scaffale e lo esaminò con una certa attenzione. Entrò in un porno shop e guardò delle riviste di donne nude. Si fermò davanti alla vetrina di un negozio di informatica. Infine comprò un giornale, entrò in un caffè all'angolo tra Bleecker Street e MacDougal Street e si sedette a un tavolo. Fu là che lo lasciai, proprio nel momento in cui la cameriera lo raggiunse per prendere l'ordinazione. Mi sembrava tutto così squallido, così deprimente, così tragico che quando tornai a casa non riuscii nemmeno a parlarne a Iris.

Con il senno di poi adesso mi rendo conto che in realtà avevo capito ben poco. Traevo conclusioni da quelle che erano delle prove parziali, basando la mia risposta su una serie di fatti accidentali e palesi che raccontavano soltanto una piccola parte della storia. Se avessi potuto disporre di una quantità maggiore di notizie forse mi sarei fatto un'idea diversa della situazione che a sua volta mi avrebbe fatto cedere un po' più lentamente alla disperazione. Tra le altre cose ero completamente all'oscuro del ruolo particolare che Maria Turner aveva assunto per Ben. Avevano cominciato a vedersi regolarmente fin dal mese di ottobre, e trascorrevano insieme tutti i giovedì, dalle dieci di mattina alle cinque del pomeriggio. Questo lo venni a sapere soltanto due anni dopo il fatto. Come mi dissero entrambi (in occasioni separate e a distanza di almeno due mesi), non ci fu mai del sesso. In base a ciò che so sulle abitudini di Maria, e dal momento che la versione di Sachs combaciava con la sua, non vedo alcun motivo per dubitare di quello che mi raccontarono.

Ripensando a quella situazione oggi, il fatto che Sachs si fosse rivolto a lei non fa una grinza. Maria era l'incarnazione della sua catastrofe, la figura centrale del dramma che aveva provocato la sua caduta e perciò nessuno poteva essere più importante per lui. Ho già accennato alla determinazione di Sachs a rimanere aggrappato agli avvenimenti di quella sera. E il sistema migliore per riuscirci non era forse quello di tenersi in contatto con Maria? Trasformandola in un'amica sarebbe riuscito ad avere sempre davanti agli occhi il simbolo della propria trasformazione. Le sue ferite sarebbero rimaste aperte e ogni volta che l'avrebbe vista avrebbe potuto rivivere la stessa serie di tormenti e di emozioni che per poco non lo aveva ucciso. Sarebbe stato in grado di ripetere quell'esperienza all'infinito e, con una pratica sufficiente e molto impegno, magari avrebbe imparato a dominarla. Deve essere cominciata così. La sfida non consisteva nel riuscire a sedurre Maria o a portarla a letto, bensì nell'esporre se stesso alla tentazione e vedere se aveva la forza di resisterle. Sachs cercava una cura, un sistema per riconquistare il suo amor proprio, e solo le misure più drastiche sarebbero state adeguate. Per poter scoprire il proprio valore, doveva rischiare tutto daccapo.

Ma c'era anche dell'altro. Per lui non si trattava solo di un esercizio simbolico, ma anche di un passo avanti nel consolidamento di un'autentica amicizia. Sachs si era commosso quando Maria era andata a trovarlo all'ospedale e credo che già allora, durante le prime settimane della sua convalescenza, avesse capito quanto fosse rimasta turbata dall'incidente. Questo era il vincolo che li legava all'inizio. Avevano entrambi vissuto un'esperienza terribile e nessuno dei due era incline a liquidarla semplicemente come una circostanza sfortunata. Cosa ancora più importante, Maria era consapevole della parte che aveva avuto in quello che era successo. Sapeva di aver incoraggiato Sachs la sera della festa ed era abbastanza sincera con se stessa da ammettere quello che aveva fatto, da rendersi conto che cercare scuse sarebbe stato sbagliato dal punto di vista morale. A suo modo, era turbata da quell'avvenimento tanto quanto Sachs, e quando infine in ottobre lui la chiamò per ringraziarla di essere andata a trovarlo all'ospedale tutte quelle volte, Maria pensò che fosse l'occasione giusta per fare ammenda, per rimediare in parte al danno che aveva provocato. Quando dico queste cose non tiro solo a indovinare. Durante il nostro colloquio dell'anno scorso Maria non mi nascose nulla, e riporto l'intera storia esattamente così come lei me l'ha raccontata.

« La prima volta che Ben venne da me », mi disse, « mi fece un sacco di domande sul mio lavoro. Forse lo fece solo per essere gentile. Sai come succede: ti senti in imbarazzo e non sai di che parlare, e così cominci a fare domande. Dopo un po', però, mi accorsi che cominciava a interessarsi veramente. Tirai fuori alcuni vecchi progetti per mostrarglieli e le sue osservazioni mi parvero molto intelligenti, molto più perspicaci delle cose che mi sento dire di solito. Mi sembrò particolarmente attratto dalla combinazione tra documentario e finzione, dall'oggettivazione di stati interiori. Capì che tutte le mie opere erano delle storie, e che per quanto fossero delle storie vere erano allo stesso tempo anche inventate. O, per quanto fossero inventate, erano allo stesso tempo anche vere. Parlammo di queste cose per un po' e poi passammo a diversi altri argomenti, e quando se ne andò già avevo cominciato a covare una delle mie idee strambe. Il poveretto era talmente smarrito e infelice che pensai che forse gli avrebbe fatto bene se avessimo cominciato a lavorare a qualcosa insieme. In quel momento non avevo in mente nulla di particolare – solo che l'opera doveva essere su di lui. Qualche giorno dopo mi venne a trovare di nuovo e quando gli parlai del mio progetto, sembrò capire al volo. Rimasi un po' sorpresa. Non dovetti né difendere la mia causa né convincerlo a partecipare. Si limitò a dire sì, mi pare una bella idea, e ci mettemmo al lavoro. Da allora in poi passammo insieme tutti i giovedì. Nei successivi quattro o cinque mesi dedicammo tutti i giovedì alla realizzazione del progetto. »

A quel che posso giudicare, non ne venne mai fuori nulla di veramente concreto. A differenza degli altri progetti di Maria, questo non aveva né un principio organizzatore né uno scopo ben definito, e anziché partire da un'idea precisa come aveva sempre fatto in passato (come seguire uno sconosciuto, o rintracciare le persone elencate in una rubrica), 'i giovedì con Ben' erano essenzialmente informi: una serie di improvvisazioni, un album fotografico delle giornate trascorse insieme. Avevano concordato in precedenza di non seguire alcuna regola. L'unica condizione era che Sachs arrivasse a casa di Maria alle dieci in punto e da quel momento in poi avrebbero suonato a orecchio. Per lo più Maria gli scattava foto, magari due o tre rullini, e poi passavano il resto della giornata a chiacchierare. Talvolta lei gli chiedeva di indossare dei costumi. Talaltra registrava le loro conversazioni e non scattava neanche una foto. Saltò poi fuori che Sachs si era tolto la barba e tagliato i capelli su consiglio di Maria e che l'operazione aveva avuto luogo nel suo loft. Lei aveva immortalato il tutto con la macchina fotografica: il prima, il dopo e ogni passo intermedio. La sequenza inizia con Sachs davanti a uno specchio che stringe un paio di forbici nella mano destra e poi, via via che le inquadrature si succedono, sparisce una quantità crescente di capelli. Quindi lo vediamo mentre s'insapona le guance ispide, e infine si rade. A questo punto Maria smise di fotografare (per dare gli ultimi ritocchi ai capelli), dopo di che c'è un'ultima foto di Sachs: con i capelli corti e sbarbato sorride all'obbiettivo come uno di quei modelli di acconciature impomatati che si vedono sulle pareti dei negozi di barbiere. Mi piacque lo stile. Non solo la trovata era buffa in sé, ma dimostrava anche che Sachs riusciva a coglierne il lato divertente. Dopo aver visto quella foto mi resi conto che non c'era posto per le soluzioni semplici. Lo avevo sottovalutato, e in definitiva la storia di quei mesi risultava molto più complicata di quanto non mi fossi azzardato a credere. Seguivano delle foto di Sachs all'aperto. A quanto pare nei mesi di gennaio e febbraio Maria lo aveva seguito con la macchina fotografica in giro per le strade. Sachs le aveva detto che gli sarebbe piaciuto sapere cosa si provava a essere osservati e Maria lo aveva assecondato riesumando uno dei suoi vecchi lavori – solo che stavolta fu realizzato al contrario. Sachs interpretò il ruolo che aveva recitato lei mentre Maria si calò nei panni del detective privato. Ed era proprio in quella scena che mi ero imbattuto a Manhattan, quando avevo visto Sachs camminare sull'altro lato della strada. C'era anche Maria, e quello che io avevo scambiato per la prova decisiva dell'infelicità del mio amico, in realtà non era altro che una sciarada mimata, una piccola commedia, uno sciocco remake di Spia contro Spia. Dio solo sa come feci a non vedere Maria quel giorno. Dovevo essere talmente preso da Sachs da avere occhi solo per lui. Però lei mi vide, e quando finalmente me lo disse lo scorso autunno, mi sentii sprofondare nella vergogna. Per fortuna non era riuscita a riprendermi insieme a Sachs. In tal caso si sarebbe risaputo tutto, ma io lo avevo seguito da una distanza troppo grande perché Maria potesse ritrarci nella stessa fotografia.

In tutto Maria gli scattò migliaia di foto, e la maggior parte era ancora stampata su provini quando le vidi lo scorso settembre. Anche se gli incontri del giovedì non si trasformarono mai in un lavoro coerente e fecondo, per Sachs ebbero un effetto terapeutico – e questo era proprio ciò in cui Maria aveva sperato più di tutto. Quando Sachs la andò a trovare in ottobre, si era chiuso talmente nel proprio dolore che non riusciva più a vedere se stesso. Intendo in senso fenomenologico, così come si parla di consapevolezza di sé o del modo in cui ci si forma un'immagine di se stessi. Sachs aveva perduto la capacità di uscire dai propri pensieri e stabilire dove si trovava, di misurare con esattezza le coordinate dello spazio che lo circondava. Quello che Maria riuscì a fare durante quei mesi fu di attirarlo fuori dal suo guscio. E il successo fu dovuto in parte alla tensione sessuale, ma anche alla sua macchina fotografica, all'assalto continuo della sua macchina-ciclope. Ogni volta che Sachs posava per una foto era costretto a impersonare se stesso, a giocare a far finta di essere quello che era. Dopo un po' deve avergli fatto effetto. Ripetendo questo processo molto spesso a un certo punto deve aver cominciato a vedersi con gli occhi di Maria, e allora tutto gli si è ritorto contro all'improvviso permettendogli così di ritrovare se stesso. Si dice che una macchina fotografica può rubare l'anima di una persona. Nel caso di Sachs, penso che sia successo il contrario. Credo che quella macchina fotografica gli abbia restituito a poco a poco la sua.

Sachs stava migliorando, ma questo non voleva dire che stesse bene, che sarebbe mai tornato quello di prima. Nel suo intimo sapeva che non avrebbe più potuto riprendere la vita di prima dell'incidente. Nel corso della nostra conversazione di agosto aveva cercato di spiegarmelo ma io non avevo capito. Avevo creduto che parlasse del lavoro – scrivere o non scrivere, abbandonare oppure no la sua carriera – invece si riferiva a tutto quanto: non solo a se stesso, ma anche alla sua vita con Fanny. Credo che già un mese dopo il suo ritorno dall'ospedale avesse cominciato a cercare un modo per svincolarsi dal suo matrimonio. La sua era una decisione unilaterale, il risultato del suo bisogno di cancellare il passato e ricominciare daccapo, e Fanny non era che una vittima innocente di quell'epurazione. Tuttavia i mesi passarono senza che Sachs riuscisse a decidersi a dirglielo. Questo probabilmente spiega molte delle contraddizioni sconcertanti del suo comportamento in quel periodo. Non voleva ferire Fanny e allo stesso tempo si rendeva conto che era inevitabile, e questa consapevolezza aveva l'unico effetto di aumentare la sua disperazione, il suo odio per se stesso. Di qui il lungo periodo di chiacchiere inutili e di inerzia, di un recupero e un declino simultanei. Se non altro, credo che questo sia sintomatico della fondamentale bontà di cuore di Sachs. Aveva convinto se stesso che la sua sopravvivenza dipendeva da un atto di crudeltà e per diversi mesi scelse di non commetterlo, dibattendosi negli abissi di un tormento personale per risparmiare a sua moglie la brutalità di quella decisione. Per poco non distrusse se stesso per bontà. Aveva già fatto le valigie eppure rimase perché per lui i sentimenti di Fanny erano importanti quanto i suoi.

Quando infine venne a galla la verità, era ormai quasi irriconoscibile. Sachs non riuscì mai a dire apertamente a Fanny che voleva lasciarla. Si era perso troppo d'animo; la sua vergogna era troppo profonda per permettergli di esprimere un'idea come quella. Invece, seguendo una via molto più obliqua e tortuosa, cominciò a far intendere a Fanny che non era più degno di lei, che non meritava più di essere suo marito. Le stava rovinando la vita, le disse, e prima di lasciarsi trascinare nella disperazione più nera, sarebbe stato meglio per lei tirarsi indietro in tempo e scappare. Secondo me Sachs era veramente convinto di tutto questo. Intenzionalmente o no, aveva creato una situazione in cui quelle parole si prestavano a essere pronunciate in buona fede. Dopo mesi di conflitto e indecisione, aveva trovato un modo per risparmiare i sentimenti di Fanny. Non sarebbe stato costretto a ferirla annunciando la sua intenzione di lasciarla bensì, invertendo i termini del dilemma, sarebbe riuscito a farsi lasciare da lei. Fanny avrebbe dato inizio al proprio salvataggio e lui l'avrebbe aiutata a difendersi e a salvarsi la vita.

Sebbene i motivi non fossero chiari neanche a lui, se non altro Sachs si stava mettendo in una posizione che gli permetteva di ottenere ciò che voleva. Non voglio sembrare cinico in questa faccenda, ma secondo me coinvolse Fanny negli stessi elaborati inganni e negli stessi infidi rovesciamenti che aveva utilizzato con Maria Turner l'estate prima sulla scala antincendio. Una coscienza eccessivamente raffinata, una predisposizione per i sensi di colpa a dispetto dei suoi desideri, inducevano un uomo di indole buona a comportarsi in modi stranamente subdoli, in modi che compromettevano la sua stessa bontà. Questa, credo, è l'essenza della catastrofe. Accettava la fragilità di tutti gli altri, ma quanto a se stesso pretendeva la perfezione, un rigore quasi sovrumano anche nei gesti più piccoli. Di qui la delusione, una consapevolezza sconcertante della sua fallace umanità, che lo induceva a imporsi regole di condotta sempre più severe, le quali a loro volta sfociavano in delusioni sempre più soffocanti. Se avesse imparato ad amarsi un po' di più, non sarebbe stato capace di causare tanta infelicità intorno a sé. Ma Sachs era spinto a fare penitenza, ad accollarsi la propria colpa come fosse la colpa del mondo intero e a portarne i segni sulla propria carne. Non lo biasimo per quel che ha fatto. Non lo biasimo per aver detto a Fanny di lasciarlo o per aver voluto cambiare vita. Sono solo dispiaciuto per lui, indicibilmente dispiaciuto per gli avvenimenti terribili che si è attirato addosso.

Ci volle un po' di tempo prima che la sua strategia sortisse qualche effetto. Del resto, cosa dovrebbe pensare una donna quando il marito le dice di innamorarsi di qualcun altro, di liberarsi di lui, di mollarlo e non tornare mai più? Nel caso di Fanny, liquidò questi discorsi dicendo che erano delle sciocchezze, un'ulteriore dimostrazione della crescente instabilità di Ben. Non aveva alcuna intenzione di fare nulla di tutto ciò, e a meno che Ben non le avesse detto chiaro e tondo che per lui era finita, che non voleva più essere suo marito, era decisa a rimanere dov'era. Lo stallo si protrasse per quattro o cinque mesi. A me sembra un periodo insopportabilmente lungo, ma Fanny non voleva saperne di ritirarsi. Capiva che lui la stava mettendo alla prova, che cercava di escluderla dalla propria vita per vedere con quanta tenacia avrebbe resistito, e se avesse ceduto in quel momento, i peggiori timori di Ben riguardo a se stesso si sarebbero avverati. Questa era la logica contorta con cui Fanny si sforzava di salvare il loro matrimonio. Ogni volta che Ben le diceva qualcosa, lei lo interpretava al contrario. Vattene significava non andartene; ama qualcun altro significava ama me; rassegnati significava non rassegnarti. Alla luce di ciò che accadde dopo non sono tanto sicuro che Fanny avesse torto. Sachs credeva di sapere quello che voleva, ma una volta che lo aveva ottenuto, non aveva più alcuna importanza per lui. Ma allora era troppo tardi. Ciò che aveva perduto, lo aveva perduto per sempre.

Stando a quello che mi raccontò Fanny, tra loro non ci fu mai una rottura decisiva. Piuttosto Sachs la logorò, spossandola con la sua persistenza, debilitandola a poco a poco finché non ebbe più la forza di resistere. All'inizio c'era stata qualche scena isterica, ammise, un po' di pianti e di urli, ma poi erano cessati. A poco a poco, era rimasta a corto di repliche e quando infine Sachs aveva pronunciato le parole magiche, dicendole un giorno agli inizi di marzo che una separazione di prova poteva essere una buona idea, lei si era limitata a fare cenno di sì, dandogli ragione. All'epoca io ero completamente all'oscuro di tutto questo. Nessuno dei due mi aveva confidato i loro problemi e poiché in quel periodo la mia vita era particolarmente frenetica non riuscivo a vederli tutte le volte che avrei voluto. Iris era incinta; stavamo cercando una casa nuova; due volte alla settimava mi recavo a Princeton per insegnare e lavoravo sodo al mio nuovo libro. Tuttavia, pare che io abbia avuto un ruolo inconsapevole nelle loro trattative coniugali. Di fatto fornii una scusa a Sachs, con cui poteva lasciare Fanny senza dare l'impressione di sbatterle la porta in faccia. Tutto ebbe inizio quel giorno di febbraio in cui lo seguii in giro per la città. Avevo appena passato due ore e mezza in compagnia della mia editrice, Ann Howard, e durante la nostra conversazione avevamo nominato Sachs più di una volta. Ann sapeva che eravamo molto intimi. C'era anche lei alla festa del quattro luglio, e poiché sapeva dell'incidente e del brutto periodo che attraversava da allora, fu normale che mi chiedesse sue notizie. Le dissi che ero ancora preoccupato – non più tanto per il suo stato d'animo, ma per il fatto che non aveva più neanche provato a lavorare. «Ormai sono sette mesi» dissi, «ed è una vacanza troppo lunga, soprattutto per uno come Ben.» Così parlammo di lavoro per qualche minuto, chiedendoci che cosa gli ci sarebbe voluto per rimettersi in carreggiata e proprio quando arrivammo al dessert, Ann ventilò un'idea che mi parve bellissima. «Dovrebbe mettere insieme i suoi vecchi articoli e farne un libro» disse. «Non sarebbe difficile. Dovrebbe solo scegliere i migliori, e magari ritoccare qualche frase qua e là. Ma una volta che metterà mano ai suoi vecchi scritti, chissà cosa potrebbe succedere? Magari gli tornerebbe la voglia di scrivere.»

«Mi stai dicendo che ti interesserebbe pubblicare questo libro?»

«Non lo so», rispose, «sto dicendo questo?» Ann fece una breve pausa e poi scoppiò a ridere. «Mi pare di averlo appena detto, no?» Poi fece un'altra pausa, come per riprendersi prima di compromettersi troppo. «Oh, accidenti! perché no, poi? Non posso dire di non conoscere le cose che scrive. Cristo santo, le leggo dai tempi del liceo! Forse è ora che qualcuno lo metta sotto torchio e lo costringa a rimettersi a lavorare.»

Mezz'ora dopo, quando scorsi Sachs sull'Ottava Strada, stavo ancora pensando alla mia conversazione con Ann. L'idea del libro si era ormai accomodata nella mia mente e una volta tanto mi sentivo incoraggiato, più fiducioso di quanto non mi succedeva da parecchio tempo. Forse questo spiega perché dopo caddi in una profonda depressione. Mi ero trovato davanti a un uomo che a mio vedere viveva in uno stato di estrema abiezione e non riuscivo ad accettare quello che avevo visto: il mio brillante amico di un tempo che vagava per ore senza meta in uno stato di semi-trance, quasi indistinguibile dai relitti di uomini e donne che gli chiedevano l'elemosina per strada. Quella sera tornai a casa con il cuore oppresso. La situazione era sfuggita di mano, mi dissi, e a meno che non avessi agito in fretta, non ci sarebbe più stata alcuna speranza di salvarlo.

La settimana dopo lo invitai a pranzo fuori. Nello stesso

istante in cui si sedette al tavolo, mi lanciai e cominciai a parlare del libro. L'idea era già emersa diverse volte in passato, ma Sachs era stato sempre restio a impegnarsi. I suoi articoli per le riviste gli sembravano pezzi di attualità, scritti per motivi specifici in momenti specifici, e un libro sarebbe stato un ricettacolo troppo permanente. Bisognava lasciarli morire di morte naturale, mi aveva detto in un'occasione. Lascia che la gente li legga una volta e poi li dimentichi – non c'era alcun bisogno di erigere una tomba. Conoscevo già questa tattica di difesa, e perciò non gli esposi l'idea in termini letterari. Ne parlai rigorosamente come di un progetto lucroso, di una pura questione di quattrini. Gli dissi che negli ultimi sette mesi si era fatto mantenere da Fanny e che forse era giunto il momento di fare la sua parte. Se non era disposto a cercarsi un lavoro, il meno che potesse fare era pubblicare questo libro. Dimentica te stesso una volta tanto, gli dissi. Fallo per lei.

Non credo di avergli mai parlato con tanta enfasi. Ero così carico, così infiammato di buonsenso che Sachs cominciò a sorridere prima che fossi arrivato a metà della mia arringa. Immagino che il mio comportamento di quel pomeriggio avesse del comico, ma era solo perché non mi aspettavo di spuntarla con tanta facilità. A conti fatti, Sachs non aveva bisogno di molta persuasione. Decise di fare il libro non appena lo misi al corrente della mia conversazione con Ann, e tutto quello che gli dissi dopo fu superfluo. Cercò di fermarmi ma, convinto com'ero che il suo gesto volesse dire che si rifiutava di parlarne, continuai a discutere con lui, il che era un po' come dire a qualcuno di mangiare il cibo che già aveva nello stomaco. Sono sicuro che mi trovò ridicolo, ma ormai niente di tutto questo ha importanza. Quello che conta è che Sachs accettò di fare il libro, e all'epoca per me fu una grande vittoria, un passo da gigante nella giusta direzione. Naturalmente, di Fanny non sapevo nulla, e perciò non avevo idea che il progetto fosse semplicemente una manovra, una mossa strategica che lo aiutava a por fine al suo matrimonio. Questo non significa che Sachs non avesse intenzione di pubblicare il libro, ma le sue ragioni erano molto diverse da quelle che immaginavo. Io vedevo il libro come un ritorno alla vita, mentre per lui era una fuga, un ultimo gesto di amicizia prima di dileguarsi nell'oscurità e scomparire.

In questo modo Sachs trovò il coraggio di parlare a Fanny di una separazione di prova. Lui sarebbe andato nel Vermont a lavorare al libro, lei sarebbe rimasta in città, e intanto avrebbero entrambi avuto l'occasione per riflettere su quello che volevano fare. Grazie al libro Sachs poté andarsene con la benedizione di Fanny e tutti e due poterono ignorare il vero scopo della sua partenza. Nelle due settimane che seguirono, Fanny organizzò il viaggio di Ben in Vermont come se fosse ancora uno dei suoi doveri muliebri, smantellando attivamente il loro matrimonio quasi fosse convinta che sarebbero rimasti sposati per sempre. L'abitudine di prendersi cura di lui era ormai così automatica, così profondamente radicata nella sua identità che con ogni probabilità non le saltò mai in mente di fermarsi a riflettere su quello che stava facendo. Era il paradosso della fine. Io avevo avuto un'esperienza simile con Delia: quello strano poscritto in cui una coppia non sta più insieme e non è ancora separata, quando l'ultima cosa che vi tiene insieme è il fatto di essere separati. Fanny e Ben non si comportarono diversamente. Lei lo aiutò a uscire dalla sua vita e lui accettò quell'aiuto come la cosa più naturale del mondo. Lei scese in cantina e trascinò su fasci di vecchi articoli per lui; fece fotocopie di vecchi originali sgretolati; andò in biblioteca e passò in rassegna bobine di microfilm alla ricerca di pezzi vaganti; mise in ordine cronologico tutto il mucchio di ritagli e di fogli strappati e di pagine lacere. L'ultimo giorno andò perfino a comprare delle scatole per archivio in cui riporre i documenti e l'indomani mattina, quando arrivò l'ora della partenza, aiutò Sachs a portare giù le scatole e a caricarle nel portabagagli della macchina. Altro che rotture nette. Altro che dare segnali chiari e precisi. A quel punto, non credo che nessuno dei due ne sarebbe stato capace.

Questo accadde verso la fine di marzo. Credendo innocentemente a quello che mi aveva detto Sachs, conclusi che andava nel Vermont per lavorare. Ci era già andato da solo altre volte e il fatto che Fanny rimanesse a New York non mi parve una cosa insolita. Dopo tutto, aveva il suo lavoro, e dal momento che nessuno aveva accennato alla durata dell'assenza di Sachs, immaginai che sarebbe stata relativamente breve. Un mese, forse, un mese e mezzo al massimo. Mettere insieme il libro non sarebbe stato un compito difficile e mi sembrava inverosimile che potesse impiegarci di più. E anche se lo avesse fatto, niente impediva a Fanny di andarlo a trovare nel frattempo. Perciò non misi in dubbio i loro progetti. Per me erano tutti molto sensati, e quando la sera prima della partenza Sachs mi chiamò per salutarmi, gli dissi che mi faceva molto piacere che avesse deciso di partire. Buona fortuna, aggiunsi, e a presto. Tutto qui. Qualunque cosa avesse in mente allora, non disse una sola parola che mi facesse pensare che non sarebbe tornato.

Dopo che Sachs fu partito per il Vermont, i miei pensieri si volsero altrove. Ero preso dal lavoro, dalla gravidanza di Iris, dai problemi scolastici di David, dalle morti di parenti da entrambe le parti della famiglia, e la primavera passò molto in fretta. Forse mi sentivo sollevato dalla partenza di Sachs, non lo so, ma senza dubbio il suo umore aveva tratto beneficio dalla vita in campagna. Ci sentivamo per telefono circa una volta alla settimana e da quelle conversazioni dedussi che se la passava bene. Aveva cominciato a lavorare a un nuovo progetto, mi disse, e io interpretai questa notizia come un evento di grandissima importanza, una tale svolta rispetto al suo stato precedente che all'improvviso mi permisi di non preoccuparmi più per lui. Anche quando prese a rimandare in continuazione il suo ritorno a New York, prolungando la sua assenza per tutto aprile, poi maggio, e infine giugno, non mi allarmai. Sachs aveva ripreso a scrivere, mi dicevo, Sachs si era ristabilito, e per quanto mi riguardava, questo significava che al mondo tutto andava per il verso giusto.

Quella primavera Iris e io vedemmo Fanny in diverse occasioni. Mi ricordo almeno una cena, un brunch domenicale e un paio di cinema. A essere assolutamente sincero, in lei non scorsi il minimo segno di infelicità o di disagio. Vero è che parlò pochissimo di Sachs (e questo avrebbe dovuto farmi sospettare qualcosa), ma ogni volta che ne parlava sembrava contenta, addirittura emozionata per quello che stava succedendo in Vermont. Non solo Sachs aveva ripreso a scrivere, ci raccontò, ma stava scrivendo un romanzo. Questo superava tutte le sue aspettative più ottimistiche, e non importava se la raccolta di saggi era stata accantonata. Lavorava come un pazzo, disse, e addirittura quasi non si fermava per mangiare e dormire, e, esagerate (da Sachs o da lei) o meno che fossero, queste notizie annullavano qualsiasi ulteriore domanda. Iris e io non le chiedemmo mai perché non andasse a trovare Ben. Non facevamo domande dal momento che la risposta era ovvia. Era tutto preso dal lavoro, e poiché aveva atteso tanto tempo che accadesse, non voleva disturbarlo.

Naturalmente, evitava di confidarsi con noi, ma il fatto ancora più grave era che aveva tagliato fuori anche Sachs. Questo lo venni a sapere soltanto in seguito, ma pare che per tutta la durata della sua permanenza in Vermont Sachs ignorasse quanto me quel che passava per la mente di Fanny. Difficilmente lei poteva aspettarsi che comportandosi così le cose si sarebbero riaggiustate. In teoria, avevano ancora qualche speranza, ma dopo che Ben aveva caricato la macchina con le proprie cose ed era partito per la campagna, si era resa conto che era finita. Non ci aveva impiegato più di una settimana o due. Provava ancora affetto per lui e gli augurava ogni bene, ma non aveva nessuna voglia di vederlo, nessuna voglia di parlare con lui, nessuna voglia di fare altri tentativi. Avevano parlato di lasciare la porta aperta, ma ormai quella porta sembrava sparita. Non si era chiusa, no, non c'era semplicemente più. Fanny si ritrovò a fissare una parete nuda, dopodiché si voltò dall'altra parte. Non erano più marito e moglie e quello che da allora in poi avrebbe fatto della sua vita era affar suo.

In giugno conobbe un uomo di nome Charles Spector. Sento di non avere alcun diritto di parlare di questa faccenda ma, dal momento che Sachs ne rimase sconvolto, mi è impossibile non farvi accenno. Il fatto importante non è che Fanny finì per sposare Charles (il matrimonio è stato celebrato quattro mesi fa) ma che quando quell'estate s'innamorò di lui non si diede la briga di informare Ben. D'altro canto, con questo non voglio cercare a tutti i costi un colpevole. Aveva i suoi motivi per tacere, e date le circostanze penso che si sia comportata in modo corretto, senza tradire il minimo segno di egoismo o di falsità. La relazione con Charles la colse di sorpresa e in quel primo periodo era ancora troppo confusa per essere certa dei suoi sentimenti. Anziché agire precipitosamente e parlare a Ben di una cosa che magari non sarebbe durata, decise di stargli alla larga per un po', di risparmiargli ulteriori drammi finché non sarebbe stata sicura di quello che voleva fare. Non per colpa sua, questo periodo di attesa durò troppo. Ben venne a sapere di Charles per puro caso – tornando a casa a Brooklyn una sera lo trovò a letto con Fanny – e quella scoperta non poteva capitare in un momento peggiore. Dal momento che era stato in primo luogo Sachs a volere a tutti i costi la separazione, probabilmente questo episodio non avrebbe dovuto avere importanza. Invece la ebbe. Certo, c'erano anche altri fattori, ma questo contava tanto quanto tutti gli altri. Mandò avanti la musica, per così dire, e ciò che sarebbe potuto finire lì, non finì. Il walzer dei disastri continuò, e da quel momento non ci fu più modo di fermarlo.

Ma questo accadde dopo, e non voglio anticipare me stesso. All'apparenza le cose continuarono a ronzare sommessamente come avevano fatto nei mesi precedenti. Sachs lavorava al suo romanzo in Vermont, Fanny andava a lavorare al museo e Iris e io aspettavamo la nascita di nostra figlia. Dopo l'arrivo di Sonia (il ventisette giugno) persi i contatti con tutti per sei o otto settimane. Iris e io eravamo in Bimbolandia, un paese dove è vietato dormire e non si distingue il giorno dalla notte, un regno segregato governato dai capricci di un minuscolo monarca assoluto. Chiedemmo a Fanny e a Ben di fare da madrina e padrino a Sonia e accettarono entrambi con elaborate dichiarazioni d'orgoglio e di gratitudine. Da quel momento cominciarono a piovere regali; Fanny consegnava i suoi di persona (vestiti, copertine e sonagli) mentre quelli di Ben arrivavano per posta (libri, orsacchiotti, anatre di gomma). Fui particolarmente commosso dalla reazione di Fanny, dall'abitudine che prese di passare dopo il lavoro per tenere in braccio Sonia per un quarto d'ora o venti minuti, coccolandola e dicendole ogni genere di sciocchezze senza senso. Con la piccola tra le braccia pareva brillare, e al pensiero che niente del genere era stato possibile per lei mi rattristavo sempre. Chiamava Sonia «la mia piccola bellezza», «il mio angioletto», «il mio scuro fiore della passione», «cuoricino mio». A suo modo, Sachs non era meno entusiasta di lei, e io interpretai i pacchetti che arrivavano in continuazione con la posta come un segno di autentico progresso, una prova decisiva che stava di nuovo bene. Ai primi di agosto cominciò a pregarci si andarlo a trovare in Vermont. Era pronto a mostrarmi la prima parte del suo libro, mi disse, e voleva che gli presentassimo la sua figlioccia. «Me l'avete tenuta nascosta per troppo tempo» dichiarò. «Come potete pretendere che mi prenda cura di lei se non so che faccia ha?»

Così Iris e io noleggiammo una macchina e un seggiolino e ci dirigemmo verso nord per trascorrere qualche giorno con lui. Ricordo di aver chiesto a Fanny se voleva venire con noi, ma mi fece capire che era un brutto momento. Aveva appena cominciato a scrivere il saggio per il catalogo della mostra di Blakelock che stava curando per il museo per quell'inverno (il suo allestimento più importante fino ad allora), e ci teneva a rispettare la scadenza. Spiegò che aveva intenzione di andare a trovare Ben non appena lo avesse finito, e poiché mi sembrò una scusa legittima non insistetti. Ancora una volta mi ero trovato davanti a una prova importante e ancora una volta l'avevo ignorata. Fanny e Ben non si vedevano da cinque mesi e ancora non mi era passato per la mente che avessero qualche problema. Se mi fossi dato la briga di aprire gli occhi per qualche istante forse avrei notato qualcosa. Ma ero troppo preso dalla mia felicità, troppo immerso nel mio piccolo mondo per accorgermene.

Comunque, il viaggio fu un successo. Dopo aver passato quattro giorni e tre notti in compagnia di Sachs, conclusi che era tornato sulla terraferma e ripartii sentendomi vicino a lui né più né meno come in passato. Sono tentato di dire che tutto era tornato proprio come ai vecchi tempi, ma non sarebbe esatto. Dopo la caduta gli erano successe troppe cose, c'erano stati troppi cambiamenti per entrambi perché la nostra amicizia potesse essere tale e quale a prima. Ma questo non significa che i tempi nuovi fossero peggio dei vecchi. Per molti versi erano meglio. In quanto rappresentavano qualcosa che sentivo di aver perduto, qualcosa che avevo disperato di ritrovare, erano molto meglio.

Sachs non era mai stato una persona organizzata e mi stupii nell'appurare con quanta accuratezza si era preparato per la nostra visita. Aveva messo dei fiori nella stanza in cui dormivamo io e Iris, aciugamani per gli ospiti erano ripiegati in bell'ordine sul comò e aveva fatto il letto con tutta la precisione di un esperto locandiere. Al piano terra la cucina era stata riempita di cibo, c'era una grande scorta di vino e di birra e, come scoprimmo di sera in sera, i menù delle cene erano stati messi a punto in precedenza. Questi piccoli gesti mi sembravano molto eloquenti, e contribuirono a dare il la alla nostra permanenza. Per Sachs la vita quotidiana era più semplice di quanto non fosse stata a New York, e a poco a poco era riuscito a ritrovare l'autocontrollo. Come mi disse in una delle nostre conversazioni notturne, per lui era un po' come essere tornato in prigione. Non c'erano preoccupazioni estranee a impantanarlo. La vita era stata ridotta al minimo indispensabile e non doveva più mettere in questione come trascorreva il suo tempo. Ogni giorno era più o meno la ripetizione di quello precedente. L'oggi somigliava allo ieri, e il domani sarebbe somigliato all'oggi, e quello che sarebbe successo la settimana successiva si sarebbe confuso con quello che era succeso nella presente. Tutto ciò lo confortava. L'elemento sorpresa era stato eliminato, e questo fatto lo faceva sentire più energico, più capace di concentrarsi sul suo lavoro. « È strano », continuò, « ma le due volte in cui mi sono messo a scrivere un romanzo sono stato tagliato fuori dal mondo. La prima volta in carcere quando ero un ragazzino, e ora quassù nel Vermont, dove vivo nei boschi come un eremita. Chissà che cazzo significa. »

« Significa che non puoi vivere senza gli altri » gli risposi. « Quando li hai intorno a te in carne e ossa, il mondo reale ti basta. Quando sei solo, hai bisogno di inventare personaggi immaginari. Hai bisogno della loro compagnia. »

Dall'inizio alla fine della nostra visita ci tenemmo tutti e tre occupati a non fare niente. Mangiavamo e bevevamo, nuotavamo nel laghetto, chiacchieravamo. Sachs aveva installato un campo da pallacanestro coperto dietro la casa, e ogni mattina per un'oretta facevamo qualche tiro e giocavamo uno contro uno (e puntualmente mi batteva). Nel pomeriggio, mentre Iris faceva un sonnellino, ci davamo il cambio a portare Sonia in braccio, cullandola per farla addormentare mentre camminavamo sul prato. La prima notte rimasi alzato fino a tardi per leggere il manoscritto del suo libro in fieri. Le altre due sere facemmo tardi insieme a discutere della parte che aveva già scritto e di quello che doveva ancora scrivere. Tre giorni su quattro splendette il sole e la temperatura era alta per quel periodo dell'anno. Insomma, tutto fu praticamente perfetto.

All'epoca Sachs aveva scritto soltanto un terzo del suo libro, e la parte che avevo letto era tutt'altro che compiuta. Sachs se ne rendeva conto e quando mi diede il manoscritto la sera del mio arrivo, non mi chiese una critica dettagliata o dei suggerimenti su come migliorare questo o quel passo. Voleva soltanto sapere se secondo me avrebbe dovuto continuare. « Sono arrivato a un punto in cui non so più cosa sto facendo » mi disse. « Non riesco a giudicare se è bello o brutto. Non riesco a capire se è la cosa migliore che abbia mai scritto oppure un mucchio di spazzatura. »

Non era spazzatura. Questo, almeno, mi fu chiaro fin dalla prima pagina, ma procedendo a fatica con la lettura della prima stesura, mi resi anche conto che Sachs stava realizzando qualcosa di straordinario. Era il libro che avevo sempre immaginato che sarebbe stato capace di scrivere, e se per poter cominciare gli ci era voluta una disgrazia, allora non era stata affatto una disgrazia. O, se non altro, all'epoca questa era la mia convinzione. Nonostante i problemi che trovavo nel manoscritto, nonostante i tagli e i cambiamenti che sarebbero stati necessari, l'importante era che Sachs aveva cominciato, e io non avevo intenzione di fermarlo. « Continua a scrivere e non guardarti indietro » gli dissi l'indomani mattina a colazione. « Se riesci ad arrivare alla fine, sarà un libro magnifico. Bada a quel che ti dico: sarà un libro magnifico e memorabile. »

Mi è impossibile dire se ce l'avrebbe fatta. Allora ero sicuro di sì, e quando, prima di partire, Iris e io lo salutammo il dubbio non mi sfiorò neppure. Certo, un conto erano le pagine che avevo letto, ma Sachs e io avevamo anche parlato, e stando a quello che mi aveva detto sul libro nelle due sere seguenti, ero sicuro che avesse la situazione sotto controllo, che capisse cosa aveva davanti. Se questo è vero, allora non posso immaginare nulla di più ripugnante o terribile. Di tutte le tragedie che il mio povero amico costruì per se stesso, lasciare questo libro incompiuto diventa quella più difficile da sopportare. Con ciò non voglio dire che i libri siano più importanti della vita, ma il fatto è che moriamo tutti, scompariamo tutti alla fine, e se Sachs fosse riuscito a terminare il suo libro, forse gli sarebbe sopravvissuto. Se non altro questo è ciò che ho preferito credere. Nel suo stato attuale, il libro non è che una promessa di libro, un libro potenziale sepolto in una scatola contenente dei fogli dattiloscritti sparsi e una manciata di appunti. È tutto quello che ne resta, insieme alle nostre due conversazioni notturne all'aperto, sotto un cielo senza luna stipato di stelle. Credevo che la sua vita stesse ricominciando daccapo, che fosse alla vigilia di un futuro straordinario, e invece era prossimo alla fine. Meno di un mese dopo il nostro incontro in Vermont, Sachs smise di lavorare al suo libro. Un pomeriggio di metà settembre uscì per fare una passeggiata e all'improvviso la terra lo inghiottì. Questo, in sintesi, è ciò che accadde, e da quel giorno in poi non scrisse più nemmeno una parola.

Per contraddistinguere ciò che non esisterà mai, ho dato al mio libro lo stesso titolo che Sachs aveva in mente per il suo: *Leviatano*.

4

Non lo rividi più per quasi due anni. Maria era l'unica persona a sapere dove si trovava, e Sachs le aveva fatto promettere di non dirlo a nessuno. I più avrebbero infranto quella promessa, credo, ma Maria aveva dato la sua parola, e per quanti rischi corresse mantenendola, si rifiutò di aprir bocca. In quei due anni l'avrò incontrata per caso cinque o sei volte, ma perfino quando parlammo di Sachs non mi fece mai capire di saperne più di me sulla sua sparizione. La scorsa estate, quando finalmente venni a sapere quante cose mi aveva tenuto nascosto, mi arrabbiai al punto che volevo ammazzarla. Ma questo era un problema mio, non di Maria, e non avevo alcun diritto di sfogare la mia frustrazione su di lei. Dopo tutto, una promessa è una promessa e anche se il suo silenzio finì col causare un mucchio di danni, secondo me ha fatto bene a comportarsi così. Se c'era qualcuno che avrebbe dovuto parlar chiaro quello era Sachs. Il responsabile dell'accaduto era lui, e Maria non faceva altro che proteggere il suo segreto. Ma Sachs non disse nulla. Per due lunghi anni, rimase nascosto e non disse nemmeno una parola.

Sapevamo che era vivo, ma via via che passavano i mesi senza che ci facesse avere sue notizie, non fummo più sicuri neanche di questo. Ci rimaneva solo qualche frammento, una manciata di fatti spettrali. Sapevamo che aveva lasciato il Vermont, senza la sua macchina, e che per un breve, orribile istante Fanny lo aveva visto a Brooklyn. A parte questo, tutto il resto si riduceva a una serie di congetture. Dal momento che non aveva telefonato per avvisarla del suo arrivo, deducemmo che aveva qualcosa di urgente da dirle, ma qualunque cosa fosse, non ebbero modo di parlarne. Sachs si limitò ad apparire una sera all'improvviso (« completamente sconvolto e cogli occhi da pazzo», come riferì Fanny) e irruppe in camera da letto. Di qui la scena terribile a cui ho già accennato. Se la stanza fosse stata buia sarebbe stato meno imbarazzante per tutti, ma il caso volle che fosse accesa più di una luce, e Fanny e Charles giacevano nudi sopra le coperte sicché Ben vide tutto. Era chiaramente l'ultima cosa che si aspettava di trovare. Fanny non ebbe il tempo di dirgli una parola che era già uscito dalla stanza balbettando che gli dispiaceva, che non se lo aspettava, che non aveva intenzione di disturbarla. Lei balzò giù dal letto ma quando arrivò all'ingresso Sachs si sbatté la porta alle spalle precipitandosi giù per le scale. Non potendo uscire senza nulla indosso, Fanny corse in soggiorno, aprì la finestra e si sporse per chiamarlo giù in strada. Sachs si fermò un momento e le fece un cenno con la mano. «Vi do la mia benedizione!» le gridò. Quindi le tirò un bacio, si voltò e corse via nella notte.

Fanny ci telefonò subito dopo. Immaginava che Sachs fosse diretto da noi, ma il suo presentimento si rivelò sbagliato. Iris e io rimanemmo alzati ad aspettarlo per metà della notte, ma non si fece vivo. Da allora in poi, perdemmo le tracce dei suoi spostamenti. Fanny chiamò diverse volte la casa in Vermont ma non le rispose mai nessuno. Quella era la nostra ultima speranza, e col passare dei giorni le probabilità che Sachs vi avrebbe fatto ritorno si fecero sempre più scarse. Fummo presi dal panico; un'epidemia di pensieri raccapriccianti si diffuse tra noi. Non sapendo cos'altro fare, il week-end successivo Fanny noleggiò una macchina e si recò in Vermont. Come mi riferì per telefono dopo il suo arrivo, si trovò davanti a una scena sconcertante. La porta d'ingresso non era stata chiusa a chiave, la macchina era parcheggiata al suo solito posto in cortile e il lavoro di Ben stava sulla scrivania dello studio: pagine finite del manoscritto raccolte in una pila e accanto delle penne sparse, un foglio scritto a metà ancora infilato nella macchina da scrivere. In altre parole, tutto sembrava indicare che sarebbe tornato da un momento all'altro. Se avesse avuto in mente di assentarsi per un periodo più o meno lungo, disse Fanny, avrebbe chiuso la casa. E prosciugato i tubi, spento l'interruttore dell'energia elettrica, vuotato il frigorifero. «E avrebbe preso il manoscritto» aggiunsi io. «Anche se avesse dimenticato tutto il resto, quello non lo avrebbe lasciato per nessun motivo.»

Non c'era verso di far quadrare la situazione. Per quanto l'analizzassimo minuziosamente rimanevamo sempre con lo stesso mistero. Da un lato la partenza di Sachs era stata improvvisa. Dall'altro, se ne era andato di sua spontanea volontà. Se non fosse stato per quel fugace incontro con Fanny a New York, forse avremmo sospettato che era stato ucciso, ma Sachs ce l'aveva fatta ad arrivare incolume in città. Un po' stanco, forse, ma incolume. Eppure, se non gli era successo niente, perché non era tornato in Vermont? Perché non aveva preso la sua macchina, i suoi vestiti, il suo lavoro? Iris e io ne parlammo in lungo e in largo con Fanny infinite volte, analizzando una possibilità dietro l'altra, ma senza mai giungere a una conclusione soddisfacente. C'erano troppi vuoti, troppe variabili, troppe cose che non sapevamo. Dopo un mese di giri a vuoto, suggerii a Fanny di andare alla polizia e denunciare la scomparsa di Ben. Ma lei si oppose all'idea. Ormai non poteva più cercare di trattenerlo, disse, il che voleva dire che non aveva alcun diritto di immischiarsi. Dopo quanto era successo nell'appartamento, Sachs era libero di fare quello che voleva, e non stava a lei costringerlo a tornare. Charles (che frattanto avevamo conosciuto e che stava piuttosto bene a soldi) era disposto a ingaggiare un investigatore privato a proprie spese. «Tanto per avere la certezza che Ben sta bene» disse. «Non per farlo tornare, ma per sapere se è sparito perché voleva sparire». Sia Iris sia io eravamo dell'idea che il piano di Charles fosse sensato, ma Fanny gli proibì di metterlo in pratica. «Ci ha dato la sua benedizione» disse. «Era come dirci addio. Ho vissuto con lui per vent'anni e so come la pensa. Non vuole che lo cerchiamo. L'ho già tradito una volta e non ho intenzione di farlo ancora. Dobbiamo lasciarlo in pace. Tornerà quando si sentirà pronto e noi non possiamo far altro che aspettare quel momento. Credetemi, è l'unica cosa da fare. Dobbiamo tener duro e imparare a farcene una ragione.»

I mesi passarono, e i mesi divennero un anno, poi due, e l'enigma continuava a rimanere irrisolto. Quando Sachs ricomparve in Vermont lo scorso agosto avevo smesso da parecchio di pensare che avremmo mai trovato una soluzione. Iris e Charles erano convinti che fosse morto, ma la mia disperazione non nasceva da nulla di tanto preciso. Non fui mai colto dalla fortissima sensazione che Sachs fosse vivo oppure morto – nessuna intuizione improvvisa, nessun accesso di consapevolezza extrasensoriale, nessuna esperienza mistica – ma ero più o meno convinto che non l'avrei più rivisto. Dico « più o meno » perché non ero sicuro di niente. Durante il primo mese dopo la sua scomparsa, passai per tutta una gamma di reazioni violente e contraddittorie, ma quelle emozioni si consumarono a poco a poco, e alla fine termini come *tristezza* o *rabbia* o *dolore* non parevano più adatti. Avevo perso i contatti con lui e la sua assenza mi pareva sempre meno una faccenda personale. Ogni volta che provavo a pensare a lui, la mia immaginazione mi veniva meno. Era come se Sachs fosse diventato un buco nell'universo. Non era più soltanto il mio amico disperso, ma un sintomo della mia ignoranza nei riguardi di tutto, un emblema dell'inconoscibile stesso. Probabilmente sembrerò vago, ma non riesco a spiegarmi meglio. Iris mi disse che stavo diventando buddista, e immagino che questa definizione del mio stato fosse altrettanto accurata di qualunque altra. Fanny invece era cristiana, disse Iris, perché non abbandonava mai la fede nel ritorno finale di Sachs, mentre lei e Charles erano atei e io un accolita zen, che credeva nel potere del nulla. Aggiunse che in tutti gli anni in cui mi aveva conosciuto era la prima volta che non esprimevo un'opinione.

La vita cambiò, la vita continuò. Come ci aveva implorato di fare Fanny, imparammo a farci una ragione. Ormai faceva coppia fissa con Charles e, nostro malgrado, Iris e io fummo costretti ad ammettere che era un tipo in gamba: sulla quarantina inoltrata, architetto, divorziato, padre di due ragazzi, intelligente, perdutamente innamorato di Fanny, irreprensibile. A poco a poco riuscimmo a fare amicizia con lui, e una nuova realtà si impose per tutti noi. La primavera scorsa, quando Fanny accennò di non avere intenzione di andare in Vermont per l'estate (proprio non ce la faceva, disse, e probabilmente non ci sarebbe andata mai più), d'un tratto le venne in mente che forse io e Iris avremmo approfittato volentieri della casa. Voleva darcela gratis, ma noi insistemmo per pagare una specie di affitto, e alla fine ci mettemmo d'accordo su una cifra che coprisse almeno le spese: una quota proporzionale dell'imposta, della manutenzione, eccetera. Fu così che mi capitò di essere presente quando Sachs riapparve la scorsa estate. Arrivò all'improvviso una sera, entrando nel cortile a bordo di una scoppiettante Chevy blu, si fermò qui un paio di giorni e poi si dileguò di nuovo. Nel frattempo si fece una testa come un pallone a furia di parlare. Parlò talmente tanto che quasi mi spaventai. Ma fu in quell'occasione che venni a conoscenza della sua storia e, data la sua determinazione a raccontarla, non credo che abbia tralasciato nulla.

Aveva continuato a lavorare. Dopo che Iris e io eravamo ripartiti con la piccola Sonia, aveva continuato a lavorare per altre tre o quattro settimane. Apparentemente le nostre conversazioni sul *Leviatano* erano state utili, e si era rituffato nel manoscritto quella stessa mattina, deciso a non lasciare il Vermont finché non avesse ultimato la prima stesura dell'intero libro. Tutto sembrava andare bene. Faceva progressi ogni giorno, ed era felice della sua vita monastica, felice come non era stato da anni. Poi, un tardo pomeriggio di metà settembre aveva deciso di andare a fare una passeggiata. Il tempo era cambiato e l'aria era frizzante, permeata degli odori dell'autunno. Aveva indossato la sua giacca da caccia di lana e aveva risalito la collina dietro la casa, in direzione nord. Aveva calcolato che gli rimaneva ancora un'ora di luce e quindi poteva camminare per mezz'ora per poi fare dietro-front e riavviarsi verso casa. Normalmente avrebbe trascorso quell'ora a fare tiri al canestro, ma il cambio di stagione era ormai in pieno fervore e voleva dare un'occhiata a quello che succedeva nei boschi: vedere le foglie gialle e rosse, fissare l'inclinazione del sole che tramontava tra le betulle e gli aceri, vagare nel chiarore dei colori sospesi. Così si era incamminato per la sua piccola escursione, con l'unico pensiero in mente che una volta tornato a casa avrebbe preparato la cena.

Entrando nel bosco, però, si era distratto. Anziché guardare le foglie e gli uccelli che s'accingevano a migrare, aveva cominciato a pensare al suo libro. I brani che aveva scritto quel giorno gli si erano affollati nella testa, e prima ancora di rendersene conto aveva già cominciato a comporre mentalmente nuove frasi, pianificando il lavoro che intendeva fare l'indomani mattina. Aveva continuato a camminare, avanzando tra le foglie morte e il sottobosco spinoso mentre parlava a voce alta e recitava le parole del suo libro, senza badare a dove si trovava. Avrebbe potuto continuare a camminare così per ore, mi disse, ma a un certo punto si era accorto che non ci vedeva più bene. Il sole era già tramontato e poiché il bosco era molto fitto la notte stava calando rapidamente. Si era guardato intorno, nella speranza di orientarsi, ma niente gli appariva familiare, e aveva capito di non essere mai stato prima in quel posto. Sentendosi un idiota, si era voltato e aveva cominciato a correre nella direzione da cui era venuto. Aveva appena qualche minuto e poi tutto sarebbe sparito, e sapeva che non ce l'avrebbe mai fatta. Non aveva con sé una torcia, né dei fiammiferi, né nulla da mangiare nelle tasche. Dormire all'addiaccio si prospettava un'esperienza spiacevole, ma non riusciva a pensare a un'alternativa. Si era seduto su un ceppo ed era scoppiato a ridere. Si trovava ridicolo, disse, come un personaggio comico di prim'ordine. Poi la notte era calata per davvero e non riusciva a vedere niente. Aveva aspettato che apparisse la luna ma il cielo si era annuvolato. Era scoppiato di nuovo a ridere e aveva deciso di non dare più importanza alla faccenda. Lì era al sicuro, e non sarebbe di certo morto per essersi gelato il culo per una notte. Quindi aveva cercato di mettersi comodo il più possibile. Si era disteso in terra coprendosi alla meglio con foglie e ramoscelli e aveva cercato di pensare al libro. Nel giro di poco tempo era addirittura riuscito a prender sonno.

Si era risvegliato all'alba, intirizzito e tremante, i vestiti bagnati di rugiada. La situazione non gli sembrava più tanto divertente. Era di cattivo umore e aveva i muscoli indolenziti. Aveva fame ed era tutto in disordine, e l'unico suo desiderio era di andare via di lì e ritrovare la strada di casa. Si era avviato per quello che gli sembrava lo stesso sentiero che aveva percorso la sera prima, ma dopo aver camminato per quasi un'ora aveva cominciato a sospettare di aver sbagliato strada. Aveva preso in considerazione l'idea di tornare indietro fino al punto da cui era partito ma non era sicuro di riuscire a ritrovarlo – e anche se ci fosse riuscito, probabilmente non lo avrebbe riconosciuto. Quella mattina il cielo era cupo, brulicante di fitti sciami di nuvole che coprivano il sole. Sachs non era mai stato un gran boscaiolo, e senza una bussola con cui orientarsi non poteva stabilire se si stava dirigendo verso est, verso ovest, verso nord oppure verso sud. D'altro canto, però, non aveva neanche la sensazione di essere intrappolato in una foresta primordiale. Prima o poi il bosco doveva finire: poteva praticamente prendere qualunque direzione, purché camminasse in linea retta. E una volta arrivato su una strada, avrebbe bussato alla porta della prima casa che avrebbe visto. Con un po' di fortuna le persone che gli avrebbero aperto gli avrebbero saputo dire dove si trovava.

Aveva dovuto aspettare a lungo che le sue previsioni si avverassero anche solo in parte. Non portando l'orologio non sapeva per quanto tempo, ma immaginava tra le tre e le quattro ore. A quel punto era completamente nauseato, e per le ultime miglia aveva maledetto la propria stupidità in preda a una rabbia crescente. Una volta uscito dal bosco, comunque, il suo umor nero era scemato e aveva smesso di commiserare se stesso. Si trovava su una stretta strada sterrata, e anche se non sapeva dov'era, anche se non si vedeva neanche l'ombra di una casa, poteva consolarsi al pensiero che il peggio era passato. Aveva camminato ancora per dieci, quindici minuti, scommettendo con se stesso su quanto si era allontanato da casa. Se erano meno di cinque miglia, avrebbe comprato un regalo per Sonia del valore di cinquanta dollari. Se erano più di cinque ma meno di dieci ne avrebbe spesi cento. Oltre dieci, duecento dollari. Oltre quindici, trecento, oltre venti quattrocento, e così via. Mentre subissava la sua figlioccia con questi regali (panda di peluche, case di bambola, pony) aveva sentito in lontananza dietro di sé il rombo di una macchina. Si era fermato e aveva aspettato che si avvicinasse: era un camioncino scoperto rosso che correva a tutta birra. Pensando che non aveva nulla da perdere, Sachs aveva alzato la mano per attirare l'attenzione del guidatore. Il camioncino lo aveva superato ma prima che facesse in tempo a rigirarsi si era fermato bruscamente. Aveva udito uno strepito di sassolini che volavano mentre tutt'intorno la polvere si sollevava, e poi si era sentito chiamare da una voce che gli chiedeva se aveva bisogno di un passaggio.

Il guidatore era un giovane sui vent'anni. Sachs aveva dedotto che doveva essere del luogo, uno stradino o magari l'aiutante di un idraulico, e benché in un primo momento non gli avesse dato l'impressione di avere granché voglia di parlare, il ragazzo si era rivelato talmente gentile e suadente che ben presto aveva intrecciato una conversazione con lui. Sul fondo dell'abitacolo, davanti ai piedi di Sachs, c'era una mazza da softball di metallo e quando il ragazzo aveva poggiato il piede sull'acceleratore per far ripartire il camioncino, la mazza si era spostata colpendo Sachs a una caviglia. Questo era stato il numero di apertura, per così dire, e dopo aver chiesto scusa per l'inconveniente, il ragazzo si era presentato come Dwight (Dwight McMartin, come Sachs apprese in seguito) e si erano messi a parlare di softball. Dwight gli aveva raccontato che giocava con una squadra sponsorizzata dai vigili del fuoco volontari di Newfane. La stagione era finita la settimana precedente, e la prima partita di spareggio era in programma per quella sera – « se il tempo regge », aveva aggiunto diverse volte, « se il tempo regge e non piove ». Dwight giocava in prima base, era il battitore di punta, e il numero due della lega in corse alla casa base, un bietolone grande e grosso dello stampo di Moose Skowron. Sachs gli aveva detto che avrebbe fatto il possibile per vedere la partita, e Dwight in tutta serietà gli aveva risposto che non se ne sarebbe pentito, che sicuramente sarebbe stato un gran bell'incontro. Sachs non era riuscito a trattenere un sorriso. Era tutto in disordine e aveva la barba lunga, i suoi vestiti erano pieni di rovi e di frammenti di foglie, e il naso gli gocciolava come un rubinetto. Doveva proprio sembrare un vagabondo, aveva pensato, e tuttavia Dwight non lo assillava con domande personali. Non gli aveva domandato perché stava camminando su quella strada deserta, né si era dato la briga di chiedergli come si chiamava. Sachs si era reso conto che forse era un sempliciotto, o magari soltanto un bravo ragazzo ma, in entrambi i casi, gli riusciva difficile non apprezzare la sua discrezione. All'improvviso, Sachs si era rammaricato per essersene stato tanto per conto suo negli ultimi mesi. Avrebbe fatto meglio a uscire e frequentare di più i vicini; avrebbe dovuto fare uno sforzo per conoscere un po' le persone che vivevano intorno a lui. Quasi fosse una questione etica, si era ripromesso di non dimenticarsi della partita di softball di quella sera. Gli avrebbe fatto bene, aveva pensato, gli avrebbe dato qualcosa a cui pensare che non fosse il suo libro. Se avesse avuto qualcuno con cui parlare, magari la prossima volta che sarebbe andato a fare una passeggiata nel bosco non si sarebbe smarrito con tanta facilità.

Quando Dwight gli aveva detto dove si trovavano, Sachs era rimasto sgomento al pensiero di quanto si era allontanato dal suo percorso. Evidentemente aveva raggiunto la cima della collina e poi si era incamminato giù dall'altra parte, finendo a due città a est da dove abitava. Aveva fatto soltanto dieci miglia a piedi, ma la distanza per tornare in macchina superava le trenta. Senza un particolare motivo aveva deciso di spiattellare tutta la storia a Dwight. Per gratitudine, forse, oppure semplicemente perché ormai la trovava divertente. Magari il ragazzo l'avrebbe riferita ai suoi compagni di squadra e si sarebbero fatti una bella risata a sue spese. A Sachs non importava. Era una storia esemplare, una classica barzelletta sui matti, e lui non aveva nulla in contrario a diventare lo zimbello della propria follia. Il fichetto di città gioca a fare Daniel Boone nei boschi del Vermont, e sentite un po' che gli succede, amici. Ma una volta che ebbe cominciato a parlare delle sue disavventure, Dwight aveva reagito con inaspettata comprensione. Aveva detto a Sachs che una volta gli era capitata la stessa cosa, ed era stato tutt'altro che divertente. All'epoca aveva appena undici, dodici anni e si era cacato sotto dalla paura: per tutta la notte era rimasto rannicchiato dietro a un albero aspettandosi di essere assalito da un orso. Sachs non ne era certo, ma aveva avuto il sospetto che Dwight avesse inventato quella storia per farlo sentire un po' meno ridicolo. In ogni caso, il ragazzo non aveva riso di lui. Di fatto, dopo aver sentito il suo racconto, si era offerto di accompagnarlo a casa. Era già in ritardo, aveva spiegato, ma qualche minuto in più non avrebbe cambiato nulla, e per Cristo, se si fosse trovato al posto di Sachs si sarebbe aspettato che qualcuno avesse fatto lo stesso per lui.

A quel punto stavano percorrendo una strada pavimentata, ma Dwight aveva detto che conosceva una scorciatoia per arrivare alla casa di Sachs. Per prenderla dovevano invertire la marcia e tornare indietro per un paio di miglia ma, dopo aver fatto i calcoli a mente, aveva deciso che conveniva cambiare itinerario. Quindi aveva inchiodato, fatto un'inversione a U e si era avviato nella direzione opposta. La scorciatoia era una pista sterrata strettissima, un nastro di terra accidentato a una sola corsia che tagliava per un tratto di bosco fitto e buio. Erano in pochi a conoscerla, aveva spiegato Dwight, ma se non andava errato, sbucava su una strada sterrata un po' più larga e questa, a sua volta, li avrebbe portati dritti dritti sulla strada principale a circa quattro miglia dalla casa di Sachs. Probabilmente Dwight sapeva quel che diceva, ma non aveva mai avuto l'occasione di dimostrare la correttezza della sua teoria. Meno di un miglio dopo che avevano imboccato la prima strada sterrata, si erano imbattuti in un imprevisto. E prima che avessero la possibilità di superarlo il viaggio aveva avuto termine.

Era successo tutto con una rapidità incredibile. Per Sachs quegli istanti erano stati come uno sconvolgimento di stomaco, un giramento di testa, un impeto di paura nelle vene. Era talmente esausto, mi disse, e tra l'inizio e la fine del fatto era trascorso talmente poco tempo che non era mai riuscito a percepirlo come reale – neanche in retrospettiva, neanche due anni dopo, mentre me lo raccontava. Un momento stavano attraversando il bosco in macchina, raccontò, e un momento dopo si erano fermati. Davanti a loro c'era un uomo fermo in mezzo alla strada, che fumava una sigaretta appoggiato contro il bagagliaio di una Toyota bianca. All'apparenza aveva una trentina d'anni: era piuttosto alto e smilzo, e indossava una camicia da lavoro di flanella e un paio di pantaloni ampi color caki. Per il resto, l'unica cosa che Sachs aveva notato era che aveva la barba – non molto diversa da quella che un tempo portava anche lui, ma più scura. Pensando che l'uomo avesse noie alla macchina, Dwight era sceso dal camioncino e gli si era avvicinato, chiedendogli se aveva bisogno di aiuto. Sachs non era riuscito a sentire la risposta dell'uomo, ma dal tono sembrava arrabbiato, in un certo qual modo ostile senza motivo e, continuando a osservarli dall'interno dell'abitacolo, era rimasto sorpreso quando alla successiva domanda di Dwight lo sconosciuto aveva risposto in maniera ancora più rabbiosa: vai a fare in culo, o levati dai coglioni, qualcosa del genere. Era stato allora che aveva cominciato a sentire una scarica di adrenalina dietro l'altra, disse Sachs, e per istinto aveva afferrato la mazza di metallo che stava sul fondo della macchina. Ma Dwight era troppo buono per capire al volo la situazione. Continuava a dirigersi verso l'uomo, incurante dell'insulto quasi non avesse importanza, ripetendo che voleva soltanto aiutarlo. Lo sconosciuto, in preda all'agitazione, era indietreggiato e poi aveva fatto di corsa il giro della macchina, aveva aperto la portiera dalla parte opposta a quella della guida per prendere qualcosa dal vano portaoggetti. Quando si era tirato su voltandosi di nuovo verso Dwight impugnava una pistola. Aveva sparato un colpo. Il robusto ragazzo aveva cacciato un urlo afferrandosi lo stomaco, poi lo sconosciuto aveva fatto fuoco un'altra volta. Il ragazzo aveva gridato per la seconda volta e poi aveva cominciato a camminare vacillando lungo la strada, gemendo e piangendo dal dolore. L'uomo si era voltato per seguirlo con lo sguardo e allora Sachs era saltato giù dal camioncino, la mazza stretta nella mano destra. Non aveva avuto il tempo di pensare, mi disse. Si era precipitato alle spalle dell'uomo proprio nel momento in cui sparava il terzo colpo, aveva impugnato saldamanete la mazza e l'aveva brandita con quanta forza aveva in corpo. Aveva mirato alla testa dello sconosciuto – sperando di spaccargli il cranio, di ammazzarlo, di spiaccicare il suo cervello tutt'intorno sul terreno. La mazza lo aveva colpito con una forza tremenda in un punto immediatamente dietro l'orecchio destro. Sachs aveva udito il tonfo dell'impatto, lo scricchiolio delle cartilagini e delle ossa e poi l'uomo era caduto. Era caduto così, morto stecchito in mezzo alla strada ed era calato un silenzio assoluto.

Sachs era corso da Dwight, ma chinandosi per esaminarlo

si era accorto che il terzo colpo lo aveva ucciso. La pallottola gli si era conficcata nella nuca, e aveva il cranio fracassato. Sachs aveva perduto la sua occasione. Era tutta una questione di tempo e lui era stato troppo lento. Se solo fosse riuscito a raggiungere l'uomo appena un secondo prima l'ultimo colpo avrebbe mancato il bersaglio e anziché guardare un cadavere a quell'ora sarebbe stato occupato a fasciare le ferite di Dwight, facendo tutto il possibile per salvargli la vita. Un momento dopo aver pensato questo Sachs si era accorto che stava tremando. Si era seduto sulla strada stringendosi la testa tra le ginocchia e sforzandosi di non vomitare. Era passato del tempo. Aveva sentito l'aria attraversargli i vestiti e una ghiandaia azzurra cinguettare nel bosco; aveva chiuso gli occhi. Quando li aveva riaperti aveva raccolto una manciata di terra smossa dalla strada e se l'era premuta contro il viso. Si era infilato la terra in bocca e l'aveva masticata, lasciando che il pietrisco gli raschiasse i denti e sentendo i sassolini contro la lingua. Aveva masticato finché non ce l'aveva fatta più, poi si era piegato su se stesso e aveva sputato la poltiglia, gemendo come un animale malato, impazzito.

Se Dwight non fosse morto, disse, l'intera storia avrebbe preso un andamento completamente diverso. Non gli sarebbe mai saltato in mente di fuggire e, venendo a mancare quel primo passo, non si sarebbe verificata nemmeno nessuna delle conseguenze. Ma solo com'era in quel bosco, all'improvviso Sachs era caduto in preda a un panico profondo e irrefrenabile. Due uomini erano morti e l'idea di rivolgersi alla polizia gli sembrava inconcepibile. Era già stato in prigione. Era un pregiudicato e senza testimoni che potessero confermare la sua versione nessuno avrebbe creduto a una parola di ciò che avrebbe detto. Era tutto troppo bizzarro, troppo assurdo. Naturalmente non riusciva a pensare in maniera molto chiara, ma tutti i pensieri che gli balenavano erano esclusivamente incentrati su di lui. Per Dwight non poteva fare nulla, ma se non altro poteva salvare la propria pelle, e nel panico l'unica soluzione che gli era venuta in mente era stata quella di scappare a gambe levate.

Sapeva che la polizia avrebbe capito che c'era stato un terzo uomo. Sarebbe emerso chiaramente che Dwight e lo sconosciuto non si erano uccisi a vicenda, dal momento che un uomo con tre pallottole in corpo non avrebbe di certo avuto la forza di picchiare a morte qualcuno con una mazza, e anche se lo avesse fatto, dopo non sarebbe riuscito a fare venti passi, tantomeno con una di quelle pallottole conficcata nel cranio. Sachs sapeva anche che non avrebbe potuto fare a meno di lasciare qualche traccia. Per quanto avesse cercato di cancellare ogni traccia il più diligentemente possibile, una squadra di tecnici della scientifica competenti non avrebbe avuto problemi a scovare qualcosa su cui lavorare: l'impronta di una scarpa, un ciuffo di capelli, un frammento microscopico. Ma niente di tutto questo avrebbe avuto importanza. Purché fosse riuscito a cancellare le impronte digitali dal camioncino, purché si fosse ricordato di portare con sé la mazza non ci sarebbe stato niente che avrebbe potuto identificarlo come il terzo uomo. Questo era il punto essenziale. Doveva fare in modo che il terzo uomo potesse essere chiunque. Dopo di che sarebbe stato al sicuro.

Aveva trascorso parecchi minuti a pulire le superfici del camioncino: il cruscotto, il sedile, i finestrini, la maniglia esterna e quella interna della portiera, tutto quello che gli era venuto in mente. Appena finito, aveva ripetuto l'operazione daccapo e poi, per sicurezza, l'aveva ripetuta ancora una volta. Raccolta la mazza da terra aveva aperto la portiera della macchina dello sconosciuto, aveva visto che la chiave era ancora infilata e si era messo al volante. Il motore si era avviato al primo colpo. Naturalmente i battistrada avrebbero lasciato delle impronte, e quei segni avrebbero fugato ogni dubbio circa la presenza di un terzo uomo, ma Sachs aveva troppa paura per andare via a piedi. La cosa più sensata da fare sarebbe stata di allontanarsi a piedi, tornare a casa e dimenticare tutta quella sporca faccenda. Ma il suo cuore batteva troppo forte, i suoi pensieri sfuggivano a ogni controllo, e siffatte azioni intenzionali non erano più possibili. Sentiva un bisogno fortissimo di velocità. Sentiva un bisogno fortissimo della velocità e del rumore della macchina, e ora che era pronto il suo unico desiderio era di andare via di lì, di stare seduto in macchina e correre il più possibile. Solo così sarebbe riuscito a tener testa al tumulto che aveva dentro di sé. Solo così sarebbe riuscito a ridurre al silenzio l'urlo di terrore che gli risuonava nella testa.

Aveva guidato verso nord sulla nazionale per due ore e mezzo seguendo il corso del fiume Connecticut fino all'altezza di Barre. Lì, infine, la fame aveva avuto il sopravvento. Temeva di non riuscire a trattenere il cibo, ma non mangiava da più di ventiquattro ore e si rendeva conto che doveva almeno provarci. Aveva lasciato la nazionale allo svincolo successivo e aveva percorso una strada a due corsie per quindici, venti minuti e infine si era fermato a mangiare in una cittadina di cui non ricordava più il nome. Per non correre rischi aveva ordinato delle uova à la coque e pane tostato. Finito di mangiare era andato in bagno per darsi una ripulita, aveva tuffato la testa nel lavandino pieno di acqua calda e si era tolto i rametti e le macchie di terra dai vestiti. Si era sentito molto meglio. Una volta pagato il conto e uscito dal ristorante aveva capito che il passo successivo che doveva fare era tornare indietro e dirigersi verso New York. Non sarebbe riuscito a tenersi quella storia per sé. Questo, almeno, era chiaro, e nel rendersi conto che doveva parlare con qualcuno aveva anche la certezza che quel qualcuno doveva essere Fanny. A dispetto di tutto quello che era successo nell'ultimo anno, all'improvviso moriva dalla voglia di rivederla.

Mentre si avviava verso la macchina del morto, Sachs notò che era targata California. Sebbene non sapesse cosa dedurne, quella scoperta lo aveva sorpreso lo stesso. Quanti altri dettagli gli erano sfuggiti? si era chiesto. Prima di tornare sulla nazionale e dirigersi verso sud, si era allontanato dalla strada principale e aveva parcheggiato al limitare di quello che sembrava un grande parco naturale. Era un posto isolato, senza tracce di presenze umane nel raggio di miglia e miglia. Aveva aperto tutte e quattro le portiere della macchina, si era messo carponi e aveva passato al setaccio tutto l'abitacolo. Nonostante la sua grande meticolosità i risultati della ricerca erano stati deludenti. Aveva trovato qualche moneta sparsa sotto il sedile anteriore, delle carte appallottolate sul fondo (involti di fast-food, frammenti di biglietti, pacchetti di sigarette spiegazzati) ma nulla su cui fosse scritto un nome, nulla che potesse dargli la benché minima informazione sull'uomo che aveva ucciso. Anche il vano portaoggetti era vuoto: conteneva soltanto il libretto delle istruzioni della Toyota, una scatola di pallottole calibro trentotto e una stecca ancora intatta di Camel col filtro. Non gli rimaneva che il portabagagli. Quando infine era sceso e lo aveva aperto si era trovato davanti a tutt'altra scena.

All'interno c'erano tre borse. La più grande conteneva vestiti, l'occorrente per la rasatura e alcune mappe. In fondo in fondo, nascosto in una piccola busta bianca, c'era un passaporto. Vedendo la fotografia sulla prima pagina Sachs aveva riconosciuto l'uomo di quella mattina: era la stessa persona, ma senza barba. Il nome riportato era Reed Dimaggio, l'iniziale del secondo nome, N. Data di nascita: 12 novembre 1950. Luogo di nascita: Newark, New Jersey. Il passaporto era stato rilasciato a San Francisco nel luglio dello stesso e le ultime pagine erano bianche, senza visti né timbri doganali. A Sachs era venuto il dubbio che potesse essere falso. Visto ciò che era successo quella mattina nel bosco, gli pareva praticamente certo che Dwight non fosse la prima vittima di Dimaggio. E se era un professionista del crimine, con tutta probabilità viaggiava con documenti falsi. Tuttavia in qualche modo quel nome era troppo singolare, troppo strano per non essere autentico. Doveva appartenere a qualcuno, e per mancanza di altri indizi che accertassero l'identità dello sconosciuto, Sachs era arrivato a riconoscere quel qualcuno come l'uomo che aveva ucciso. Reed Dimaggio. In attesa di saperne di più lo avrebbe chiamato così.

Il bagaglio successivo era una valigia di acciaio, una di quelle lucide scatole argentate che a volte i fotografi usano per trasportare l'attrezzatura. Mentre per aprire la prima borsa non c'era stato bisogno di una chiave, questa era chiusa e Sachs aveva impiegato mezz'ora per allentare i cardini dai chiavistelli. L'aveva presa a martellate con il crick e ogni volta che la scatola si muoveva udiva il rumore di oggetti metallici che si spostavano all'interno. Aveva dedotto che dovevano essere armi: coltelli, pistole e pallottole, i ferri del mestiere di Dimaggio. Ma quando infine la scatola aveva ceduto era apparso uno sconcertante ammasso di cianfrusaglie, completamente diverso da ciò che Sachs si aspettava. C'erano bobine di filo elettrico, sveglie, cacciaviti, micro chips, spago, stucco, e diversi rotoli di nastro isolante nero. Aveva tirato fuori gli oggetti uno per uno e li aveva esaminati, cercando di capire a cosa servissero, ma anche dopo aver passato al setaccio tutto il contenuto della scatola non era riuscito a raccapezzarsi. Solo in un secondo momento aveva capito – molto tempo dopo essersi rimesso in viaggio. Quella notte, mentre si dirigeva verso New York, all'improvviso aveva capito che si trattava del materiale per costruire una bomba.

Il terzo bagaglio era una borsa da bowling. Non aveva niente di speciale (era una piccola sacca di cuoio con inserti rossi, bianchi e azzurri, chiusa da una lampo e munita di un manico di plastica bianca), ma spaventava Sachs più degli altri due e per istinto l'aveva lasciata per ultima. Si rendeva conto che poteva esserci nascosto di tutto, visto che apparteneva a un pazzo, a un maniaco omicida, visto che ai suoi occhi *tutto* diventava sempre più mostruoso. Dopo aver finito con le altre due borse, Sachs non aveva quasi il coraggio di aprirla. Anziché decidersi ad affrontare quello che conteneva secondo la sua immaginazione, si era quasi convinto a gettarla via. Ma non lo aveva fatto. Proprio quando stava per tirarla fuori dal bagagliaio e scaraventarla nel bosco aveva chiuso gli occhi, e dopo qualche attimo di esitazione aveva aperto la lampo con un unico, convulso strappo.

Nella borsa non c'era nessuna testa umana. Non c'erano orecchie recise, né dita mozzate, né genitali. C'erano, invece, soldi. E non semplicemente un po' di soldi, ma un mucchio, più di quanti Sachs ne avesse mai visti tutti insieme. La borsa era letteralmente stipata di soldi: grossi rotoli di biglietti da cento dollari fermati con elastici, e ogni rotolo conteneva tre, quattro, cinquemila dollari. Appena finito di contarli, Sachs aveva avuto la certezza quasi assoluta che dovevano esserci in totale tra i centosessanta e i centosessantacinquemila dollari. Alla scoperta dei contanti la sua prima reazione era stata di sollievo, di gratitudine per l'infondatezza delle sue paure. Poi, quando aveva tirato le somme per la prima volta, era stato colto da un senso di shock e di stordimento. Però, ricontandoli per la seconda volta si era accorto che ci si stava abituando. Ed era proprio questo il fatto più strano, mi disse: la velocità con cui aveva digerito quell'avvenimento improbabile. Quando li aveva contati ancora una volta, già cominciava a considerarli suoi.

Aveva tenuto le sigarette, la mazza da softball, il passaporto e i soldi mentre aveva gettato via tutto il resto, sparpagliando il contenuto della valigia e del forziere di metallo nel folto del bosco. Qualche minuto dopo aveva scaricato le valigie vuote in un cassonetto ai margini della città. Ormai erano le quattro passate e lo aspettava un lungo viaggio. Si era fermato di nuovo a mangiare a Springfield, nel Massachusetts, fumando le Camel di Dimaggio e imbottendosi di caffè, e poi era arrivato a Brooklyn poco dopo l'una del mattino. Lì aveva abbandonato la macchina, lasciandola in una delle strade lastricate nei pressi del canale Gowanus, una terra di nessuno occupata da magazzini vuoti e branchi di magri cani randagi. Aveva pulito con cura le superfici per togliere le impronte digitali, ma la sua non era che una precauzione supplementare. Aveva lasciato le portiere aperte e la chiave infilata: sicuramente la macchina sarebbe stata rubata prima dello spuntar del giorno.

Aveva fatto il resto del tragitto a piedi, portando la borsa da bowling in una mano e la mazza da softball e le sigarette nell'altra. All'angolo tra la Fifth Avenue e President Street aveva nascosto la mazza in un bidone della spazzatura pieno infilandolo tra mucchi di giornali e bucce di melone. Quella era l'ultima faccenda che gli rimaneva da sbrigare. Doveva camminare ancora per un miglio, ma nonostante fosse esausto, si era trascinato verso il suo appartamento con un crescente senso di calma. Fanny sarebbe stata lì ad aspettarlo, pensava, e appena l'avrebbe vista, il peggio sarebbe passato.

Questo spiega la confusione che era seguita. Non solo Sachs era stato colto alla sprovvista entrando nell'appartamento, ma non era in condizioni di assimilare la benché minima novità, di qualsiasi natura essa fosse. Il suo cervello era già sovraccarico ed era tornato a casa da Fanny proprio perché immaginava che lì non avrebbe trovato sorprese, perché era l'unico posto dove poteva essere certo che qualcuno si sarebbe preso cura di lui. Di qui il suo sconcerto, la sua reazione di stupore quando l'aveva vista rotolarsi sul letto insieme a Charles. La sua certezza si era dissolta lasciando il posto all'umiliazione, e non era riuscito a far altro che mormorare qualche parola di scusa prima di precipitarsi fuori dall'appartamento. Tutto era successo in un attimo, e lo sforzo con cui aveva riconquistato la calma necessaria per gridare la sua benedizione dalla strada non era stato altro che un bluff, un fiacco tentativo in extremis di salvare la faccia. In realtà si sentiva come se il cielo gli fosse crollato addosso. Come se gli avessero strappato il cuore.

Si era allontanato di corsa dal palazzo, con l'unico intento di fuggire, senza la più pallida idea di quale sarebbe stato il suo passo successivo. All'angolo tra la Terza Strada e la Settima Avenue aveva visto un telefono pubblico e così gli era venuto in mente di telefonarmi per chiedermi di ospitarlo per la notte. Ma formando il mio numero aveva trovato occupato. Probabilmente in quel momento stavo parlando con Fanny (mi aveva chiamato subito dopo che Sachs era corso via), ma Sachs aveva interpretato il segnale di occupato come se Iris e io avessimo staccato il telefono. La sua era una conclusione logica visto che era improbabile che uno di noi due parlasse con qualcuno alle due del mattino. Perciò, non aveva riprovato a chiamarci. Invece, quando l'apparecchio gli aveva restituito il quarto di dollaro lo aveva utilizzato per chiamare Maria. Gli squilli l'avevano scossa da un sonno profondo, ma sentendo la sua voce disperata gli aveva detto di andare subito da lei. A quell'ora la metropolitana faceva poche corse e quando, dopo averla presa alla fermata di Grand Army Plaza, aveva raggiunto il suo loft a Manhattan, Maria era già vestita e sveglissima, seduta al tavolo della cucina davanti alla terza tazza di caffè.

Per Sachs era del tutto logico andare lì. Anche dopo il suo trasferimento in campagna era rimasto in contatto con Maria e quando finalmente l'autunno scorso parlai con lei di questa storia, mi mostrò più di una dozzina tra lettere e cartoline che le aveva mandato dal Vermont. C'erano state anche diverse telefonate, mi disse Maria, e durante i sei mesi in cui Sachs era rimasto fuori città a quel che ricordava non erano passati più di dieci giorni senza che ricevesse in un modo o nell'altro sue notizie. Il fatto era che Sachs si fidava di lei e dal momento che Fanny era sparita all'improvviso dalla sua vita (e il mio telefono era apparentemente staccato), quello di rivolgersi a Maria era stato per lui un passo naturale. Fin dal suo incidente del luglio precedente, era l'unica persona con cui si era confidato, l'unica persona a cui aveva permesso di accedere nel recondito santuario dei suoi pensieri. Alla fin fine, forse in quel momento lei gli era più vicino di chiunque altro.

Tuttavia, quel passo si era rivelato un terribile sbaglio. Non perché Maria non fosse disposta ad aiutarlo, o perché non fosse pronta a piantare tutto per aiutarlo a superare la crisi, bensì perché era a conoscenza dell'unico fatto abbastanza potente da trasformare un'incresciosa disgrazia in una vera e propria tragedia. Se Sachs non fosse andato da lei sono sicuro che le cose si sarebbero risolte abbastanza rapidamente. Dopo una notte di riposo si sarebbe calmato e poi sarebbe andato alla polizia e avrebbe detto la verità. Con l'aiuto di un buon avvocato ne sarebbe uscito come libero cittadino. Ma alla già instabile mistura delle ventiquattro ore precedenti si era aggiunto un nuovo ingrediente che aveva finito col produrre una pozione mortale, un alambicco pieno di acido che rigurgitava pericoli in una profusione ondeggiante di vapori.

Perfino adesso mi riesce difficile accettare una parte qualsiasi di quanto accadde. E parlo come uno che dovrebbe sapere come stanno le cose, come uno che ha riflettuto a lungo e intensamente sulla questione. Ho passato tutta la mia vita da adulto a scrivere storie, a mettere persone immaginarie in situazioni inaspettate e spesso improbabili, come fece Sachs quella notte a casa di Maria Turner. Se mi turba ancora raccontare quello che accadde è perché la realtà supera sempre ciò che riusciamo a immaginare. Per quanto sfrenati pensiamo che possano essere, i frutti della nostra fantasia non potranno mai tener testa all'imprevedibilità delle cose che il mondo reale erutta in continuazione. Adesso questa lezione mi sembra inevitabile. *Tutto può succedere*. E in un modo o nell'altro, succede sempre.

Le prime ore che avevano tracorso insieme erano state molto dolorose, ed entrambi le ricordarono come una sorta di tempesta, una scazzottata interiore, un turbine di lacrime, di silenzi e di parole soffocate. A poco a poco Sachs era riuscito a raccontarle quello che gli era successo. Maria lo aveva stretto tra le braccia per quasi tutto il tempo, ascoltandolo con rapita incredulità mentre le raccontava tutto quello che riusciva a raccontare. Era stato allora che Maria aveva fatto la promessa, che gli aveva dato la sua parola e giurato di non parlare con nessuno degli omicidi. In seguito aveva pensato di convincerlo ad andare alla polizia, ma per il momento la sua unica preoccupazione era quella di proteggerlo, di dimostrare la propria lealtà. Sachs era sul punto di crollare, e appena le parole avevano cominciato a sgorgare dalla sua bocca, appena aveva cominciato a sentire se stesso descrivere le cose che aveva fatto, era stato colto dal disgusto. Maria aveva cercato di fargli capire che aveva agito per autodifesa – che non era responsabile della morte dello sconosciuto – ma Sachs si era rifiutato di accettare la sua argomentazione. Volente o nolente, aveva ucciso un uomo, e non c'erano parole che avrebbero potuto cancellare quel fatto. Maria aveva ribattuto che se non avesse ucciso lo sconosciuto ci avrebbe rimesso la vita lui. Forse, le aveva risposto Sachs, ma alla lunga sarebbe stato preferibile alla situazione in cui si trovava adesso. Sarebbe stato meglio morire, le aveva detto, meglio rimanere ucciso sotto i colpi di una pistola quella mattina che portarsi dentro quel ricordo per il resto della vita.

Avevano continuato a parlare, entrando e uscendo da questi argomenti tormentosi, soppesando il gesto e le sue conseguenze, rivivendo le ore che Sachs aveva passato in macchina, la scena di Fanny a Brooklyn, la notte trascorsa nel bosco, in cui era passato per lo stesso posto tre o quattro volte, entrambi incapaci di dormire e poi, nel bel mezzo della conversazione, tutto era finito. Sachs aveva aperto la borsa da bowling per mostrare a Maria quello che aveva trovato nel bagagliaio della macchina, e in cima ai soldi c'era il passaporto. Sachs lo aveva tirato fuori e lo aveva porto a Maria insistendo che ci desse un'occhiata, deciso a dimostrare che lo sconosciuto era stato una persona in carne e ossa – un uomo con un nome, un'età, un luogo di nascita. Così tutto diventava più concreto, le aveva detto. Se non avesse avuto un nome sarebbe stato possibile considerare quell'uomo un mostro, immaginare che si era meritato di morire, ma il passaporto lo smitizzava, dimostrava che era un uomo come tanti. Quelle pagine contenevano i suoi dati personali, l'abbozzo di una vita reale. E poi la sua foto. Fatto incredibile, nella fotografia l'uomo *sorrideva.* Come Sachs aveva detto a Maria mentre le metteva il passaporto in mano, era convinto che quel sorriso lo avrebbe annientato. Per quanto si potesse allontanare dai fatti di quella mattina, non sarebbe mai riuscito a sfuggire a quel sorriso.

Quindi Maria aveva aperto il passaporto, già pensando a cosa dire a Sachs, già cercando qualche parola che lo avrebbe rassicurato, e aveva gettato un'occhiata alla foto. Poi l'aveva riguardata, muovendo gli occhi avanti e indietro tra il nome e la fotografia, e di punto in bianco (come mi riferì lei l'anno scorso) aveva avuto la sensazione che la testa le stesse per scoppiare. Le esatte parole che utilizzò per descrivere ciò che accadde furono queste: « Ebbi la sensazione che la testa mi stesse per scoppiare ».

Sachs le aveva domandato se c'era qualche problema. Aveva notato il cambiamento di espressione del suo viso e non riusciva a capirne il motivo.

« Oh, Cristo! » aveva esclamato Maria.

« Ti senti bene? »

« È uno scherzo, vero? È uno stupido scherzo, vero? »

« Non capisco. »

« Reed Dimaggio. Questa è una foto di Reed Dimaggio. »

« Così c'è scritto. Però non so se è il suo vero nome. »

« Lo conosco. »

« Cosa? »

« Lo conosco. Era il marito della mia migliore amica. Sono stata al loro matrimonio. Hanno dato il mio nome alla loro bambina. »

« Reed Dimaggio. »

« Di Reed Dimaggio ce n'è uno solo. E questa è la sua foto. La sto guardando proprio in questo momento. »

« Non è possibile. »

« Credi che mi sia inventata tutto? »

« Quell'uomo era un killer. Ha ucciso un ragazzo a sangue freddo. »

« Non m'importa. Lo conoscevo. Era sposato con la mia amica Lillian Stern. E se non fosse stato per me non si sarebbero mai conosciuti. »

Ormai era quasi l'alba, ma avevano continuato a parlare ancora per diverse ore, rimanendo alzati fino alle nove o alle dieci, intanto che Maria raccontava la storia della sua amicizia con Lillian Stern. Sachs, che era stato sul punto di crollare fisicamente dalla stanchezza, si era ripreso e si rifiutava di andare a dormire finché lei non avesse finito il suo racconto. Aveva così saputo dei vecchi tempi in cui Maria e Lillian vivevano in Massachusetts, di quando si erano trasferite a New York dopo il liceo, del lungo periodo in cui si erano perse di vista, del loro incontro insperato nell'ingresso del palazzo di Lillian. Maria si era diffusa sulla saga della rubrica, aveva tirato fuori le fotografie che aveva scattato a Lillian e le aveva sparse sul pavimento per fargliele vedere, gli aveva parlato dell'esperimento che avevano fatto scambiandosi le identità. Aveva spiegato che era stato proprio quell'episodio la causa diretta dell'incontro tra Lillian e Dimaggio e dell'idillio tempestoso che ne era seguito. Personalmente, Maria non era mai riuscita a conoscerlo bene, e tranne il fatto che le era simpatico, non era in grado di raccontare granché sul suo conto. Le erano rimasti impressi solo alcuni dettagli sparsi. Ricordava che aveva combattuto in Vietnam, ma non sapeva dire se come soldato di leva oppure come volontario. Comunque, doveva essere stato congedato all'inizio degli anni Settanta, dato che era sicura che aveva studiato all'università con la borsa di studio per i reduci, e quando Lillian lo aveva conosciuto nel 1976, era già laureato in Lettere ed era in procinto di partire per Berkeley per perfezionarsi in storia americana. Maria lo aveva visto soltanto cinque o sei volte in tutto, e diversi di quegli incontri avevano avuto luogo all'inizio, quando lui e Lillian si stavano innamorando. Il mese seguente Lillian era partita con lui per la California, e da allora Maria lo aveva visto soltanto in due occasioni: al loro matrimonio, nel '77, e nell'81, dopo la nascita della figlia. Il matrimonio era fallito nell'84. Prima della rottura Lillian aveva parlato con Maria diverse volte, ma poi i loro contatti si erano fatti irregolari, e gli intervalli tra una telefonata e l'altra sempre più lunghi.

Non aveva mai notato alcun segno di crudeltà in Dimaggio, aveva detto, niente che potesse far pensare che era capace di fare del male a qualcuno – tantomeno di uccidere a sangue freddo uno sconosciuto. Non era un criminale. Era uno studioso, un intellettuale, un insegnante e a Berkeley aveva condotto una vita alquanto noiosa insieme a Lillian. Insegnava come assistente all'università e intanto si preparava per il dottorato; studiava recitazione, aveva diversi lavori part-time e recitava in spettacoli allestiti dal teatro locale e in film realizzati dagli studenti. I risparmi di Lillian li avevano aiutati a tirare avanti per il primo paio di anni, ma poi i soldi erano diventati pochi e sempre più spesso avevano avuto difficoltà a sbarcare il lunario. Di certo non era la vita di un criminale, aveva commentato Maria.

E, a quel che poteva immaginare, non era neanche la vita che la sua amica avrebbe scelto per sé. Dopo gli anni sfrenati di New York, le sembrava strano che Lillian avesse scelto di sistemarsi con un tipo come Dimaggio. Ma all'epoca già cominciava a pensare di lasciare New York e le circostanze del loro incontro erano così straordinarie (così «estatiche», per usare la definizione di Maria) che l'idea di fuggire con lui le doveva essere sembrata irresistibile – non tanto una scelta quanto la mano del destino. Berkeley, è vero, non era Hollywood, ma d'altro canto Dimaggio era tutt'altro che un topo di biblioteca piccolo e curvo con gli occhiali di metallo e il petto incavato. Era un giovanotto forte e bello, e quanto ad attrazione fisica non dovevano esserci stati problemi. E, fatto non trascurabile, era più intelligente degli uomini che Lillian aveva conosciuto fino ad allora: parlava meglio ed era informatissimo, e aveva ogni genere di opinioni d'effetto su qualsiasi argomento. Sicuramente Lillian, che non aveva letto più di due o tre libri in tutta la sua vita, era stata soggiogata da lui. Secondo Maria, probabilmente Lillian immaginava che Dimaggio l'avrebbe trasformata, che bastava conoscerlo per essere tirata fuori dalla mediocrità e aiutata a diventare qualcuno. Comunque, diventare una diva del cinema era solo un sogno infantile. Forse aveva la bellezza, e forse aveva anche il talento – ma, come Maria aveva spiegato a Sachs, Lillian era di gran lunga troppo pigra per farcela, troppo impulsiva per tener duro e concentrarsi, troppo poco ambiziosa. Quando le aveva chiesto un consiglio, Maria le aveva detto chiaro e tondo di dimenticare il cinema e di tenersi stretto Dimaggio. Se era disposto a sposarla, doveva cogliere l'occasione al volo. E Lillian aveva fatto proprio così.

A quel che ne sapeva Maria, il matrimonio sembrava riuscito. In ogni caso Lillian non si era mai lamentata e, benché Maria avesse cominciato ad avere qualche dubbio dopo essere andata a trovarli in California nell'81 (Dimaggio le era sembrato scontroso e arrogante, del tutto privo di senso dell'umorismo), aveva dato la colpa alle prime agitazioni della paternità e si era tenuta i suoi pensieri per sé. Due anni e mezzo dopo, quando Lillian le aveva telefonato per annunciarle che si stavano per separare, Maria era rimasta sorpresa. Lillian aveva affermato che Dimaggio aveva un'altra, ma poi, dopo aver ripreso fiato, aveva accennato qualcosa a proposito del suo passato che «la stava raggiungendo». Maria aveva sempre pensato che Lillian avesse parlato a Dimaggio della vita che aveva fatto a New York, ma evidentemente non si era mai decisa a farlo, e una volta che si erano trasferiti in California, aveva deciso che sarebbe stato meglio per entrambi se non fosse venuto a saperlo. Una sera, mentre stavano cenando in un ristorante di San Francisco, il caso aveva voluto che un suo ex cliente fosse seduto al tavolo accanto. L'uomo era ubriaco e, dopo che Lillian si era rifiutata di rispondere ai suoi sguardi insistenti, ai suoi sorrisi e ai suoi cenni sgradevoli, si era alzato e aveva fatto dei commenti offensivi ad alta voce, spiattellando il suo segreto proprio davanti al marito. Secondo quanto aveva detto a Maria, una volta tornati a casa Dimaggio era andato su tutte le furie. L'aveva spinta in terra, presa a calci, aveva scaraventato pentole e padelle contro il muro gridandole «puttana» a squarciagola. Se la bambina non si fosse svegliata, aveva raccontato, con tutta probabilità l'avrebbe uccisa. Comunque, l'indomani, quando aveva parlato di nuovo con Maria, Lillian non aveva fatto alcun accenno all'incidente. Stavolta la sua versione era che Dimaggio « si comportava in modo strano con lei », che bazzicava « un gruppo di radicali idioti » ed era diventato un « verme ». Così, alla fine si era stufata e lo aveva buttato fuori di casa. Con questa facevano tre versioni diverse, aveva detto Maria, un tipico esempio del rapporto che Lillian aveva con la realtà. Forse una delle versioni era vera – ma, d'altro canto, era altrettanto probabile che fossero false tutte e tre. Con Lillian non si poteva mai sapere, aveva spiegato a Sachs. Per quel che ne sapeva lei, poteva anche darsi che Lillian fosse stata infedele a Dimaggio e che lui l'avesse lasciata. Poteva essere così semplice. Ma, d'altra parte, poteva anche non esserlo.

Non avevano mai divorziato ufficialmente. Dimaggio, che si era specializzato nell'82, nell'ultimo paio d'anni aveva insegnato in una piccola università privata di Oakland. Dopo la rottura definitiva con Lillian (nell'autunno dell'84) si era trasferito in un monolocale nel centro di Berkeley. Per i nove mesi successivi ogni sabato era passato a casa di Lillian a prendere la piccola Maria per trascorrere la giornata con lei. Arrivava sempre puntuale alle dieci del mattino e la riportava alle otto di sera. Poi, dopo quasi un anno di questa routine, un giorno non si era presentato. Non aveva addotto una scusa, né una parola di spiegazione. Nei due giorni seguenti Lillian gli aveva telefonato a casa diverse volte ma non le aveva risposto nessuno. Il lunedì aveva cercato di rintracciarlo al lavoro e poiché nessuno rispondeva al telefono del suo ufficio, aveva rifatto il numero chiedendo di parlare con la segretaria del dipartimento di storia. Era stato soltanto allora che aveva appreso che Dimaggio aveva lasciato il suo posto al college. Appena la settimana prima, l'aveva informata la segretaria, il giorno in cui aveva consegnato i voti finali del semestre accademico. Aveva detto al preside di aver ottenuto un posto di ruolo a Cornell, ma quando Lillian aveva chiamato il dipartimento di storia di Cornell nessuno lo aveva mai sentito nominare. Da allora non lo aveva mai più rivisto. Nei due anni successivi era stato come se fosse sparito dalla faccia della terra. Non le aveva scritto, non le aveva telefonato, non aveva fatto nemmeno un tentativo di mettersi in contatto con la figlia. Fino a quando si era materializzato nei boschi del Vermont il giorno della sua morte, la storia di quei due anni era rimasta un mistero fitto.

Frattanto Lillian e Maria avevano continuato a sentirsi per telefono. A un mese dalla scomparsa di Dimaggio, Maria aveva suggerito a Lillian di fare la valigia e di raggiungerla a New York insieme alla piccola Maria. Si era perfino offerta di pagarle il biglietto, ma considerata la situazione disperata di Lillian di quel momento, avevano concordato che era meglio utilizzare quei soldi per pagare i conti. Così Maria aveva telegrafato a Lillian un prestito di tremila dollari (fino all'ultimo centesimo che si poteva permettere), e il viaggio era stato rimandato a data da destinarsi. A distanza di due anni, non lo aveva ancora fatto. Maria continuava ad accarezzare l'idea di andare in California a passare un paio di settimane con Lillian, ma non sembrava mai il momento buono, e a mala pena riusciva a stare alla pari col lavoro. Passato il primo anno, avevano cominciato a sentirsi più di rado. A un certo punto Maria le aveva spedito altri millecinquecento dollari, ma ormai erano passati quattro mesi dalla loro ultima telefonata e aveva il sospetto che Lillian fosse ridotta molto male. Era un gran brutto modo di trattare un'amica, aveva detto, scoppiando improvvisamente a piangere di nuovo. Non sapeva neanche più cosa facesse Lillian, e ora, con quella disgrazia, si rendeva conto di essere stata una grande egoista, di averla piantata in asso con una brutalità indicibile.

Un quarto d'ora dopo, Sachs si era disteso sul divano dello studio di Maria e si era addormentato. Era riuscito a cedere alla stanchezza perché aveva già escogitato un piano, perché non aveva più dubbi sul suo passo successivo. Dopo che Maria gli aveva raccontato di Dimaggio e di Lillian Stern, aveva capito che quella coincidenza da incubo in realtà costituiva una soluzione, un'occasione sotto forma di miracolo. L'essenziale era accettare la misteriosità dell'avvenimento – di accoglierla anziché negarla, di infondersene come fosse una forza nutriente. Là dove prima tutto gli appariva oscuro, ora vedeva una chiarezza bella e solenne. Sarebbe andato in California e avrebbe dato i soldi che aveva trovato nella macchina di Dimaggio a Lillian Stern. Non solo i soldi in quanto tali, ma come segno di tutto quello che aveva da dare, di tutta la sua anima. Era l'alchimia del castigo a esigerlo e, una volta compiuto quel gesto, forse avrebbe avuto qualche scusa per continuare a vivere. Dimaggio aveva tolto una vita; lui aveva tolto la vita a Dimaggio. Ora toccava a lui, ora era la sua vita che doveva essergli tolta. Quella era la legge segreta e, a meno che non avesse trovato il coraggio di annientare se stesso, il cerchio della dannazione non si sarebbe mai chiuso. Per quanto avrebbe potuto vivere a lungo, la sua vita non gli sarebbe appartenuta mai più. Consegnando il denaro a Lillian Stern si sarebbe messo nelle sue mani. Questa sarebbe stata la sua penitenza: usare la sua vita per dare vita a un'altra persona; confessare, mettere tutto in gioco per un folle sogno di clemenza e di perdono.

Non aveva parlato di nessuna di queste cose con Maria. Temeva che non lo avrebbe capito, tremava al pensiero di confonderla, di farla preoccupare ancora di più. Tuttavia, aveva rimandato il più possibile la partenza. Il suo corpo aveva bisogno di riposo, e poiché Maria non aveva nessuna fretta di sbarazzarsi di lui, aveva finito col fermarsi da lei per altri tre giorni. Per tutto quel tempo non aveva mai messo piede fuori dal suo loft. Maria gli aveva comprato dei vestiti nuovi, aveva fatto la spesa e cucinato per lui, lo aveva rifornito di giornali ogni mattina e ogni pomeriggio. Oltre a leggere i giornali e a guardare il telegiornale, Sachs non faceva praticamente niente. Dormiva. Guardava con occhi imbambolati fuori dalla finestra. Pensava all'immensità della paura.

Il secondo giorno un articoletto sul « New York Times » annunciava la scoperta di due cadaveri nel Vermont. Era stato così che Sachs aveva saputo che il cognome di Dwight era McMartin, ma il pezzo era troppo vago per dare dettagli sull'inchiesta in corso. Quello stesso pomeriggio lesse sul « New York Post » un altro articolo di cronaca che dava risalto al grande sconcerto delle autorità locali davanti al fatto. Non faceva però alcun accenno a un terzo uomo, a una Toyota bianca abbandonata a Brooklyn, a qualsiasi elemento che potesse collegare Dimaggio a McMartin. Il titolo annunciava: MISTERO NELLE FORESTE DEL NORD. Quella sera nella cronaca interna una delle reti televisive aveva dato spazio alla notizia, ma oltre a una breve intervista di cattivo gusto ai genitori di McMartin (la madre piangente davanti alla telecamera, il padre impietrito e severo) e a un'inquadratura della casa di Lillian Stern (« Mrs. Dimaggio si è rifiutata di rilasciare interviste »), non riportava sviluppi di rilievo. Un portavoce della polizia aveva dichiarato che il guanto di paraffina aveva dimostrato che Dimaggio aveva sparato con la pistola che aveva ucciso McMartin, ma che la morte di Dimaggio rimaneva ancora senza una spiegazione. Chiaramente nel fatto era implicato un terzo uomo, aveva soggiunto, ma ignoravano ancora sia la sua identità sia dove fosse andato. Sotto ogni aspetto il caso era un enigma.

Per tutto il tempo che Sachs aveva trascorso da Maria, quest'ultima aveva chiamato in continuazione il numero di Lillian Stern a Berkeley. All'inizio non aveva risposto nessuno. Poi, riprovando dopo un'ora, aveva trovato occupato. Dopo aver tentato ripetute volte aveva chiamato il centralino per chiedere se per caso la linea fosse guasta. No, le era stato risposto, il telefono risultava staccato. Quando, la sera seguente, era andato in onda il servizio, il segnale di occupato era diventato comprensibile. Lillian si stava proteggendo dai giornalisti, e per il resto del soggiorno di Sachs a New York, Maria non era riuscita a parlarle. Alla lunga, forse era stato meglio meglio così. Per quanto avesse bisogno di parlare alla sua amica, Maria avrebbe avuto grandi difficoltà a raccontarle ciò che sapeva: che l'assassino di Dimaggio era un suo amico, che in quel momento era lì, accanto a lei. La situazione era già abbastanza terribile di per sé, figurarsi dover cercare anche le parole per spiegare quel fatto. D'altro canto, però, per Sachs sarebbe stato utile se prima della sua partenza Maria fosse riuscita a parlare con Lillian. Avrebbe trovato la strada spianata, per così dire, e le sue prime ore in California sarebbero state molto meno difficili. Ma come faceva a saperlo Maria? Sachs non le aveva detto niente del suo progetto e, a parte il breve biglietto di ringraziamento che aveva lasciato sul tavolo della cucina il terzo giorno mentre Maria era uscita a fare la spesa per la cena, non l'aveva nemmeno salutata. Lo imbarazzava doversi comportare così, ma sapeva che Maria non lo avrebbe lasciato andare senza una spiegazione, e l'ultima cosa che avrebbe fatto era mentirle. Perciò, appena era uscita a fare la spesa, Sachs aveva raccolto le poprie cose ed era sceso in istrada. Il suo bagaglio consisteva nella borsa da bowling e in un sacchetto di plastica (in cui aveva infilato l'occorrente per radersi, lo spazzolino da denti e i pochi capi d'abbigliamento che Maria gli aveva procurato). Aveva raggiunto a piedi Broadway Ovest, aveva fermato un taxi e aveva chiesto all'autista di portarlo all'aeroporto Kennedy. Due ore dopo era salito su un aereo diretto a San Francisco.

Lillian Stern abitava in una piccola casa dall'intonaco rosa nella zona pianeggiante di Berkeley, un quartiere povero punteggiato di prati arruffati, facciate scrostate e marciapiedi pieni di erbacce. Sachs fermò la Plymouth che aveva preso a noleggio poco dopo le dieci del mattino, ma quando suonò alla porta nessuno venne ad aprirgli. Era a Berkeley per la prima volta, ma piuttosto che andare a esplorare la città e poi tornare più tardi, si piazzò sulle scale davanti alla porta d'ingresso in attesa che Lillian Stern rientrasse. L'aria vibrava di un'insolita fragranza. Mentre sfogliava una copia del « San Francisco Chronicle », sentì l'odore dei cespugli di jacaranda, del caprifoglio, degli eucalipti, della sorprendente California nel suo eterno rigoglio. Non gli importava quanto sarebbe dovuto rimanere seduto ad aspettare. Ormai, parlare con quella donna era diventato l'unico scopo della sua vita, e finché non lo avesse fatto per lui sarebbe stato come se il tempo si fosse fermato, come se nulla potesse esistere all'infuori dell'ansia dell'attesa. Dieci minuti o dieci ore, si disse: purché fosse arrivata, sarebbe stato lo stesso.

Sul « Chronicle » di quella mattina c'era un articolo su Dimaggio, e Sachs notò che era più lungo e più completo di tutto quello che aveva letto a New York. Secondo le fonti locali, Dimaggio aveva avuto a che fare con un gruppo ecologista di sinistra, una piccola banda di uomini e donne votata a far chiudere le centrali nucleari, le industrie del legname e altri 'saccheggiatori della terra'. L'articolo ipotizzava che all'ora della morte Dimaggio fosse in missione per conto del gruppo, un'accusa, questa, negata a spada tratta dal presidente del capitolo di Berkeley dei Figli del Pianeta, il quale sosteneva che la sua organizzazione era ideologicamente contraria a ogni forma di protesta violenta. Il giornalista poi passava a insinuare che Dimaggio stesse agendo di propria iniziativa: un membro rinnegato dei Figli che aveva dissentito dal gruppo in materia di tattica. Nessuna di queste illazioni era fondata, ma Sachs rimase molto colpito leggendo che Dimaggio non era stato un criminale ordinario, ma tutt'altro: un folle idealista, un uomo che credeva in una causa, una persona che sognava di cambiare il mondo. Ma questo non cancellava il fatto che avesse ucciso un ragazzo innocente, anzi, in un certo senso lo peggiorava. Dimaggio e Sachs avevano sostenuto le stesse idee. In un altro momento e in un altro luogo avrebbero addirittura potuto essere amici.

Sachs passò un'ora a leggere il giornale, poi lo gettò via e si mise a fissare la strada. Decine di macchine passarono davanti alla casa, ma gli unici pedoni erano persone o molto anziane oppure molto giovani: bambini con le madri, un vegliardo di colore che avanzava pianissimo aiutandosi con un bastone, un'asiatica canuta con un deambulatore di alluminio. All'una Sachs abbandonò momentaneamente la sua postazione per andare a cercarsi qualcosa da mangiare, ma tornò nel giro di venti minuti e consumò il suo pranzo da fast-food sui gradini. Dava per certo che sarebbe tornata intorno alle cinque e mezzo, sei, nella speranza che fosse andata al lavoro da qualche parte, impegnata a svolgere il suo dovere come sempre, continuando a osservare i ritmi della sua solita routine. Ma la sua era solo una supposizione. Non sapeva se Lillian Stern avesse un lavoro e anche se ne aveva uno, non era assolutamente sicuro che fosse ancora in città. Se la donna era sparita, il suo piano si sarebbe rivelato vano, eppure l'unico modo in cui poteva scoprirlo era rimanendo seduto dov'era. Nelle ultime ore del pomeriggio fu tormentato dall'agitazione dell'attesa, e guardò le nuvole oscurarsi nel cielo via via che il crepuscolo si trasformava in notte. Le cinque diventarono le sei, e le sei le sette, e da quel momento in poi l'unica cosa che gli rimaneva da fare era non sentirsi scottato dalla delusione. Alle sette e mezzo andò di nuovo a prendersi qualcosa da mangiare, ma ritornò alla casa e continuò ad aspettare. Magari era andata in qualche ristorante a cena, si disse, oppure a trovare degli amici, o poteva essere impegnata in svariate altre faccende che avrebbbero spiegato la sua assenza. E posto che fosse rientrata, era importantissimo che lui si trovasse lì. Se non le avesse parlato prima che mettesse piede in casa, avrebbe potuto perdere una volta per tutte la sua occasione.

Tuttavia, quando infine Lillian Stern apparve, Sachs fu colto di sorpresa. La mezzanotte era passata da pochi minuti e poiché ormai non l'aspettava più, aveva lasciato che la sua vigilanza si allentasse. Con una spalla poggiata contro l'inferriata di ghisa, gli si erano chiusi gli occhi, e stava per addormentarsi quando il suono del motore di una macchina al minimo lo scosse. Aprì gli occhi e vide un'automobile ferma dall'altra parte della strada. Un istante dopo il motore tacque e i fari si spensero. Ancora incerto se si trattasse di Lillian Stern oppure no, Sachs si alzò lentamente e guardò dall'alto dei gradini – con il cuore che gli batteva all'impazzata, il sangue che gli ronzava nel cervello.

Gli venne incontro con una bambina addormentata in braccio, senza quasi darsi la pena di guardare la casa mentre attraversava la strada. Sachs la udì bisbigliare qualcosa all'orecchio della bambina, ma non riuscì a udire le sue parole. Sachs si rese conto di essere poco più di un'ombra, una sagoma invisibile nascosta nell'oscurità, e quando avrebbe aperto la bocca per parlarle la donna si sarebbe spaventata a morte. Esitò per diversi secondi. Poi, prima ancora di riuscire a distinguere il suo viso, finalmente si lanciò, rompendo il silenzio nel momento in cui lei arrivò a metà del vialetto d'accesso.

« Lillian Stern? » le domandò. Nello stesso istante in cui udì le proprie parole, capì che la sua voce lo aveva tradito. Voleva che quella domanda le comunicasse un certo calore, una certa benevolenza, e invece l'aveva pronunciata con imbarazzo, con un tono teso e belligerante, come se avesse intenzione di farle del male.

Udì un breve suono di raccapriccio sfuggire dalla gola della donna. Quindi la vide fermarsi di scatto e sistemarsi la bambina tra le braccia. Infine gli rispose con una voce sommessa, che ribolliva di rabbia e di frustrazione: « Vai a farti fottere lontano da casa mia, bello. Non intendo parlare con nessuno ».

« Voglio solo scambiare due parole con te », disse Sachs, comiciando a scendere i gradini. Agitò avanti e indietro le mani aperte in segno di diniego, come per dimostrare che era venuto con intenzioni pacifiche. « È dalle dieci di stamani che ti sto aspettando qui. Devo parlarti. È molto importante. »

« Niente giornalisti. Non voglio parlare con nessun giornalista. »

« Non sono un giornalista. Sono un amico. Non sei obbligata a dirmi nemmeno una parola, se non vuoi. Ti chiedo soltanto di ascoltare. »

« Non ti credo. Sei solo un altro di quegli schifosi testa di cazzo. »

« No, ti sbagli. Sono un amico. Sono un amico di Maria Turner. È stata lei a darmi il tuo indirizzo. »

« Maria? » domandò la donna. All'improvviso la sua voce si fece inconfondibilmente più dolce. « Tu conosci Maria? »

« La conosco molto bene. Se non mi credi, entra in casa e chiamala. Io aspetterò qui finché non avrai finito. »

Sachs era arrivato in fondo ai gradini e la donna riprese a dirigersi verso di lui, quasi fosse libera di muoversi ora che era stato fatto il nome di Maria. Erano in piedi sul vialetto lastricato a meno di mezzo metro l'uno dall'altra, e per la prima volta da quando era arrivata Sachs riuscì a scorgere i suoi lineamenti. Vide lo stesso viso singolare che aveva visto nelle fotografie a casa di Maria, gli stessi occhi scuri, lo stesso collo, gli stessi capelli corti, le stesse labbra carnose. Era più alto di lei di quasi trenta centimetri, e abbassando gli occhi per guardarla, la testa della bambina poggiata contro la sua spalla, si rese conto che, a dispetto delle foto, non si aspettava che fosse tanto bella.

« Ma chi cazzo sei? »

«Mi chiamo Benjamin Sachs.»
«E cosa vuoi da me, Benjamin Sachs? Che ci fai qui, davanti a casa mia nel cuore della notte?»
«Maria ha cercato di mettersi in contatto con te. Ti ha telefonato per giorni di seguito e, visto che non è riuscita a trovarti, ho deciso di venire di persona.»
«Nientemeno che da New York?»
«Non avevo altra scelta.»
«E si può sapere perché hai preso questa decisione?»
«Perché ho una cosa importante da dirti.»
«Qualcosa mi dice che non si tratta di una notizia piacevole. In questo momento di tutto ho bisogno tranne che di un'altra brutta notizia.»
«Non è una brutta notizia. Può darsi che sia strana, incredibile, perfino, ma decisamente non è brutta. Per quanto ti riguarda, è bellissima. Stupefacente, addirittura. Tutta la tua vita sta per cambiare in meglio.»
«Sei molto sicuro di te, non è vero?»
«Solo perché so di cosa sto parlando.»
«E non puoi aspettare fino a domani mattina?»
«No, devo parlarti adesso. Dammi solo mezz'ora, e poi ti lascerò in pace. Te lo prometto.»
Senza aggiungere una parola, Lillian Stern tirò fuori un mazzo di chiavi dalla tasca della giacca, salì i gradini e aprì la porta della casa. Sachs la seguì oltre la soglia ed entrò nell'ingresso buio. Niente stava andando come aveva immaginato, e anche dopo che la luce era stata accesa, anche dopo averla guardata mentre portava la figlia di sopra per metterla a letto, si chiese come avrebbe trovato il coraggio di parlarle, di rivelarle il motivo per cui aveva fatto tremila miglia.
La udì chiudere la porta della camera da letto della figlia, ma anziché tornare giù, andò in un'altra stanza e usò il telefono. La sentì distintamente comporre un numero ma poi, proprio quando pronunciò il nome di Maria, la porta fu sbattuta ed egli non riuscì a sentire la conversazione che seguì. La voce di Lillian filtrava attraverso il soffitto sotto forma di un mormorio indistinto, di un borbottio irregolare fatto di sospiri e di pause e di scatti soffocati. Benché volesse assolutamente sape-

re cosa stava dicendo, il suo udito non era abbastanza acuto, e dopo uno o due minuti si diede per vinto. Più la conversazione si prolungava e più Sachs s'innervosiva. Non sapendo cos'altro fare, si allontanò dalle scale e cominciò a entrare e uscire senza meta dalle stanze del pianterreno. Ce n'erano appena tre, e in tutte regnava un miserabile disordine. Piatti sporchi formavano un'alta pila nel lavello della cucina; il soggiorno era un caos di cuscini sparsi, sedie rovesciate e portacenere pieni fino all'orlo; il tavolo da pranzo era crollato. A una a una Sachs accese le luci e poi le spense di nuovo. Si rese conto che era un posto squallido, una casa in cui regnavano l'infelicità e i pensieri tristi, e il solo guardarla lo riempiva di stupore.

La conversazione telefonica durò altri quindici, venti minuti. Quando sentì Lillian riagganciare tornò nell'ingresso, ad aspettarla in piedi in fondo alle scale. La vide scendere con un'espressione torva e scontrosa e, dal lieve tremore che scorse sul suo labbro inferiore, dedusse che aveva pianto. Non indossava più la giacca di prima e aveva sostituito il vestito con un paio di jeans neri e una maglietta bianca. Era scalza, notò, e aveva le unghie dei piedi smaltate di un rosso acceso. Anche se la fissò insistentemente mentre scendeva le scale, Lillian si rifiutò di restituirgli lo sguardo. Quando arrivò in fondo, Sachs si scostò per lasciarla passare e fu soltanto allora, quando era quasi arrivata in cucina, che si fermò e si voltò verso di lui, rivolgendogli la parola da sopra la spalla sinistra.

«Maria ti manda i suoi saluti» disse. «E ha anche detto che non capisce cosa tu ci faccia qui.»

Senza aspettare una risposta entrò in cucina. Sachs non riusciva a capire se voleva che la seguisse oppure che rimanesse dov'era, ma decise di entrare lo stesso. Lei accese la luce del soffitto, brontolò sottovoce tra sé vedendo lo stato in cui era ridotta la cucina, quindi gli voltò le spalle e aprì una credenza. Tirò fuori una bottiglia di Johnnie Walker, trovò un bicchiere vuoto in un'altra credenza e si versò da bere. Sarebbe stato impossibile non notare l'ostilità celata in quel gesto. Non gli offrì da bere né lo invitò a sedersi, e all'improvviso Sachs si rese conto che rischiava di perdere il controllo della situazione. Dopo tutto, il gioco lo conduceva lui, e ora invece eccolo lì insieme alla donna, inspiegabilmente vacillante e muto, incerto su come cominciare.

Lillian Stern prese un sorso del drink e gli lanciò un'occhiata dall'altro capo della stanza. « Maria ha detto che non capisce cosa tu ci faccia qui » ripeté. La sua voce era roca e inespressiva, eppure proprio quel tono piatto comunicava scherno, uno scherno che rasentava il disprezzo.

« Già », disse Sachs, « non le do tutti i torti. »

« Se hai qualcosa da dirmi, è meglio che parli subito. E dopo voglio che te ne vada. Mi hai capito? Devi uscire di qui e andartene. »

« Non ti darò alcun fastidio. »

« Niente mi impedisce di chiamare la polizia, sai. Non devo fare altro che alzare il ricevitore del telefono, e la tua vita se ne va diritta in malora. Mi dici su quale cazzo di pianeta sei nato? Hai ucciso mio marito e poi vieni quaggiù e ti aspetti che io ti tratti con gentilezza? »

« Non gli ho sparato. In vita mia non ho mai impugnato una pistola. »

« Non voglio sapere cosa hai fatto. Non mi riguarda. »

« Sì, invece. Ti riguarda molto da vicino. Ci riguarda entrambi molto da vicino. »

« Vuoi che ti perdoni, è così? Sei venuto per questo. Per prostrarti ai miei piedi e implorarmi di perdonarti. Be', non mi interessa. Perdonare la gente non è affar mio. Non è il mio campo. »

« Il padre di tua figlia è morto, e tu mi vieni a dire che non te ne importa? »

« Ti sto dicendo che non sono affari tuoi. »

« Maria non ha accennato ai soldi? »

« Quali soldi? »

« Non ti ha spiegato? »

« Non so di che stai parlando. »

« Ho dei soldi per te. Sono venuto per questo. Per darti i soldi. »

« Non voglio i tuoi soldi. Non voglio un accidenti di niente da te. Voglio solo che tu te ne vada. »

« Mi respingi prima ancora di sentire quello che ho da dire. »

«Perché non mi fido di te. Tu vuoi qualcosa, e io non so cos'è. Nessuno dà dei soldi senza avere nulla in cambio.»

«Non mi conosci, Lillian. Non hai la più pallida idea di quello che ho in mente di fare.»

«Ho saputo abbastanza. Ho saputo abbastanza per capire che non mi piaci.»

«Non sono venuto qui per piacerti. Sono venuto per aiutarti, tutto qui, e quello che pensi di me non ha alcuna importanza.»

«Ma lo sai che sei pazzo? Parli proprio come un pazzo.»

«L'unica cosa pazza qui sarebbe se tu negassi quello che è successo. Io ti ho tolto qualcosa e ora sono qui per restituirti qualcosa. È semplice, no? Non sono stato io a sceglierti. Sono state le circostanze a farti capitare sulla mia strada e ora devo rispondere della mia parte dell'accordo.»

«Cominci a parlare come Reed. Un figlio di puttana con la lingua sciolta, e tutto gonfio di stupide argomentazioni e teorie. Ma non attacca, professore. Non esiste nessun accordo. Ti sei inventato tutto, e io non ti devo un bel niente.»

«Esatto. Hai ragione. Sono io che devo qualcosa a te.»

«Balle!»

«Se i miei motivi non ti interessano, allora non badarci. Però accetta i soldi. Se non per te stessa, almeno per tua figlia. Non ti chiedo niente. Voglio solo che tu li accetti.»

«E poi?»

«E poi niente.»

«Sarò in debito con te, non è così? È questo che vuoi farmi pensare. Una volta che avrò preso i tuoi soldi, ti sentirai il mio padrone.»

«Il tuo padrone?» esclamò Sachs, cedendo improvvisamente all'esasperazione. «Il tuo padrone? Ma se nemmeno mi *piaci*! Visto il modo in cui mi hai trattato stasera, meno ho a che fare con te e meglio è.»

A quel punto, senza il minimo preavviso, Lillian abbozzò un sorriso. Era un'interruzione spontanea, una reazione del tutto involontaria alla guerra di nervi che si era venuta a creare tra di loro. Anche se non durò più di un secondo o due, Sachs si sentì incoraggiato. Percepiva che era stato comunicato qualcosa, che si era instaurato un tenue rapporto di qualche sorta e anche se non riusciva a capire cos'era, avvertiva che l'atmosfera era cambiata.

Da quel momento in poi non sprecò tempo. Afferrando l'occasione che gli si era appena presentata, le disse di rimanere dov'era, poi uscì dalla cucina e andò a prendere i soldi in macchina. Era inutile cercare di spiegarle. Era arrivato il momento di presentare le prove, di eliminare le astrazioni e lasciare che i soldi parlassero da sé. Era l'unica maniera per riuscire a essere creduto: farglieli toccare, farglieli vedere coi propri occhi.

Ma ormai tutto era diventato complicato. Adesso che aveva aperto il bagagliaio della macchina e stava guardando di nuovo la borsa, esitò a seguire il proprio impulso. Fin dal primo momento aveva immaginato di darle i soldi tutti insieme: sarebbe entrato nella casa, le avrebbe consegnato la borsa e poi se ne sarebbe andato. Doveva essere un gesto rapido, come compiuto in sogno, un'azione che avrebbe richiesto meno di un attimo. Sarebbe piombato giù come un angelo del cielo e l'avrebbe profusa di ricchezza, e prima ancora che lei si fosse accorta della sua presenza si sarebbe dileguato. Ma ora che aveva parlato con lei, ora che si era trovato faccia a faccia con lei in cucina, capiva quanto fosse assurda quella favola. La sua animosità lo aveva spaventato e demoralizzato, e Sachs non riusciva assolutamente a prevedere cosa sarebbe successo di lì a poco. Se le avesse dato i soldi tutti in un volta avrebbe perduto anche il più piccolo vantaggio che ancora aveva su di lei. E allora tutto sarebbe stato possibile, quell'errore avrebbe potuto dare origine a una grande varietà di capovolgimenti grotteschi. Avrebbe potuto umiliarlo rifiutandosi di accettarli, per esempio. O, peggio ancora, avrebbe potuto prendere i soldi e poi girarsi dall'altra parte e chiamare la polizia. Aveva già minacciato di farlo e, data la profondità della sua rabbia e della sua diffidenza, egli non escludeva l'idea che fosse capace di tradirlo.

Invece di portare la borsa dentro casa, Sachs contò cinquanta biglietti da cento dollari, infilò i soldi nelle tasche della giacca e poi richiuse la lampo della borsa e sbatté lo sportello del bagagliaio. Non si rendeva più conto di quello che faceva. Il suo era un gesto di pura improvvisazione, un salto cieco nell'ignoto. Quando si riavviò verso la casa, scorse Lillian ferma sulla soglia, una piccola figura illuminata con le mani sui fianchi, che lo fissava con attenzione mentre trafficava nella strada silenziosa. Sapendo di avere i suoi occhi puntati addosso Sachs attraversò il prato, improvvisamente rallegrato dalla propria incertezza, dalla follia di quel che di terribile poteva essere in agguato.

Quando arrivò in cima ai gradini Lillian si spostò per farlo entrare e poi gli chiuse la porta alle spalle. Questa volta Sachs non aspettò che lo invitasse a entrare. Precedendola in cucina, raggiunse il tavolo, scostò una delle sedie di legno sgangherate e si sedette. Poco dopo Lillian gli si sedette di fronte. Nei suoi occhi non c'erano più sorrisi, né guizzi di curiosità. Aveva trasformato il proprio viso in una maschera e Sachs, guardandola in cerca di un segnale, di qualche indizio che lo aiutasse a prendere l'avvio, ebbe la sensazione di scrutare un muro. Non c'era verso di entrare in contatto con lei, di capire a cosa stava pensando. Nessuno dei due parlò. Ognuno aspettava che l'altro cominciasse, e più il silenzio di Lillian si prolungava più pareva crescere l'ostinazione con cui gli resisteva. A un certo punto, rendendosi conto che era sul punto di soffocare, che un urlo cominciava a montare nei suoi polmoni, Sachs alzò il braccio destro e con gesto calmo spinse tutto quello aveva davanti a sé sul pavimento. Piatti sporchi, tazze da caffè, portacenere e argenteria si schiantarono con un fracasso incredibile, rompendosi e schizzando sul linoleum verde. Poi fissò Lillian diritto negli occhi, ma lei si rifiutò di reagire, rimanendo seduta come se non fosse successo nulla. Per Sachs fu un momento sublime, un momento memorabile, e mentre continuavano a guardarsi Sachs quasi cominciò a tremare per la felicità, una sfrenata felicità che scaturiva dalla sua paura. Poi, con perfetto tempismo, tirò fuori i due rotoli di contanti dalle tasche, li sbatté sul tavolo e li spinse verso di lei.

«Questi sono per te» le disse. «Se li vuoi, sono tuoi.»

Lillian abbassò gli occhi e guardò i soldi per una frazione di secondo, ma senza accennare a toccarli. «Biglietti da cento dollari» disse infine. «O sono da cento solo quelli in cima?»

«Sono tutti da cento. Per un totale di cinquemila dollari.»

«Cinquemila dollari sono una bella somma. Neanche i ricchi disprezzerebbero cinquemila dollari. Ma non è una cifra che ti cambia la vita.»

«È solo l'inizio. Quello che si potrebbe chiamare un anticipo.»

«Ho capito. E che genere hai in mente?»

«Mille dollari al giorno. Mille dollari al giorno finché non ce ne saranno più.»

«E sarebbe a dire?»

«Per molto tempo. Per un tempo sufficiente da permetterti di pagare i debiti e di lasciare il tuo lavoro. Per un tempo sufficiente da darti la possibilità di andare a vivere altrove. Per un tempo sufficiente da permetterti di comprare una macchina nuova e di rinnovare il guardaroba. E quando avrai fatto tutte queste cose, te ne rimarranno ancora più di quanti tu riesca a immaginare come spendere.»

«E tu chi saresti, la mia fata buona?»

«Soltanto un uomo che paga il suo debito, nient'altro.»

«E se ti dicessi che questo sistema non mi piace? Se ti dicessi che preferisco avere i soldi tutti insieme?»

«Così prevedeva il piano originale, ma dopo che sono arrivato qui le cose sono cambiate. Adesso siamo passati al Piano B.»

«Credevo che cercassi di essere gentile con me.»

«È vero. Ma voglio anche che tu lo sia con me. Se facciamo così, abbiamo più possibilità di mantenere la situazione in equilibrio.»

«Stai dicendo che non ti fidi di me, è così?»

«Il tuo atteggiamento mi rende un po' nervoso. Sono sicuro che riesci a capire.»

«E cosa succederà mentre andrà avanti questa storia delle rate giornaliere? Ti presenterai ogni mattina a una data ora, mi consegnerai i soldi per poi svignartela, oppure pensi che ti fermerai anche a colazione?»

«Te l'ho già detto: non voglio niente da te. Prendi i soldi al netto e senza interessi, e non mi devi niente.»

«Già, be', volevo solo mettere le cose in chiaro, buffone.

Non so cosa ti ha detto Maria sul mio conto, ma la mia fica non è in vendita. Per nessuna cifra. Mi hai capito bene? Non c'è uomo che mi possa costringere ad andare a letto con lui. Scopo chi mi pare, e la fatina buona si tiene la bacchetta magica al suo posto. Mi sono spiegata? »

« Mi stai dicendo che non rientro nei tuoi programmi. E io ti ho appena detto che tu non rientri nei miei. Non vedo come la faccenda potrebbe essere più chiara di così. »

« Bene. E ora dammi un po' di tempo per riflettere. Sono stanca morta, e devo andare a dormire. »

« Non hai bisogno di riflettere. La risposta la sai già. »

« Può darsi di sì, e può darsi di no. Ma adesso non ho intenzione di continuare a parlarne. Ho avuto una giornata dura e sto per crollare. Ma giusto per dimostrarti che so essere anche molto gentile ti lascio dormire sul divano del soggiorno. Lo faccio per Maria – solo per questa volta. È notte fonda e se ti mettessi a cercare una stanza d'albergo adesso non la troveresti mai. »

« Non sei obbligata a farlo. »

« Non sono obbligata a fare niente, ma questo non significa che non posso farlo. Fermati pure, se vuoi. E se non vuoi, non fermarti. Ma faresti bene a decidere adesso perché io vado a dormire. »

« Grazie, ti sono molto riconoscente. »

« Non ringraziare me, ringrazia Maria. C'è un gran disordine in soggiorno. Se qualche cosa ti dà fastidio buttala per terra. Mi hai già dimostrato che lo sai fare. »

« Di solito non indulgo a forme di comunicazione così primitive. »

« Purché tu la smetta di comunicare con me per stasera, non m'importa di quello che succede quaggiù. Però il piano di sopra è zona vietata. Intesi? Nel comodino ho una pistola, e se qualcuno dovesse venire a curiosare so come usarla. »

« Sarebbe come uccidere la gallina dalle uova d'oro. »

« No, invece. Tu puoi anche essere la gallina, ma le uova sono da un'altra parte. Nascoste ben bene nel bagagliaio della tua macchina, ricordi? Anche se la gallina dovesse finire ammazzata, avrei sempre tutte le uova che mi servono. »

«E così siamo tornati alle minacce, eh?»

«Non credo nelle minacce. Ti sto solo chiedendo di essere gentile con me, tutto qui. Di essere molto gentile. E di non farti venire strane idee per la testa sul mio conto. Se non lo farai, forse riusciremo a metterci d'accordo. Non ti prometto niente, ma se non monti casini, chissà, magari riuscirò addirittura a non odiarti più.»

L'indomani mattina fu svegliato da un alito caldo che gli sfiorava la guancia. Quando aprì gli occhi si ritrovò a fissare in viso una bambina, una bimbetta tutta irrigidita per la concentrazione, dalla cui bocca uscivano dei respiri tremuli. Era inginocchiata accanto al divano e la sua testa era talmente vicina che le loro labbra quasi si toccavano. Dalla debolezza della luce che filtrava tra i suoi capelli, Sachs dedusse che dovevano essere appena le sei e mezzo o le sette. Aveva dormito meno di quattro ore e durante quei primi istanti in cui riaprì gli occhi si sentiva troppo intorpidito per muoversi, troppo pesante per muovere anche un solo muscolo. Aveva voglia di richiudere gli occhi, ma la bambina lo guardava con troppa insistenza, e così continuò a fissarla in viso, rendendosi a poco a poco conto che era la figlia di Lillian Stern.

«Buongiorno» disse infine la bambina, reagendo al suo sorriso come fosse un invito a parlare. «Credevo che non ti svegliavi più.»

«Sei qui da molto?»

«Più o meno da cento anni, credo. Sono scesa a cercare la mia bambola e poi ho visto te che dormivi sul divano. Sei molto lungo, lo sai?»

«Sì lo so. Sono quello che si chiama una pertica.»

«Mr. Pertica» disse la bambina assorta. «È un bel nome.»

«E scommetto che il tuo è Maria, vero?»

«Sì, per alcune persone, ma a me piace chiamarmi Rapunzel. È molto più carino, non ti pare?»

«Sì, molto più carino. E quanti anni hai, Miss Rapunzel?»

«Cinque e tre quarti.»

«Ah, cinque e tre quarti. Una bellissima età.»

« Ne compio sei a dicembre. Il mio compleanno è il giorno dopo Natale. »

« Allora ricevi regali per due giorni di fila. Devi essere una ragazzina intelligente visto che hai inventato un sistema simile. »

« C'è chi ha tutte le fortune. Così dice la mamma. »

« Se hai cinque anni e tre quarti, allora vai già a scuola, vero? »

« Vado all'asilo. Sono nella classe di Mrs. Weir. Aula centoquattro. I bambini la chiamano la strega. »

« Somiglia a una strega? »

« Veramente no. Secondo me non è abbastanza vecchia per essere una strega. Però ha un naso lunghissimo. »

« E tu non dovresti prepararti per andare all'asilo adesso? Non vorrai arrivare tardi. »

« Oggi, no, sciocco. Di sabato la scuola è chiusa. »

« Ma certo. Certe volte sono proprio sciocco, non so nemmeno che giorno è. »

Ormai era sveglio, abbastanza sveglio da sentire il bisogno di alzarsi. Domandò alla bambina se voleva fare colazione e quando gli rispose che stava morendo di fame, saltò subito giù dal divano e si infilò le scarpe, contento di avere quel piccolo compito da sbrigare. Fecero a turno per usare il bagno del piano terra, e dopo essersi vuotato la vescica e spruzzato un po' d'acqua in faccia, Sachs andò in cucina per mettersi all'opera. Entrando, la prima cosa che vide furono i cinquemila dollari – erano ancora sul tavolo, nello stesso posto in cui lui li aveva posati la sera prima. Il fatto che Lillian non li avesse portati di sopra lo sconcertava. C'era un significato nascosto in quel fatto, si domandò, oppure era semplicemente una conseguenza del comportamento negligente di Lillian? Per fortuna Maria era ancora in bagno, e quando lo raggiunse in cucina aveva già tolto i contanti dal tavolo e li aveva messi in un cassetto di una delle credenze.

La colazione ebbe una partenza incerta. Il latte che stava nel frigorifero era acido (e questo eliminava la possibilità di preparare fiocchi di cereali), e poiché sembrava esaurita anche la scorta di uova, Sachs non poteva preparare né crostini né omelette (rispettivamente la seconda e la terza scelta della bambina). Comunque, riuscì a trovare un pacco di pane integrale affettato e una volta scartate le prime quattro fette (che erano coperte da una una muffa lanugginosa e bluastra), ripiegarono su toast e marmellata di fragole. Mentre il pane si scaldava nel tostapane Sachs disseppellì dal fondo del surgelatore un barattolo di succo d'arancia congelato incrostato di brina, lo diluì in una brocca di plastica (che dovette prima lavare) e lo servì insieme alla colazione. Di caffè vero non ce n'era, ma dopo un'approfondita ricerca nelle credenze, alla fine scovò un barattolo di decaffeinato istantaneo. Mentre mandava giù quella mistura amara fece delle smorfie e si afferrò la gola. Poiché Maria scoppiò a ridere gli venne l'idea di girare per la cucina vacillando ed emettendo una serie di orribili suoni soffocati. « Veleno », sussurrò, lasciandosi cadere lentamente a terra, « quelle canaglie mi hanno avvelenato. » Al che la bimba rise ancora più forte, ma appena terminò l'esibizione e si rimise seduto al proprio posto, il divertimento della bambina scemò rapidamente ed egli notò che aveva un'espressione afflitta negli occhi.

« Stavo solo fingendo » le disse.

« Lo so » rispose la bambina. « È solo che non mi piace quando la gente muore. »

Allora Sachs si rese conto dello sbaglio che aveva fatto, ma era troppo tardi per cercare di rimediare. « Io non morirò » aggiunse.

« Sì, invece. Tutti devono morire. »

« Volevo dire, non oggi. E neanche domani. Non me ne andrò tanto presto. »

« È per questo che hai dormito sul divano? Perché d'ora in poi vivrai con noi? »

« No, non credo. Però sono venuto qui per essere tuo amico. E anche della tua mamma. »

« Sei il nuovo uomo della mamma? »

« No, sono solo un suo amico. Se vuole, io l'aiuterò. »

« Meno male. Ha bisogno di qualcuno che l'aiuti. Oggi mettono papà sotto terra, e lei è molto triste. »

« Te lo ha detto lei? »

«No, però l'ho vista che piangeva. Ecco come so che è triste.»

«E tu ci andrai oggi a vedere che mettono sotto terra il tuo papà?»

«No, non vogliono. I nonni hanno detto che non possiamo venire.»

«E dove abitano i tuoi nonni? Qui in California?»

«Credo di no. Abitano lontano. Per andarci bisogna prendere l'aereo.»

«Allora forse abitano a est da qualche parte.»

«Il posto si chiama Maplewood. Ma non so dov'è.»

«Maplewood, New Jersey?»

«Non lo so, è molto lontano. Ogni volta che papà ne parlava diceva che era in capo al mondo.»

«Ogni volta che pensi al tuo papà diventi triste, non è vero?»

«Non posso farci niente. Mamma dice che non ci voleva più bene, ma non me ne importa, vorrei che tornasse.»

«Sono sicuro che lo vorrebbe anche lui.»

«È proprio quello che penso anch'io. È solo che non ci è riuscito, tutto qui. Ha avuto un incidente e invece di tornare da noi è dovuto volare in cielo.»

Era così piccola, pensò Sachs, eppure manteneva una compostezza quasi da far venire i brividi, mentre parlava i suoi piccoli occhi fieri lo trapassavano da parte a parte senza tregua – inflessibili, senza il minimo tremito di confusione. Era sbalordito dal fatto che riuscisse a imitare tanto bene il comportamento degli adulti, che riuscisse a sembrare così padrona di sé quando in realtà non sapeva niente, non sapeva niente di niente. La commiserò per il suo coraggio, per l'eroismo simulato del suo viso luminoso e schietto, e avrebbe voluto poter ritirare tutto quello che aveva detto e ritrasformarla in una bambina, in un essere diverso da quella patetica adulta in miniatura coi denti mancanti e il cerchietto rivestito di nastro giallo che le pendeva tra i riccioli.

Mentre mandavano giù le ultime briciole di toast, dall'orologio della cucina Sachs vide che erano appena le sette e mezzo e qualche minuto. Chiese a Maria quanto pensava che la madre avrebbe dormito ancora e quando lei gli rispose che avrebbe potuto dormire anche altre due o tre ore, all'improvviso gli venne un'idea. Facciamole una sorpresa, disse. Se ci mettiamo subito al lavoro, forse riusciamo a mettere in ordine tutto il pianoterra prima che si sveglia. Non sarebbe bello? Quando scenderà troverà tutto lindo e pinto. Si sentirà di sicuro meglio, non credi? La bambina era d'accordo. Per di più sembrava entusiasta a quella prospettiva, come fosse sollevata dal fatto che finalmente era arrivato qualcuno per prendere la situazione in mano. Però dobbiamo fare piano, disse Sachs, portandosi il dito alle labbra. Dobbiamo fare piano come due folletti.

Così i due si misero al lavoro e s'affaccendarono in cucina in energica e silenziosa armonia sparecchiando la tavola, togliendo le stoviglie rotte dal pavimento e riempendo il lavello con saponata calda. Per ridurre al minimo il rumore scrostarono i piatti con le dita e s'insudiciarono le mani gettando i resti di cibo e i mozziconi di sigarette in un sacchetto di carta. Manifestarono il loro disgusto per quel lavoro sporco tirando fuori la lingua e facendo finta di vomitare. Tuttavia, Maria fece più della sua parte, e appena la cucina fu in condizioni passabili raggiunse il soggiorno a passo di marcia con entusiasmo integro, ansiosa di cimentarsi col compito successivo. Ormai erano quasi le nove, e il sole entrava dalla finestre della facciata illuminando esili scie di polvere nell'aria. Mentre contemplavano il disordine che avevano davanti, discutendo su quale fosse la migliore strategia d'attacco, un'espressione di timore passò sul viso di Maria. Senza dire una parola alzò un braccio e indicò una delle finestre. Sachs si voltò e dopo un istante vide anche lui: sul prato c'era un uomo che guardava la casa. Con indosso una cravatta a scacchi e una giacca di velluto a coste, i capelli precocemente radi a dispetto della giovane età, l'uomo aveva l'aria di dibattere tra sé e sé se salire i gradini e suonare il campanello oppure no. Sachs diede un buffetto sulla testa a Maria e le disse di tornare in cucina a prendersi un altro bicchiere di succo d'arancia. La bambina parve esitare ma poi, per non deluderlo, annuì e controvoglia gli ubbidì. Quindi Sachs, facendo attenzione a dove metteva i piedi, attraversò il soggiorno e raggiunse la porta d'ingresso, l'aprì il più piano possibile e uscì.

« Posso fare qualcosa per lei? » domandò.

« Tom Mueller » annunciò l'uomo. « Del 'San Francisco Chronicle'. Vorrei parlare con Mrs. Dimaggio. »

« Mi dispiace, ma non rilascia interviste. »

« Non voglio un'intervista, voglio solo parlarle. Al mio giornale interessa conoscere la sua versione dei fatti. Siamo disposti a pagare per un'esclusiva. »

« Mi dispiace, niente da fare. Mrs. Dimaggio non vuole parlare con nessuno. »

« Non pensa che la signora dovrebbe avere la possibilità di rifiutare l'offerta di persona? »

« No, penso di no. »

« E lei chi è, l'addetto stampa di Mrs. Dimaggio? »

« Un amico di famiglia. »

« Ho capito. E parla in vece sua. »

« Esatto. Sono qui per proteggerla dai tipi come lei. E ora che abbiamo sistemato la questione, forse è meglio che se ne vada. »

« E quale metodo mi suggerisce per riuscire a mettermi in contatto con lei? »

« Le scriva. Di solito si fa così. »

« Buona idea. Le scriverò una lettera, così lei potrà gettarla via prima che Mrs. Dimaggio la legga. »

« La vita è piena di delusioni, Mr. Mueller. E ora, se non le dispiace, penso che sia meglio che se ne vada. Sicuramente non vuole che chiami la polizia, però deve sapere che si trova sulla proprietà di Mrs. Dimaggio. »

« Sì, lo so. Grazie tante, amico. Sei stato di grandissimo aiuto. »

« Non se la prenda. Passerà anche questa. Tempo una settimana e in tutta San Francisco nessuno si ricorderà più di questa storia. Se qualcuno farà il nome di Dimaggio, l'unica persona che verrà in mente alla gente sarà Joe. »

Queste parole posero fine alla conversazione, ma anche dopo che Mueller si fu allontanato dal prato, Sachs rimase in piedi davanti alla porta, deciso a non muoversi di lì finché non lo avesse visto ripartire. Il giornalista attraversò la strada, salì in macchina e mise in moto. Come cenno di addio, passando davanti alla casa alzò in aria il dito medio della mano destra, ma Sachs reagì alla sconcezza con un'alzata di spalle, ben sapendo che non aveva alcuna importanza, che altro non era se non la prova di quanto aveva maneggiato bene la situazione. Voltandosi per rientrare non poté fare a meno di sorridere della rabbia dell'uomo. Più che un addetto stampa si sentiva uno sceriffo e tutto sommato non era una sensazione spiacevole.

Quando rientrò in casa alzò lo sguardo e vide Lillian in piedi in cima alle scale. Indossava un accappatoio di spugna bianca, aveva gli occhi gonfi ed era tutta in disordine mentre si sforzava di scrollarsi il sonno di dosso.

« Immagino che dovrei ringraziarti » disse, passandosi una mano tra i capelli corti.

« E per cosa? » chiese Sachs, fingendo di non capire.

« Per avermi liberata di quel tipo. Te la sei cavata molto bene. Mi hai fatto un'ottima impressione. »

« Ah, quello? Puah! Non era niende, badrona. Io solo fatto mio dovere. Solo fatto mio dovere. »

Lillian sorrise per un attimo di quello sciocco dialetto contadino. « Se è questo il lavoro che vuoi, puoi averlo. Te la cavi molto meglio di me. »

« Te l'avevo detto io che non ero poi così male », riprese Sachs con la sua voce normale. « Se mi dai un'opportunità, potrei addirittura tornarti utile. »

Prima che Lillian potesse rispondere a quest'ultima osservazione, Maria entrò di corsa nell'ingresso. La donna scostò lo sguardo da Sachs e disse: « Ciao, piccola. Ti sei alzata presto, eh? »

« Non indovinerai mai cosa stavamo facendo » disse la bambina. « Non crederai ai tuoi occhi, mamma. »

« Scendo tra pochissimo. Prima devo fare la doccia e poi devo mettermi qualcosa addosso. Ricordati che oggi andiamo da Billie e Dot, e non vogliamo fare tardi. »

Sparì di nuovo al piano superiore e, nei trenta o quaranta minuti che impiegò a prepararsi, Sachs e Maria ripresero il loro assalto al soggiorno. Recuperarono cuscini di ogni genere dal pavimento, gettarono via giornali e riviste imbevute di caffè, tolsero la cenere di sigarette dagli interstizi del tappeto di lana con l'aspirapolvere. Più zone riuscivano a sgombrare (disponendo via via di più spazio per muoversi) e più in fretta riuscivano a lavorare finché, quando furono agli sgoccioli, i loro movimenti cominciarono a somigliare a quelli accelerati di due personaggi di un vecchio film muto.

Anche se le sarebbe riuscito difficile non notare la differenza, Lillian reagì con meno entusiasmo di quanto Sachs si era aspettato – non fosse altro per Maria. « Bene », disse fermandosi per un momento sulla soglia e annuendo, « benissimo. Dovrei ricordarmi più spesso di dormire fino a tardi. » Sorrise, diede la sua piccola dimostrazione di gratitudine e poi, senza quasi darsi la pena di guardarsi intorno, andò in cucina a cercare qualcosa da mangiare.

Sachs provò un minimo di appagamento per il bacio che Lillian assestò sulla fronte della figlia, ma appena Maria fu mandata disopra a cambiarsi non sapeva più cosa fare. Lillian gli dedicava appena un po' di attenzione, trafficando in cucina immersa nel proprio mondo, e così rimase impalato sulla soglia senza dire una parola mentre lei disseppelliva un sacchetto di caffè vero dal surgelatore (che Sachs si era lasciato sfuggire) e metteva un bollitore sul fuoco. Era vestita in maniera sportiva – pantaloni scuri, una dolcevita bianca, scarpe senza tacco – ma si era messa il rossetto e l'ombretto, e nell'aria si sentiva l'inconfondibile fragranza di un profumo. Ancora una volta Sachs non aveva la più pallida idea di come interpretare la situazione. Il comportamento di Lillian gli riusciva impenetrabile – un momento era gentile, un altro inaccessibile, un momento era vigile, un altro distratta – e più cercava di dargli un senso e meno capiva.

Alla fine gli offrì una tazza di caffè, ma anche allora non aprì quasi bocca, continuando a comportarsi come se non fosse certa di volere che restasse oppure che sparisse. A corto di argomenti, Sachs cominciò a parlare dei cinquemila dollari che aveva trovato sul tavolo quella mattina, aprì la credenza e le indicò il posto dove aveva messo i contanti. Lillian non parve impressionarsi più di tanto. « Oh », disse, annuendo alla vista dei soldi e poi si voltò a guardare il giardino dalla finestra, bevendo il caffè in silenzio. Imperterrito, Sachs posò la tazza e annunciò che le avrebbe consegnato la rata di quel giorno. Senza attendere risposta uscì, raggiunse la macchina e prese i soldi nella borsa da bowling che stava nel portabagli. Tre o quattro minuti dopo, quando tornò in cucina, la trovò ancora nella stessa posizione: in piedi, guardava fuori dalla finestra con una mano sul fianco, seguendo qualche segreto filo di pensieri. Senza esitare le si avvicinò, le sventolò i mille dollari davanti al viso chiedendole dove dovesse metterli. Dove vuoi, gli rispose Lillian. Poiché la sua passività cominciava a snervarlo, invece di posare i soldi sul piano d'appoggio, Sachs si avvicinò al frigorifero, aprì lo sportello superiore e gettò le banconote nel surgelatore. Quel gesto provocò il risultato sperato. Lillian si voltò e con uno sguardo perplesso gli chiese perché lo aveva fatto. Anziché risponderle, Sachs tornò alla credenza, tolse i primi cinquemila dollari e infilò anche quel rotolo nel surgelatore. Poi, accarezzando lo sportello del surgelatore, si voltò verso Lillian e disse: «Beni congelati. Dal momento che ti rifiuti di dirmi se li vuoi o no, mettiamo il tuo futuro al fresco. Niente male, eh? Seppelliamo il tuo uovo d'oro nella neve e quando arriverà la primavera e la terra comincerà a disgelare, guarderai qua dentro e scoprirai di essere ricca.»

Un vago sorriso si delineò agli angoli della bocca di Lillian, segnalando che si era arresa, che era riuscito a coinvolgerla nel gioco. Lillian prese un altro sorso di caffè, dandosi un po' di tempo per preparare la rimbeccata. «Non mi sembra poi un così buon investimento» disse infine. «Se i soldi restano lì, non daranno nessun interesse, non ti pare?»

«Temo di no. Non ci saranno interessi finché non comincerai a mostrarti interessata. Dopo di che, non ci saranno limiti.»

«Non ho detto che non mi interessa.»

«Vero. Ma non hai neanche detto il contrario.»

«Finché non dico di no, potrebbe darsi che dica di sì.»

«Oppure che tu non dica niente. Proprio per questo motivo faremmo meglio a non parlarne più. Finché non saprai cosa vuoi fare, terremo la bocca chiusa, d'accordo? Faremo finta di niente. »

« Per me va benissimo. »

« Bene. In altre parole, meno parliamo meglio è. »

« Non diremo una parola. E un bel giorno aprirò gli occhi e tu sarai sparito. »

« Proprio così. Il genio si rinfilerà dentro la bottiglia, e non dovrai più pensare a lui. »

Sembrava che la strategia di Sachs avesse funzionato ma, oltre a provocare un cambiamento generale di umore, era difficile capire cosa avesse apportato quella conversazione. Qualche istante dopo, quando Maria entrò saltellando in cucina, tutta agghindata in scamiciato bianco e rosa e scarpe di vernice, Sachs capì che aveva apportato parecchio. Ansante ed emozionata, la bambina domandò alla madre se Sachs sarebbe andato con loro a casa di Billie e Dot. Lillian rispose di no, e Sachs stava per interpretare quella risposta come un'imbeccata per prendere la macchina e andare a cercarsi un motel, quando la sentì soggiungere che comunque era libero di trattenersi, e poiché loro sarebbero rientrate molto tardi poteva andar via con tutta calma. Se voleva, poteva farsi la doccia e la barba, disse, e purché si fosse ricordato di chiudere bene la porta, poteva andarsene quando ne aveva voglia. Sachs quasi non sapeva come reagire a quell'invito. Prima che riuscisse a trovare una risposta, Lillian aveva convinto Maria ad andare con lei nel bagno del piano terra per farsi spazzolare i capelli, e quando tornarono era in un certo senso scontato che sarebbero uscite prima di lui. A Sachs parve un avvenimento straordinario, un voltafaccia che sfuggiva a ogni comprensione. Ma era successo, e l'ultima cosa che avrebbe fatto era protestare. Meno di cinque minuti dopo Lillian e Maria uscirono dalla porta principale, e non passò un altro minuto che partirono, allontanandosi in fondo alla strada nella loro Honda impolverata e scomparendo nello splendente sole meridiano.

Sachs trascorse quasi un'ora nel bagno del piano superiore – prima a mollo nella vasca, poi facendosi la barba davanti allo specchio. Sentiva che tutto sommato gli faceva uno strano effetto essere lì, disteso nudo nell'acqua mentre fissava le cose di Lillian: l'infinita serie di vasetti di creme e lozioni, gli astucci dei rossetti e le bottigliette di eye-liner, le saponette e gli smalti per unghie e i profumi. C'era in quella situazione un'intimità forzata che lo eccitava e gli ripugnava allo stesso tempo. Era stato ammesso nel suo regno segreto, nel luogo dove eseguiva i suoi riti più privati eppure, neanche lì, nel cuore del suo reame, si sentiva più vicino a lei rispetto a prima. Poteva odorare e curiosare e toccare quanto voleva. Poteva lavarsi i capelli con il suo shampoo, radersi con il suo rasoio, lavarsi i denti con il suo spazzolino – e tuttavia il fatto che gli avesse permesso di fare quelle cose altro non era se non la prova della poca importanza che avevano per lei.

Eppure, il bagno lo rilassò fin quasi a intorpidirlo, e per diversi minuti girellò per le stanze del piano superiore asciugandosi distratto i capelli con un asciugamano. Su quel piano c'erano tre piccole stanze da letto. Una era di Maria, un'altra di Lillian mentre la terza, poco più grande di un ripostiglio, doveva evidentemente essere stata lo studio o l'ufficio di Dimaggio. C'erano una scrivania e una libreria, ma entro i suoi angusti confini era stata ammassata una quantità tale di ciarpame (scatole di cartone, pile di vestiti vecchi e giocattoli, un televisore in bianco e nero) che Sachs si limitò ad affacciarsi per poi richiudere subito la porta. Poi entrò nella stanza di Maria, curiosando tra le bambole e i libri, le fotografie del nido d'infanzia alla parete, i giochi di società e gli animali di peluche. Nonostante il disordine la stanza appariva in condizioni migliori di quella di Lillian. Questa, infatti, era la capitale della confusione, il quartier generale della catastrofe. Guardò il letto disfatto, i mucchi di vestiti e di indumenti intimi sporchi, il televisore portatile su cui erano poggiate due tazze da caffè macchiate di rossetto, i libri e le riviste sparpagliati sul pavimento. Sachs scorse qualcuno dei titoli sparsi ai propri piedi (una guida illustrata al massaggio orientale, un saggio sulla reincarnazione, un paio di gialli in edizione economica, una biografia di Louise Brooks) e si domandò se fosse possibile trarre una qualsiasi conclusione da quell'assortimento. Poi, quasi in trance, cominciò ad aprire i cassetti del comò e a passare in rassegna i vestiti di Lillian: esaminò le mutandine e i reggiseni, le calze e le sottovesti tenendo ogni indumento in mano per un attimo, prima di passare al successivo. Dopo aver fatto la stessa cosa con i capi appesi nell'armadio, spostò l'attenzione sui comodini da notte, ricordando all'improvviso la minaccia che Lillian aveva fatto la sera prima. Ma dopo aver guardato da entrambi i lati del letto concluse che gli aveva mentito. Non c'era nessuna traccia di una pistola.

Lillian aveva staccato il telefono, e non appena Sachs rinfilò la spina cominciò a squillare. Il suono lo fece sobbalzare, ma anziché sollevare il ricevitore si sedette sul letto in attesa che la persona che aveva chiamato si desse per vinta. Il telefono squillò altre diciotto o venti volte. Appena cessò, Sachs afferrò il ricevitore e formò il numero di Maria Turner a New York. Ora che Maria aveva parlato con Lillian, non poteva più rimandare. Non era solo una questione di chiarire le cose con lei, ma anche di togliersi un peso dalla coscienza. Se non altro, le doveva una spiegazione, una scusa per averla piantata in asso.

Sapeva che si sarebbe arrabbiata, ma non era preparato alla scarica di insulti di cui fu investito. Non appena Maria udì la sua voce, cominciò a coprirlo di ingiurie: idiota, bastardo, traditore. Sachs non l'aveva mai sentita parlare a quel modo – con nessuno, in nessuna occasione – e la sua ira si fece così grande, così colossale che passarono diversi minuti prima che lo lasciasse parlare. Sachs era mortificato. Ascoltandola, alla fine capì quello che era stato troppo stupido per ammettere a New York. Maria si era presa una sbandata per lui, e oltre a tutti gli ovvi motivi di quell'attacco (la sua partenza improvvisa, l'affronto della sua ingratitudine), gli stava parlando come un'amante piantata, come una donna che era stata respinta per un'altra. Tanto per peggiorare la situazione Maria era convinta che l'altra fosse la sua migliore amica di un tempo. Sachs ce la mise tutta per levarle quell'idea dalla testa. Era andato in California per motivi suoi, le spiegò, non gliene importava niente di Lillian, non era come pensava lei, e così via – ma fu molto goffo e Maria gli diede del bugiardo. La conversazione rischiava di diventare sgradevole, ma in qualche modo Sachs riuscì a non risponderle e alla fine l'orgoglio di Maria ebbe la meglio sulla collera, vale a dire che le passò la voglia di insultarlo. Cominciò invece a ridere di lui, o forse di se stessa, e poi, impercettibilmente, il riso cedette alle lacrime, a un tremendo scoppio di singhiozzi che lo fece sentire infelice quanto lei. La sfuriata impiegò un po' di tempo a placarsi, ma poi riuscirono a parlare. Anche se quella conversazione non portò ad alcun risultato, se non altro il rancore non c'era più. Maria voleva che Sachs telefonasse a Fanny – solo per farle sapere che era vivo – ma lui si rifiutò. Contattarla sarebbe stato troppo rischioso, disse. Una volta cominciato a parlare con lei non avrebbe potuto fare a meno di dirle di Dimaggio, e non voleva coinvolgerla nei suoi guai. Meno sapeva e più lui sarebbe stato al sicuro, e poi, perché trascinarla in quella storia se non era necessario? Perché era giusto, ribatté Maria. Sachs ribadì ancora una volta il proprio punto di vista, e per la successiva mezz'ora parlarono a vuoto, senza che uno dei due riuscisse a convincere l'altro. Non c'era più giusto e sbagliato, solo opinioni e teorie e interpretazioni, un pantano di parole contraddittorie. Vista la loro inefficacia, avrebbero potuto benissimo tenersi quelle parole per sé.

«È inutile» disse infine Maria. «Tanto, non riesco a farmi capire, o sbaglio?»

«Ti ascolto» rispose Sachs. «È solo che non sono d'accordo con quello che dici.»

«Così non farai altro che complicarti la vita, Ben. Più a lungo ti terrai tutto per te e più difficoltà avrai quando dovrai parlarne.»

«Quel momento non arriverà mai.»

«Questo non lo puoi sapere. Magari ti troveranno, e allora non avresti scelta.»

«Non mi troveranno mai. Potrebbe succedere soltanto se qualcuno gli facesse una soffiata, e tu non ne saresti capace. O, almeno, non credo. Fin qui posso fidarmi di te, no?»

«Puoi fidarti di me. Ma non sono l'unica persona che sa. Ora anche Lillian è a parte della faccenda, e non so se lei è brava come me a mantenere le promesse.»

«Non parlerà. Non le converrebbe. Ci perderebbe troppo.»

« Non contare sul buonsenso quando hai a che fare con Lillian. La sua logica è diversa dalla tua. Non segue le tue stesse regole. Se non lo hai ancora capito, vuol dire che cerchi guai. »

« Tanto, i guai sono l'unica cosa che mi rimane. Uno più uno meno, che differenza vuoi che faccia. »

« Vattene subito, Ben. Non m'importa dove andrai né cosa farai, ma sali in macchina e vattene via da quella casa. Immediatamente, prima che torni Lillian. »

« Non posso. Ho cominciato questa cosa e devo andare fino in fondo. Non c'è altra soluzione. È la mia occasione, e non posso lasciarmela sfuggire per paura. »

« Ci finirai dentro fino al collo. »

« Ci sono già. Tutto sta nel cercare di uscirne con la testa. »

« Esistono sistemi più semplici. »

« No, per me non esistono. »

Ci fu un lunga pausa all'altro capo, un respiro, poi un'altra pausa. Quando Maria riprese a parlare, le tremava la voce. « Sto cercando di capire se devo compatirti oppure aprire la bocca e mettermi a urlare. »

« Non sei costretta a fare né l'una né l'altra cosa. »

« Già, lo credo anch'io. Potrei anche dimenticarmi completamente di te, non ti pare? Ho sempre questa possibilità. »

« Puoi fare quello che vuoi, Maria. »

« Giusto. E se tu preferisci gettarti allo sbaraglio, sono affari tuoi. Però ricordati che ti avevo avvertito, d'accordo? Ricordati che ho cercato di parlarti da amica. »

Quando riagganciarono, Sachs era molto scosso. Le ultime parole di Maria erano state una sorta di addio, una dichiarazione con cui lo informava di non stare più dalla sua parte. Il motivo che aveva portato al dissapore non aveva importanza: poteva essere stata la gelosia o una sincera preoccupazione, oppure una combinazione di entrambe le cose. Il risultato era che non avrebbe più potuto rivolgersi a lei. Con tutto che non era nelle intenzioni di Maria fargli pensare questo, con tutto che le avrebbe fatto piacere se si fosse rifatto vivo, quella conversazione aveva lasciato dietro di sé troppe nubi, troppe incertezze. Come avrebbe potuto contare sul suo sostegno quando anche solo parlargli l'avrebbe fatta soffrire? Non aveva avuto intenzione di arrivare fino a quel punto, ma ora che le parole erano state dette, capì d'aver perduto la sua migliore alleata, l'unica persona sul cui aiuto poteva contare. Era in California da poco più di un giorno e già i ponti stavano bruciando alle sue spalle.

Avrebbe potuto rimediare al danno richiamandola, ma non lo fece. Invece, tornò in bagno e si vestì, si pettinò con la spazzola di Lillian e passò le successive otto ore e mezzo a rigovernare la casa. Di quando in quando si fermava per fare uno spuntino, frugando nel frigorifero e nelle credenze della cucina in cerca di qualcosa di commestibile (minestre in scatola, salsicce di fegato, noccioline), ma per il resto ci diede dentro, lavorando senza interruzioni fino alle nove passate. Aveva intenzione di tirare la casa a lucido, di trasformarla in un modello di ordine e di pace domestica. Naturalmente, non poteva fare nulla per i mobili malandati, per le crepe nei soffitti delle camere da letto, o per lo smalto arrugginito dei lavandini, ma almeno poteva far brillare tutto come uno specchio. Si cimentò con una stanza per volta, strofinando e spolverando e lucidando e riassettando, procedendo metodicamente dal fondo, dal piano terra al piano superiore, da disordini grandi a disordini piccoli. Pulì i gabinetti, rimise in ordine l'argenteria, piegò e ripose vestiti, raccolse pezzi di Lego, servizi da tè in miniatura, arti amputati di bambole di plastica. In ultimo riparò le gambe del tavolo da pranzo fissandole con un assortimento di chiodi e di viti che trovò in fondo a un cassetto della cucina. L'unica stanza che non toccò fu lo studio di Dimaggio. Era restio a riaprire quella porta, ma anche se avesse voluto entrarci non avrebbe saputo cosa fare dei detriti. Il tempo stava per scadere e non ce l'avrebbe fatta a finire.

Sapeva che era arrivato il momento di andare via. Lillian aveva messo in chiaro che non voleva trovarlo in casa al suo ritorno, ma anziché prendere la macchina e andare a cercarsi un motel, tornò in soggiorno, si sfilò le scarpe e si distese sul divano. Aveva intenzione di riposarsi solo qualche minuto. La sfacchinata lo aveva stancato, e non ci vedeva niente di male se indugiava ancora un po'. Alle dieci, però, ancora non si decideva a guadagnare la porta. Si rendeva conto che incrociare

Lillian sarebbe stato rischioso, ma il pensiero di dover uscire col buio lo terrorizzava. La casa lo faceva sentire al sicuro, più al sicuro che in qualsiasi altro posto, e anche se non aveva alcun diritto di prendersi quella libertà, gli venne il sospetto che in fondo forse non sarebbe stato così terribile se Lillian lo avesse trovato ancora lì. Probabilmente si sarebbe indignata, ma allo stesso tempo così si sarebbe chiarita una cosa importante, la cosa che più di ogni altra aveva bisogno di essere puntualizzata. Lillian avrebbe capito che non intendeva permetterle di sbarazzarsi di lui, che egli era già diventato un fatto inevitabile della sua vita. A seconda di come avrebbe reagito, Sachs sarebbe stato in grado di giudicare se si era resa conto di questo fatto o meno.

Aveva in mente di far finta di dormire quando sarebbe arrivata. Ma Lillian rientrò tardi, molto più tardi dell'ora che aveva indicato la mattina, e così gli si erano chiusi gli occhi e si era addormentato sul serio. Quello di spaparacchiarsi sul divano con tutte le luci accese era stato un errore imperdonabile, ma alla fine non parve avere alcuna importanza. All'una e mezzo fu svegliato di soprassalto dal rumore di una porta sbattuta, e la prima cosa che vide fu Lillian in piedi sulla soglia con Maria in braccio. I loro sguardi s'incontrarono e per un brevissimo istante le labbra di lei si dischiusero in un sorriso. Poi, senza rivolgergli una parola, salì le scale con la figlia. Sachs pensò che sarebbe scesa dopo aver messo a letto Maria, ma come per tantissime altre supposizioni che aveva fatto in quella casa, si sbagliava. Sentì Lillian entrare in bagno e lavarsi i denti e poi, dopo un po', seguì il rumore dei suoi passi mentre raggiungeva la camera da letto e accendeva il televisore. Il volume era basso e l'unica cosa che riusciva a percepire era un mormorio indistinto, il ritmo sordo di una musica che vibrava nei muri. Ormai completamente cosciente, si tirò su a sedere sul divano aspettandosi che da un momento all'altro scendesse per parlargli. Aspettò dieci minuti, poi venti, poi mezz'ora, e infine il televisore fu spento. Aspettò ancora venti minuti e, visto che non scendeva ancora, capì che non aveva alcuna intenzione di parlargli, che si era già messa a dormire. Per lui era una specie di trionfo, pensò, ma ora che tutto era passato, non sapeva bene come interpretare quella vittoria. Spense le lampade del soggiorno, si distese di nuovo sul divano, e giacque al buio con gli occhi aperti, ascoltando il silenzio della casa.

Dopo quella sera, nessuno parlò più di motel. Il divano del soggiorno divenne il letto di Sachs, ed egli prese a dormirci ogni notte. Era una realtà scontata per tutti e il fatto che ormai facesse parte della famiglia non fu mai neanche menzionato. Era una conseguenza naturale, un fenomeno che costituiva un argomento di discussione irrilevante quanto un albero o un sasso o un granello di polvere nell'aria. Era esattamente ciò che Sachs aveva sperato, e tuttavia il suo ruolo in quella casa non fu mai definito con chiarezza. Tutto era stato sistemato secondo qualche accordo segreto, inespresso, e Sachs sapeva per istinto che sarebbe stato un errore affrontare Lillian chiedendole cosa voleva da lui. Doveva capirlo da sé, trovarsi un posto in base a cenni e gesti minimi, alle osservazioni e ai discorsi evasivi più imperscrutabili. Non aveva tanto paura di quello che sarebbe potuto succedere se avesse fatto la cosa sbagliata (benché non dubitasse mai del fatto che la situazione poteva ritorcersi contro di lui, che Lillian sarebbe stata capace di tener fede alla minaccia di chiamare la polizia), ma voleva piuttosto comportarsi in maniera esemplare. Era quella la ragione principale per cui era venuto in California: per reinventare la propria vita, per incarnare un ideale di bontà che avrebbe cambiato radicalmente il suo rapporto con se stesso. Ma Lillian era lo strumento che aveva scelto, e soltanto tramite lei sarebbe riuscito a compiere la trasformazione. Aveva pensato a quel rinnovamento come a un viaggio, a un lungo viaggio nelle tenebre della propria anima, ma ora che lo aveva intrapreso, non sapeva più se stava viaggiando nella direzione giusta oppure no.

Se Lillian fosse stata diversa ci avrebbe sofferto di meno, ma la tensione di dover dormire ogni notte sotto lo stesso tetto lo teneva costantemente in agitazione. Dopo appena due giorni, rimase sgomento quando si rese conto che aveva una voglia disperata di toccarla. Capì che il problema non era tanto la bellezza di Lillian quanto il fatto che proprio quella bellezza era l'unico lato di sé che gli permetteva di conoscere. Se fosse stata meno intransigente, meno restia a coinvolgerlo in maniera diretta e personale, Sachs avrebbe avuto altro cui pensare, e forse l'incantesimo del desiderio si sarebbe spezzato. Invece lei si rifiutava di scoprirsi con lui, ossia rimaneva sempre un oggetto, la mera somma del suo io fisico. E quell'io fisico racchiudeva in sé un'energia tremenda: abbagliava e assaliva, accelerava il polso, distruggeva qualsiasi proposito nobile. Non era il genere di lotta a cui Sachs si era preparato. Non rientrava nel piano che egli con tanta accuratezza aveva messo a punto nella propria testa. Ora Sachs vedeva il proprio corpo andare ad aggiungersi all'equazione, e ciò che una volta sembrava semplice si era ormai trasformato in un pantano di strategie febbrili e di mire clandestine.

Con lei non fece parola di tutto questo. Date le circostanze, la sua unica risorsa era tener testa all'indifferenza di Lillian con una calma impassibile, far finta di essere perfettamente soddisfatto di come stavano le cose tra loro. Quando era insieme a lei affettava un atteggiamento spensierato: era disinvolto, affabile, accomodante, sorrideva spesso e non si lamentava mai. Ben sapendo che lei stava già in guardia, che lo aveva già sospettato dei sentimenti di cui ora si era reso colpevole, era importantissimo che non si facesse mai sorprendere mentre la fissava nel modo in cui avrebbe voluto. Un solo sguardo avrebbe potuto rovinarlo, tanto più nel caso di una donna esperta come Lillian. Aveva passato tutta la vita a farsi guardare dagli uomini, e non le sarebbe sfuggito nulla delle sue occhiate, neanche la più piccola allusione. Questa consapevolezza gli procurava una tensione quasi insopportabile ogni volta che Lillian era nei paraggi, ma lui non si perse d'animo e non abbandonò mai le speranze. Non le chiedeva niente, non si aspettava niente da lei e intanto pregava che alla fine fosse riuscito a logorarla. Era l'unica arma che aveva a disposizione e la tirava fuori in ogni occasione umiliandosi davanti a lei con una tale fermezza, con una tale appassionata abnegazione che proprio quella sua debolezza diventava una sorta di forza.

Per i primi dodici, quindici giorni, Lillian non gli disse praticamente una parola. Sachs non aveva la più pallida idea di cosa facesse durante le sue lunghe e frequenti assenze, e benché fosse disposto a dare praticamente qualunque cosa per saperlo, non trovò mai il coraggio di chiederglielo. Era convinto che la discrezione fosse più importante della conoscenza e piuttosto che correre il rischio di offenderla si teneva la sua curiosità per sé e intanto stava a vedere. Quasi tutte le mattine Lillian usciva di casa alle nove o alle dieci. A volte rientrava nel tardo pomeriggio oppure stava fuori fino a tardi e tornava soltanto dopo la mezzanotte. Altre volte, invece, usciva la mattina, passava a casa la sera per cambiarsi e poi spariva per il resto della notte. In due o tre occasioni era addirittura tornata l'indomani mattina, e allora era entrata in casa, si era cambiata per poi riuscire subito. Sachs supponeva che passasse quelle notti in compagnia di qualche uomo – forse uno, forse diversi – ma era impossibile sapere dove andasse di giorno. Riteneva probabile che avesse un lavoro di qualche genere, ma la sua era soltanto un'ipotesi. Per quel che ne sapeva, poteva benissimo passare il tempo girando in macchina o al cinema, o magari in riva al mare a guardare le onde.

Nonostante questo misterioso andirivieni, Lillian gli diceva sempre quando poteva aspettarsi di rivederla. Lo faceva più per Maria che per lui, e anche se gli orari che gli dava erano molto approssimativi («Farò tardi», «Ci vediamo domani mattina»), lo aiutavano a programmarsi la giornata e a fare in modo di evitare che la casa andasse a rotoli. Date le frequenti assenze di Lillian, il compito di accudire Maria ricadeva quasi completamente sulle spalle di Sachs. A suo vedere questa era la svolta più strana di tutte, perché per quanto Lillian potesse essere brusca e distaccata quando erano insieme, il fatto che non mostrasse alcuna esitazione a lasciargli la figlia stava a dimostrare che già si fidava di lui, forse addirittura più di quanto non pensasse. Sachs cercò di trarre coraggio da quell'anomalia. Non ebbe mai dubbi sul fatto che su un piano Lillian approfittava di lui – scaricando le proprie responsabilità sul fesso compiacente di turno – ma su un altro il messaggio sembrava più che chiaro: si fidava di lui, sapeva che non era venuto per farle del male.

Maria divenne la sua compagnia, il suo premio di consolazione, la sua ricompensa incancellabile. Ogni mattina le preparava la colazione, l'accompagnava a scuola a piedi, l'andava a prendere nel pomeriggio, le spazzolava i capelli, le faceva il bagno, le rimboccava le coperte la sera. Questi erano piaceri che non aveva potuto prevedere e, via via che il suo posto nella routine della bimba andò consolidandosi, l'affetto che li univa divenne sempre più profondo. In passato Lillian soleva affidare Maria alle cure di una donna che viveva in fondo all'isolato ma, per quanto fosse affabile, Mrs. Santiago aveva una famiglia numerosa e raramente dedicava molta attenzione a Maria, tranne quando qualcuno dei suoi figli la canzonava. Due giorni dopo l'arrivo di Sachs, Maria annunciò solennemente che non sarebbe mai più andata da Mrs. Santiago. Disse che preferiva il modo in cui Sachs si prendeva cura di lei, e che se per lui non era di troppo disturbo avrebbe volentieri passato il tempo in sua compagnia. Sachs le rispose che gli avrebbe fatto molto piacere. Accadde mentre camminavano per strada, tornando a casa dall'asilo, e un momento dopo averle risposto così Sachs sentì la minuscola mano di Maria stringergli il pollice. Continuarono a camminare in silenzio per mezzo minuto, poi Maria si fermò e disse: « Inoltre, Mrs. Santiago ce li ha i figli, mentre tu non hai né bambine né bambini, non è vero? » Sachs le aveva già detto di no, ma scosse il capo per mostrarle che il suo ragionamento filava. « Non è giusto che una persona ce ne ha troppi mentre un'altra è tutta sola, non ti pare? » continuò. « Adesso tu avrai me, e Mrs. Santiago avrà i suoi figli, e saranno tutti felici e contenti. »

Il lunedì dopo il suo arrivo Sachs affittò una casella postale all'ufficio postale di Berkeley per avere un indirizzo, restituì la Plymouth alla filiale locale dell'autonoleggio e comprò una Buick Skylark di nove anni per meno di mille dollari. Il martedì e il mercoledì aprì undici libretti di risparmio in diverse banche della città. Non si fidava a depositare tutto il denaro in un'unica banca, e aprire diversi libretti gli sembrava più prudente che presentarsi da qualche parte con un pacco contenente più di centocinquantamila dollari in contanti. Inoltre, così i suoi prelievi giornalieri per Lillian avrebbero dato meno nell'occhio. Avrebbe visitato le banche a rotazione, evitando così che qualsiasi cassiere o direttore di banca arrivasse a conoscerlo bene. All'inizio pensò di recarsi in ciascuna banca ogni undici giorni, ma quando scoprì che per i prelievi di mille dollari era prevista una firma speciale del direttore, cominciò ad andare ogni mattina in due banche diverse utilizzando i distributori automatici di contanti, che pagavano un massimo di cinquecento dollari per ogni operazione. Con questo sistema ogni settimana prelevava appena cinquecento dollari da ciascuna banca, una somma insignificante sotto tutti i punti di vista. Era un espediente efficace e tutto sommato preferiva di gran lunga infilare la sua scheda di plastica nell'apertura e spingere i tasti anziché dover parlare con una persona in carne e ossa.

Tuttavia, i primi giorni furono molto duri per lui. Aveva il sospetto che i soldi che aveva trovato nella macchina di Dimaggio fossero rubati – e questo poteva significare che i numeri di serie delle banconote erano stati segnalati tramite computer alle banche di tutto il paese. Ma trovandosi di fronte alla scelta tra correre quel rischio oppure tenere il denaro in casa, decise di rischiare. Era ancora troppo presto per sapere se si poteva fidare di Lillian, e lasciare i soldi sotto il suo naso non sarebbe certo stato un modo intelligente per scoprirlo. In ogni banca in cui andava si aspettava sempre che il direttore guardasse i soldi, si allontansse con una scusa per poi tornare accompagnato da un poliziotto. Ma non accadde niente del genere. Gli uomini e le donne che gli aprirono i libretti furono estremamente gentili con lui. Contavano i suoi soldi con movimenti esperti e rapidi, da robot; sorridevano, gli stringevano la mano e gli dicevano di essere felici di averlo come cliente. Come premio per essersi presentato con un deposito iniziale superiore ai diecimila dollari, ricevette cinque tostapane, quattro radiosveglie, un televisore portatile e una bandiera americana.

All'inizio della seconda settimana, le sue giornate seguivano ormai uno schema regolare. Dopo aver portato Maria all'asilo tornava a casa a piedi, lavava i piatti della colazione e poi saliva in macchina diretto verso due banche della sua lista. Dopo aver fatto i prelievi (e, di quando in quando una tappa presso una terza banca per ritirare dei soldi per sé), andava in uno dei caffè di Telegraph Avenue, si sistemava in un angolo tranquillo e trascorreva un'ora a bere cappuccini e a sfogliare il «San Francisco Chronicle» e «The New York Times». Di fatto quei due quotidiani davano uno spazio incredibilmente piccolo al caso. Il «Times» aveva finito di occuparsi della morte di Dimaggio ancor prima che Sachs lasciasse New York e, a eccezione di una breve intervista di aggiornamento a un capitano della polizia di stato del Vermont, non pubblicò nient'altro. Quanto al «Chronicle», sembrava che anche quel giornale si stesse stancando della storia. Dopo una raffica di articoli sul movimento ecologista e sui Figli del Pianeta (tutti firmati da Tom Mueller), il nome di Dimaggio non fu più menzionato. Sachs fu confortato da questo fatto ma, nonostante la pressione fosse diminuita, non arrivò mai a immaginare che non potesse aumentare di nuovo. Durante tutta la sua permanenza in California continuò a studiare i giornali ogni mattina. Divenne il suo culto personale, la sua forma di preghiera quotidiana. Scorri il giornale e trattieni il respiro. Accertati che non ti stiano cercando. Accertati che puoi continuare a vivere per altre ventiquattro ore.

Il resto della mattinata e il primo pomeriggio erano dedicati alle faccende pratiche. Come una qualsiasi casalinga americana andava a fare la spesa, portava i panni sporchi alla lavanderia a gettoni, si arrovellava sulla marca di burro d'arachidi da comprare per le merende di scuola. Nei giorni in cui gli avanzava un po' di tempo, passava al negozio di giocattoli del quartiere prima di andare a prendere Maria. Arrivava all'asilo con bambole e nastri per capelli, libri di favole e matite colorate, yo-yo, gomme da masticare e orecchini adesivi. Non lo faceva per comprarsela. Quei regali erano pure dimostrazioni di affetto, e più la conosceva e più prendeva sul serio il compito di farla felice. Sachs non aveva mai passato molto tempo insieme ai bambini e rimase sorpreso quando scoprì il grande impegno che richiedevano. Ci voleva un enorme spirito di adattamento, ma una volta che si fu adeguato al ritmo delle esigenze di Maria, cominciò ad accettarle di buon grado, a gradire quell'impegno di per sé. Maria lo teneva occupato anche quando non c'era. Per lui era un rimedio contro la solitudine, un modo si alleviare il fardello di dover sempre pensare a se stesso.

Ogni giorno Sachs deponeva altri mille dollari nel surgelatore. Le banconote erano riposte in un sacchetto di plastica per proteggerle dall'umidità, e ogni volta che aggiungeva una nuova porzione controllava se mancavano dei soldi. Passarono due settimane e la somma continuò ad aumentare al ritmo di mille dollari al giorno. Sachs non sapeva come interpretare questo atteggiamento distaccato di Lillian, questa strana indifferenza per ciò che lui le aveva dato. Significava che non ne voleva neppure una briciola, che si rifiutava di accettare le sue condizioni? Oppure stava cercando di dirgli che i soldi non avevano importanza, che non avevano in alcun modo influito sulla sua decisione di lasciarlo vivere in casa sua? Entrambe le interpretazioni erano logiche e perciò si annullavano a vicenda, lasciandolo senza una possibilità di capire che cosa le passasse per la testa, senza una possibilità di decifrare i fatti che aveva di fronte.

Neanche la sua crescente intimità con Maria pareva turbarla in alcun modo. Non le provocava attacchi di gelosia né sorrisi di incoraggiamento, nessuna reazione che egli potesse misurare. Soleva entrare in casa mentre Sachs e la bambina erano accoccolati sul divano a leggere un libro oppure rannicchiati sul pavimento a disegnare, o intenti a preparare il tè per un esercito di bambole, e si limitava a salutare, dando alla figlia un bacio frettoloso sulla guancia, per poi salire in camera sua a prepararsi per uscire di nuovo. Non era altro che uno spettro, una bella apparizione che sgusciava dentro e fuori dalla casa a intervalli irregolari senza lasciare tracce dietro di sé. Sachs era convinto che sapesse quel che faceva, che doveva esserci una ragione per quel comportamento enigmatico, ma nessuno dei motivi che gli venivano in mente riusciva a soddisfarlo. Al massimo, arrivò alla conclusione che lo stesse mettendo alla prova, stuzzicandolo con quel giocare a nascondino per vedere per quanto avrebbe resistito. Lillian voleva verificare se sarebbe crollato, voleva verificare se aveva una volontà forte come la sua.

Poi, senza nessuna causa apparente, all'improvviso tutto

cambiò. Un tardo pomeriggio della terza settimana, Lillian rincasò con una borsa della spesa e annunciò che quella sera avrebbe pensato lei alla cena. Era di ottimo umore, snocciolava una storiella dietro l'altra e battute fulminee e divertenti, e il suo cambiamento era così evidente, così sorprendente che l'unica spiegazione che Sachs riuscì a trovare era che fosse sotto l'effetto di qualche droga. Fino ad allora non avevano mai mangiato tutti e tre insieme, ma Lillian non parve notare quale grande conquista rappresentasse quella cena. Fece uscire Sachs dalla cucina a spintoni e lavorò senza interruzioni per le due ore successive, preparando un prelibato piatto a base di verdure e agnello. Sachs era sbalordito, ma dato tutto ciò che aveva preceduto quell'avvenimento non era pronto ad accettarlo per quello che era. Sentiva che poteva essere una trappola, uno stratagemma per indurlo con l'inganno ad abbassare la guardia, e sebbene il suo unico desiderio fosse di andare d'accordo con Lillian, di unirsi al flusso della sua allegria, non riusciva a farlo. Era rigido e impacciato, non trovava le parole, e all'improvviso i modi gioiosi che si era sforzato tanto di ostentare con lei gli vennero meno. Parlarono soprattutto Lillian e Maria, e dopo un po' Sachs divenne poco più di un osservatore, una cupa presenza che s'aggirava ai margini della festa. Si odiava per questo suo comportamento, e quando rifiutò il secondo bicchiere di vino che Lillian stava per versargli, cominciò a pensare a se stesso con disgusto, a considerarsi un asino completo. «Non preoccuparti» gli disse Lillian versandogli lo stesso il vino. «Non ti morderò.» «Lo so» rispose Sachs. «È solo che credevo...» Prima che riuscisse a completare la frase Lillian lo interruppe. «Smetti di pensare tanto» gli disse. «Bevi il vino e gustatelo. Ti fa bene.»

L'indomani, però, fu come se non fosse successo assolutamente nulla. Lillian uscì di casa presto e tornò soltanto la mattina seguente, e per il resto di quella settimana continuò a farsi vedere il meno possibile. Sachs era intontito per la gran confusione. Ormai metteva in dubbio perfino i propri dubbi, e a poco a poco si sentì schiacciare dall'enorme peso di quella terribile avventura. Forse avrebbe dovuto dar retta a Maria Turner, pensò. Forse non aveva alcun diritto di stare là e avrebbe fatto meglio a preparare i bagagli e andarsene. Una notte, per diverse ore si baloccò addirittura con l'idea di consegnarsi alla polizia. Se non altro quell'agonia sarebbe finita. Anziché buttare via il denaro dandolo a una persona che non lo voleva, forse avrebbe dovuto usarlo per assumere un avvocato, forse avrebbe dovuto cominciare a pensare a un sistema per tenersi lontano dalla galera.

Poi, meno di un'ora dopo aver pensato queste cose, tutto si capovolse ancora una volta. Accadde tra la mezzanotte e l'una mentre Sachs stava per addormentarsi sul divano del soggiorno. Udì un rumore di passi al piano di sopra. Immaginò che fosse Maria che andava in bagno, ma proprio quando stava per riaddormentarsi sentì qualcuno che scendeva le scale. Non fece in tempo a scansare la coperta e ad alzarsi che la lampada del soggiorno si accese e il suo letto di fortuna fu inondato di luce. Automaticamente si coprì gli occhi e un secondo dopo, quando con uno sforzo li riaprì, vide Lillian seduta nella poltrona di fronte al divano, avvolta nell'accappatoio di spugna. « Dobbiamo parlare » gli disse. Sachs scrutò il suo viso in silenzio e intanto lei tirò fuori una sigaretta dalla tasca dell'accappatoio e l'accese con un fiammifero. L'allegra sicurezza e la posa evidente delle settimane precedenti erano sparite, e adesso perfino la sua voce gli sembrava esitante, più vulnerabile che mai. Lillian posò i fiammiferi sul tavolino che stava tra la poltrona e il divano. Sachs seguì il movimento della sua mano, poi lanciò un'occhiata alla scritta sulla scatola dei fiammiferi, momentaneamente distratto dalle livide lettere verdi cesellate contro uno sfondo rosa shocking. Scoprì che si trattava della pubblicità di un telefono sexy, e proprio allora, in uno di quegli improvvisi sprazzi di intuito, si rese conto che nulla era insensato, che al mondo ogni cosa era collegata a tutto il resto.

« Ho deciso che non voglio più essere considerata un mostro da te » disse Lillian. Quelle furono le parole che diedero inizio al tutto, e nelle due ore successive gli raccontò più cose di sé di quante gliene avesse dette in tutte le settimane precedenti messe insieme, in un modo che pian piano sgretolò i risentimenti che Sachs covava nei suoi riguardi. Non che si fosse fatta avanti per scusarsi di qualcosa, né lui era pronto a credere a occhi chiusi a quello che diceva, ma a poco a poco, nonostante la sua diffidenza e il suo sospetto, Sachs capì che Lillian non stava meglio di lui, e che le aveva provocato la stessa sofferenza che lei aveva provocato a lui.

Comunque, gli ci volle un po' di tempo. In un primo momento credette che fosse tutta una commedia, un'ennesima manovra per tenerlo sul filo. Nel turbine di sciocchezze che lo invase come una tempesta riuscì perfino a convincersi che lei sapesse dei suoi progetti di fuga – come se riuscisse a leggergli nel pensiero, come se fosse entrata nel suo cervello e lo avesse ascoltato mentre faceva quei ragionamenti. Non era scesa per rappacificarsi con lui. Lo aveva fatto per ammansirlo, per assicurarsi che non se la svignasse prima di averle dato tutti i soldi. Ormai era a un passo dal delirio, e se Lillian stessa non avesse accennato ai soldi Sachs non avrebbe mai saputo quanto si era sbagliato sul suo conto. Fu proprio allora che la conversazione prese un altro corso. Lillian si mise a parlare dei soldi, e le sue parole somigliavano così poco a quelle che Sachs le aveva attribuito nella propria immaginazione, che di colpo egli si vergognò di se stesso, si vergognò a tal punto che cominciò ad ascoltarla seriamente.

« Mi hai dato quasi trentamila dollari » gli disse. « E i soldi arrivano a getto continuo, aumentano di giorno in giorno, e più ce ne sono e più mi fanno paura. Non so per quanto tempo hai intenzione di andare avanti così, ma trentamila dollari bastano. Sono più che sufficienti, e secondo me dovremmo fermarci prima che la situazione ci sfugga di mano. »

« Non possiamo fermarci » le rispose Sachs, suo malgrado. « Siamo solo agli inizi. »

« Non sono più sicura di poterli accettare. »

« Ma sì che puoi. Sei la persona più dura che abbia mai conosciuto, Lillian. Puoi accettarli benissimo, basta che non ti preoccupi. »

« Non sono dura. Non sono forte e non sono buona, e quando mi conoscerai rimpiangerai d'aver messo piede in questa casa. »

« Quei soldi non hanno niente a che fare con la bontà. Hanno a che fare con la giustizia, e se la giustizia significa qualcosa, deve essere uguale per tutti, buoni e non buoni. »

A quel punto Lillian scoppiò a piangere, fissando Sachs dritto in viso e lasciando che le lacrime le rigassero le guance – senza toccarle, quasi non volesse riconoscere la loro presenza. Per Sachs era un pianto orgoglioso, che allo stesso tempo metteva a nudo l'angoscia e asseriva il rifiuto di piegarsi a essa, e la rispettava per quel suo tenace tentativo di controllarsi. Purché le ignorasse, purché non le asciugasse con la mano, quelle lacrime non l'avrebbero mai umiliata.

Dopo parlò quasi soltanto Lillian, fumando una sigaretta dietro l'altra mentre snocciolava il suo lungo monologo di rimpianti e recriminazioni. Sachs aveva difficoltà a seguire gran parte dei suoi discorsi, ma non osava interromperla, temendo che una parola sbagliata o una domanda fuori luogo avrebbero potuto bloccarla. Divagò per un po' su un uomo di nome Frank, poi parlò di un altro che si chiamava Terry e infine, poco dopo, passò in rassegna gli ultimi anni del suo matrimonio con Dimaggio. A sua volta, questo argomento portò a una storia in cui c'entrava la polizia (che, a quanto sembrava, l'aveva interrogata dopo il rinvenimento del cadavere di Dimaggio), ma prima di finire quel racconto gli parlò del suo progetto di trasferirsi, di lasciare la California per ricominciare daccapo in un altro posto. Aveva praticamente bell'e deciso, disse, quando lui era apparso davanti alla porta della sua casa, e tutto il progetto era andato a monte. Non riusciva più a pensare in maniera chiara, non sapeva più se stava per partire o meno. Sachs si aspettava che si sarebbe dilungata su quel problema ancora per un po', e invece passò a parlare di lavoro, quasi vantandosi di come era riuscita a provvedere a se stessa senza Dimaggio. Gli spiegò che aveva un diploma di massaggiatrice, che faceva qualche servizio fotografico per i cataloghi dei grandi magazzini, e che tutto sommato era riuscita a rimanere a galla. Poi, all'improvviso, accantonò quell'argomento come se non avesse alcuna importanza e riscoppiò a piangere.

«Tutto s'aggiusterà» disse Sachs. «Vedrai. Tutte le cose brutte ormai ce l'hai alle spalle. È solo che non te ne sei ancora resa conto.»

Era la cosa giusta da dirle, e pose termine alla conversazione con una nota positiva. Non era stato risolto niente, ma Lillian sembrava confortata da questa sua osservazione, commossa dal suo incoraggiamento. Quando lo abbracciò frettolosamente per ringraziarlo prima di tornare a letto, Sachs resistette alla tentazione di stringerla più forte del dovuto. Tuttavia per lui fu un momento sublime, un momento di contatto autentico e innegabile. Sentì il suo corpo nudo sotto l'accappatoio, la baciò delicatamente sulla guancia e capì che ora ricominciavano daccapo, che tutto quello che era successo prima era stato cancellato.

L'indomani mattina Lillian uscì di casa alla solita ora, scomparendo mentre Sachs e Maria si erano avviati verso l'asilo. Questa volta, però, al suo ritorno Sachs trovò un biglietto in cucina, un breve messaggio che sembrava confermare le sue più folli, più improbabili speranze. « Grazie per ieri sera » diceva. « xxx ». Gli piaceva che avesse apposto i segni per baci invece della firma. Anche se li aveva messi con l'intenzione più innocente – per riflesso, come una variante della solita formula di saluto – la triplice x alludeva anche a qualcos'altro. Era lo stesso codice per la parola *sex* che aveva visto sulla scatola di fiammiferi la sera prima e lo eccitava immaginare che Lillian lo avesse fatto di proposito, che aveva sostituito il proprio nome con quei segni per imprimere quell'associazione nella sua mente.

Facendo affidamento su quel biglietto, prese l'iniziativa e fece una cosa ben sapendo che non avrebbe dovuto. Perfino mentre la faceva si rendeva conto che era sbagliato, che cominciava a perdere la testa, ma non riusciva più a fermarsi. Dopo aver terminato i suoi giri mattutini, cercò l'indirizzo dello studio massoterapico dove Lillian gli aveva detto di lavorare. Era sulla Shattuck Avenue, nella zona nord di Berkeley, e senza neanche darsi la briga di telefonare per chiedere un appuntamento, salì in macchina e partì. Voleva farle una sorpresa, presentarsi senza preavviso e salutarla – con fare molto casuale, come se fossero vecchi amici. E se per caso era libera le avrebbe chiesto di fargli un massaggio. Così avrebbe avuto una scusa legittima per farsi toccare da lei ancora una volta, e perfino mentre gustava la sensazione delle sue mani sulla pelle, avrebbe pouto placare la propria coscienza al pensiero che la stava aiutando a guadagnarsi da vivere. Non sono mai stato massaggiato da una professionista, le avrebbe detto, e volevo solo sapere che effetto fa. Trovò il posto senza difficoltà, ma quando entrò e domandò di Lillian Stern alla donna dietro al bancone dell'ingresso, ricevette una risposta secca e glaciale. « Lillian Stern se ne è andata la scorsa primavera », disse la donna, « e da allora non si è più fatta vedere. »

Colto alla sprovvista, Sachs uscì con la sensazione di essere stato tradito, ferito dalla bugia che Lillian gli aveva raccontato. Quella notte Lillian non rientrò e Sachs fu quasi contento che lo avesse lasciato solo, che gli avesse risparmiato l'imbarazzo di doverla rivedere. In fondo, non poteva dire niente. Se le avesse detto dove era stato quel pomeriggio, avrebbe svelato il suo segreto rovinando così qualsiasi chance avesse ancora con lei. Tutto sommato, forse era meglio per lui che gli fosse successo ora piuttosto che in seguito. Doveva avere più cura dei propri sentimenti, si disse. Niente più gesti impulsivi. Niente più voli di entusiasmo. Quella lezione gli era servita, e sperava di non dimenticarla.

E invece la dimenticò. E non a tempo debito, ma l'indomani stesso. Ancora una volta, accadde dopo il calare della sera. Ancora una volta, aveva già messo a letto Maria, e ancora una volta si era accampato sul divano del soggiorno – questa volta, però, era ancora sveglio, e stava leggendo uno dei libri di Lillian sulla reincarnazione. Il fatto che quegli sproloqui potessero interessarle lo spaventava, e continuò a leggere con una sorta di sarcasmo maligno, studiando ogni pagina come se fosse un tributo alla stupidità di Lillian, alla stupefacente frivolezza della sua mente. Era ignorante, si disse, una scervellata piena di fisime e idee sciocche, e come poteva pretendere che una persona come lei riuscisse a capirlo, ad assimilare anche solo una decima parte di quello che faceva lui? Ma poi, proprio quando stava per posare il libro e spegnere la luce, Lillian entrò dalla porta d'ingresso con indosso il vestitino nero più aderente e più striminzito che avesse mai visto, ed egli non riuscì a trattenere un sorriso a quella vista. Era così incantevole. Era così bella, e ora che era là accanto a lui, Sachs non riusciva a staccarle gli occhi di dosso.

«Ciao, ragazzino» gli disse. «Ti sono mancata?»

«Costantemente» rispose. «Dall'ultimo momento che ti ho visto fino a ora.» Recitò il verso con bravura sufficiente da farlo sembrare una battuta, una faceta canzonatura, ma la verità era che diceva sul serio.

«Bene, visto che anche tu mi sei mancato.»

Lillian si fermò davanti al tavolino, fece un breve risolino e poi girò su se stessa, le braccia aperte come un'indossatrice, piroettando agilmente sulle punte. «Ti piace il mio vestito?» domandò. «Seicento dollari ai saldi. Un affarone, non ti pare?»

«Vale fino all'ultimo centesimo. E poi è anche della misura giusta. Se fosse stato anche solo un pochino più piccolo non avrebbe lasciato niente all'immaginazione. Sarebbe stato come se non lo avessi indossato.»

«È proprio questo il look. Semplice e seducente.»

«Semplice, non direi. L'altra cosa sì, ma certamente non semplice.»

«Però non volgare.»

«No, assolutamente. È troppo ben confezionato per essere volgare.»

«Bene. Una persona mi ha detto che era volgare, e volevo sentire la tua opinione prima di togliermelo.»

«Vuoi dire che le sfilate di moda sono finite?»

«Proprio così. Si sta facendo tardi e non pretenderai che una vecchietta come me stia in piedi tutta la notte.»

«Peccato. Proprio ora che cominciavo a prenderci gusto.»

«Certe volte sei un po' zuccone, vero?»

«Può darsi. Spesso me la cavo bene con le cose complicate. Mentre quelle semplici tendono a confondermi.»

«Come togliere un vestito, immagino. Se continui ancora a tirarla per le lunghe me lo toglierò da sola. E sarebbe un peccato, non ti pare?»

«Già, direi. Soprattutto visto che non sembra un'impresa molto difficile. Niente bottoni né ganci con cui armeggiare, niente lampo che si impigliano. Basta tirare su dal fondo e farlo scivolare.»

«Oppure puoi cominciare da sopra e scendere verso il basso. A lei la scelta, Mr. Sachs.»

Un momento dopo Lillian era seduta accanto a lui sul divano, e qualche istante dopo ancora il vestito stava per terra. Lillian gli si lanciò addosso con un misto di furia e di allegria, dando l'assalto al suo corpo con brevi impeti da togliere il respiro, senza che lui accennasse a fermarla. Sachs sapeva che era ubriaca, ma anche se era tutto un incidente, anche se erano solo l'alcol e la noia a spingerla tra le sue braccia, era disposto ad accettarlo. Forse non si sarebbe mai presentata un'altra occasione, si disse, e dopo aver aspettato per quattro settimane che succedesse proprio questo, sarebbe stato inconcepibile respingerla.

Fecero all'amore sul divano, e poi fecero all'amore al piano di sopra nel letto di Lillian, e anche quando gli effetti dell'alcol svanirono, lei mantenne l'ardore dei primi momenti, offrendosi a lui con tanto abbandono e tanta concentrazione da annullare qualsiasi dubbio potesse ancora persistere nel suo animo. Lo annientò, lo prosciugò, lo smantellò. E la cosa straordinaria fu che la mattina dopo, quando si svegliarono e si ritrovarono insieme nel letto, ricominciarono daccapo, e questa volta, mentre la luce fioca si spandeva negli angoli della piccola stanza, gli disse che lo amava, e Sachs, che in quel momento la fissava negli occhi, non notò nulla nel suo sguardo che lo inducesse a non crederle.

Era impossibile sapere cosa era successo, e Sachs non trovò mai il coraggio di chiederglielo. Si limitò ad adattarsi alla situazione, lasciandosi trasportare da un'onda di inspiegabile felicità, senza desiderare altro che di essere esattamente dov'era. Durante la notte erano diventati una coppia. Ora di giorno Lillian rimaneva a casa con lui, contribuendo alle faccende domestiche, assumendosi di nuovo le sue responsabilità di madre, e ogni volta che lo guardava era come se ripetesse ciò che gli aveva detto quella prima mattina a letto. Passò una settimana, e più sembrò improbabile che si sarebbe rimangiata tutto, più imparò ad accettare quello che stava succedendo. Per giorni di fila la portò fuori a fare spese folli – regalandole montagne di vestiti e di scarpe, biancheria di seta, orecchini con rubini e un vezzo di perle. Gozzovigliavano in ristoranti di classe concedendosi vini costosi, parlavano, facevano progetti, scopavano senza sosta. Era troppo bello per essere vero, forse, ma ormai Sachs non riusciva più a pensare a cosa era bello e cosa vero. Anzi, a dire la verità, non riusciva più a pensare.

È impossibile dire per quanto sarebbero potuti andare avanti così. Se fosse dipeso soltanto da loro, forse sarebbero riusciti a costruire qualcosa da quell'esplosione erotica, da quella relazione bizzarra e completamente assurda. A dispetto delle sue implicazioni demoniache, è possibile che Sachs e Lillian avrebbero potuto stabilirsi da qualche parte e vivere insieme una vita vera. Ma erano ostacolati da altre realtà, e meno di due settimane dopo il suo inizio quella nuova vita già venne messa in discussione. Si erano innamorati, certo, ma avevano anche sconvolto l'equilibrio domestico, e la piccola Maria era tutt'altro che felice del cambiamento. Aveva ritrovato la madre ma allo stesso tempo aveva perduto qualcosa, e dal suo punto di vista quella perdita deve essere stata come il crollo di un mondo. Per quasi un mese lei e Sachs avevano vissuto insieme in una sorta di paradiso. Era stata l'unico oggetto dei suoi affetti e lui l'aveva coccolata e amata svisceratamente come nessuno aveva mai fatto. E adesso, senza nemmeno una parola, l'aveva abbandonata. Si era trasferito nel letto di sua madre e invece di rimanere a casa a farle compagnia, la lasciava alle baby-sitter e usciva tutte le sere. Maria la prese malissimo. Era offesa perché la madre si era interposta tra loro due, e ce l'aveva con Sachs perché l'aveva abbandonata. Dopo aver sopportato la situazione per tre o quattro giorni, la sempre affabile e affettuosa Maria si era trasformata in un mostro, in una piccola macchina dispensatrice di musi, collere e lacrime rabbiose.

La seconda domenica Sachs propose una gita di famiglia al roseto di Berkeley Hills. Una volta tanto Maria sembrava di buonumore, e dopo che Lillian ebbe preso una vecchia trapunta dall'armadio del piano di sopra, i tre salirono sulla Buick diretti verso l'altro capo della città. Tutto filò liscio per la prima ora. Sachs e Lillian se ne stavano distesi sulla trapunta e Maria giocava sull'altalena mentre il sole disperdeva i resti della foschia mattutina. Perfino quando, poco dopo, Maria sbatté la testa contro le barre del castello, non sembrò esserci alcun motivo di preoccupazione. Tornò di corsa da loro in lacrime, come avrebbe fatto qualsiasi bambino e Lillian l'abbracciò e la consolò baciandole il segno rosso sulla tempia con particolare premura e tenerezza. Sachs era convinto che fosse una buona medicina, l'antico rimedio, ma in quel caso la sua efficacia fu praticamente nulla. Maria continuò a piangere, rifiutandosi di farsi consolare dalla madre, e benché la ferita non fosse che un graffio, si lamentò con veemenza e i singhiozzi si fecero talmente forti che quasi rischiò di soffocare. Imperterrita, Lillian l'abbracciò ancora, ma stavolta Maria si ritrasse, accusando la madre di stringerla troppo forte. Sachs scorse negli occhi di Lillian un'espressione di dolore e poi, quando Maria l'allontanò con una spinta, anche un guizzo di rabbia. Di punto in bianco sembravano sull'orlo di uno scontro vero e proprio. Un gelataio si era fermato con il suo chioschetto a una quindicina di metri da loro e Sachs, pensando che potesse essere una distrazione utile, si offrì di comprare un cono a Maria. Ti farà star meglio, le disse con un sorriso il più comprensivo possibile, e poi corse verso l'ombrellone multicolore parcheggiato sul marciapiede proprio sotto di loro. Scoprì che c'era una scelta di sedici gusti diversi. Non sapendo quale prendere, decise per una combinazione di pistacchio e cassata. Se non altro, pensò, il suono di quei nomi l'avrebbe divertita. Ma non fu così. Anche se al suo ritorno le lacrime si erano diradate, Maria guardò con sospetto le palline di gelato verde, e quando le porse il cono e lei diede il primo, esitante morso, si scatenò di nuovo l'inferno. La bambina fece una smorfia terribile, sputò il gelato quasi fosse veleno e lo definì « disgustoso ». Seguì un altro attacco di singhiozzi e poi, al culmine della collera, Maria afferrò il cono con la mano destra e lo lanciò addosso a Sachs. Lo colpì in pieno stomaco imbrattandogli tutta la camicia. Mentre Sachs abbassava lo sguardo per accertarsi del danno, Lillian si precipitò da Maria e le diede un ceffone in pieno viso.

« Monella! » gridò alla bambina. « Disgraziata di una monella ingrata! Ti ammazzo, hai capito? Ti ammazzo qui, davanti a tutta questa gente! » E poi, prima che Maria avesse il tempo di alzare le mani per proteggersi il viso, Lillian le mollò un altro ceffone.

«Smettila» disse Sachs. La sua voce era dura, inorridita per la rabbia, e per un momento fu tentato di sbattere Lillian per terra. «Non t'azzardare a toccare la bambina con un dito, mi hai sentito?»

«Aria, bello» gli rispose, arrabbiata quanto lui. «È figlia mia, e ci faccio quello che mi pare e piace.»

«Niente botte. Questo non lo permetto.»

«Se se le merita, gliele do, eccome. E nessuno ci deve mettere bocca. Neanche tu, rompipalle che non sei altro.»

La situazione peggiorò prima di migliorare. Per i successivi dieci minuti Sachs e Lillian inveirono l'uno contro l'altra, e se non si fossero trovati in un luogo pubblico a discutere davanti a decine di spettatori, Dio sa dove sarebbero arrivati. Comunque, alla fine riuscirono a controllarsi e a frenare la collera. Si scusarono entrambi, si baciarono e fecero la pace, e per il resto del pomeriggio non accennarono più all'accaduto. Andarono tutti e tre al cinema, poi a cena in un ristorante cinese e quando tornarono a casa e Maria fu messa a letto, l'incidente era bell'e dimenticato. O almeno così credevano. In realtà, quello fu il primo presagio di sventura, e dal momento in cui Lillian diede il ceffone a Maria fino a quando Sachs lasciò Berkeley cinque settimane dopo, niente fu più come prima.

5

Il sedici gennaio 1988 una bomba esplose davanti al palazzo di giustizia di Turnbull, nell'Ohio, distruggendo una copia in scala ridotta della Statua della Libertà. Quasi tutti pensarono che si trattasse di una ragazzata, un meschino gesto di vandalismo privo di moventi politici, ma poiché era stato distrutto un simbolo nazionale, l'indomani le agenzie stampa diffusero una breve nota sull'incidente. Sei giorni dopo saltò in aria un'altra Statua della Libertà, a Danburg, in Pennsylvania. Le circostanze erano pressoché identiche: una piccola esplosione nel cuore della notte, nessun ferito, nessun danno eccetto che alla statua. Tuttavia, era impossibile sapere se le due esplosioni erano opera della stessa persona oppure se la seconda era un'imitazione della prima – un cosiddetto crimine per imitazione. Nessuno parve farci molto caso, ma un preminente senatore conservatore fece una dichiarazione in cui condannava quei « gesti deplorevoli » ed esortava i colpevoli a smetterla immediatamente con le loro birbonate. « Non è divertente » disse. « Non solo avete distrutto un bene, ma avete dissacrato un simbolo nazionale. Gli americani amano la loro statua, e non vedono di buon occhio questo genere di scherzi villani. »

Sparse per l'America ci sono in tutto circa centotrenta copie in scala ridotta della Statua della Libertà dislocate in luoghi pubblici. Si trovano nei parchi comunali, davanti ai municipi, sulle cime degli edifici. A differenza della bandiera, che tende a dividere la popolazione nella stessa misura in cui la unisce, la statua è un simbolo che non dà adito a controversie. Se da un lato molti americani sono fieri della loro bandiera, dall'altro ce ne sono molti altri che se ne vergognano, e per ogni persona che la considera un oggetto sacro ce ne è un'altra che ci sputerebbe sopra, o la brucerebbe, o la trascinerebbe nel fango. La Statua della Libertà, invece, è immune da questo genere di conflitti. Per gli ultimi cento anni ha superato la politica e l'ideologia, ergendosi sulla soglia del nostro paese come un emblema di tutto ciò che di buono c'è in noi. Più della realtà rappresenta la speranza, più dei fatti la fede, e sarebbe difficile trovare anche una sola persona disposta a condannare apertamente i valori che rappresenta: la democrazia, la libertà, l'uguaglianza davanti alla legge. È il meglio di ciò che l'America ha da offrire al mondo, e per quanto ci si possa affliggere perché l'America non è riuscita a mostrarsi all'altezza di questi ideali, gli ideali in sé non perdono la loro validità. Hanno dato conforto a milioni di persone. Hanno istillato in tutti noi la speranza che un giorno riusciremo a vivere in un mondo migliore.

Undici giorni dopo l'incidente avvenuto in Pennsylvania, fu distrutta un'altra statua in un parco pubblico di un villaggio del Massachusetts centrale. Questa volta il gesto fu seguito da un messaggio, una dichiarazione letta per telefono alla redazione dello « Springfield Republican » la mattina dopo. « Svegliati, America » annunciò la voce. « È ora che cominci a praticare quello che predichi. Se vuoi evitare che altre statue saltino in aria, dimostrami che non sei un'ipocrita. Fa' qualcosa per il tuo popolo oltre a costruirgli bombe. Altrimenti le mie di bombe continueranno a esplodere. Firmato: il Fantasma della Libertà. »

Nei diciotto mesi che seguirono furono distrutte altre nove statue in varie parti del paese. Tutti ricorderanno questo fatto, e non c'è bisogno che io faccia un resoconto dettagliato della attività del Fantasma. In alcune città le statue furono messe sotto sorveglianza continua, grazie all'intervento di gruppi di volontari dell'Associazione dei Combattenti e Reduci, del Circolo delle Alci, della squadra di football del liceo e altre organizzazioni locali. Ma non tutte le comunità erano così vigili, e il Fantasma riusciva ancora a evitare di essere scoperto. Dopo ogni colpo seguiva una pausa prima dell'esplosione successiva, un periodo abbastanza lungo da far sì che la gente si chiedesse se era l'ultimo. Poi, di punto in bianco, rispuntava a mille miglia di distanza, e un'altra bomba esplodeva. Naturalmente molte persone erano indignate, ma ce ne erano altre che si ritrovarono a simpatizzare con gli obiettivi del Fantasma. Erano una minoranza, certo, ma l'America è un paese grande, e il loro numero era tutt'altro che esiguo. Per loro il Fantasma finì per diventare una sorta di eroe popolare clandestino. Secondo me, questo era dovuto in gran parte ai messaggi, alle dichiarazioni che faceva per telefono ai giornali e alle stazioni radio la mattina dopo ogni esplosione. Per forza di cose erano brevi, ma col passar del tempo parvero migliorare: si fecero più concise, più poetiche, più originali nel modo in cui esprimevano la sua delusione nei confronti del paese. « Ognuno è solo », esordiva uno dei messaggi, « e perciò non ci resta che rivolgerci gli uni agli altri ». Oppure: « La democrazia non è un fatto assodato. Bisogna battersi per essa tutti i giorni, altrimenti corriamo il rischio di perderla. L'unica arma a nostra disposizione è la Legge ». O ancora: « Trascurare i bambini significa distruggere noi stessi. Esistiamo nel presente solo nella misura in cui riponiamo la nostra fede nel futuro ». A differenza delle dichiarazioni terroristiche-tipo, caratterizzate da una retorica tronfia e richieste belligeranti, i comunicati del Fantasma non chiedevano l'impossibile. Egli voleva semplicemente che l'America si guardasse dentro e si ravvedesse. In questo senso le sue esortazioni avevano un sapore quasi biblico, e dopo un po' egli cominciò a somigliare sempre più a un profeta angustiato e affabile che a un rivoluzionario politico. In fondo, si limitava a dar voce a quello che molta gente sentiva già e, almeno in certe cerchie, c'era addirittura qualcuno che difendeva le sue azioni. Le sue bombe non avevano ferito nessuno, sostenevano, e se quelle misere esplosioni costringevano la gente a riconsiderare la propria posizione nei riguardi della vita, allora forse in fondo non era poi un'idea tanto malvagia.

In tutta sincerità, non seguii questa storia con molta attenzione. In quel periodo stavano succedendo cose ben più importanti nel mondo, e quando capitava che il Fantasma della Libertà catturasse la mia attenzione, non gli davo peso e lo consideravo un tipo strambo, un altro personaggio effimero da includere negli annali della follia americana. Comunque, anche se il mio interesse fosse stato maggiore, non penso che avrei mai indovinato che il Fantasma e Sachs erano la stessa persona. Era una coincidenza che andava troppo al di là della mia immaginazione, troppo estranea a qualsiasi fatto verosimile, e non vedo come mi sarebbe potuto saltare in mente di fare quel collegamento. D'altro canto (e questo, mi rendo conto, sembrerà strano), se il Fantasma mi faceva pensare a qualcuno, quello era Sachs. Quando fu data notizia delle prime esplosioni Sachs era sparito da quattro mesi e il nome della Statua della Libertà me lo fece subito venire in mente. Era abbastanza naturale, immagino – tenendo conto del romanzo che aveva scritto e delle circostanze della sua caduta di due anni prima – e da allora in poi quell'associazione rimase impressa nella mia mente. Ogni volta che leggevo del Fantasma pensavo a Ben. Ricordi della nostra amicizia m'invadevano, e all'improvviso cominciavo a soffrire, tremando al pensiero di quanto mi mancava.

Ma non andai più in là di questo. Il Fantasma era un segno dell'assenza del mio amico, il catalizzatore di una sofferenza personale, ma passò oltre un anno prima che mi accorgessi dell'esistenza del Fantasma in quanto tale. Fu nella primavera dell'89, nel momento in cui accesi il televisore e vidi gli studenti del movimento democratico cinese scoprire la loro goffa imitazione della Statua della Libertà in piazza Tienanmen. Allora mi resi conto di aver sottovalutato la forza di quel simbolo. Rappresentava un'idea che apparteneva a tutti, a tutti i cittadini del mondo, e il Fantasma aveva avuto un ruolo importante nella riesumazione del suo significato. Avevo sbagliato ad accantonarlo. Aveva provocato un tumulto da qualche parte nelle viscere della terra, e ora le onde cominciavano a salire in superficie, lambendo ogni parte del suolo contemporaneamente. Era successo qualcosa, qualcosa di nuovo era nell'aria, e durante quella primavera ci furono giorni in cui, camminando per la città, quasi immaginavo di riuscire a sentire i marciapiedi vibrare sotto i miei piedi.

All'inizio dell'anno avevo cominciato a scrivere un nuovo romanzo, e quando la scorsa estate Iris e io lasciammo New York per andare nel Vermont, ero immerso nella mia storia, quasi incapace di pensare ad altro. Mi installai nel vecchio studio di Sachs il venticinque di giugno, e nemmeno quella situazione potenzialmente piena di mistero riuscì a interrompere il mio ritmo. C'è un momento in cui un libro comincia a prendere possesso della tua vita, quando il mondo che hai immaginato diventa più importante di quello reale, e quasi non mi passò per la mente che ero seduto sulla stessa sedia su cui soleva sedersi Sachs, che stavo scrivendo alla stessa scrivania a cui soleva scrivere lui, che respiravo la stessa aria che un tempo aveva respirato lui. Se non altro, per me era una fonte di piacere. Mi faceva piacere avere di nuovo il mio amico vicino, e sentivo che se avesse saputo che occupavo i suoi vecchi spazi sarebbe stato contento. Sachs era uno spettro benevolo e nella sua capanna non aveva lasciato né maledizioni né spiriti maligni. Voleva che stessi lì, sentivo, e anche se a poco a poco avevo ceduto all'opinione di Iris (secondo cui era morto, e non sarebbe più tornato), era come se ci capissimo ancora, come se tra noi non fosse cambiato nulla.

Ai primi di agosto, Iris partì per il Minnesota per andare al matrimonio di un'amica d'infanzia. Portò con sé Sonia e, dal momento che David sarebbe rimasto al campo scuola sino alla fine del mese, rimasi qui da solo al chiodo e andai avanti col mio libro. Dopo un paio di giorni, cominciai a scivolare nelle stesse abitudini che s'impossessano di me ogni volta che Iris e io siamo lontani: troppo lavoro, troppo poco cibo, inquietudine, notti insonni. Quando Iris è a letto con me dormo sempre, ma nello stesso istante in cui se ne va mi prende il terrore perfino di chiudere gli occhi. Ogni notte diventa un po' più dura della precedente, e in men che non si dica rimango con la lampada accesa fino all'una, le due, le tre del mattino. Niente di tutto questo ha importanza, ma poiché avevo gli stessi problemi l'estate scorsa durante l'assenza di Iris, mi capitò di essere sveglio quando Sachs fece la sua improvvisa, inattesa apparizione nel Vermont. Erano quasi le due, e io mi trovavo al piano di sopra, a letto a leggere un giallo da due soldi, un poliziesco lasciato da qualche ospite anni addietro, quando sentii il rumore di una macchina che avanzava scoppiettando lungo la strada sterrata. Sollevai gli occhi dal libro, in attesa che la macchina passasse oltre la casa, e invece, senza ombra di dubbio, il motore rallentò, i fasci di luce dei fari colpirono la mia finestra e la macchina svoltò, strusciando contro i cespugli di biancospino prima di fermarsi nel cortile. M'infilai un paio di pantaloni e mi precipitai di sotto, arrivando in cucina appena qualche secondo dopo che il motore si spense. Non c'era tempo per pensare. Andai dritto verso il ripiano dove stavano gli utensili, afferrai il coltello più lungo che riuscii a trovare, e poi rimasi là al buio, aspettando che lo sconosciuto entrasse. Immaginavo che fosse un ladro o un maniaco, e nei successivi dieci o venti secondi provai lo spavento più grande della mia vita.

La luce si accese prima che riuscissi a saltargli addosso. Fu un gesto automatico – entrare in cucina e accendere la luce – e un istante dopo il fallimento della mia imboscata, mi resi conto che era stato Sachs a farlo. Tra una percezione e l'altra, però, intercorse un intervallo minimo, e in quel lasso di tempo mi diedi per morto. Sachs avanzò di tre o quattro passi nella stanza e poi si fermò, restando immobile. Fu allora che mi vide in piedi nell'angolo – il coltello ancora levato in aria, il mio corpo ancora pronto a balzare.

« Oh Gesù! » esclamò. « Sei tu. »

Cercai di dire qualcosa, ma non una parola uscì dalla mia bocca.

« Ho visto la luce accesa » riprese Sachs, fissandomi ancora incredulo. « Credevo che fosse Fanny. »

« No. » dissi. « Non era Fanny. »

« Già, pare proprio di no. »

« Ma neanche tu sei tu. Non è possibile, no? Tu sei morto. Ormai lo sanno tutti. Giaci da qualche parte in un fosso ai margini di una strada, a marcire sotto un mucchio di foglie. »

Impiegai un po' di tempo per riprendermi dallo shock, non molto, però, non tanto quanto avrei immaginato. Aveva un bell'aspetto, mi parve, lucido e in forma come ero stato abituato a vederlo, e tranne per il grigio che ormai si era sparso tra i suoi capelli, era essenzialmente la stessa persona di sempre. Questo fatto deve avermi rassicurato. Quello che era tornato non era uno spettro – era il vecchio Sachs, pimpante e chiacchierone come sempre. Quindici minuti dopo il suo arrivo mi ero già riabituato a lui, ero già disposto ad accettare che era vivo.

Non si aspettava di imbattersi in me, disse, e prima che ci sedessimo a parlare, si scusò diverse volte per la sua reazione estremamente stupita. Date le circostanze le scuse mi sembravano del tutto superflue. « È stato per via del coltello » dissi. « Se fossi entrato io e avessi visto qualcuno pronto a pugnalarmi, credo che anch'io avrei fatto un'espressione stupita. »

« Non è che sia dispiaciuto di vederti. È solo che non me lo aspettavo, tutto qui. »

« Nessuno ti chiede di essere felice. Dopo tutto questo tempo, non hai alcun motivo di esserlo. »

« Non ti do torto se ti sei sentito scaricato. »

« Non mi ci sono sentito. Almeno, non finora. Ammetto di essermi arrabbiato un bel po' in un primo momento, ma poi, dopo un po' di mesi, mi è passata. »

« E poi? »

« Poi ho cominciato ad avere paura per te. E credo di averne sempre avuta da allora. »

« E Fanny? Ha avuto paura anche lei? »

« Fanny è più coraggiosa di me. Non ha mai smesso di pensare che eri vivo. »

Sachs sorrise, visibilmente compiaciuto alle mie parole. Prima non ero sicuro se avesse intenzione di fermarsi oppure di andarsene, ma in quel momento scostò all'improvviso una sedia dal tavolo della cucina e si sedette, con l'aria di essere appena arrivato a una decisione importante. « Cosa fumi adesso? » mi domandò, ancora sorridendo.

« Schimmelpennincks. Quello che ho sempre fumato. »

« Bene. Allora fumiamoci un paio dei tuoi piccoli sigari, e poi magari ci beviamo una bottiglia di qualcosa. »

« Devi essere stanco. »

« Sono stanco sì. Ho guidato per quattrocento miglia e sono le due del mattino. Ma tu vuoi che ti racconti, vero? »

« Possiamo aspettare fino a domani. »

« Può darsi che domani non ne abbia più il coraggio. »

« E adesso, ti senti pronto? »

«Sì, sono pronto. Prima di entrare qui dentro e vedere te con il coltello in mano non avevo intenzione di dire una parola. Il mio piano è sempre stato questo: non dire niente, tenermi tutto per me. Ma adesso credo di aver cambiato idea. Non è che non riesca a farci il callo, ma all'improvviso mi rendo conto che qualcuno dovrebbe sapere. Così, nel caso dovesse succedermi qualcosa.»

«Perché dovrebbe succederti qualcosa?»

«Perché sono nei guai, ecco perché, e la mia fortuna potrebbe girare.»

«Ma perché raccontarlo a me?»

«Perché sei il mio migliore amico e so che sai mantenere un segreto.» S'interruppe per un momento e mi fissò dritto negli occhi. «Lo sai mantenere un segreto, vero?»

«Credo di sì. A dirti la verità, non sono sicuro che me ne abbiano mai confidato uno. Non sono sicuro di averne mai avuto uno da mantenere.»

Cominciò così: con queste frasi enigmatiche e queste allusioni a un disastro incombente. Trovai una bottiglia di bourbon nella dispensa, presi due bicchieri puliti dallo scolapiatti e poi guidai Sachs attraverso il cortile fino allo studio. Tenevo i miei sigari là, e per le successive cinque ore Sachs fumò e bevette, lottando contro la stanchezza mentre snocciolava la sua storia. Eravamo seduti entrambi in poltrona, uno di fronte all'altro, divisi dal mio tavolo da lavoro ingombro, e per tutto quel tempo nessuno di noi due si mosse. Tutt'intorno a noi le fiamme delle candele baluginavano e crepitavano mentre la sua voce riempiva la stanza. Sachs parlava e io ascoltavo, e frammento dopo frammento appresi tutto quello che ho raccontato finora.

Ancor prima che cominciasse a raccontare sapevo che doveva essergli successo qualcosa di eccezionale. Altrimenti non se ne sarebbe stato nascosto per tanto tempo, né si sarebbe dato tanto da fare per farci credere che era morto. Questo, almeno, era chiaro, e adesso che Sachs era tornato, ero pronto ad accogliere le rivelazioni più incredibili e terribili, ad ascoltare una storia che la mia immaginazione non sarebbe mai riuscita a concepire. Non che mi aspettassi di sentirlo raccontare *proprio questa storia*, ma sapevo che la sostanza sarebbe stata più o meno questa, e quando infine Sachs prese l'avvio (appoggiandosi contro lo schienale e dicendo: «Immagino che avrai sentito parlare del Fantasma della Libertà, vero?»), io quasi non battei ciglio. «Allora è questo che ti teneva occupato» dissi, interrompendolo prima che potesse continuare. «Sei tu l'omino buffo che ha fatto saltare in aria tutte quelle statue. È una bella occupazione, se riesci ad arrivarci, ma chi caspita ti ha eletto a coscienza del mondo? L'ultima volta che ti ho visto eri occupato a scrivere un romanzo.»

Impiegò il resto della notte a rispondere a quella domanda. Ma con tutto ciò nel suo racconto rimasero delle lacune, dei buchi che non sono riuscito a colmare. In parole povere sembra che l'idea gli fosse venuta per gradi, a partire dallo schiaffo di cui era stato testimone quella domenica pomeriggio a Berkeley e finendo con la disintegrazione del suo rapporto con Lillian. Tra quei due momenti dentro di lui aveva preso corpo una graduale resa a Dimaggio, un'ossessione crescente della vita dell'uomo che aveva ucciso.

«Infine trovai il coraggio di entrare nella sua stanza» mi disse Sachs. «Quella fu la molla, credo, il primo passo verso qualche sorta di azione legittima. Fino ad allora non avevo neanche aperto la porta. Ero troppo spaventato, penso, avevo troppa paura di quello che avrei potuto trovare se avessi cominciato a guardare. Ma Lillian era uscita di nuovo e Maria era a scuola, e io, rimasto solo in casa, pian piano cominciavo a perdere la testa. Com'era prevedibile, la maggior parte degli effetti di Dimaggio erano stati portati via dalla stanza. Non era rimasto nessun oggetto personale – nessuna lettera o documento, nessun diario o numero telefonico, nessuna traccia della sua vita con Lillian. Però trovai dei libri. Tre o quattro volumi di Marx, una biografia di Bakunin, un saggio di Trotsky sui rapporti interrazziali in America, roba del genere. E poi, nell'ultimo cassetto della sua scrivania, protetta da una copertina mobile nera, trovai una copia della sua tesi. Era la chiave. Se non l'avessi trovata non credo che tutto il resto sarebbe successo.

«Era una ricerca su Alexander Berkman – una rivalutazione della sua vita e delle sue opere in quattrocentocinquanta e passa pagine. Sono sicuro che avrai già sentito questo nome. Berkman era l'anarchico che sparò a Henry Clay Frick – la cui casa, sulla Quinta Avenue, è stata trasformata in museo. Accadde durante lo sciopero dei metallurgici di Homestead del 1892, quando Frick convocò un esercito di detective privati e ordinò di fare fuoco sugli operai. Giovane radicale ebreo emigrato dalla Russia pochi anni prima, all'epoca Berkman aveva vent'anni e scese in Pennsylvania inseguendo Frick con una pistola, nella speranza di eliminare quel simbolo dell'oppressione capitalista. Frick sopravvisse all'attentato e Berkman fu rinchiuso nel penitenziario di stato per quattordici anni. Dopo il suo rilascio scrisse *Memorie di prigionia di un anarchico*, e portò avanti il suo impegno politico, soprattutto insieme a Emma Goldman. Fu direttore di « Mother Earth », contribuì alla fondazione di una scuola libertaria, tenne discorsi, si batté per cause come lo sciopero degli operai tessili di Lawrence, e via di seguito. Quando l'America entrò nella Prima guerra mondiale fu messo di nuovo in carcere, questa volta per aver parlato contro la coscrizione obbligatoria. Di lì a due anni, poco dopo il suo rilascio, fu deportato in Russia insieme a Emma Goldman. Alla cena d'addio che fu data alla vigilia della loro partenza, si diffuse la notizia che Frick era morto quella stessa sera. L'unico commento di Berkman fu: 'È stato deportato da Dio'. Un'affermazione squisita, non trovi? Una volta in Russia, non ci mise molto a disilludersi. Si convinse che i bolscevichi avessero tradito la Rivoluzione; una forma di dispotismo aveva preso il posto di un'altra, e nel 1921, dopo la disfatta dell'insurrezione di Kronstadt, decise di emigrare dalla Russia per la seconda volta. Infine si stabilì nella Francia meridionale, dove visse gli ultimi dieci anni della sua vita. Scrisse l'*ABC dell'anarchia comunista*, e sbarcava il lunario traducendo, rivedendo manoscritti e facendo il negro, ma per riuscire a sopravvivere aveva ancora bisogno dell'aiuto degli amici. Nel '36, troppo malato per andare avanti, piuttosto che continuare a chiedere l'elemosina prese una pistola e si sparò alla testa.

« Era una bella tesi. Sebbene un po' goffa e didattica in certi punti, era ben documentata e appassionata, il risultato di un'indagine accurata e intelligente. Era difficile non rispettare Dimaggio per quel lavoro, non riconoscere che aveva un gran cervello. Ovviamente, dato ciò che sapevo sulle sue attività più recenti, la tesi rappresentava qualcosa di più di una mera esercitazione accademica. Costituiva uno stadio del suo sviluppo interiore, un modo di venire alle prese con le sue idee in materia di cambiamento politico. Non usciva allo scoperto dichiarandolo a chiare lettere, ma intuii che stava dalla parte di Berkman, che credeva che certe forme di violenza politica avevano una giustificazione morale. Anche il terrorismo aveva un posto nella lotta, per così dire. Se utilizzato in maniera corretta poteva essere uno strumento efficace per drammatizzare le questioni in gioco, per illuminare il popolo sulla natura del potere istituzionale.

« Da quel giorno non riuscii più a frenarmi. Non facevo che pensare a Dimaggio, a paragonarmi a lui, a domandarmi come mai eravamo capitati insieme su quella strada del Vermont. Intuivo una sorta di magnetismo cosmico, di inesorabile forza d'attrazione. Lillian non era disposta a raccontarmi molto di lui, ma sapevo che aveva combattuto in Vietnam e che era rimasto sconvolto dalla guerra, che aveva lasciato l'esercito con un'idea completamente diversa dell'America, della politica, della propria vita. Mi affascinava il pensiero che io ero finito in prigione a causa di quella guerra – e che combattendo in essa lui si era ritrovato più o meno nelle mie stesse condizioni. Eravamo entrambi diventati scrittori, eravamo entrambi consapevoli della necessità di cambiamenti fondamentali – ma mentre io avevo cominciato a smarrire la strada, ad agitarmi con i miei cessi di articoli e le mie pretese letterarie, Dimaggio aveva continuato a progredire, ad andare avanti, e alla fine aveva trovato il coraggio di mettere alla prova le proprie idee. Secondo me far saltare in aria gli accampamenti dei boscaioli non era una buona idea, però lo invidiavo perché aveva i coglioni per agire. Io non avevo mai alzato un dito. Avevo passato gli ultimi quindici anni a brontolare e a lamentarmi, ma non mi ero mai esposto per difendere tutte le mie opinioni vanagloriose e le mie prese di posizione agguerrite. Io ero un ipocrita e Dimaggio no, e quando feci il paragone tra me a lui, cominciai a vergognarmi.

«La mia prima idea fu di scrivere qualcosa su di lui. Qualcosa sulla falsariga di quello che lui aveva scritto su Berkman – ma migliore, più profondo, un vero e proprio studio della sua anima. Doveva essere un'elegia, una commemorazione in forma di libro. Se fossi riuscito a fare questo per lui, allora forse avrei potuto cominciare a redimermi, allora forse qualcosa di buono avrebbe potuto cominciare a venir fuori dalla sua morte. Naturalmente avrei dovuto parlare con un sacco di gente, girare per il paese a raccogliere informazioni, fare interviste a quante più persone sarei riuscito a trovare: i genitori e i parenti, i commilitoni, i vecchi compagni di scuola, i colleghi di lavoro, le ex-ragazze, i Figli del Pianeta, centinaia di persone diverse. Era un progetto enorme, avrei impiegato anni a scrivere quel libro. Ma in un certo senso, era proprio questo il punto. Finché mi fossi dedicato a Dimaggio l'avrei tenuto in vita. Gli avrei dato la mia vita, per così dire, e in cambio lui mi avrebbe restituito la mia. Non ti chiedo di capirmi. Mi capivo a mala pena io. Ma vedi, brancolavo, mi muovevo alla cieca in cerca di qualcosa a cui aggrapparmi, e per un po' questo mi parve un appiglio solido, una soluzione migliore di qualsiasi altra.

«Non ne feci mai niente. Alcune volte mi misi seduto per prendere appunti, ma non riuscivo a concentrarmi, non riuscivo a organizzare i miei pensieri. Non so per quale motivo. Forse avevo ancora troppe speranze che con Lillian tutto si sarebbe aggiustato. Forse ero convinto che non sarei più riuscito a scrivere. Dio sa cosa mi bloccava, ma ogni volta che prendevo in mano una penna e cercavo di cominciare, mi venivano i sudori freddi, mi girava la testa, e avevo la sensazione di stare per precipitare. Proprio come quando caddi dalla scala antincendio. Era lo stesso panico, la stessa sensazione di impotenza, la stessa corsa verso l'oblio.

«Poi accadde un fatto strano. Una mattina, mentre camminavo lungo Telegraph Avenue diretto alla macchina, scorsi una persona di New York che conoscevo. Era Cal Stewart, il direttore di una rivista per la quale avevo scritto un paio di articoli agli inizi degli anni Ottanta. Era la prima volta da quando ero in California che vedevo qualcuno che conoscevo, e il pensiero che avrebbe potuto riconoscermi mi immobilizzò su due piedi. Bastava che una sola persona sapesse dov'ero, ed ero un uomo finito, assolutamente distrutto. Mi imbucai nel primo portone che vidi, tanto per togliermi dalla strada. Scoprii che si trattava di una rivendita di libri usati, un negozio enorme con i soffitti alti e sei o sette stanze. Raggiunsi l'ultima stanza e mi nascosi dietro una fila di scaffali, con il cuore che mi batteva all'impazzata, e cercai di riprendermi. Davanti a me s'ergeva una montagna di libri, milioni di parole ammucchiate le une sopra le altre, un universo intero di letteratura scartata – i libri che la gente non voleva più, che erano stati venduti, che erano sopravvissuti alla loro utilità. In un primo momento non me ne resi conto, ma mi trovavo nel reparto di narrativa americana, e proprio lì, sotto i miei occhi, la prima cosa che scorsi quando cominciai a guardare i titoli fu una copia di *Il nuovo colosso*, il mio piccolo contributo personale a quel cimitero. Era una coincidenza sorprendente, e il fatto mi colpì a tal punto da convincermi che si trattava di un presagio.

«Non chiedermi perché lo comprai. Non avevo alcuna intenzione di leggerlo, ma quando lo vidi lì, sullo scaffale, ebbi la certezza che dovevo possederlo. L'oggetto fisico, la cosa in sé e per sé. L'edizione originale costava appena cinque dollari, con tanto di sopracoperta e risvolti color porpora. E sulla terza di copertina c'era la mia foto: il ritratto dell'artista da giovane idiota. Ricordo che l'aveva scattata Fanny. All'epoca avevo ventisei o ventisette anni, la barba e i capelli lunghi, e fisso l'obiettivo con un'espressione incredibilmente sincera e profonda. Hai senz'altro visto quella foto, sai a quale mi riferisco. Quel giorno nel negozio, aprendo il libro e vedendola, per poco non scoppiai a ridere.

«Appena la via fu libera, uscii dalla libreria, salii in macchina e tornai a casa di Lillian. Sapevo che non potevo più restare a Berkeley. Vedere Cal Stewart mi aveva spaventato a morte, e all'improvviso mi resi conto della precarietà della mia condizione, di quanto mi ero reso vulnerabile. Quando tornai a casa posai il libro sul tavolino del soggiorno e mi sedetti sul divano. Non sapevo più che pensare. Dovevo partire, ma allo stesso tempo non potevo farlo, non riuscivo a decidermi a mollare Lillian. Avevo appena rischiato di perderla, ma non volevo lasciarla andare, non sopportavo l'idea di non rivederla mai più. Perciò rimasi seduto sul divano, fissando la copertina del mio libro e sentendomi come se avessi appena sbattuto contro un muro. Con il libro su Dimaggio non avevo combinato nulla; avevo gettato via più di un terzo dei soldi; mi ero giocato ogni speranza. In preda all'infelicità più nera tenni gli occhi fissi sulla copertina del libro. Credo che per un bel po' non la vidi nemmeno, ma poi, a poco a poco, qualcosa cominciò a succedere. Probabilmente passò quasi un'ora, ma una volta che l'idea mi venne in mente, non riuscivo più a non pensarci. La Statua della Libertà, ricordi? Quel disegno strano e distorto della Statua della Libertà. Quello fu l'inizio di tutto, e quando mi resi conto di dove sarei andato a parare, il resto venne da sé e quell'assurdo piano prese corpo.

«Quello stesso pomeriggio chiusi alcuni dei conti correnti, mentre mi occupai degli altri l'indomani mattina. Per realizzare il mio proposito avevo bisogno di contanti, e questo significava che avrei dovuto tirarmi indietro da tutti gli impegni che avevo preso – tenere il resto dei soldi per me anziché darlo a Lillian. Il fatto di venire meno alla mia parola mi seccava, ma non tanto quanto avrei immaginato. Le avevo già dato sessantaquattromila dollari, e anche se non erano tutti, erano molti soldi, molti di più di quanti si era aspettata di ricevere da me. Con i novantunomila che mi rimanevano sarei potuto andare lontano, ma non mi sentivo come se stessi per sciuparli per me stesso. Lo scopo che avevo trovato per quei soldi era significativo, né più né meno del mio piano di partenza. Anzi, era molto più significativo. Non mi sarebbe servito solo per realizzare l'opera di Dimaggio, ma anche per esprimere le mie convinzioni personali, per prendere posizione nei riguardi delle cose in cui credevo, per fare quella distinzione che non ero mai riuscito a fare prima. All'improvviso la mia vita mi sembrava sensata. Non solo gli ultimi mesi, ma tutta la mia vita, andando a ritroso fino all'inizio. Era una convergenza miracolosa, una sorprendente concomitanza di motivi e di ambizioni. Avevo trovato il principio unificatore, e quest'unica idea avrebbe riunito tutti i cocci del mio essere. Per la prima volta nella mia vita sarei stato tutto d'un pezzo.

« Sarebbe inutile cercare di farti capire l'intensità della mia felicità. Mi sentivo di nuovo libero, completamente liberato dalla mia decisione. Non che volessi abbandonare Lillian e Maria, ma ora avevo cose più importanti a cui badare, e una volta capito questo tutta l'amarezza e la sofferenza dei mesi passati svanirono come d'incanto dal mio cuore. Non ero più stregato. Mi sentivo ispirato, rafforzato, purificato. Quasi come un uomo che abbia trovato la religione. Come un uomo che abbia ricevuto la vocazione. All'improvviso i fili sospesi della mia vita perdettero la loro importanza. Ero pronto per addentrarmi a passo di marcia nel deserto e diffondere il verbo, pronto per ricominciare daccapo.

« A ripensarci adesso, capisco quanto sia stato inutile riporre le mie speranze in Lillian. Andare giù in California era stata una follia, un gesto disperato. Avrebbe potuto funzionare se non mi fossi innamorato di lei, ma una volta successo, l'impresa era condannata al fallimento. L'avevo cacciata in un guaio assurdo, e lei non sapeva come fronteggiarlo. Voleva i soldi e allo stesso tempo non li voleva: la rendevano avida, e la sua avidità la umiliava. Voleva che io l'amassi e odiava se stessa perché ricambiava il mio amore. Non ce l'ho più con lei per avermi fatto passare le pene dell'inferno. Lillian è una selvaggia. Non è solo bella, capisci, è incandescente. Intrepida, senza controllo, pronta a tutto – e con me non ha mai avuto la possibilità di essere se stessa.

« In fin dei conti, la cosa incredibile non è tanto che me ne andai quanto il fatto che riuscii a restare così a lungo. Le circostanze erano talmente insolite, talmente pericolose e sconvolgenti che secondo me hanno cominciato a eccitarla. Ecco cosa l'ha fregata: non io, ma l'emozione della mia presenza, l'oscurità che io rappresentavo. La situazione era carica di possibilità romanzesche di ogni sorta, e dopo un po' non è più riuscita a resistere, si è lasciata andare molto di più di quanto era mai stata sua intenzione. Un po' come lo strano e improbabile modo in cui aveva conosciuto Dimaggio. Con lui la storia si era conclusa con il matrimonio. Con me, con una luna di miele, le due splendide settimane in cui tutto era perfetto. Non importa cosa accadde dopo. Non ce la potevamo fare, e prima o poi lei avrebbe ricominciato a correre la cavallina, sarebbe riscivolata nella sua vecchia vita. Ma finché durò credo che fosse veramente innamorata di me. Ogni volta che mi viene qualche dubbio non devo far altro che ricordare la prova. Avrebbe potuto consegnarmi alla polizia, e non lo ha fatto. Anche dopo che le avevo detto che i soldi erano finiti. Anche dopo che me ne ero andato. Se non altro, questo prova che sono stato importante per lei. Prova che tutto quello che mi è successo a Berkeley è successo veramente.

«Ma non ho rimpianti. Non più, almeno. Ormai per me è acqua passata – capitolo chiuso, storia vecchia. La cosa difficile fu dovermi separare dalla bambina. Non pensavo che ci avrei sofferto, ma sentii la sua mancanza a lungo, molto più a lungo di quanto non sentii quella di Lillian. Ogni volta che mi capitava di essere diretto verso ovest, mi veniva l'idea di arrivare fin giù in California – così, solo per andarla a trovare. Ma non lo feci. Avevo paura di quello che sarebbe potuto succedere se avessi rivisto Lillian. Perciò mi tenni alla larga dalla California, e non ho più rimesso piede in quello stato dalla mattina della mia partenza. Ormai sono diciotto, diciannove mesi. A quest'ora Maria si sarà dimenticata che faccia ho. A un certo punto, prima che le cose tra me e Lillian andassero a rotoli, pensai che un giorno l'avrei adottata, che sarebbe diventata veramente mia figlia. Sarebbe stato un bene per lei, credo, un bene per tutti e due, ma ormai è troppo tardi per sognare. Credo che diventare padre non sia il mio destino. Non è successo con Fanny e non è successo con Lillian. Piccoli spermatozoi. Piccoli ovuli e piccoli spermatozoi. Hai così tante occasioni, e poi la vita ti prende, e ti ritrovi da solo per sempre. Ormai sono quello che sono e non si può tornare indietro. È così, Peter. Finché la farò durare, è così.»

Sachs stava cominciando a vaneggiare. Ormai il sole era sorto e migliaia di uccelli cantavano tra gli alberi: allodole, fringuelli, usignoli erano schierati al gran completo. Sachs parlava da talmente tante ore che quasi non sapeva più quel che diceva. Mentre la luce penetrava dalle finestre mi accorsi che gli si chiudevano gli occhi. Possiamo continuare a parlare più tardi, gli dissi. Se non ti stendi e dormi un po' probabilmente finirai col perdere i sensi, e non credo di essere abbastanza forte da poterti portare dentro casa in braccio.

Lo sistemai in una delle stanze da letto libere del piano di sopra, tirai giù gli avvolgibili e raggiunsi la mia camera in punta di piedi. Ero convinto che non sarei riuscito a dormire. Avevo troppe cose da digerire, troppe immagini mi mulinavano nel cervello, ma non appena la mia testa toccò il cuscino cominciai a perdere conoscenza. Mi sentivo come se mi avessero bastonato, come se mi avessero spaccato la testa con una pietra. Forse alcune storie sono troppo terribili e l'unico modo per farle proprie è scappare, voltar loro le spalle e sgusciar via nell'oscurità.

Mi svegliai alle tre del pomeriggio. Sachs continuò a dormire per altre due ore, due ore e mezzo e nel frattempo io mi gingillai in giardino, senza entrare in casa per non disturbarlo. Dormire non mi aveva giovato. Ero ancora troppo frastornato per poter pensare, e in quelle ore l'unica cosa con cui riuscii a tenermi occupato fu la scelta del menu della cena. Ogni decisione mi costava una gran fatica, soppesavo tutti i pro e i contro quasi fosse in gioco il destino del mondo: se cucinare il pollo al forno oppure sulla graticola, se accompagnarlo con il riso oppure con le patate, se nella credenza c'era rimasto vino a sufficienza. È strano con quanta chiarezza tutto questo mi torna in mente adesso. Sachs mi aveva appena raccontato di aver ucciso un uomo, di aver trascorso gli ultimi due anni vagando per il paese come un fuggiasco, e tutto quello a cui io riuscivo a pensare era cosa preparare per cena. Era come se avessi bisogno di fingere che la vita consistesse ancora di simili particolari terreni. Ma solo perché sapevo che non era vero.

Anche quella sera facemmo tardi, e parlammo sia durante la cena che dopo, fino alle prime ore del mattino. Questa volta però, ci sedemmo all'aperto, in quelle stesse poltrone dei monti Adirondack in cui nell'arco degli anni avevamo trascorso un'infinità di sere: due voci disincarnate nell'oscurità, invisibili l'uno all'altro, senza vedere niente, tranne quando uno di noi accendeva un fiammifero e i nostri volti emergevano fiammeggiando per un istante dall'ombra. Ricordo i tizzoni dei sigari, le lucciole che pulsavano nei cespugli, un enorme cielo stellato sopra di noi – gli stessi ricordi di tante altre notti passate. Tutto questo, credo, mi aiutò a mantenere la calma, ma ancora più dello scenario il merito era dello stesso Sachs. La lunga dormita lo aveva ristorato, e fin dall'inizio assunse il pieno controllo della conversazione. Nella sua voce non c'era incertezza, nulla che mi facesse pensare che non potevo fidarmi di lui. Fu quella notte che mi raccontò del Fantasma della Libertà, e in nessun momento ebbe l'aria di qualcuno che ammettesse di aver commesso un crimine. Era fiero di quello che aveva fatto, incrollabilmente in pace con se stesso, e parlò con la sicurezza di un artista consapevole di aver appena creato la sua opera più importante.

Era un racconto lungo e incredibile, una saga fatta di viaggi e di travestimenti, di stasi e di frenesie e di fughe all'ultimo minuto. Finché Sachs non me ne parlò, non avrei mai immaginato quanto lavoro c'era dietro ogni esplosione: le settimane di pianificazione e di preparazione, i complicati e tortuosi sistemi per procurare il materiale necessario per costruire le bombe, gli alibi e i sotterfugi scelti con scrupolo, le distanze da percorrere. Una volta scelta la città, doveva trovare il modo di trascorrervi un po' di tempo senza destare sospetti. Il primo passo consisteva nell'inventare un'identità e una copertura, e poiché Sachs non appariva mai due volte nei panni della stessa persona, la sua immaginazione veniva continuamente messa alla prova. Assumeva sempre un nome diverso, il più insulso e vago che riusciva a farsi venire in mente (Ed Smith, Al Goodwin, Jack White, Bill Foster), e tra un'operazione e l'altra faceva del suo meglio per apportare piccole modifiche al suo aspetto fisico (una volta senza barba, un'altra con la barba, con i capelli scuri in un posto, biondo nel successivo, con gli occhiali o senza, in giacca e cravatta o in abiti da lavoro, un numero fisso di variabili che a ogni tappa mescolava in differenti combinazioni). Ma la sfida più grande consisteva nel riuscire a trovare un motivo che spiegasse la sua presenza, una scusa plausibile che gli permettesse di trascorrere diversi giorni in una comunità dove nessuno lo conosceva. Una volta si spacciò per un professore universitario, un sociologo che faceva delle ricerche per un libro sulla vita e sui valori della provincia americana. Un'altra volta fece finta di essere in viaggio per motivi sentimentali, nei panni di un figlio adottivo alla ricerca di informazioni sui suoi genitori naturali. Un'altra volta ancora recitò la parte di un uomo d'affari che sperava di investire in attività commerciali di quella località. In un'altra occasione si fece passare per un vedovo, un uomo che aveva perduto la moglie e i figli in un incidente automobilistico e stava pensando di cambiare città. Poi, quasi seguendo un disegno perverso, non appena si era fatto un nome, il Fantasma compariva in qualche cittadina del Nebraska nelle vesti un cronista alle prese con un'inchiesta sugli atteggiamenti e le opinioni degli abitanti delle località che possedevano una copia della Statua della Libertà. Che ne pensavano delle esplosioni? domandava. E che significato attribuivano alla statua? Quell'esperienza mise a dura prova i suoi nervi, disse, ma era valsa la pena, fino all'ultimo minuto.

Già agli inizi decise che la schiettezza fosse la strategia più utile, il modo migliore per evitare di dare l'impressione sbagliata. Anziché muoversi furtivamente e starsene nascosto, attaccava bottone con la gente, la incantava, la convinceva di essere una persona a posto. Questi modi affabili gli venivano naturali e gli davano quel respiro di cui aveva bisogno. Una volta saputo il motivo della sua presenza, la gente non si sarebbe allarmata vedendolo camminare per la città, e se fosse capitato diverse volte davanti alla statua durante le sue passeggiate, nessuno ci avrebbe fatto caso. Lo stesso valeva per i suoi giri notturni, quando alle due del mattino attraversava in macchina la città serrata per studiare l'andamento del traffico, per calcolare le possibilità che qualcuno si potesse trovare nelle vicinanze nel momento in cui avrebbe sistemato la bomba. Dopo tutto, stava prendendo in considerazione l'idea di trasferirsi lì, e chi poteva biasimarlo se voleva farsi un'idea del posto dopo il calar del sole? Si rendeva conto che era una scusa debole, ma quelle uscite notturne erano inevitabili, una precauzione necessaria: infatti, non doveva soltanto salvare la propria pelle, ma anche fare in modo che nessuno rimanesse ferito. Un barbone addormentato sulla base del piedistallo, due adolescenti che pomiciavano sull'erba, un uomo che portava a spasso il suo cane nel cuore della notte – bastava un unico frammento di pietra o di metallo volante per uccidere una persona, e allora tutta la causa sarebbe stata rovinata. Questa era la sua paura più grande, e Sachs si faceva in quattro per premunirsi dagli incidenti. Le bombe che costruiva erano piccole, molto più piccole di quanto avrebbe voluto, e anche se così facendo aumentava i rischi, non programmava mai il timer a scattare più di venti minuti dopo che aveva fissato con il nastro adesivo gli esplosivi alla corona della statua. Non era detto che durante quei venti minuti non potesse passare qualcuno, ma data l'ora, e date le abitudini di quelle città, le probabilità erano scarse.

Insieme a tutto il resto, quella notte Sachs diede una gran quantità di dettagli tecnici, un vero e proprio corso rapido di costruzione di bombe. Confesso che gran parte di ciò che disse mi entrò da un orecchio e mi uscì dall'altro. Non sono portato per la meccanica, e la mia ignoranza in materia mi impedì di seguire quello che diceva. Capivo una parola qua e una là, termini come *sveglia*, *polvere da sparo*, *fusibile*, ma il resto era incomprensibile per me, una lingua straniera che non riuscivo ad afferrare. Tuttavia, da come ne parlava, dedussi che ci voleva una buona dose di bravura. Non si rifaceva ad alcuna sorta di formula prestabilita, e poiché sulle sue spalle pesava anche la difficoltà di dover coprire le proprie tracce, si dava un gran da fare per usare soltanto i materiali più rudimentali, per montare i suoi ordigni con oggetti spaiati reperibili in qualsiasi negozio di ferramenta. Doveva essere un'impresa ardua andare da qualche parte solo per acquistare una sveglia, poi fare altre cinquanta miglia di strada per comprare una bobina di filo metallico e poi dirigersi da un'altra parte ancora per procurarsi una confezione di nastro isolante. Non faceva mai acquisti per più di venti dollari alla volta, e badava a pagare esclusivamente in contanti – in ogni negozio, in ogni ristorante, in ogni motel malandato. Arrivava e se ne andava; buongiorno e arrivederci. Poi spariva, come se si volatilizzasse. Era difficile, ma in un anno e mezzo non si era lasciato dietro neanche una traccia.

Aveva un appartamento poco costoso nella zona sud di Chicago, che aveva preso in affitto sotto il nome di Alexander Berkman, ma più che una casa era un rifugio, un posto dove riposarsi tra un viaggio e l'altro, e non vi passava più di un terzo del suo tempo. Il solo pensare alla vita che faceva mi dava un senso di disagio. Il movimento incessante, la tensione di dover sempre fingere di essere qualcun altro, la solitudine – ma Sachs non diede peso ai miei scrupoli quasi non avessero alcuna importanza. Era troppo occupato, disse, troppo preso da quello che stava facendo per pensare a cose del genere. Se mai si era creato un problema, era come far fronte al successo. Con il continuo crescere della fama del Fantasma, era diventato sempre più difficile trovare una statua da colpire. Ormai erano quasi tutte sorvegliate, e mentre all'inizio impiegava da una a tre settimane per portare a termine le sue missioni, adesso il tempo medio di esecuzione era salito a quasi due mesi e mezzo. All'inizio di quell'estate era stato costretto a rinunciare a un piano all'ultimo momento, e altri erano stati rinviati – differiti all'inverno, quando sicuramente il freddo avrebbe allentato la determinazione delle guardie del turno di notte. Ma tuttavia, ogni ostacolo che insorgeva portava con sé un beneficio compensatorio, un altro indizio che dimostrava quanto si era diffusa la sua influenza. Negli ultimi mesi il Fantasma della Libertà era stato argomento sia di editoriali che di sermoni. Si era parlato di lui in trasmissioni radiofoniche con la partecipazione diretta del pubblico, era stato messo in caricatura nelle vignette politiche, ora demolito come una minaccia per la società, ora decantato come un uomo del popolo. Magliette e distintivi con il Fantasma della Libertà erano in vendita nei negozi di chincaglierie, cominciavano a circolare barzellette, e proprio il mese prima a Chicago due artisti di spogliarello avevano presentato un numero in cui la Statua della Libertà veniva spogliata a poco a poco e infine sedotta dal Fantasma. Stava lasciando un segno, disse, un segno molto più grande di quanto avrebbe mai potuto pensare possibile. Purché fosse riuscito a continuare, era disposto ad affrontare qualsiasi inconveniente, a cimentarsi con qualsiasi fatica. Più tardi mi resi conto che il suo discorso era quello di un fanatico, con cui ammetteva di non aver più bisogno di una vita sua, ma parlò ricolmo di una felicità, di un entusiasmo e di una mancanza di dubbio tali, che allora quasi non capii quello che le sue parole implicavano.

Il discorso non finiva lì. Domande di ogni genere si erano accumulate nella mia mente, ma ormai era spuntatata l'alba ed ero troppo esausto per continuare. Volevo domandargli dei soldi (quanti gliene rimanevano, cosa aveva intenzione di fare quando sarebbero finiti); volevo saperne di più sulla sua rottura con Lillian Stern; volevo chiedergli di Maria Turner, di Fanny, del manoscritto del *Leviatano* (al quale non si era nemmeno preso la briga di dare un'occhiata). C'erano cento fili sospesi, e io ero convinto di avere il diritto di sapere tutto, che Sachs fosse tenuto a rispondere a ogni mia domanda. Ma non lo spinsi a continuare. Ne avremmo parlato a colazione, mi dissi, adesso era ora di andare a dormire.

Più tardi, quando mi svegliai, la macchina di Sachs non c'era più. Pensai che fosse andato al negozio e che sarebbe tornato da un momento all'altro, ma dopo averlo aspettato per più di un'ora cominciai a perdere la speranza. Mi rifiutavo di credere che se ne fosse andato senza salutare, e tuttavia mi rendevo conto che tutto era possibile. Era già successo che piantasse in asso altre persone, che motivo avevo di pensare che con me si sarebbe comportato in maniera diversa? Prima Fanny, poi Maria Turner, infine Lillian Stern. Forse io non rappresentavo che l'ultima di una lunga serie di partenze silenziose, un altro nome che egli aveva depennato dal suo elenco.

A mezzogiorno e mezzo andai nello studio per mettermi a lavorare al mio libro. Non sapevo cos'altro fare, e piuttosto che rimanere fuori ad aspettare di udire il rumore della sua macchina sentendomi sempre più ridicolo, pensai che lavorando un po' sarei riuscito a distrarmi. Fu allora che trovai la sua lettera. L'aveva messa in cima al mio manoscritto, e la scorsi non appena mi sedetti alla scrivania.

« Mi dispiace svignarmela così » cominciava, « ma mi pare che abbiamo parlato praticamente di tutto. Se fossi rimasto ancora sarebbero cominciati a venir fuori i problemi. Tu avresti cercato di convincermi a lasciar perdere (perché sei mio amico, perché ti saresti sentito in dovere di farlo in quanto tale) e io non voglio litigare con te, in questo momento non ho voglia di discutere. Qualunque cosa tu pensi di me, ti sono grato per avermi ascoltato. La storia aveva bisogno di essere raccontata, e meglio a te che a chiunque altro. Se e quando arriverà il momento, tu saprai come riferirla agli altri, spiegando la verità di tutta questa faccenda. I tuoi libri lo dimostrano, e a conti fatti, tu sei l'unica persona su cui posso contare. Tu sei andato molto più lontano di quanto abbia mai fatto io, Peter. Ti ammiro per la tua innocenza, per il modo in cui ti sei dedicato a quest'unica attività per tutta la tua vita. Il mio problema era che non sono mai riuscito a crederci. Volevo sempre qualcos'altro, ma non sapevo mai cosa. Adesso lo so. Dopo tutti i fatti terribili che sono successi, finalmente ho trovato qualcosa in cui credere. E ormai è l'unica cosa che conti per me. Dedicarmi a quest'unica causa. Ti prego, non biasimarmi per questo – e soprattutto, non compatirmi. Io sto benissimo. Non sono mai stato meglio. Continuerò a dargli del filo da torcere finché potrò. Spero che ti farai una bella risata la prossima volta che leggerai del Fantasma della Libertà. Sempre avanti, vecchio mio. Ci vediamo sulle pagine dei fumetti. Ben.»

Avrò letto quel biglietto da cima a fondo venti o trenta volte. Non mi rimaneva altro da fare, e mi ci volle almeno tutto quel tempo per assorbire il colpo della sua partenza. Le prime letture mi lasciarono con un senso di offesa, di rabbia nei suoi confronti per essere scappato mentre ero voltato di spalle. Ma poi, molto lentamente, rileggendo la lettera, cominciai a malincuore ad ammettere con me stesso che Sachs aveva ragione. Se l'avessimo ripresa, la conversazione si sarebbe fatta più difficile. Era vero che avevo in mente di affrontarlo, che avevo deciso di fare tutto il possibile per convincerlo a lasciar perdere. Immagino che Sachs lo avesse intuito, e per evitare che tra di noi nascesse dell'astio era partito. In realtà non potevo dargli torto. Voleva che la nostra amicizia sopravvivesse e sapendo che quello poteva essere il nostro ultimo incontro, non aveva voluto che finisse male. Era questo lo scopo del biglietto. Aveva posto fine alla faccenda senza finirla. Era il suo modo di dirmi che non poteva salutarmi.

Sachs visse per altri dieci mesi, ma non ebbi più sue notizie. Durante quel periodo il Fantasma della Libertà colpì due volte – una in Virginia e l'altra nello Utah – però io non risi. Ora che sapevo, riuscivo soltanto a provare tristezza, un dolore incommensurabile. In quei dieci mesi il mondo subì dei cambiamenti straordinari. Il Muro di Berlino fu abbattuto, Havel divenne presidente della Cecoslovacchia, la Guerra Fredda cessò di colpo. Ma Sachs era ancora in piena attività, un puntino solitario nella notte americana, lanciato verso la propria distruzione a bordo di una macchina rubata. Dovunque fosse, adesso ero con lui. Gli avevo dato la mia parola che non avrei detto nulla, e più a lungo tenevo il suo segreto e meno appartenevo a me stesso. Dio sa da dove mi venisse tutta quella testardaggine, ma non fiatai con nessuno. Né con Iris, né con Fanny e Charles, né con anima viva. Mi ero accollato il fardello di quel silenzio per lui, e finii quasi col rimanerne schiacciato.

Vidi Maria Turner all'inizio di settembre, qualche giorno dopo che Iris e io eravamo tornati a New York. Fu un sollievo poter parlare di Sachs con qualcuno, ma perfino con lei cercai di sbilanciarmi il meno possibile. Non dissi neppure che lo avevo visto – solo che mi aveva chiamato e che avevamo parlato al telefono per un'ora. Quella che danzai con Maria quel giorno fu una piccola danza sinistra. Io la rimproverai di aver mostrato nei confronti di Sachs una lealtà irragionevole, di averlo tradito proprio mantenendo la promessa che gli aveva fatto, mentre era esattamente quello che stavo facendo io. Eravamo stati entrambi messi a parte del segreto, ma io sapevo più di lei e non avevo intenzione di confidarle i particolari. Le bastava sapere che sapevo quanto lei. Dopo di che parlò abbastanza volentieri, rendendosi conto che sarebbe stato perfettamente inutile ingannarmi. Questo, ormai, era chiaro, e finii con l'apprendere più cose sui suoi rapporti con Sachs di quante non me ne avesse dette lui personalmente. Inoltre, fu quel giorno che vidi per la prima volta le fotografie che gli aveva scattato, i cosiddetti 'Giovedì con Ben'. E, fatto ancora più importante, venni anche a sapere che Maria aveva visto Lillian Stern a Berkeley l'anno prima – all'incirca sei mesi dopo la partenza di Sachs. Stando a quanto le aveva raccontato Lillian,

Ben era andato a trovarla due volte. Questa versione contraddiceva quello che mi aveva detto lui, ma quando le feci notare la discrepanza, Maria si limitò a scrollare le spalle. «Lillian non è l'unica persona che mente» disse. «Lo sai quanto me. Dopo quello che si sono fatti quei due, tutto è possibile.»

«Non sto dicendo che Ben non potrebbe mentire» risposi. «È solo che non capisco perché dovrebbe.»

«Pare che abbia fatto delle minacce. Forse l'idea di dovertene parlare lo imbarazzava troppo.»

«Come, delle minacce?»

«Lillian ha detto che ha minacciato di rapire la figlia.»

«E perché mai l'avrebbe fatto?»

«A quanto pare non gli piaceva il suo modo di tirar su Maria. Le disse che aveva una cattiva influenza su di lei, che bisognava dare alla bambina la possibilità di crescere in un ambiente sano. Prese le mosse dalla morale eccelsa, e andò a finire in una scenata disgustosa.»

«Non mi sembra nello stile di Ben.»

«Può darsi, ma Lillian ne fu abbastanza spaventata per correre ai ripari. Dopo la seconda visita di Ben mise Maria su un aereo e la mandò dalla madre, a est. E da allora la bambina vive lì.»

«Forse Lillian aveva i suoi motivi per volersi sbarazzare di lei.»

«Tutto è possibile. Ti sto solo riferendo quello che mi ha detto.»

«E che ne è stato dei soldi che le ha dato? Li ha spesi?»

«No. Almeno non per sé. Mi ha detto di averli depositati in un fondo fiduciario per Maria.»

«Mi domando se Ben le abbia mai rivelato la loro provenienza. Non ho le idee chiare su questo punto, e forse poteva essere determinante.»

«Non saprei. Ma ancora più interessante sarebbe sapere dove Dimaggio avesse preso quei soldi. È davvero incredibile che girasse con una simile somma in contanti.»

«Ben era convinto che fossero rubati. Almeno all'inizio. Poi ha pensato che forse li aveva avuti da qualche organizzazione politica. Se non dai Figli del Pianeta, da qualcun altro.

Terroristi, per esempio. L'OLP, l'IRA, uno qualsiasi di una dozzina di gruppi. Secondo lui forse Dimaggio era in contatto con gente del genere.»

«Lillian ha un'opinione tutta sua di quello che aveva in mente Dimaggio.»

«Non ne dubito.»

«Già, be', se ci pensi non è un'idea da buttare via. Secondo lei, Dimaggio lavorava per il governo come agente segreto. Per la CIA o l'FBI, una di quelle bande di cappa e spada. Pensa che la storia sia cominciata quando era soldato in Vietnam e che lo abbiano assunto laggiù e poi gli abbiano pagato l'università e il corso di specializzazione. In modo da fornirgli le referenze giuste.»

«Vuoi dire che era un infiltrato? Un agente provocatore?»

«È quello che pensa Lillian.»

«Mi sembra un'idea alquanto stiracchiata.»

«D'accordo. Però non significa che non sia vero.»

«Ha qualche prova, oppure ha soltanto tirato a indovinare?»

«Non lo so, non gliel'ho chiesto. In realtà non ne abbiamo parlato molto.»

«Perché non glielo domandi adesso?»

«A dire la verità i nostri rapporti non sono più tanto buoni.»

«Ah!»

«La mia fu una visita difficile, e dall'anno scorso non ci siamo più sentite.»

«Avete litigato.»

«Già, più o meno.»

«A proposito di Ben, immagino. Sei ancora cotta di lui, vero? Deve essere stato difficile per te ascoltare la tua amica che ti raccontava di quanto si era innamorato di lei.»

All'improvviso Maria si voltò dall'altra parte ed ebbi la certezza che avevo ragione. Ma era troppo orgogliosa per ammetterlo anche lontanamente, e poco dopo si ricompose abbastanza da riuscire a guardare verso di me. Mi rivolse un sorriso duro, ironico. «Tu sei l'unico uomo che abbia mai amato, Chiquita» disse. «Poi però sei partito e ti sei sposato, è vero o no? Quando una ragazza si ritrova col cuore infranto, deve arrangiarsi. »

Riuscii a convincerla a darmi l'indirizzo e il numero di telefono di Lillian. In ottobre sarebbe uscito un mio nuovo libro, e il mio editore mi aveva organizzato delle letture in diverse città sparse per il paese. San Francisco era l'ultima tappa del giro, e sarebbe stato assurdo andare laggiù senza fare un tentativo di incontrare Lillian. Non avevo idea se sapesse o meno dove si trovava Sachs (e anche se lo avesse saputo, non era sicuro che me lo avrebbe detto), ma immaginavo che avremmo comunque avuto parecchie cose da dirci. Se non altro, volevo vederla con i miei occhi, avere la possibilità di farmi un'idea personale di che tipo di persona era. Tutto quello che sapevo su di lei lo avevo appreso o da Sachs o da Maria, e per me era una figura troppo importante per poter fare assegnamento sulle loro descrizioni. Le telefonai il giorno dopo aver avuto il numero da Maria. Non era in casa, ma le lasciai un messaggio sulla segreteria telefonica e, con mia grande sorpresa, mi richiamò il pomeriggio del giorno dopo. Fu una conversazione breve ma amichevole. Sapeva chi ero, mi disse. Ben le aveva parlato di me e le aveva addirittura dato uno dei miei romanzi che però, mi confessò, non aveva avuto il tempo di leggere. Non osai farle domande al telefono. Mi bastava essere entrato in contatto con lei, e quindi andai dritto al dunque, chiedendole se era disposta a vedermi alla fine di ottobre, quando mi sarei trovato nella zona della Baia. Esitò per un momento, ma quando le dissi che ci tenevo tantissimo, cedette. Chiamami quando ti sarai sistemato in albergo, mi disse, e andremo a bere qualcosa da qualche parte. Fu così semplice. Notai che aveva una voce interessante, un po' rauca e profonda, gradevole, a mio avviso. Se mai avesse sfondato come attrice, era il genere di voce che la gente avrebbe ricordato.

La promessa di quell'incontro mi diede la spinta per andare avanti per il mese e mezzo che seguì. Quando San Francisco fu colpita dal terremoto all'inizio di ottobre, il mio primo pensiero fu se la mia visita sarebbe stata cancellata. Adesso mi vergogno della mia insensibilità, ma allora me ne resi a malapena conto. Strade distrutte, edifici in fiamme, corpi schiacciati e mutilati – questi orrori non significavano nulla per me se non che avrebbero potuto impedirmi di parlare con Lillian Stern. Fortunatamente, il teatro in cui dovevo fare la lettura non aveva riportato danni, e il programma del mio viaggio non subì modifiche. Subito dopo aver sbrigato le formalità di registrazione nell'albergo andai dritto nella mia camera e chiamai Berkeley. Una donna con una voce sconosciuta rispose al telefono. Quando chiesi di parlare con Lillian Stern, mi disse che Lillian era partita, che era andata a Chicago tre giorni dopo il terremoto. Quando sarebbe tornata? domandai. La donna non lo sapeva. Vuole dire che il terremoto l'ha spaventata fino a questo punto? insistetti. Oh no, rispose la donna, Lillian aveva già deciso di partire prima del terremoto. Aveva messo l'annuncio di subaffitto della casa all'inizio di settembre. E aveva lasciato il suo nuovo indirizzo? domandai. No, lei non l'aveva, mi rispose la donna, pagava l'affitto direttamente al proprietario. Bene, dissi, sforzandomi di vincere la delusione, se mai dovesse avere sue notizie, ci terrei a essere informato. Prima di riagganciare le diedi il mio numero di New York. Mi chiami pure facendo addebitare la telefonata al mio numero, le dissi, a qualsiasi ora del giorno o della notte.

Allora capii quanto Lillian mi aveva ingannato. Sapeva che sarebbe partita prima del mio arrivo – il che voleva dire che non aveva mai avuto la minima intenzione di rispettare il nostro appuntamento. Maledissi me stesso per la mia dabbenaggine, per tutto il tempo e tutte le speranze che avevo sprecato. Tanto per essere sicuro, chiesi informazioni al centralino di Chicago. Ma Lillian Stern non figurava sull'elenco. Quando chiamai Maria Turner a New York per chiederle l'indirizzo della madre di Lillian, mi disse che aveva perso i contatti con la signora Stern da anni e che non aveva idea di dove abitasse. All'improvviso la traccia si era persa. Ormai per me Lillian si era volatilizzata né più né meno come Sachs, e non avevo la più pallida idea di dove cominciare a cercarla. Se mai la sua scomparsa celasse una consolazione, questa stava nella parola *Chicago*. Doveva esserci un motivo per cui non aveva voluto parlare con me e io pregai che fosse perché cercava di proteggere Sachs. Se era così, allora forse erano in rapporti migliori di quanto ero stato indotto a credere. O magari la situazione era cambiata in meglio dopo la visita di Sachs nel Vermont. E se fosse andato in California e l'avesse convinta a scappare con lui? Sachs mi aveva detto che aveva un appartamento a Chicago, e Lillian aveva detto alla sua subaffittuaria che si trasferiva a Chicago. Si trattava di una coincidenza, oppure uno dei due aveva mentito, o magari avevano mentito entrambi? Non riuscivo neppure a tirare a indovinare, ma pensando a Sachs sperai che fossero insieme, che dividessero una qualche folle forma di vita al di fuori della legge mentre lui si muoveva a zigzag per il paese tramando furtivamente la sua mossa successiva. Il Fantasma della Libertà e la sua amante. Se non altro, non sarebbe stato solo, e io preferivo immaginarlo con lei che da solo, preferivo immaginare qualsiasi vita che non fosse quella che lui mi aveva descritto. Se Lillian era davvero intrepida come me l'aveva dipinta, allora forse lo aveva raggiunto, magari era abbastanza folle da farlo.

Da allora non venni a sapere altro. Passarono otto mesi, e quando Iris e io tornammo nel Vermont alla fine di giugno, avevo completamente rinunciato all'idea di rintracciarlo. Delle centinaia di possibili esiti che immaginai, quello che mi sembrava più verosimile era che Sachs non sarebbe mai più tornato a galla. Non avevo idea di quanto tempo ancora sarebbero andate avanti le esplosioni, nessun sentore di quando sarebbe sopraggiunta la fine. E anche se la fine fosse arrivata, dubitavo che lo sarei mai venuto a sapere – il che voleva dire che quella storia sarebbe continuata all'infinito, secernendo per sempre il suo veleno dentro di me. La difficoltà stava nell'accettare questa realtà, nel coesistere con le forze della mia stessa incertezza. Benché avessi un bisogno disperato di una soluzione dovevo rendermi conto che forse non l'avrei mai trovata. Dopo tutto, non puoi trattenere il respiro più di tanto. Prima o poi, arriva il momento in cui devi ricominciare a respirare – anche se l'aria è infetta, anche se sai che finirai per morirne.

L'articolo sul «Times» mi colse in contropiede. Ormai mi ero talmente abituato a vivere nell'ignoranza che non mi aspettavo più nessun cambiamento. Un uomo era morto su quella strada del Wisconsin, ma anche se mi rendevo conto che poteva essere Sachs, non ero preparato a crederci. Per convincermi mi ci volle l'arrivo degli agenti dell'FBI, e perfino allora mi aggrappai ai miei dubbi fino all'ultimo momento – quando accennarono al numero telefonico che era stato ritrovato nella tasca del morto. Poi, un'unica immagine s'impresse a fuoco nella mia mente, e da allora non mi ha più abbandonato: il mio povero amico che salta in aria nell'esplosione, il corpo del mio povero amico che si sparge nel vento.

Da quel giorno sono passati due mesi. Ho cominciato a scrivere questo libro l'indomani mattina e da allora ho lavorato in uno stato di panico continuo – affannandomi a terminarlo prima dello scadere del tempo, senza mai sapere se sarei riuscito ad arrivare alla fine. Proprio come avevo previsto, gli uomini dell'FBI si sono dati da fare sul mio conto. Hanno parlato con mia madre in Florida, con mia sorella in Connecticut, con i miei amici di New York, e per tutta l'estate ho ricevuto telefonate di persone che mi hanno riferito di queste visite, preoccupate all'idea che mi fossi cacciato in qualche guaio. Non sono ancora nei guai, ma sono più che sicuro di finirci in un prossimo futuro. Appena i miei amici Worthy e Harris scopriranno quante cose gli ho taciuto, s'irriteranno di certo. Ma adesso non posso farci niente. Mi rendo conto che sono previste delle sanzioni per chi nasconde informazioni all'FBI, ma date le circostanze, non vedo come avrei potuto comportarmi diversamente. Tenere la bocca chiusa è stato un dovere nei confronti di Sachs, come lo è stato scrivere questo libro. Lui ha avuto il coraggio di confidarmi la sua storia, e non credo che sarei riuscito a vivere in pace con me stesso se lo avessi piantato in asso.

Nel primo mese ho buttato giù una breve prima stesura preparatoria, attenendomi soltanto agli elementi più essenziali. Poi, visto che il caso non era ancora stato risolto, sono tornato all'inizio e ho cominciato a colmare i vuoti, portando ciascun capitolo a più del doppio della sua lunghezza originale. Avevo in mente di rivedere il manoscritto il numero necessario di volte, aggiungendo del materiale nuovo a ogni stesura, e di continuare a lavorarci fino a quando avrei sentito che non rimaneva più niente da dire. In teoria questo processo avrebbe potuto continuare per mesi, forse addirittura per anni – ma solo se avessi avuto fortuna. Di fatto, non avrò mai altro tempo oltre alle otto settimane appena trascorse. Arrivato a tre quarti della seconda stesura (a metà del quinto capitolo), sono stato costretto a interrompere. È stato ieri, e mi sto ancora sforzando di capacitarmi della rapidità con cui è successo. Ormai il libro è finito perché il caso è chiuso. Se aggiungo quest'ultima pagina, è solo per riferire come hanno trovato la soluzione, per annotare l'ultima piccola sorpresa, l'imprevisto finale che conclude la storia.

È stato Harris a trovare il bandolo. L'agente più vecchio, quello ciarliero che mi aveva fatto delle domande sui miei libri. Alla fine è andato veramente in una libreria a comprarne alcuni, proprio come mi aveva promesso di fare quando mi venne a trovare insieme al suo collega in luglio. Non so se avesse in mente di leggerli oppure se stesse semplicemente seguendo una sua sensazione, ma fatto sta che le copie che aveva comprato erano state firmate con il mio nome. Deve essersi ricordato di quello che gli avevo detto a proposito dei curiosi autografi che erano saltati fuori nei miei libri, e così una decina di giorni fa mi ha telefonato chiedendomi se ero mai stato in una certa libreria, in una cittadina dei dintorni di Albany. Gli ho risposto di no, che non c'ero stato e che non avevo mai messo piede in quella città. Allora lui mi ha ringraziato per l'aiuto e ha riagganciato. Gli ho detto la verità solo perché non vedevo alcun motivo per dovergli mentire. La sua domanda non aveva nulla a che fare con Sachs, e se voleva cercare la persona che aveva falsificato la mia firma, che male ne sarebbe mai potuto venire? Pensavo che mi stesse facendo un favore, ma in realtà gli avevo appena dato la chiave del caso. La mattina dopo ha consegnato i libri al laboratorio dell'FBI, e dopo un'approfondita ricerca delle impronte digitali, ne hanno individuato con precisione diverse serie. Una di queste apparteneva a Sachs. Sicuramente conoscevano già il nome di Ben e, essendo Harris un tipo sveglio, era inevitabile che cogliesse il nesso. Una cosa portava all'altra, e quando ieri si è presentato qui aveva già ricomposto i pezzi. Sachs era l'uomo che era saltato in aria in Wisconsin. Sachs era l'uomo che aveva ucciso Reed Dimaggio. Sachs era il Fantasma della Libertà.

È venuto qui da solo, senza il peso del silenzioso, torvo Worthy. Iris e i bambini erano andati a fare il bagno nel laghetto, e così ancora una volta ha trovato solo me a riceverlo, in piedi davanti alla casa che lo guardavo scendere dalla macchina. Harris era di buonumore, più gioviale dell'ultima volta, e mi ha salutato come se fossimo amici da sempre, colleghi nella ricerca della soluzione dei misteri della vita. Aveva delle novità, mi ha detto, e pensava che forse potevano interessarmi. Avevano identificato la persona che aveva firmato i miei libri, e avevano scoperto che era un mio amico. Un certo Benjamin Sachs. Chissà poi perché un amico vorrebbe fare una cosa del genere?

Ho abbassato gli occhi e ho guardato in terra, cercando di trattenere le lacrime mentre Harris aspettava una risposta. « Perché sentiva la mia mancanza » ho detto infine. « È partito per un lungo viaggio e ha dimenticato di comprare le cartoline. Era il suo modo di rimanere in contatto. »

« Ah » ha detto Harris, « un vero burlone. Forse può dirmi qualche altra cosa sul suo conto. »

« Sì, le posso dire tante altre cose. Ora che è morto, non ha più importanza, non le pare? »

Poi ho indicato lo studio, e senza aggiungere una sola parola ho guidato Harris attraverso il cortile sotto il caldo sole pomeridiano. Abbiamo salito le scale insieme, e, una volta entrati, gli ho consegnato le pagine di questo libro.

INDICE

Finito di stampare
nel mese di settembre 1998
per conto della Ugo Guanda S.p.A.
dalle Nuove Grafiche Artabano di Omegna
Printed in Italy